愛你怎麼說 2

目錄 Content

第一章

默契考驗，季影帝實力寵愛肖少爺

林樂洋失魂落魄地走進地下停車場。

陳鵬新幫他拉開車門，著急地說道：「樂洋，你能不能幫我把借條要回來？兩千萬我們拿什麼去還？萬一季總上法院告我們，我們就死定了。法務部的那些律師一個比一個厲害，白的能說成黑的，死的能說成活的，我們要是上了法庭，鐵定得輸官司。我算是想明白了，我中了葉西的圈套，那個流言是他告訴我的，視頻是他給的，請水軍為你造勢的辦法也是他提點的，他早就知道你中選了，否則不會這樣整我們。媽的，真陰險，差點就把你的男一號整丟了，還害得公司白花那麼多冤枉錢買水軍！」

「你們只要不往外爆季哥的料，他就不會拿你們怎麼樣。我了解季哥的為人，他向來說話算話。是不是葉西整我已經不重要了，反正我們做都做了，再後悔也改變不了什麼。」林樂洋捂住臉，哽咽道：「我目前沒法幫你們把借條要回來，我和季哥分手了！」

「什麼？分手了？就因為這件事？」陳鵬新當即咒罵起來：「他憑什麼跟你分手？這件事不是你的錯，都是我沒管好小玉，再說，小玉偷走的那些照片不是沒賣出去嗎？他又沒有損失，幹嘛非揪著這件事不放？你以前可是直男啊，還交過幾個女朋友，為了他不但改變了性向，還當了下面那個，他把你便宜占盡了，現在卻想跟你分手，也太不是東西了吧？媽的，人渣，老子真沒看出來他竟然是這種人！」

「別說了！」林樂洋難堪地喝止：「季哥沒有你想得那麼壞，他一直很照顧我！」

「那他為什麼要分手？這件事沒那麼嚴重吧？」

林樂洋也不知道季冕為什麼會忽然提出分手，他一點都沒看出這方面的跡象。季哥一直對他很好，方方面面都照顧到他的感受，雖然管得有些寬，甚至限制他的自由，但他都能忍耐。感情不就是這樣嗎？互相理解，互相包容，互相支持，他們一直都做得很好啊！

「該不會是他移情別戀了吧？」陳鵬新幽幽開口。

林樂洋呆了呆，腦海中立刻浮現一個人影：肖嘉樹。

是的，一切都是從肖嘉樹出現的那天開始改變的。季哥過多地關注他，過多地支持他，甚至為了他摻和進一場真相不明的輿論大戰裡。也是從那時候起，季哥很少再與他交流，感情慢慢趨於平淡。

「季哥不會的。」林樂洋搖頭否定，語氣卻虛弱。無論如何，他不會輕易放手。

「我也覺得不會，季總整天忙得腳不沾地，哪裡有時間出軌，應該是今天的事情氣著他了。樂洋，是我和小玉連累了你，我回去就寫一張借條給你，那一百萬從我的薪資裡扣，什麼時候扣完我什麼時候再領薪水和抽成。你放心，等季總氣消了你再跟他好好談談，你倆肯定還能復合。情侶不都這樣嗎？分了合，合了分，常有的事。」

聽了這話，林樂洋心裡好受很多。

想來也對，他們都在同一個公司，季哥要真和肖嘉樹有了什麼，他不該看不出來才對。再者，他和季哥從來沒有吵過架，也沒有鬧過任何矛盾，怎麼會說分手就分手？等季哥氣消了肯定還是會原諒他的。

事實上，季冕一點都沒有生氣，他只是感到很疲憊，想找一個安靜的角落獨處一會兒。他來到樓梯間，把西裝外套脫掉並墊在臺階上，然後坐下來抽菸。菸蒂在黑暗中明滅，令他的雙眼逐漸失去焦距。

恰在此時，下面一層樓傳來開門、關門的聲音，有人進來了。

季冕起初並不在意，但聽見熟悉的聲音，紛亂的思緒不受控制地被牽引過去。

來人是肖嘉樹，他正在打電話，語氣透著滿滿的親暱。

「我今天有四節課，兩節形體課、兩節表演課，一節課一個半小時，根本沒有休息的時間。不辛苦，我覺得很有意思。我還有一件事要告訴您，但您不能笑話我啊……我還沒說您就開始笑，我不說了……好吧好吧，我說，這事跟胡銘導演和《逐愛者》有點關係。什麼，您已經知道了？靠！我的臉已經丟到蘇阿姨那裡去了嗎？我不活了！」

他假模假樣地「慘嚎」了一會兒，這才繼續道：「我不是清高，你們費那麼大的力氣幫我弄來資源，我肯定要啊，我高興還來不及，只是胡銘導演本來就沒看中我，我也不能厚著臉皮留下吧，那多羞恥啊？我也是個要面子的人嘛！說起演技，的確是林樂洋更厲害，在第一人格死亡和第二人格誕生的時候，我其實是不知道怎麼去銜接的，於是把頭低下了，但林樂洋卻抬著頭，直面攝影機完成了這段表演，他比我更有自信。胡銘導演很擅長營造恐怖的氛圍，他要的是嚇人的演技，不是迷人的演技，我的風格不適合他，所以我後來拒絕了他的邀請，我覺得他應該堅持自己的電影風格。」

肖嘉樹又嗯嗯啊啊了一會兒，忽然得意起來，「您才發現我長大了？我告訴您，我已經長成了參天大樹，可以幫您擋風遮雨了。您要復出？我當然支持啦，只要您過得開心就好。回音有點大？因為我在樓梯間裡講電話。沒，我絕對沒有抽菸，真的！」

說到這裡，樓下傳來砰的聲音，大概是某人想杵滅香菸，卻不小心把垃圾桶踢翻了。

「沒有，哪裡有什麼聲音？媽媽，我愛您，我要去上課了，再見！」

肖嘉樹著急忙慌地掛斷電話，脫掉外套東甩甩西甩甩，等菸味散盡才推門離開。

季冕慢慢從樓上走下來，臉上的疲憊早已一掃而空，換成啼笑皆非。還參天大樹？抽個菸都得背著家長，這是小學生吧？他一面搖頭莞爾一面拿出手機，撥通了母親的電話。

季母感到很意外，直言道：「以前一個月打兩次電話，現在三天兩頭就打電話給我，這是怎麼了？遇見什麼事了？」

「沒什麼，就是忽然特別想您。」季冕走到下面的樓層，把菸蒂杵滅在垃圾桶裡，低聲嘆息道：「媽，我覺得很累。」

「一定是發生什麼事了，否則你不會喊累。」季母很擔心。

「真沒發生什麼事。我一直都累，只是從前不跟您說而已。我現在發現，或許我應該告訴您我的真實感受。我們是母子，本該無話不談的。」

季母沉默了很久，再開口時聲音有些哽咽：「你願意說給我聽，我真的很高興。你要是累了就回來看看我，我們坐下來好好聊聊。我正在學打毛線，目前手藝還不行，練三個月應該差不多了，年底織一條圍巾和一副手套給你，你回來拿……」

季冕認真聆聽那頭的家長裡短，緊皺的眉頭鬆開了，嘴角也緩緩浮現笑意。來自於母親的殷切叮嚀，驅走了他的孤單和疲憊。

❤ ❤ ❤

羅章維早年在香港拍電影，一向喜歡警匪題材，而且製作流程也採用香港人的模式，效率非常高，前期準備只要一週時間就夠了。拍攝兩個月，後製加宣傳一個月，統共三個月就能上映，正好趕上暑期檔期的末班車。

《使徒》的預告片已經投放各大視頻網站，觀眾反應極其熱烈。由於苗穆青和肖嘉樹被抹黑的事件持續發酵，這部電影的熱度被炒了上去。影迷們本來就非常關注，看過預告片後更有一種盪氣迴腸的感覺。

其中最受矚目的幾個鏡頭無疑是肖嘉樹和季冕的對手戲。他們在籃球場上笑得開懷，轉眼又互相擁抱著步入末路，最終在一片紛飛的沙塵中，季冕中槍倒下，沾滿鮮血的手一遍又一遍攏著地上的骨灰……悲涼而又大氣的音樂將梟雄末路的場景烘托得更為刻骨銘心，賺取了觀眾一大把眼淚。

肖嘉樹即便面對老牌影帝也絲毫不顯遜色的演技更是令所有人眼睛一亮。看過他和林樂洋試鏡《逐愛者》的片段，觀眾對他的演技本就有了一定的信心，終究還是沒能想到，他在《使徒》中竟然表現得如此優秀。

反觀林樂洋便沒有那麼受歡迎了，一是因為他點讚黑粉的負面影響還沒過去，二是因為他在電影裡的確沒什麼亮眼的表現，武戲被施廷衡和苗穆青輾壓，文戲又被季冕和肖嘉樹輾壓，可以說是毫無發揮的空間。

他到底能不能憑藉這部電影爆紅，還得等電影上映之後再觀察，但可以肯定的是，肖嘉樹紅了，僅憑預告片，觀眾就認可了他的演技。

這一天，劇組演員受到某地方電視臺的邀請，前去參加一個收視率極高的綜藝活動，而這也是分手半個月後，林樂洋第一次見到季冕。他們雖然還在同一個公司，卻彷彿步入了不同的次元。有林樂洋在的地方，季冕就絕對不會出現。

肖嘉樹與林樂洋共用一個化妝間，但是兩人全程沒有交流。不是肖嘉樹不願意說話，而是林樂洋根本不想搭理他。

「肖哥，這塊手錶跟衣服不太搭，我們換一塊試試？」

肖嘉樹的專屬造型師拿出另一塊做工精緻的機械手錶。

肖嘉樹戴上之後照照鏡子，頷首道：「這個好，就戴這塊吧，還有哪裡需要調整？」

「很完美，不需要調整什麼。我幫你把麥克風別好，你轉過身去。」

造型師差點為肖少爺的顏值傾倒。他上半身穿著白襯衫，下半身穿著牛仔褲，由於身材比例很好，雙腿顯得特別長，明明走的是極簡風，可配上他俊美的五官和優雅的氣質，轉瞬就變成了奢華風，令人眼睛一亮。

越是簡單的搭配和造型，越能突顯肖嘉樹極具侵略性的容顏，這大概就是傳說中的「老天爺賞飯吃」吧。再看林樂洋，也是差不多的休閒裝扮，但他長相本就屬於清秀那一類，與風格濃烈的肖嘉樹站在一起，簡直像是一場災難。

等肖嘉樹離開化妝間後，陳鵬新憤憤不平地說道：「你看見他手上戴的那塊手錶了嗎？那可是世界頂級品牌瑞馳邁迪推出的十週年紀念手錶，全球限量發行的，起價一千三百多萬，光那塊手錶就能把咱們的風頭給踩下去。你看看公司給你提供的服裝和配飾，都是些什麼玩意兒啊？我覺得你最近的待遇直線下降了，我要去找季總投訴。」

「以前我穿戴的服裝和飾品都是季哥買給我的，我全部寄還給他了，你投訴什麼？」林樂洋抹了把臉，無力道：「讓我看看臺本。這個節目採取的是直播形式，我不能出錯。」

「給你。」陳鵬新把臺本遞給他，嘆息道：「以前季總對你真的很好，幾百萬的手錶買了五六塊給你，上千萬的也有一塊，我當時還以為是公司或哪個贊助商提供的。」

林樂洋微微一愣，再也看不進臺本。

直播很快開始，在主持人的介紹下，羅章維率領季冕、施廷衡、苗穆青、肖嘉樹、林樂洋等人魚貫上場。看見季冕的穿著打扮，肖嘉樹瞪圓眼睛，張大嘴巴，表情顯得很驚訝，因為他倆穿了同一個品牌的襯衫和牛仔褲，只不過一個是白配藍，一個是黑配灰，看起來就像情侶裝一樣。這倒罷了，更巧的是，他倆都搭配了同一家的皮帶和同一家的男士手錶。同一系列的限量手錶，國內只有兩塊。

季冕也愣了，然後忍不住笑起來。

男明星和女明星不同，撞衫就撞衫，並不會因此而斤斤計較。當然，如果其中一個穿得很好看，另一個醜斃了，情況又不一樣。但季冕和肖嘉樹站在一起，還真分不出高低上下。兩人都好看得要命，只是一個更為活潑，一個更為大氣。

主持人左右看了看，調侃道：「你們兩個該不會是約好的吧？」

肖嘉樹臉頰漲得通紅，連忙擺手，「沒有沒有，我真不知道季哥會這樣穿！季哥長得比我高，穿起來比我好看多了！」他偷偷瞄了季冕幾眼，脖子都紅透了。

這套衣服穿上後本來就顯腿長，而季冕足足有一百九十公分高，包裹在牛仔褲裡的雙腿往那兒一杵，長度簡直逆天。這麼矮的沙發季哥怎麼坐？長腿都沒地方擺吧？

肖嘉樹瞄著瞄著，思緒就跑偏了，讓季冕哭笑不得。他很想走過去揉揉他的頭，告訴他現在正在直播。

「這是兄弟裝。」季冕簡單解釋一句，自然而然地拍拍肖嘉樹的背。

肖嘉樹這才回過神，緊挨著季冕坐下。兩人肩並肩出現在螢幕上，一個成熟穩重，一個年輕俊美，畫面和諧養眼，觀眾的目光不知不覺就被他們抓住，拔都拔不出來。

「這是情侶造型吧？ＣＰ感好強啊！」有個觀眾發了句彈幕，隨即引來一片附和。

這是一檔談話性節目，主持人的談吐幽默，很快就把氣氛炒熱了，他故意挖坑給羅章維導演：「各位主要演員都在這裡，您對誰的表演最滿意？」

羅章維是個話癆，遇到坑就跳，一點都不猶豫，當下答道：「當然是肖嘉樹。」

「為什麼？」

「因為他的進步最大。剛開始他連表演是什麼都不知道，後來卻能跟季冕同場飆演技，我給你們看幾張照片你們就知道了。」羅章維指了指後面的大螢幕，導演立刻把事先剪接好的照片放上去。只見肖嘉樹以各種各樣的姿勢癱在懶人椅上，拿著手機玩遊戲，神情忘我，後製還給配了背景音樂：「洗刷刷洗刷刷，洗刷刷洗刷刷……」照片就以三百六十度的方式旋轉起來，全方位展示著肖嘉樹滑手機的「英姿」。

臺下的觀眾哄堂大笑，季冕和施廷衡等人也忍俊不禁，唯獨林樂洋扯不開嘴角，只能用手捂住下半張臉，露出微彎的眼睛。

肖嘉樹完全沒想到羅導會這樣埋汰自己，頓時臊得臉頰通紅。

「這是前期的他，來了片場就知道玩遊戲，我真是恨鐵不成鋼啊！」羅章維爽朗地笑了起來，「這是後期的他，怎麼樣？變化是不是很大？」

滑手機的紈絝消失了，變成拎著小板凳，拿著小本本，耳朵上還夾著一枝筆的肖嘉樹。他有時蹲在羅導身邊抄抄寫寫，有時蹲在攝影師身邊塗塗畫畫，有時又蹲在幾位副導演身邊悶頭狂記。總之，哪裡有戲，哪裡就有他蹲在小板凳上學習的身影。

他前期的吊兒郎當和後期的認真刻苦，都被這些照片完完全全展示出來，而他的演技也獲得了飛躍式的進步。

觀眾先是哄笑，繼而熱烈鼓掌。

肖嘉樹第一次直觀面對自己的改變，羞臊的表情逐漸被嚴肅取代。他雙手合十，對羅章維真誠道：「羅導，我還會繼續努力，謝謝您一直以來的幫助和栽培。」

羅章維一邊朗笑，一邊擺手。

季冕看了看大螢幕，補充道：「這個小板凳是肖嘉樹的專屬寶座，他殺青後花了幾十塊錢把它買下來，說是以後拍戲都要帶著，非常實用方便。」

觀眾席再次爆發出笑聲。

肖嘉樹虛張聲勢地瞪了季冕一眼，然後自己也忍不住笑了。

季冕手有些癢，鬼使神差地拍了拍他的腦門。

在網路上看直播的觀眾差點被兩人的互動萌翻，連連發彈幕說道：「我的天啊，他們的眼神交流好溫暖好有愛！季冕每隔幾分鐘就要去看肖嘉樹，臉上的笑容止都止不住！肖嘉樹也每隔幾分鐘去看季冕，每次都能與他的視線撞上，然後就傻乎乎地笑起來。那個摸頭殺快把我甜死了好嗎？」

主持人笑了半天才追問：「那個小板凳你真的走到哪兒都帶著嗎？」

「嗯，帶著呢，就放在保姆車的後備箱裡。」肖嘉樹點點頭，又用手遮了遮臉，顯得很不好意思的樣子。

網友的彈幕占領了直播間，全都在誇他可愛。他明明是高冷型的俊男，笑起來的時候卻特別純真坦率，讓觀眾喜歡得不得了。

主持人又問：「聽說這是你第一次演戲，搭檔還是季老師，有沒有感覺到壓力？」

「完全沒有壓力。」肖嘉樹搖搖頭。

「喲，心理素質那麼好？」主持人挑高眉梢。

「不是心理素質好，是無知者無畏。一開始我連演戲是什麼都不知道，哪裡會害怕？上場就往那裡一站，憑本色演出就對了。」肖嘉樹深深看了季冕一眼，語氣變得很感激，「要不是季哥，我可能現在還在混日子。我第一次感受到什麼是演技是在弒親的那場戲裡，也就是預告片的兩分五十六秒的鏡頭。我在這個鏡頭裡領了便當，是季哥動的手。他那個決絕的眼神震撼了我，我當時完全懵了，忽然意識到，原來這就是演技，這就是把虛幻的人物帶入真實，實在是太神奇了！」

他一邊說，大螢幕一邊播放這段視頻，引得觀眾驚嘆連連。

季冕的眼神簡直絕了，那種走投無路的掙扎和慟怛直擊人心，令人震顫。

從預告片裡其實不太看得出劇情，但僅靠幾位主要演員的卓越演技，就已為這部電影打下了堅實的口碑，「期待電影早點上映」的彈幕幾乎淹沒了直播間。

主持人抓住這個話題繼續問下去：「這麼說，你是季老師的粉絲嘍？啊，對了，林樂洋也是季老師的粉絲吧？我看你的微博裡全是季老師的消息，從四年前就開始了。」

「對，我是季哥的鐵桿粉絲。」林樂洋笑著點頭。

「我也是！」肖嘉樹不知道為什麼，非要強調這一句。

他雖然粉的時間不夠長，但他也很鐵啊！

眼睛雪亮的觀眾發出彈幕：「小樹苗這是在爭寵吧？超級可愛啊！」

主持人拊掌道：「既然你們都說自己是季老師的粉絲，那就我來考一考你們。請工作人員上答題板，也拿一塊給季老師。」

這個環節並不是事先安排好的，拿到答題板的三個人都有些懵。

主持人讓季冕坐到自己身邊，輕笑道：「我來出題，題目都跟季老師有關，你們和他一起寫下答案，誰的答案與季老師一樣，誰就得一分。真粉絲還是假粉絲，看了總分就知道。」

肖嘉樹躍躍欲試，林樂洋則是首次感受到優越感。他與季哥談了好幾年戀愛，還能不了解他的喜好？這簡直是送分題啊！

觀眾的眼睛是雪亮的，林樂洋剛露出勝券在握的表情，就有人看出了貓膩。

有個網友發出彈幕：「這個林樂洋是怎麼回事啊？他好像很了解季神似的？他真的是季神的鐵桿粉絲啊？」

林樂洋長相清秀，笑容明朗，剛出道的時候有季冕保駕護航，著實吸來很多粉絲，但他後來與苗穆青和肖嘉樹相繼鬧出不合的傳言，少了很多人氣，又整出《逐愛者》投票事件，雖然買水軍贏得最終勝利，卻也被斥為截了肖嘉樹的胡，被肖嘉樹的粉絲罵得狗血淋頭。

再之後他便沉寂下去，老老實實籌備新戲，並未鬧出什麼么蛾子，但在觀眾心裡，他的形象固定了，一提到他，就會蹦出幾個略帶貶義的詞，比如心機男、愛炒作、背後插刀。

一名觀眾陰陽怪氣地回覆：「他以前當過季神的助理，微博裡當然會有季神的消息，怎麼就成了鐵桿粉絲了？蹭熱度也要有個限度。」

「咦，他當過季神的助理？難怪季神會簽下他。」

「季神很捧他，他一出道就讓他參演《使徒》，他卻不懂得珍惜，在背後黑這個黑那個，還截小樹苗的胡。要不是他弄出什麼狗屁投票，《逐愛者》的男一號絕對是小樹苗。」

林樂洋冤枉極了。《逐愛者》的男一號本來就是他，怎麼弄來弄去反而變成他搶了肖嘉樹的角色？怪只怪他剛出道，還看不明白圈裡的爾虞我詐，只好吃下這個啞巴虧。直到此時他才幡然醒悟：季哥說的沒錯，他其實根本就不必做什麼，好好拍戲，好好生活，一切自有季哥幫他安排。

然而，現在說什麼都晚了。

林樂洋看了看季哥，又看了看手裡的答題板，心裡一片苦澀，卻也飽含期待。他是最了解季哥的人，也曾經與他靠得那麼近，但願這個考驗默契的小遊戲能喚醒季哥留存於心的，屬於兩人的美好記憶。

主持人讓季冕調整坐姿，免得答案被另外兩人看到，這才笑著開口出題：「第一題，季老師最喜歡什麼顏色？」

肖嘉樹和林樂洋埋頭寫答案，網友也利用彈幕參與互動。

導播為了增加娛樂效果，同一時間將彈幕轉到了嘉賓身後的大螢幕上。

主持人解說道：「很多網友給出了答案，據我統計，答黑色的人最多，其次是灰色，然後是白色，看來你們對你們的偶像很……」他轉頭看看季冕的答題板，頓時捂嘴笑了起來，「哎呀，這可尷尬了！」

季冕已經寫完，用驚異的目光瞄了肖嘉樹一眼。

林樂洋捏捏答題板，滿心都是篤定。

「請二位先亮題板，然後我們再看季老師的正確答案。考驗你們默契的時候到了！」主持人話音剛落，肖嘉樹和林樂洋就同時翻開自己的答題板，接著互看對方的答案。

肖嘉樹寫的是「寶藍色」，林樂洋寫的是「黑灰白」，答案完全迥異，兩人的表情也不一樣，一個顯得很輕鬆愉悅，像玩遊戲似的；一個則成竹在胸，信心十足。

網友的彈幕像雨點般出現在大螢幕上，都說林樂洋投機取巧，竟然把最有可能正確的三個答案全寫上了。當然，如果有攻擊他的言論，都會被導播遮罩掉，免得造成不良影響。

現場的觀眾也紛紛喊出自己的猜想，大部分的人認為是黑色，因為季神最常穿黑色的衣服。他曾經參加過一檔時尚節目，主持人去看過他的衣帽間，裡面的服飾全按照顏色排列，黑白灰三色占了整整三面牆，而鮮豔的衣服則少得可憐。由此可見，他最喜歡的顏色不是黑色就是灰色，或者是白色。

主持人讓季晃把答題板壓好，不要被攝影機拍到，這才對兩位小鮮肉提問：「你們為什麼寫這樣的答案？」

林樂洋笑著說道：「我曾當過季哥的生活助理，如果我拿著顏色鮮豔的衣服和白色的衣服讓他選，他一定會選白色。如果我拿著白色的衣服和灰色的衣服讓他選，他一定會選灰色。如果我拿著灰色的衣服和黑色的衣服讓他選，他一定會選黑色，所以他最喜歡的顏色是黑灰白，黑色是他的最愛，其次是灰色，再其次是白色。」

主持人笑而不語，現場觀眾們卻都鼓起掌來，認為他說的很對。

網路上的觀眾陸續發來彈幕，喟嘆道：「不愧是季神的助理，對季神的生活了解得這麼深入，我也想為季神挑衣服！」

「肖嘉樹，你為什麼寫寶藍色？」主持人轉而問道。

肖嘉樹先是驚訝地看了林樂洋一眼，接著鬼使神差地強調一句：「首先我要聲明，我也當過季哥的助理。」

「噗！我忍不住了，這是在爭寵吧？這絕對是在爭寵吧？」網路上的觀眾笑慘了，彈幕漫天亂飛。現場觀眾鼓掌的鼓掌，哄笑的哄笑，氣氛相當歡樂。

主持人捂住臉，免得自己笑出來。

這有什麼好比拚的？你一個富二代去當明星的助理很驕傲嗎？不對，或許在他心裡，這就是一件很光榮也很值得炫耀的事吧？看來真的是鐵桿粉絲呢！

季冕靠倒在椅背上，前所未有的燦爛笑容毫無遮掩地呈現在觀眾面前。

他真是服了肖嘉樹，要不要這麼幼稚？

往時的季冕總是很沉穩內斂，表情也大多是溫和的，極少露出這樣純粹的笑容。守在電視機前或網路上的小皇冠看見他的反應，對肖嘉樹的好感頓時爆棚。

「小樹苗也太清純不做作了吧？他一個家世顯赫的富二代竟然甘願當季神的助理，還那麼驕傲地當眾宣告，這就是真愛啊！雖然他的答案寫錯了，但這真的不能怪他。林樂洋當季神的助理當了大半年，他才當了多久？」

「是的，不能怪他，以後與咱們季神好好處處就能更了解了！」

「……」

小皇冠們極具包容性的彈幕再次令主持人噴笑。

季冕幫著解釋一句：「肖嘉樹只當了我的助理三天，時間真的不長。」

「對，因為我後面要拍戲了。」肖嘉樹隱去那些誤會，繼續道：「我覺得季哥最喜歡的顏色應該是寶藍色。他的衣服大多是黑白灰三色，但我發現他佩戴的飾品幾乎都是寶藍色的，比如他的袖扣、領帶夾、領巾、襪子、皮帶、手錶、戒指、手機、手機殼等等。」

他一邊說，主持人一邊觀察季冕身上的配飾，而攝影師也給了幾個特寫。

季冕配合地抬起手，展示自己寶藍色的袖扣、寶藍色的手機、寶藍色的手錶……果然所有精緻的小配件都是寶藍色的，不仔細觀察還真發現不了。

臺下的觀眾一片譁然，網路上的觀眾則安靜如雞。

林樂洋篤定的表情慢慢被尷尬取代，然後又變成了緊張不安。

季冕一邊低笑，一邊翻開答題板，上面龍飛鳳舞地寫著三個字：寶藍色。

「靠！竟然真的是寶藍色！這得有多用心才能發現這種細節啊？我牆都不服就服小樹苗了，絕對是真愛啊！」網友的彈幕湧來。當然也有人答對，卻說不出理由，可見是猜的。

林樂洋臉色煞白了一瞬，很快又調整過來，可大家都能發現他的笑容變得非常勉強，眼裡隱約閃爍著水光，似乎快要哭了。

「當了季神的助理那麼久，原來就是這麼當的，到底有沒有用心啊？所謂的崇拜和仰慕都是假的吧？連這種顯而易見的細節都沒發現！」

這類彈幕接二連三冒出來，都被導播遮罩掉了，但即便不遮罩，林樂洋也能想像得到別人會怎麼諷刺自己。

肖嘉樹倒是沒有沾沾自喜，還拍手道：「原來真的是寶藍色，我猜對了！」

沒有用心去了解季神，誰能猜得到？僅憑這一點，小皇冠們對他的好感度便直線攀升。

反觀林樂洋，先前就覺得他不配簽到季神旗下，不配占用季神的資源，現在意見更大了。

主持人給肖嘉樹記下一分，接著問第二題：「季老師最愛吃什麼食物？」

林樂洋和肖嘉樹低頭書寫，網友的彈幕同時發送過來，答案很統一，全是牛排，因為季神每次在微博裡曬美食照都是牛排。他偶爾也會自己在家做飯，但做的都是牛排。除了醬料不同，沒其他區別。

主持人看了看季冕的答題板，笑容很神祕。

觀眾發現貓膩，緊張道：「不會又答錯了吧？難道我粉了個假季神？」

「不是你粉了個假季神，是因為季神從來不在媒體面前談論自己的私事，這還是第一次呢，值得紀念啊！這個節目做得太好了，讓我們離季神更近了！話說回來，林樂洋和肖嘉樹的答案到底是什麼，真是好奇！」

「好的，時間到，請亮答題板。」主持人很快揭曉了答案，肖嘉樹寫的是「蝦」，林樂洋寫的是「牛排、蟹黃包」。這回林樂洋並未露出篤定的表情，反而顯得忐忑不安。

季冕深深看了肖嘉樹一眼，壓了壓答題板。

「樂洋，你為什麼寫牛排和蟹黃包？」主持人笑嘻嘻地問道。

林樂洋緊張地看看季冕，似乎想從他那裡得到提示，卻只看到一雙眸光晦澀的眼睛。他心裡一驚，下意識低頭躲避對方的視線，隨即又抬起來，強笑道：「因為季哥每次吃飯都喜歡點牛排。他是從國外回來的，習慣吃西餐，不過有一回我們去吃火鍋，他很喜歡，後來就經常去。蟹黃包是他最愛吃的早餐，幾乎每天早上都會叫一份，很少吃別的。」

「看來你們私交很不錯，還一起吃早餐吃火鍋。」主持人調侃一句，看向肖嘉樹，

「蝦？這個答案跟別人都不一樣啊，能不能告訴我們理由？」

肖嘉樹看向季冕，面露徵詢之意。

季冕點點頭，隨即低沉地笑起來。

主持人揶揄道：「瞧瞧，這兩位還打上啞謎了！就憑這個默契，我給你倆打一百分！」

有腦筋動得很快的網友迅速發了彈幕：「小樹苗（擔憂）：季哥，我能說嗎？季神（寵溺地笑）：說吧，沒關係。」

另有網友附和：「噗！翻譯得不錯，就是這個意思！他倆眉來眼去的，絕對有姦情！」

肖嘉樹看見這些不正經的彈幕，臉都紅了，連忙解釋：「有一回我帶早餐給季哥，當時我們在一起拍戲，每天早上都能碰面。他看見我在吃海鮮粥，就問我裡面有沒有蝦仁，我說放了，又撈起來給他看，他就露出渴望的表情，接著吃了一顆抗過敏的藥，這才把粥裡的蝦仁挑出來吃光。他其實對蝦過敏，但他寧願服藥也要吃蝦，我想他對蝦一定愛得很深沉。」

主持人雙手抱拳，嚴肅道：「佩服佩服！沒有十足十的用心，根本發現不了這種微末的細節！季老師，您的答案是？」

季冕翻開答題板，上面寫著「蝦」，後面有一行註解：吃了過敏，求而不得。

觀眾笑得眼淚都快流出來了。季神不愧是純種華國人，吃貨精神已經深入骨髓！哎呀，這樣一看，他還是很接地氣的嘛，路轉粉了！

網友陸續發來彈幕，表示自己也有同樣的苦惱，明明愛死了海鮮，就是不能吃，明明愛死了芒果，也不能吃，越是過敏的東西就越想吃，好想死啊！還有，小樹苗的觀察力也太驚人了，那麼微小的細節，他也能品出不一樣的味道並記在心上，他肯定愛慘季神了！

肖嘉樹看見這些評論，臉又紅了，俊美的容顏在白襯衫的襯托下當真「嬌豔」得很。他揉了揉鼻子，暗暗忖道：喜歡季哥當然就要去關心他啊！關心從哪裡入手？自然是生活中的點點滴滴，難道這很難嗎？只要稍微用點心，就能發現吧？

偏偏最應該用心的那個人，對這些事一無所知。

林樂洋呆呆地看著季冕，神情失魂落魄的。

季冕沉聲催促：「好了，出下一題吧。」

「好的，下一題是，季老師最喜歡的電影明星是哪位？」

主持人爽朗的聲音點醒了林樂洋，他認真想了想，然後寫下答案，似乎覺得不對又擦掉了，隨即再寫，反覆很多次才確定下來。

肖嘉樹只花了幾秒鐘就寫完了。

網友的答案五花八門，這種訊息季神從未在個人資料中填寫過，他們只能用猜測的。

主持人讓兩位小新人亮答題板，肖嘉樹寫的是丹尼爾．戴．路易斯，林樂洋寫的則是詹姆士．斯圖爾特，都是電影史上非常有名的演員。

「我記得季哥曾經說過，」林樂洋下意識地看了季冕一眼，語氣變得猶豫，「他最喜歡的一部電影是《費城故事》，所以我猜他最喜歡的演員是詹姆士．斯圖爾特。」

恍然大悟的網友發來彈幕：「的確，季神在很多場合都說過這話，他最喜歡的電影是《費城故事》，他很佩服詹姆士．斯圖爾特的演技，這回肯定錯不了了！」

主持人看向肖嘉樹，笑容有些詭異。

肖嘉樹回憶道：「有一天拍戲的時候，我發現季哥情緒特別失落，整天都抱著手機在看電影，後來我才知道那天是丹尼爾．戴．路易斯宣布息影的日子，季哥看的是他的作品。如果是季哥宣布息影，我也會一整天都魂不守舍的，因為季哥是我最喜歡的電影演員，我會為失去他而感到遺憾。將心比心，我猜季哥最喜歡的電影明星是丹尼爾．戴．路易斯。」

他一邊說一邊比了個心，配上紅彤彤的臉蛋有點搞笑，又有點可愛。

臺下的觀眾又是起鬨又是吹口哨，氣氛很熱烈。

網路上的觀眾快被他萌死了，哭著喊著要他跟季神在一起。

「如果這都不算愛，我有什麼好悲哀，謝謝你的慷慨……咦，我怎麼唱起歌來了？感謝官方發糖！」

「啊啊啊，這一對好萌好甜！肖嘉樹怎麼能那麼關心季神啊？連他情緒低落都能立刻發現，他倆不在一起簡直沒有天理啊！」

小皇冠們當即斷言：「這是季神的鐵桿粉絲沒跑了，組織給你蓋章！」

不等主持人公布答案，大家都已經確定肖嘉樹說的是對的，唯有林樂洋還在用希冀的目光看著季冕。季冕翻開答題板，上面寫著一行字：丹尼爾．戴．路易斯。

林樂洋脊背一彎，似乎所有的精氣神都從七竅跑了出去。

怎麼會？他陪伴季哥那麼多年，怎麼會對他的習慣和偏好一無所知？他都開始懷疑那段感情是不是假的。為什麼季哥從來不跟他說呢？為什麼？

季冕忽然抬頭看了他一眼，眸色暗沉。

現場氣氛很熱絡，主持人又問了幾個問題，肖嘉樹和林樂洋都答對了，分數沒再拉大，好歹保住了林樂洋最後一點臉面。眼看時間快到了，主持人拊掌道：「好的，現在問最後一個問題，季老師最害怕的東西是什麼？」

林樂洋戰戰兢兢地翻開答題板，上面寫著「蛇」。

肖嘉樹的答案很浮誇：「季哥無所畏懼。」

「噗！不行了，我快被小樹苗逗死了！」

臺下和網路上的觀眾笑得肚子痛。

自從看過肖嘉樹在外面流浪的視頻之後，他們就知道這位貴公子的皮囊裡住著一隻哈士奇的靈魂，他用生命在詮釋「逗比」兩個字，卻沒想到採訪中的他還能更逗。

季冕也忍不住了，一邊給出正確答案，一邊笑個不停。

攝影師給答題板來了一個特寫，上面寫的是「無可奉告」。

「我不會讓別人知道我害怕什麼，絕對不行。」季冕笑著解釋。這個答案令觀眾哀嚎，也令他們哭笑不得。今天的季神真的很接地氣，笑容前所未有的燦爛。

「對，王的弱點不能讓任何人知道。」肖嘉樹一本正經地附和。

現場再次哄堂大笑，大螢幕上一片「哈哈哈哈哈哈」，幾乎把嘉賓的臉都蓋住了。王的弱點？你還能再搞笑一點嗎？

季冕忍了又忍，終是沒忍住，伸手揉亂肖嘉樹的頭髮，表情似乎很尷尬，眼裡卻藏著深深的笑意。這小子知不知道含蓄兩個字該怎麼寫？他怎麼敢這麼肉麻？

主持人和其他幾位嘉賓笑得東倒西歪，好半天才道：「這真的是季老師的鐵桿粉絲。」

羅章維搖搖頭，「不，你們都說錯了，這是腦殘粉才對！」

臺上臺下又是一陣笑聲，唯獨林樂洋臉色慘白地坐在那裡，發現攝影師正在拍自己，這才連忙扯開嘴角，露出僵硬無比的笑容。

世界上真的有「默契天成」這種事嗎？不，他絕不相信！

採訪完季冕和兩位小鮮肉，主持人開始訪問施廷衡和苗穆青，羅章維全程穿插著發言，誰也不會被冷落。問到苗穆青時，她用真身拍打戲的話題再次被拿出來說道。導播把劇組提供的花絮影片傳到大螢幕上，嚇得觀眾驚叫連連。

苗穆青開玩笑道：「那時候我每天都帶著滿身淤青去片場，拍戲前就用萊雅遮瑕膏蓋住，肖嘉樹每次看見我都會露出震驚的表情。有一天他終於忍不住了，偷偷摸摸跑來問我：『穆青姊，我發現您的自癒能力好強大，上一場戲還帶著傷，下一場戲就復原了，究竟是怎麼回事啊？』問得我哭笑不得。他根本就不知道世界上有一種神奇的化妝品叫做遮瑕膏，還以為我有什麼特殊體質呢。後來我臉頰受傷差點被代言的廠商換掉，還是他提醒我說能不能用淤青來拍化妝品廣告，效果一定很強大。我猜是因為遮瑕膏給他留下了太過深刻的印象，他才能想出這麼天才的點子。」

觀眾並不知道那個廣告背後竟然還藏著這樣有趣的故事，頓時都笑出來了。

大螢幕即時播放了一段視頻，正是苗穆青用遮瑕膏把全身的淤青遮掉的畫面。該產品的廠商也關注了這個節目，對苗穆青的表現滿意得不得了。經過她的反覆炒作，萊雅遮瑕膏的銷售火爆全國，還被購物網站的買家譽為斷貨王。

苗穆青有意無意將話題往肖嘉樹身上引，力圖增加他的曝光度。季冕、施廷衡和羅章維也都對他讚譽有加，反觀林樂洋，竟似坐了冷板凳，令網友再次想起他背後黑苗穆青和肖嘉樹的事情，印象分數跌落谷底。

後半段的訪談幾乎沒有林樂洋什麼事，沒了季冕明裡暗裡的維護與拉抬，他連話都插不進去，好不容易熬到節目快結束的時候，主持人忽然說道：「對了，大家想不想知道我們下一期的嘉賓是誰？」

按照節目流程，這是在為下一期預熱，嘉賓和觀眾都很配合地喊道：「想！」

「話說回來，這幾位嘉賓與小樹苗有很大的淵源，他們特別懇請我一定要把小樹苗也請來現場。」主持人笑著問道：「小樹苗，你能猜到是誰嗎？」

「不知道。」肖嘉樹誠實地搖頭。

「你好好想想，最近網路上什麼最火，跟你有關的。」

「不是《使徒》嗎？」肖嘉樹猶猶豫豫地看向羅章維。

「再好好想想，除了《使徒》，你還拍過什麼？不是你本人去拍，間接的也算。」

「哦，我知道了，是《一夢百年》和《冷酷太子俏王妃》吧？」肖嘉樹反應過來。

臺下的觀眾發出驚呼聲，有幾個小女生差點激動得跳起來，因為這兩部劇最近紅得不得了，火得一塌糊塗。由於視頻網站和直播平臺的蓬勃發展，網路劇如今成為了影視產業的一匹黑馬，收視率直逼各大電視臺，而《一夢百年》和《冷酷太子俏王妃》的橫空出世，更是給網路劇的發展注入一支強心劑，令購買它們的視頻網站賺翻了，會員數量暴增。

從開播到現在，兩部劇接連打破了多項收視紀錄，不是今天我趕超了你，就是明天你趕超了我，二者遙遙領先，不給其他電視劇一點活路。久而久之，竟被廣大影評人譽為現象級的電視劇，而《一夢百年》更是為翻拍劇豎立了一根標竿。

它們為什麼那麼紅？細究起來，其實很多觀眾都說不清楚，但就是喜歡，就是上癮。《一夢百年》只用一個字便能概括，那就是萌。萌出了水準，萌出了高度，萌出了技術含量。明明都是小豆丁在演戲，但扮相維妙維肖，演技上佳，叫人看了既佩服又樂不可支。看完一集能回味很久，也能說道很久。

《冷酷太子俏王妃》更絕，明明是古裝劇，演員的造型卻一個比一個時尚。各種鮮豔的色彩拼湊在一塊，本該惡俗無比，偏是新潮別致。男女主角的顏值和身材更是達到了驚為天人的程度，哪怕他們沒什麼名氣，哪怕他們演技還很青澀，卻能牢牢吸引住觀眾的視線。

劇情同樣非常精彩，一個男扮女裝的王妃，一個女扮男裝的太子，婚前婚後發生了很多啼笑皆非又溫暖人心的故事。觀眾既可以將它當成ＢＬ劇或是ＧＬ劇看，還能將它當成ＢＧ看，滿足了所有人的口味。

很多觀眾都說這兩部劇有毒，一旦入坑，不等到大結局是絕對爬不出來的。它們紅到了什麼程度？各大娛樂網站的熱搜頭條幾乎全被劇情相關的話題占據，各大娛樂版面也都相繼報導劇組的消息，網友們則是聚在論壇裡熱烈討論劇情，樓層堆得一個比一個高。

似乎一夜之間，這兩部劇就火了，到處都能看見網友推薦的貼文，評價非常好。

聽到這兩部劇的主要演員要來，觀眾如何能不激動？但他們更好奇的是，這兩部劇與肖嘉樹有什麼關係？

主持人解密道：「看電視的時候除了演員名單，也多多注意製片人嘛！小樹苗獨家投資了這兩部劇，是不是？」

肖嘉樹靦腆地笑了笑，「是。」

臺下的觀眾不約而同驚呼，網路上的觀眾則發來彈幕，詢問小樹苗憑藉這兩部劇賺了多少錢。毫無疑問，今年最熱的電視劇已經出爐，《一夢百年》和《冷酷太子俏王妃》不是排第一就是排第二，結果爭來爭去，它倆竟然是一家，投資人牛逼啊！

有位網友用大紅粗體字發來彈幕：「這眼光沒誰了，我只能跪下了！」

肖嘉樹瞥見大螢幕，噗哧一聲便笑了，「其實我也沒想到它們會這麼紅，我就是覺得魏導演挺不容易的，為了拍《一夢百年》差點把房子賣掉。」他看了看主持人，體貼道：「這裡面具體發生了什麼故事，還是等魏導演來現場了再跟大家說吧。」

主持人豎起大拇指，「行啊，知道不能搶我的飯碗！」

肖嘉樹笑了起來，俊美的臉龐出現在大螢幕上，彷彿會發光一樣。

季冕轉頭看了看，眸色微暗，而臺下的觀眾則捂住嘴小聲驚叫。

論起顏值，小樹苗比「俏王妃」高多了，他怎麼不自己去演啊？

「你為什麼不去演俏王妃呢？」主持人問出了大家的心聲。

「我當時在拍《使徒》，沒有多餘的精力。我始終信奉一句話：一段時間只能夠做好一件事。把最好的精力留給最迫切的任務，不能貪心。」

羅章維贊同道：「對，我最反感演員軋戲。在各個劇組之間打轉，這邊的錢想賺，那邊的錢也想賺，結果是這部劇拍不好，那部戲也拍不好。人的精力有限，不能任意揮霍。」

主持人頷首道：「看來你們兩人合作得很愉快。」

「沒錯，有合適的角色我還會請肖嘉樹參演，非常省心。」羅章維毫不掩飾自己對小樹苗的喜歡，臺下的觀眾心有觸動，鼓起掌來。

主持人追問肖嘉樹：「聽趙川導演說你之所以投資他的劇只是因為一句話？」

肖嘉樹愣了愣，點頭道：「是的。」

「哪一句？」

肖嘉樹誠實道：「他跟我說，這部劇的女主角原本是李佳兒，但是李佳兒臨時毀約，害得他差點停拍。我當時已經把劇本還回去了，聽見這句話就又拿回來。她看不上的我偏要拍，就是爭這麼一口氣。」

李佳兒正與何毅的弟弟妹妹打官司，期間各種爆料，還把李佳兒的母親也牽扯進來。大家早已看清楚他們一家人的醜惡嘴臉，自是不會覺得肖嘉樹的話過分。

妳毀約了我來投資拍攝，拍出來紅成這樣就問就後不後悔？

李佳兒的演藝之路早已斷絕，看見曾經被自己萬般嫌棄的草臺班子這樣火紅，而扮演冷酷太子的女演員更是一舉登頂，直接從十八線混成了二線，她能不後悔嗎？她悔得腸子都青了。但凡她知恩圖報，答應季冕出演這部劇，就還有翻身的機會，但現在說什麼都晚了。

觀眾一想起李佳兒現在的慘狀便覺得解氣，立刻鼓起掌來。

主持人調侃道：「沒想到小樹苗也有霸道總裁的一面，我還以為那是你哥哥的專利呢。這可真應了一句話：『今天你對我愛理不理，明天我讓你高攀不起。』在這個圈子裡混，真的得走好路，做好事，珍惜眼前的機會。」

肖嘉樹連連點頭，面露感慨之情。

與此同時，林樂洋好不容易恢復一點血色的面頰又開始隱隱發白。

《一夢百年》和《冷酷太子俏王妃》紅透半邊天，他想裝作沒看見都不行，而當初正是因為他的阻撓，季哥才放棄投資。現在肖嘉樹憑藉它們大賺特賺，季哥得到了什麼？他什麼都沒得到，還令公司對方坤感到不滿，只因方坤當了他的傳話筒，言之鑿鑿地說投資這兩部劇一定會虧得血本無歸。

如今只要一想起這件事，或看見網路上鋪天蓋地的有關於這兩部劇如何火紅、如何賺錢的消息，林樂洋就想穿越回去，用一把大榔頭砸開自己的腦袋，看看裡面裝的是不是漿糊。

誰讓你多嘴，誰讓你插手，季哥本來就對你很失望，現在會不會更厭煩？你懂什麼叫投資嗎？你有那個眼光嗎？現在好了，你在他心裡變成了一個徹頭徹尾的笑話！

他會不會偶爾冒出這樣的想法：幸好我跟林樂洋分手了，要不然一定會被坑死！

林樂洋想的越多，心情就越惶恐，他甚至有一種抬不起頭的感覺，只好默默祈禱主持人趕緊結束這個話題。

墨菲定律在這個時候發生了，施廷衡似是想起什麼，忽然插嘴道：「我記得當時季冕也想投資這兩部劇來著，支票都拿出來了，怎麼最後沒談妥嗎？」

肖嘉樹想開口解釋，季冕淡笑道：「當時猶豫了一下，沒敢投，現在恨不得剁手。」

觀眾先是驚訝，然後大笑。

「沒想到素有『點金手』之稱的季神也有失算的時候，我應該為他感到惋惜，為什麼卻很歡樂呢？不不不，我一定不是在幸災樂禍！」網友發來一條彈幕，惹得大家忍俊不禁。

季冕看看大螢幕，扶額嘆息，狀似很難過。

今天的他在鏡頭面前顯得特別輕鬆愉快，也特別接地氣，讓很多路人都轉成粉絲。原來季神並不高冷，他也是普通人，也有失意甚至出糗的時候。

季冕等大家笑夠了才拍拍肖嘉樹的肩膀，「下次投資，記得照顧一下。」

肖嘉樹認真點頭，「季哥，你放心，我喝湯你吃肉，絕對少不了你的。」

主持人立刻抓住他的語病：「咦，不該是你吃肉，季老師喝湯嗎？是你口誤了，還是不小心說出了腦殘粉的心聲？」

肖嘉樹臉頰又一次漲紅，支吾半天說不出話，他從來沒被人這麼調戲過。

觀眾哄堂大笑，都說他絕對是道出了腦殘粉的心聲，寧願自己餓死也不能少了季神的肉吃。網友則發來一連串「哈哈哈」，季冕的全國後援會總會長更用紅色加粗的彈幕說道：「好吧，看在小樹苗一片癡心的分上，我們冊封小樹苗為正宮娘娘，誰也別跟他搶啊！」

「不搶，絕對不搶！」

「搶也搶不過啊！娘娘又能演又能賺，長得還那麼好看！」

小皇冠們蜂擁而至，用各種表情包調戲小樹苗，場面一度非常熱鬧。

肖嘉樹已經沒臉見人了，他真的是口誤。正宮娘娘什麼鬼？還當著全國人民的面冊封，真的很羞恥啊！他一邊捂臉呻吟，一邊推了推季冕，央求道：「季哥，你快管管他們。」

季冕忍笑道：「好了，別鬧了，小樹害羞了。」

「噗！大王實力寵愛娘娘，我等只能告退！」

小皇冠們又調戲一波，這才乖巧地退下，令臺下的觀眾差點笑岔氣。今天的季晃真的讓他們大開眼界，什麼話題都能聊，什麼梗都能接，也什麼玩笑都能開，簡直顛覆了大家對他的既定印象。無可諱言的是，這樣的他更令人喜歡，因為真實。

林樂洋看著兩人歡樂的互動，整顆心都在滴血，好不容易熬到主持人說再見，這才恍恍惚惚地站起來。

陳鵬新連忙衝上去扶他，心裡非常著急。

這一期節目的收視率創下了記錄，原因自然有很多，但導播分析過後對他說：每當肖嘉樹和季晃互動的時候，收視率就會上漲，可見觀眾對兩人的喜愛，但林樂洋在節目中的表現卻糟糕至極，表情僵硬，全程尬聊，也沒有與其他嘉賓有什麼交流，連瞎子都看得出來他被孤立了，這更加坐實了他與苗穆青、肖嘉樹不和的傳言。

「快微笑，攝影機還在拍！」陳鵬新用力按了按林樂洋的肩膀。

「我笑不出來。」林樂洋語帶哽咽，嘴角強扯著，他快撐不住了。

「先去化妝間再說。」兩人相偕去了後臺。

與此同時，肖嘉樹也很忐忑。他像小尾巴般跟在季晃身後，很想說些什麼，卻不知道該如何開口。他想告訴季晃自己並不是有意窺探他的隱私，他只是太喜歡他了，所以不自覺會去關注他的點點滴滴，悄然記在心裡。他管不住自己的思維，卻能管住自己的行動。他絕不會對他糾纏不休，也不會仗著喜歡之情就提出各種過分的要求。

他只想默默地支持季哥，在心裡給自己劃一塊地方自娛自樂罷了。

肖嘉樹滿腦子都在想這件事，並未意識到自己已經圍著季冕轉了很久。左繞繞右繞繞，快把季冕的生活助理繞暈了。

當助理被他擠得無路可走時，季冕終於開口：「你不回去卸妝換衣服？」

肖嘉樹抬頭一看，這才發現自己跟到了季哥的化妝間門口，訥訥道：「我只是送送你，那我先走啦！」他最終還是沒敢說出來，但他會用行動表示，自己絕不會成為季哥的困擾，自己不是腦殘粉，而是真愛粉加理智粉。

「好，早點回去休息。」季冕低頭看他，眸子裡閃爍著微光。

肖嘉樹趕緊離開，快走到轉角時忽然聽見身後傳來「噗哧」一聲笑，回頭去看，發現季哥表情疲憊，正揉著眉心，忍不住勸說道：「季哥，你也早點回去休息。」

「嗯。」季冕微微頷首，等人走遠了才放聲低笑。

「季總，您說肖嘉樹是真的崇拜您，還是想利用您炒熱度啊？」助理滿臉擔憂。

「憑他的人脈，還需要利用我炒熱度？」季冕推門進去，淡淡地道：「娛樂圈雖然很亂，但也有真正乾淨的人。」

助理見他表情不對，頓時不敢說話了。

方坤一邊打電話一邊從外面走進來，掛斷後咒罵道：「媽的，審核部自己都沒通過《一夢百年》和《冷酷太子》的投資方案，反倒怪起我來了！要不是林樂洋那個死小子……」

他及時打住這個話題，有氣無力道：「季哥，你當初不是說要用個人名義投資嗎？」

「不想了。一個人吃餅原本可以吃飽，兩個人分，其中一個就得挨餓。再說，就算沒有我，這兩部劇也拍出來了，還拍得很好。」季冕躺在沙發上假寐，化妝師正在幫他卸妝。

方坤掐指算了算，不禁扼腕。要知道，當初季哥打算拿出兩個億投資這兩部劇，如果按照比例來分成，現在早就賺了三四倍了，悔不當初啊！

他不敢再提這件事，默默打開手機追劇，追到一半，門被敲響了，林樂洋的聲音從外面傳來：「季哥，你在嗎？」

「不在！」方坤不耐煩地吼道。

外面安靜了一會兒，又堅持不懈地敲起門來，「季哥，我想跟你談談。」

方坤正想攆人，季冕淡然道：「讓他進來吧，你們先出去。」

幾人魚貫而出，把空間留給他們兩人。

「你想說什麼？」季冕洗了把臉，正用毛巾慢慢擦拭額角的水珠。他的態度非常平靜，絲毫看不出曾經熱戀的樣子，也看不出分手後的憔悴。

林樂洋暗暗吞了一口唾沫，顫聲道：「季哥，你是不是跟肖嘉樹在一起了？要不然他不會那麼了解你。你是因為他，才跟我分手的吧？」

「我跟他只是普通的朋友關係，你到現在還不明白我為什麼要跟你分手？」季冕放下毛巾，表情嚴肅。

「不明白。相戀幾年，我們從來沒吵過架，也沒鬧過太大的矛盾，你說分手就分手，讓我怎麼能想通？」林樂洋鼓起全部的勇氣才敢問出這些話。誰也不知道，當他看見季哥與肖嘉樹相處得那般愉快時，他的心彷彿鈍刀在割，痛不可遏。

季冕定定看他，末了喟然長嘆，「你究竟是想不通，還是不敢去想？你覺得我們最愉快的相處模式是怎樣的？」

林樂洋呆愣良久才道：「我以為我們一直都很愉快。」

「當我越來越多地干涉你，你覺得愉快嗎？不，你一直都不快樂，你只是在忍耐。你明白你想從我這裡得到什麼才能滿足嗎？你需要我無條件支持你，無條件包容你，無條件理解甚至讓步，這樣你才能獲得最大的安全感。但凡我管束你一點點，你就會豎起渾身的尖刺，認為我限制了你的自由，沒把你當成平等的個體看待，但事實真是如此嗎？我為你付出那麼多，你只要一句『我是真心愛季哥的』就能心安理得地接受，然後一直在原地踏步，從未想過靠近我。為什麼？因為你並不喜歡男人，你為我改變了性向，這就是最大的犧牲和付出，所以你永遠得不到滿足，也永遠不會覺得應該為我做些什麼。」

林樂洋如遭雷擊，訥訥難言。

季冕點燃一根香菸，繼續道：「你說我們的地位不對等，這沒錯，但高高在上的那個人從來都不是我，而是你。無論我付出多少，對你來說都是不夠的，因為你被我掰彎了，你從一個直男變成了令人厭惡的同性戀，這就是我的原罪，我這輩子都欠著你。」

「不不不，我從來沒那麼想過！」林樂洋虛弱地搖頭。

「有沒有那樣想，你自己心裡或許不清楚，但行動上卻明明白白地表現出來。」季冕吐出一口煙霧，徐徐道：「當我強迫陳鵬新和陳鵬玉寫下欠條時，你有沒有怨過我？」

林樂洋想搖頭，卻沒辦法動彈。在季冕的凝視中，他感覺自己無所遁形。

「如果那些照片和聊天記錄被爆出去，你認為是我受影響大，還是你？說一句不中聽的話，我已經混到現在這個地位，有什麼黑料能把我打垮？離開娛樂圈我照樣能活。你就從來沒想過，當我那般嚴苛對待陳鵬新和陳鵬玉時，我真正想要保護的人是誰？誰才是最大的受益者？每當遇見難事，我會下意識把你納入羽翼之下，你卻完全相反，立刻就能站到我的對立面。你和陳鵬新才是一國的，我卻變成了壞人。你能原諒陳鵬玉的出賣，卻不能體諒我的心情，你這樣對待我真的公平嗎？你有什麼資格像他們那般怨恨我？就算是我對不起全天下的人，可我沒有對不起你。我們的相戀是自由的，我沒強迫你一定要回應，一定要改變性向，這是你自己的選擇。你如果不情願，你當時就應該告訴我你是直男。」

林樂洋不知不覺留下兩行淚水，什麼反駁的話都說不出來了。

季冕杵滅香菸，嘆息道：「你知道肖嘉樹為什麼比你更了解我嗎？因為他用了心，而你是我的戀人，我們在一起那麼多年，你對我有用過心嗎？誠然，我也不知道你真正喜歡的東西是什麼，但我曾努力地想要去了解你。是你對我關閉心門，把真正的自己隱藏起來，所以我自以為的了解，只不過是你為我營造的一個假象而已。我喜歡什麼討厭什麼，只要你認真觀察，你也能發現。我有阻止你走進我的內心嗎？沒有，正好相反，我一直想要把你往我的心裡面拽，而你一直在抗拒。」

「你率先切斷了我們互相靠近的管道，卻反過來質問我為什麼要跟你分手。你覺得以我們這種情況，真的能長長久久走下去嗎？一個人不斷試圖靠近，另一個人卻躲在透明的罩子裡觀望，他們的手能牽在一起嗎？林樂洋，你太高估我的毅力了，我或許能堅持兩年三年，但我不能堅持一輩子。」

他打開房門，沉聲說道：「我不會回頭看，你也得繼續向前，我們各走各的路吧。」門輕輕闔上，林樂洋這才望向鏡子，結果看見淚流滿面的自己。

如果不來這一趟，他或許還能騙騙自己，還能信誓旦旦地說季哥還愛著自己，他們還能繼續走下去，還能像以前那樣快樂。卻原來他從未快樂過，他一直在矛盾和不安中掙扎，而季哥早已將他看透了。

♥ ♥ ♥

經過緊鑼密鼓的宣傳，《使徒》終於如期上映。在簡單的見面會後，電影院的燈光暗了下來，肖嘉樹坐在季冕身邊，緊張得手腳發涼。

這是他第一次觀看自己參演的電影，不知道表現如何，能不能獲得觀眾的認可。

「別緊張，你做得很好。」季冕湊到他耳邊，用渾厚的嗓音安慰。

肖嘉樹的思緒一下子就跑偏了。

季哥的聲音真好聽啊，難怪他演出的電影大多採用原聲，很少啟用配音師！哎呀，耳朵要懷孕了！他摸摸自己微熱的耳垂，緊張的心情被拋到腦後。

季冕低沉一笑，惹得他耳尖顫了顫。若非片頭曲的樂音響起，他多半還會沉浸在偶像醉人的「低音炮」裡。

電影情節慢慢鋪展開，觀眾或許沒什麼感覺，肖嘉樹卻能輕易發現自己前期和後期的表現存在多大的差異。前期的他根本不知道什麼叫做表演，只是單純呈現自己生活的另一面而已。雖然看起來很自然，卻少了幾許感染力。沒有演技的表演是單薄的、平淡的、沒有力量的，現在他總算明白這句話是什麼意思了。

到了後期，他漸漸把自己代入角色內心，演技得到了飛躍式的進步。

他像一個旁觀者，冷靜分析著自己在電影中的表現，默默記下出彩或不足之處。又像一個參與者，被劇情的發展深深吸引。當看見凌峰死亡的那一幕時，他的腦子一片空白，只能木然凝視著季冕被放大了無數倍的雙眼。

那眼裡的絕望和慟切像海水似的湧入他的心門，令他思緒恍惚，心如刀割。不知不覺他已淚流滿面，冷透的淚珠滑落脖頸才令他醒轉過來，然後垂下頭用紙巾飛快擦臉。

之後他沒有功夫再胡思亂想，他被那個決絕的，試圖毀滅整個世界的凌濤攝取了全部心神。看見凌濤受傷，他似也感覺到了疼痛；看見凌濤陷入瘋狂，他也迷失了方向。他的喜怒哀樂都被電影裡的人物掌控了，只因季冕的演技具備太過強大的感染力，讓他掙脫不了。更何況他還曾扮演凌濤的兄弟，這種感染力便又放大了無數倍，瞬間就把他拽進了那個虛幻而又真實的世界裡。

最後凌濤中槍倒下。他趴伏在一堆骨灰上，眼裡的光芒一點一點熄滅。

播映廳裡響起此起彼伏的低泣聲，他明明是個反派，卻沒有觀眾為他的伏誅拍手叫好，只因他這一生太過坎坷也太過悲壯。他壞得徹底，同時也愛得徹骨；他的內心雖然充斥著黑暗，卻也灑落一地光明。

這是一個何其複雜，何其冷酷，卻又何其熾熱的男子。他與凌峰就像嵌合在一起的完整體，一旦失去對方，就不再是完整的人，也失去了存在的意義，他的結局早已註定。

他用極致的黑，襯托了凌峰極致的白。反之，凌峰用極致的光明，喚醒了他唯一留存的善念。這兩個人物在電影中的存在是互為依託，互為前提的，不能捨掉任何一個來談論他們的表現。只要其中一個演員無法跟上另一個的演技，這部電影就毀了。

現在電影不僅沒被毀掉，反而因為兩位演員出色的表現而大放異彩。所有掩藏在劇情中的矛盾與衝突、人性與獸性，皆似熾熱的熔岩，以劇烈的方式爆炸開來。

觀眾或驚嘆或低泣或沉迷，被劇情深深吸引，肖嘉樹卻難受得快要窒息了。他盯著奄奄一息的凌濤，忍不住在心裡吶喊：不要死，不要管我的骨灰了，坐上飛機走吧！離開這裡去國外，建造一棟屬於自己的房子，結婚生子，過正常的生活！

他顧不上什麼三觀不三觀，法律不法律，他只知道這個人是自己的哥哥，哪怕他毀滅了全世界，他也不應該承受這樣的結局。

凌濤終於死了，他眼裡的光芒消散，只餘沉沉的黑暗。肖嘉樹的眼淚又洶湧落下，怎麼擦都擦不乾。他向來是個多愁善感的人，小時候看電視特別容易被煽情的鏡頭感動，長大了雖然有意克制，卻依舊在季冕強大的演技面前潰不成軍。

季冕把凌濤演活了，肖嘉樹根本沒法把他當成一個虛幻的人物看待。他就是他的哥哥，而他希望他能擁有一個圓滿幸福的結局。

編劇在哪兒？我想打死他怎麼辦？

肖嘉樹一邊眨著通紅的眼睛，一邊尋找編劇的身影，臉頰忽然被一條手帕貼住，一隻手臂從背後環了過來，輕輕按在他的肩膀上。

「別哭了，這只是一部電影而已。」季冕無奈地道。

「才不是！在我心裡，他們都是有血有肉的人！」肖嘉樹悶聲悶氣地反駁。

季冕想笑又滿心動容。觀看這段劇情時，他怎麼會感受不到肖嘉樹內心的強烈波動，他那樣努力地為凌濤祈禱，那樣熱切地希望他能活下去。他把這些充滿愛意的情緒源源不斷灌注在季冕的身上，讓季冕像浸泡在溫泉裡一般，每個毛孔都被撫慰著、滲透著，令他坐立難安，卻忍不住耽溺其中。

原來這就是「被愛的感覺」，活了三十多年，季冕頭一次真切地領悟到這幾個字的含義，所以他無法忍受肖嘉樹的哭泣。明知道羅章維邀請了很多記者，他們正在偷偷拍攝眾演員的舉動，他依然把肖嘉樹擁入懷裡，萬般無奈地用手帕擦掉他臉上的淚水和鼻涕。

「別哭了，記者在拍呢，你不想自己偷哭的照片登上頭條吧？」他在肖嘉樹耳邊低語。

肖嘉樹僵了僵，乖乖仰起頭，讓季冕幫他擦臉。

「季哥，你演得真好。你把凌濤演活了，我真的不想他死，編劇為什麼不寫第二部呢？他可以把凌濤的結局改一改，改成假死，讓他去國外隱居，當毒販再次猖獗時，他就出山幫何勁做臥底將功抵罪。其實他早就將功抵罪了，東南亞的販毒圈是靠他才拔掉的，何勁幹了什麼啊？何勁就是個四肢發達、頭腦簡單的莽漢，沒有凌濤在背後幫他，他早就死了幾百次了，還翻什麼案立什麼功？」為了緩解內心的悲痛，肖嘉樹滔滔不絕地抱怨著。

季冕哭笑不得，見他臉蛋擦乾淨了，忍不住用手拍了兩下——

這個活寶啊！

電影恰好播放到結局，何勁把兄弟倆的骨灰一同埋葬，將那塊雕刻著「T&F」字樣的銘牌掛在墓碑上，微風一吹便發出丁零零的聲響。

字幕緩緩爬上來，悲涼大氣的音樂在播映廳裡迴盪，繼而是觀眾熱烈的掌聲。

施廷衡一邊鼓掌，一邊忍笑道：「肖嘉樹，別以為我聽不見你在埋汰我。信不信我把你偷哭的照片發到網路上去，為你好好宣傳一下？」

肖嘉樹連忙做了個嘴巴拉拉鍊的動作，擠眉弄眼似的在求饒。配上通紅的臉蛋和鼻頭，形象實在是慘不忍睹。施廷衡和季冕等人被他逗得低笑連連，唯獨坐在角落的林樂洋無法插進去，只能全程僵著臉。

當肖嘉樹開始流淚時，季哥的注意力就完全不在電影上了，他幾乎每隔幾分鐘就會去看對方，臉上滿是掙扎、無奈和疼惜，到最後他終於忍不住了，一邊掏出手帕幫肖嘉樹擦臉，一邊將人抱進懷裡拍撫。他不知道他的表情有多溫柔，與螢幕上的凌濤如出一轍。是不是因為拍了這部電影，所以季哥便陷入那虛幻的感情中走不出來了？

林樂洋心裡難受得厲害，卻沒有資格再去質問或干涉了。

廳裡的燈光陸續亮起，幾位主要演員站起來向觀眾鞠躬致意，而觀眾再次報以雷鳴般的掌聲。有個小女生用哽咽的聲音嚷道：「編劇是哪個？站出來讓我看看，我保證不打死他！他憑什麼把凌濤和凌峰寫死？」

觀眾一下子炸開了鍋，有人大笑，有人附和，還有人嘆息。無論如何，這部電影紅了，它塑造了電影史上最成功也最具人格魅力的反派之一，令季冕的履歷再添輝煌的一筆。

肖嘉樹絲毫不遜色於兩大影帝的演技，獲得了大家的廣泛認同，也令他極快在娛樂圈站穩了腳跟。之前還有人說他紅起來全靠一張臉和顯赫的家世，現在則無人再說這種酸話。家世好和長相好的確是他的長處，但他自己也具備極其出色的演技。

這樣的人如果紅不起來，那才是沒天理了。

《使徒》是警匪片，投資規模不大，滿打滿算也就幾個億，上映剛一週就賺回成本，後面幾週口碑持續發酵，各大網站均給出了很高的評價。

有好消息就有壞消息，當然，這個壞消息是只針對肖嘉樹而言。

他在電影院裡偷哭的照片還是被記者拍下並發到網路上了，更過分的是，他被季冕抱進懷裡擦眼淚的動圖也被傳得到處都是。與他之前在街頭流浪的截圖共同剪接進表情包裡，占據了本年度最佳表情包第一名的寶座。

網友紛紛表示看完電影後再看動圖，他們千瘡百孔的心得到了療癒。

這才是凌氏兄弟的正確打開方式嘛！

第二章

難以抗拒肖少爺的美色侵襲

肖嘉樹爆紅了，他被網友們戲稱為「活在表情包中的男人」，如果今年你沒用過肖少爺的表情包，那你就落伍了。凌峰和凌濤這對CP也火了，很多影迷表示購買電影票只是為了看兩人的互動而已。雖然結局很慘，但過程很甜，現實中更甜，這就夠了。

在電影播映的幾週時間裡，「凌濤和凌峰」這個話題不時被頂上微博熱搜榜第一的位置，可見觀眾對這兩個角色有多喜愛。最終，《使徒》以一百五十六億的高票房完美收官，狂賺了一把口碑和人氣。

為了蹭這對兄弟CP的熱度，很多廣告商同時向季冕和肖嘉樹伸出橄欖枝，卻都被拒絕了，直到禪悅溫泉度假飯店發來一份邀請。

「禪悅的代言，季哥，你接不接？」方坤一時拿不定主意。

「我先問問肖嘉樹。」季冕剛拿起手機，提示音便響了，說曹操曹操就到，肖嘉樹發來一個表情符號，並附言道：「季哥，你在不在？」

方坤隨意瞄了一眼，然後噴笑出來。只見肖嘉樹發來的表情符號是他躲在一面牆後，探出半個腦袋觀察野狗和野貓搶奪垃圾桶裡的食物。他滿頭亂髮，臉上還貼著絡腮鬍，只露出一雙小心翼翼又水光迷濛的眼睛，看起來既可憐又搞笑。

季冕低聲笑開了，發了一個摸頭的表情符號，「在，有什麼事？」

「咱們一起接禪悅的代言吧，肥水不流外人田。」肖嘉樹又發了一個表情符號：流浪中的他蹲在一個大大的塞滿塑膠瓶的蛇皮口袋旁邊，雙眼冒著亮閃閃的光芒，右下角配了「發財啦」的字眼。

季冕一邊扶額，一邊忍笑，好半天才回覆：「那就接吧。」

翌日，兩人來到攝影棚拍攝平面廣告，負責接待他們的工作人員態度十分殷勤。一個是知名影帝，一個是總裁的弟弟，哪一位都惹不起。

「我哥呢？」肖嘉樹左右看看，露出失望的表情。

「肖總還在開會，等一下會過來。二少爺、季老師，你們這邊請。」工作人員把他們帶進化妝間，並解釋道：「咱們這個飯店是為養生而蓋的，主要消費群是需要放鬆的都會精英或老年人，不是遊客，所以把親情和友情設定為今天的拍攝主題。也就是說，您二位在拍攝中既是兄弟也是朋友，把這種關係表現出來就可以了。」

季冕看了肖嘉樹一眼。

肖嘉樹立刻點頭，「沒問題。」不就是把季哥當成親哥一樣看待嗎？這有什麼難的？

「你們先做造型，我去和攝影師溝通。」工作人員端來一壺咖啡給兩人。

一個小時後，穿著同款西裝的兩人走進攝影棚。季冕的西裝是灰色的，板板正正，一絲不苟，頭髮梳理到腦後，露出深邃俊美的五官，高挺的鼻樑上架著一副金絲眼鏡，卻未遮住他凌厲的目光，反而讓他顯出幾分強勢的氣場。

肖嘉樹的西裝是寶藍色的，頭髮凌亂蓬鬆，但不邋遢，反倒透出幾分灑脫，沒打領帶，沒繫衣扣，修長的脖頸和一小截鎖骨顯露在外，頗為吸引人眼球。

兩人分明穿著相同款式的衣服，呈現出來的風格倒是迥異。一個沉穩禁慾，一個生動活潑，站在一起既有種割裂感，又有種和諧感，簡直像是有凹陷又可以緊緊嵌合的半球，讓人恨不得用繩子把他們捆在一起。

攝影師眼睛一亮，連忙高聲道：「太棒了，就是這種感覺！」

為了彰顯飯店的各種功能，第一組照片在商務會議室裡拍攝。一張豪華的圓形會議桌擺放在中間，四周打著燈光。

「假裝你們在辦公，桌上的道具可以隨便用，自由發揮，無須管我，我看著抓拍。」攝影師指著桌上的筆記型電腦和資料夾說道。

咦，我沒經驗啊！肖氏製藥每次召開股東大會，我就是個配角，坐著裝木頭就可以了！肖嘉樹抓耳撓腮，十分為難。季冕似笑非笑地瞥他一眼，提醒道：「我處理公務，你隨便玩。我倆的造型很能表現情境，我是精英，你是紈絝，你做做樣子就可以了。」

恍然大悟的肖嘉樹對季冕感激一笑，拿起資料夾把玩。他把自己想像成一個只知道靠哥哥的二世祖，腦子裡全是吃喝玩樂，之所以來開會都是被哥哥逼的。

誰知想著想著他差點哭出來，因為這根本就是他現實生活中的寫照，哪裡是演的？他頓時洩了氣，一隻手托腮，一隻手假模假樣捏著資料夾，眼珠偷偷去瞟季冕，漆黑的瞳仁裡滿是哀怨和狡黠。季冕則盯著筆記型電腦，表情嚴肅，彷彿在召開一場視訊會議。

攝影師按下快門，大聲慫恿道：「對對對，就是這樣！表情很棒，再來幾個！」

很棒嗎？肖嘉樹來勁兒了，長腿往桌上一擱，雙手枕在腦後，得意地搖晃起來。

我就是個二世祖，怎麼了？我就是不喜歡上班，怎麼了？你硬把我抓來是嗎？好，我就鬧得你也不得安生。他一邊想一邊抖起腿來，眉梢高高挑著，看起來很欠揍。

他給自己加了很多戲，卻不知季冕差點忍笑忍成內傷。這活寶，怎麼想像力如此豐富，真是戲精本精！

「把腿放下去。」季冕脫掉金絲眼鏡，用深沉難測的目光睨他。

兄弟倆劍拔弩張的畫面被攝影師快速紀錄下來。

肖嘉樹慫了，老老實實把腿放下，然後斜眼偷瞄季冕，表情有些委屈，含著水光的眸子彷彿在控訴：「你怎麼這麼嚴厲？」

季冕垂頭凝視他，嘴角的弧度和眼眸深處的溫柔淡化了威嚴冷峻的氣場，彷彿在無奈地詢問：「你怎麼如此調皮？」

兩人你抬頭看我，我垂眸看你，身體都微微向對方靠攏，使畫面構圖呈現出詭異的和諧與矛盾感。再細細一品，又能發現暗藏於其中的溫馨。攝影師喀嚓喀嚓連拍數十張，一邊拍一邊感嘆：不愧是本年度最佳ＣＰ，瞧這默契，簡直絕配！

僅僅花了十多分鐘，會議室的照片就拍好了，一行人轉戰總統套房。有了拍攝經驗的肖嘉樹這回完全放開了，換上與季冕同款不同色的休閒服，懶懶散散地躺在沙發上。

季冕自然而然地走過去，低笑道：「讓讓，只有一張沙發，你一個人給霸占了，哥哥要坐哪裡？」不知不覺，他把自己代入了兄長的角色，對待肖嘉樹時充滿了耐心與溫柔。

誰也不知道，他曾經多麼渴望能擁有一個兄弟或姊妹，這樣就不用獨自面對那些可怕的過往，也不用忍受數十年的孤獨。如果有一個人能與他分擔痛苦，分享喜悅，或許他便不會那麼早對自己的人生失去期待。他一直在尋找生活的動力，但生活的本質似乎就是索然無味。

當他垂下頭，看著肖嘉樹慵懶的臉龐時，暗沉的眼眸不自覺透出一點光芒。

肖嘉樹躺在陽光下，整個人都是軟的，勉強抬起上半身，含糊道：「季哥，你坐著，我躺你腿上可不可以？我想睡一覺。」

「拍幾張照片再睡。」季冕坐下後輕輕拍打他染滿紅暈的臉蛋。

「我真的好睏，昨天晚上吃雞去了。」肖嘉樹翻了個身，背對著季冕躺下。

吃雞好像是一款網路遊戲，季冕知道，可從來沒玩過。他盯著肖嘉樹睡意惺忪的臉，有些哭笑不得，想把對方搖醒，指尖卻不由自主插入他髮絲之間，來回撫弄，緩緩摩挲。

肖嘉樹像一隻被主人愛撫的貓，發出輕哼，挪動位置，由側躺變成仰臥，任自己最脆弱的地方展露在季冕眼底。他對他全身心地信任著，也全身心地依賴著。陽光穿透落地窗遍灑而下，為他們鍍上一層柔和的金邊，使整幅畫面看起來溫暖得不可思議。

攝影師接連按下快門，然後比了一個沒問題的手勢。不用換造型了，這樣的感覺已經很棒，讓整個套房顯得暖和又舒適，當下就想搬進來睡一覺。

「換下一個場景……」攝影師的大嗓門被季冕「噤聲」的手勢堵住了。

「先讓他睡一會兒吧。」季冕不敢站起來，無奈攤手。

「好的好的，二少爺最近工作忙，肯定很累。後面的照片可以改天再拍，反正我們不是很急。」工作人員哪裡敢打擾這位小祖宗，連忙拿來一條毛毯給他蓋上，隨即尷尬不已地看著季大影帝，「您要不要挪一挪？我們幫您把二少爺抬起來？」

「不用，讓他睡熟再說。有書嗎？拿一本來，隨便什麼都行。」季冕盡量壓低嗓音。

「有的，我這就去拿。」工作人員找來一本小說，又端來一壺咖啡。

就這樣，季冕坐在溫煦的陽光中，腿上躺著一個人，手裡拿著一本書，一邊品讀，一邊輕啜咖啡，優哉游哉地度過整個下午。如此靜謐美好的日子，他已經很久沒有享受過了。

……

肖嘉樹迷迷糊糊地醒過來，感覺腦袋底下熱呼呼的，還很軟，睜眼一看才發現自己竟然躺在季哥的大腿上，兩隻手環著他的腰，姿勢要多親密有多親密。

季冕端著一杯咖啡慢慢喝著，察覺到腿上的人有了動靜，輕笑道：「醒了？」

肖嘉樹臉頰燒紅，手忙腳亂地爬起來問道：「季哥，我睡了多久？沒耽誤工作吧？」

「睡了四十多分鐘，接下來還有幾組照片要拍，應該是來得及。」季冕盯著他亂翹的頭髮，手有點癢，到底沒做多餘的動作。

「那我們快點吧！」肖嘉樹連忙跑去化妝間換造型。

剩下的幾組照片都要在戶外拍攝，兩人換上運動裝來到高爾夫球場。攝影師指著打好燈光的一處草坪，吩咐道：「隨便發兩個球，擺擺動作就可以了，當作是在玩一樣。」

「你發球？」季晁抽出一根球杆遞給肖嘉樹。

「你發球吧，我幫你看風向、測距離。」肖嘉樹接過球杆後蹲下，黑白分明的眼眸微微瞇著，往插著旗杆的果嶺上看。

「你會看風向？」季晁經常玩高爾夫，握緊球杆後擺了幾個標準的動作。

攝影師圍著他倆繞圈，捕捉他們的一舉一動。

「會啊！」肖嘉樹伸出粉紅的舌尖舔了舔自己的大拇指，接著把手高高舉起來，模樣挺像那麼一回事，事實上他壓根兒不懂得測風向，這種方法還是看軍事節目時學來的。那些狙擊手準備狙擊敵人時都會先舔濕自己的大拇指，再探入空氣中感受風向。具體的原理節目主持人沒解釋過，是肖嘉樹自己猜的，無非風往哪裡吹，舔濕的哪個面就比較涼唄。

奈何想像很豐滿，現實很骨感。他把拇指舔濕後才發現整個指腹都是涼的，沒有特別靈敏的觸覺根本用不了這招，這就尷尬了。

當他努力控制住自己隱隱漲紅的臉頰時，季晁用拳頭抵住嘴唇咳嗽了幾聲，忍笑道：「測出來了嗎？」

「測出來了，東南風，距離四百五十碼，你開球的時候稍稍往東南方向偏一點，如果能打出三百碼的距離，抓鳥絕對沒問題。」肖嘉樹煞有介事地說道。

季晁看他，「真的？」

肖嘉樹臉頰紅了紅，隨即認命地舉起雙手，「假的，我就是想裝個逼而已。舔手指頭測風向什麼的，是不是特別帥？」

「是挺帥的。」季冕深深看了一眼他緋紅的唇瓣，「那我就隨便打了。」話落揮杆。

攝影師一直圍著兩人轉圈，全方位拍攝他們的互動。說是讓他們別緊張，只當來玩的，兩人就真的一點也沒緊張，認認真真打起球來。季冕的開球非常有力，飛出去三百多碼，再來一杆就能上果嶺，喜得肖嘉樹直拍手。

他們的笑容都很燦爛，眉眼間全是輕鬆與愉悅，超高的顏值為這綠茵遍布的球場增色不少。眼看兩人邁步往果嶺上去了，真的準備抓隻鳥，心滿意足的攝影師連忙把他們叫住：「不用上去，球場的照片拍完了，接下來去溫泉池拍。」

「咦，這樣就拍完了？我們才剛剛開始啊！」肖嘉樹滿心遺憾，邀約道：「季哥，等你有空的時候，我們一起來玩吧，你打球的技術真棒！」

「好。」季冕意猶未盡地放下球杆，回到化妝間看見工作人員準備的泳褲和浴袍，有些躊躇起來。他天生喜歡男人，而肖嘉樹長成那個模樣，即便他並未對他有什麼想法，也會感覺到很不自在。

要想對肖嘉樹視若無睹很困難，尤其這小子心理活動特別豐富，很喜歡想東想西……當季冕懷著不確定的心情走進溫泉室時，卻發現肖嘉樹正蹲坐在池邊看著什麼，並未下水。

他身上穿著一條純白浴袍，頭上裹著羊角巾，雙眸被氤氳的霧氣浸染，顯得濕漉漉的，模樣有些可愛。

「季哥，你先別下水。」他拽住季冕的袍角。

「為什麼？」季冕蹲坐下來，這才發現池邊的泉水中泡著幾顆土雞蛋。

肖嘉樹托著腮幫子，嘟囔道：「我可不想吃用咱們的洗澡水泡熟的雞蛋。」

季冕忍俊不禁，開玩笑道：「可是這個池子裡已經有很多人泡過了。」

「這你就不知道了吧？這幾口溫泉用的都是地下活水，每天的水源是不斷流動的，特別乾淨。咱們泡過沒幾分鐘，又會有新的泉水湧上來，它們富含各種礦物質，還能治病呢。這邊是出水口，溫度很高，待會兒你要泡得去那邊。」肖嘉樹驕傲地介紹著自家的產業。

不用下水正中季冕下懷，他認真聆聽著肖嘉樹滔滔不絕的解說，嘴角始終掛著溫柔的笑意，待雞蛋煮熟後便剝開一顆塞進對方嘴裡。

攝影師原本打算拍攝兩人的半裸浴照，這樣比較有噱頭，可看見兩人肩並肩蹲坐在池邊吃雞蛋的場景就改變了主意。他們臉上的笑容輕鬆愉悅，眼裡散發出柔和的光芒，一個剝雞蛋投餵，一個臉頰鼓鼓地吃著，這一幕是再普通不過的生活場景，卻也充盈著濃濃的溫情。

禪悅飯店的經營理念就是「輕鬆、愉悅、溫情」，並致力於為顧客打造另一個家。

兩人的表現足以詮釋這個主題，拍下的照片讓人一看就會不由自主地微笑起來。攝影師反覆查看底片，末了拊掌道：「沒問題了，今天的照片拍得很好，感謝二位的配合。」

肖嘉樹正把一顆雞蛋塞進季哥嘴裡，炫耀道：「怎麼樣，口感是不是跟普通的開水煮雞蛋不一樣？我告訴你，這裡面含很多種礦物質，營養豐富，每天吃兩顆對身體有好處……」說到這裡，他看向攝影師，哀怨地叫起來：「怎麼又拍完了？我還沒開始泡呢！」

「我們收工了，您二位想泡的話可以繼續。」工作人員連忙解釋。

肖嘉樹剛吃兩顆雞蛋，不但不頂飽，反而更餓，猶豫地問道：「季哥，你還泡嗎？」

「去吃飯，我請你。」季冕摸了摸他被水打濕的額髮。

「好，下次我請你來泡溫泉。」肖嘉樹喜孜孜地站起來，不忘把沒吃完的雞蛋打包。

兩人換好衣服出來，就見肖定邦正坐在大堂裡，身後站著兩名高大的保鏢，一名中年男子彎腰俯首，似在稟報什麼。肖定邦略一招手，上一秒滿心期待與季哥共進晚餐的肖嘉樹，下一秒便屁顛屁顛地跑過去。

季冕停頓一秒，也走了過去。

「拍完了？跟我去吃飯？」肖定邦說道。

「好啊！」肖嘉樹一口答應下來，然後才想到自己與季哥有約在先，這可怎麼辦？總不能把季哥也叫去吧？大哥與他又不認識，在一起會不會尷尬？會不會不自在？如果兩個人都不舒坦，在一起吃飯就成了受罪，又是何必？

他正兀自懊惱，季冕微笑開口道：「我等會兒還有事，恐怕得先走一步。小樹、肖總，咱們下回再約。」

「好的，季哥，你路上小心，慢點開車。」肖嘉樹朝季冕投去感激的目光。這是大哥第一次主動邀請他吃飯，他真的不想拒絕。

季晃擺擺手離開，剛走幾步就聽見身後傳來肖定邦低沉的聲音：「小樹，你知道我最喜歡吃什麼嗎？」

「知道啊，大哥最喜歡吃魚，尤其是糖醋魚。」

「那我最討厭吃什麼？」

「芹菜。」

「最喜歡的顏色？」

「墨綠色。」

「最喜歡的運動項目……」

肖定邦沒完沒了地問著這些無聊的問題，肖嘉樹逐一答上來，沒有任何猶豫或錯誤。對待自己在乎的人，他總是如此用心，哪怕分開很久也不會產生隔閡。

季晃心有所感，忍不住回頭去看兄弟倆，就見素來沒什麼表情的肖定邦笑得開懷，一把將肖嘉樹拽進懷裡，揉亂他的頭髮。毫無疑問，他也看過上次的訪談節目，這是在吃醋。

季晃搖頭失笑，站在原地看了他們一會兒，這才邁著輕鬆的步伐來到停車場。方坤剛好趕到，一邊打開車門一邊觀察他的面色，驚訝道：「忙活了一整天，你好像一點也不累？」

「沒忙活，純粹就是玩。」季晃打開手機看了看。

他的助理拎著一個大包包爬上後座，感慨道：「肖嘉樹是太子爺，那些人哪敢為難他，隨便拍幾張就完事了，還一個勁兒說好。」

隨便拍的嗎？季冕盯著攝影師發來的幾張樣片，完全不能認同助理的說法。照片上的他和肖嘉樹笑得那樣輕鬆愉悅，相互對視的眼眸裡充滿著柔光，彷彿能照亮周圍的一切。他拍過很多雜誌封面，從來沒有一次能像現在這般真心實意地笑出來。

哪怕拍攝結束，但看見這些照片的時候，他依然能感受到那份別樣的心情，依然會不由自主地扯開嘴角，而具備如此強大感染力的照片，怎麼能說是隨便拍的呢？

他搖搖頭，把照片一張一張存進相冊裡，再打開微博時卻發現肖嘉樹更新了一條動態，並附上一張照片。

肖嘉樹在坐上車後忍不住拿起手機，為自己和大哥拍了一張合照，接著發送到微博上，並留言道：我哥。

肖定邦側過頭看他，表情雖然平淡，眼裡卻滿是寵溺的光芒。單憑這張照片，外人就能知曉這兄弟倆的感情不是作假的，他們不像外界傳言的那般為了繼承權鬥得你死我活。

粉絲們立刻嗷嗷叫起來。

「啊啊啊，哥哥好帥氣好威嚴，不愧是現實版的霸道總裁！」

「哥哥開的是什麼車？方向盤上的標幟不太認識啊，賓利？」

「笨蛋，那是巴博斯，越野車裡的怪獸，性能十分強大，外觀更強大，不是真男人根本駕馭不了，起步價至少六百萬！哥哥真有錢啊，還很騷氣！」

「等等，你們忘了濤哥嗎？小樹苗，你也秀一張濤哥的合照啊！」
「要濤哥！小樹苗快發糖！」
「今天不吃到你和濤哥的狗糧，我堅決不下線。季神，你家弟弟跟別人秀恩愛啦，你快出來管管呀！」
「我只想為小樹苗獻上一首歌：是否每一位你身邊的男子，最後都成為你的哥哥？他的心碎，我的心碎，是否都是你啊你，收集的傷悲。是否每一位歡樂過的藍顏，最後都是你傷心的哥哥，他的心醉，我的心醉，是否都是你啊你，虧欠的陶醉……」
這條留言下面堆滿了回覆。
有人噴笑道：「大妹紙，快別唱了，暴露年齡了！」
「哈哈哈哈，我也情不自禁地唱起來！」
……
網友的留言一條比一條歡脫，弄得肖嘉樹哭笑不得，還專門去搜了搜《你到底有幾個好妹妹》這首歌。
與此同時，季冕也正刷著小樹苗的微博，嘴角的笑意自始至終就沒散過。他打開相冊，調出一張兩人在溫泉池邊互相餵雞蛋的照片，編輯了兩個字：我弟，然後便想往上發，卻又及時頓住。
就在他猶豫不決時，肖嘉樹再次更新了一條微博，選取的照片好巧不巧，正是季冕挑中的那張，配文只有三個字：我濤哥。照片上的他笑得傻乎乎的，濡濕的眼眸中飽含溫情。

季冕的指尖正好停留在他眉心，待回神時竟似被燙著般，急忙把手移開。

心願得償的粉絲更加來勁兒，短短幾分鐘就點了上萬讚。有人幸福得直打滾，一邊舔屏一邊喟嘆：「我就知道官方發的糖才是最甜的！媽呀，我被甜壞了，牙齒都蛀了幾顆！」

「這是在哪兒啊？一起泡溫泉？有姦情喔！」

「哥哥餵的雞蛋是不是特別好吃呀？一定要好好在一起喔！如果你們分開的話，我一定會粉轉黑的，還會給你們寄刀片！」

兩人的CP粉得到極大的滿足，媽媽粉也樂見其成，唯愛粉和女友粉以為兩人是純粹的兄弟情，而且正值《使徒》播映期，應該多發送這些照片為電影宣傳，倒也沒提出抗議。

季冕低聲笑了一會兒，把之前編輯的微博刪掉，另外選了一張動圖發送出去，並且附言道：我弟。

這張動圖拍攝於公映儀式上，他幫肖嘉樹擦乾眼淚和鼻涕，順手拍了拍他通紅的臉頰。動作很輕柔，神態很寵溺，右下角還配了字幕：寶寶別哭。

消息一出，粉絲徹底瘋狂了，一個勁兒嚷嚷自己快被甜死了，還有人問這個表情符號在哪裡下載的，怎麼之前沒見過。他們當然沒見過，這是季冕自己做的，包括文字。

方坤被接連不斷的提示音嚇了一跳，打開手機才知道是什麼狀況。看見數量激增的CP粉，他無奈道：「季哥，你悠著點，男男CP可不能亂炒。」

「沒炒，純粹發著好玩。」季冕正準備關手機，卻發現肖定邦也發了一條微博，配圖是他和肖嘉樹坐在一塊吃晚餐的合照，配文是：我親弟。

多了一個「親」字，挑釁的意味很濃重。

季冕忍不住了，以拳抵唇朗笑連連。

難怪肖嘉樹那麼幼稚，原來是家族遺傳！

粉絲們也樂不可支，回覆全是一大片的「哈哈哈」。要知道肖定邦以前可高冷了，微博裡除了公事，從來不發與私人有關的訊息，這是吃醋了在反擊呢，兄弟倆的感情真好啊！

本來還有黑子在噴肖嘉樹蹭季神熱度，藉季神上位等等，看見肖定邦這位強力後援，頓時不敢吭聲了。憑肖嘉樹的家世背景，還真不用蹭任何人的熱度。

幾條微博連著發出去，雖然配文都很簡單，但訊息量很大，內容也非常搞笑，沒過多久就登上了微博熱搜榜，標題是：兩位大佬爭風吃醋。

方坤有些啼笑皆非，無奈道：「得，隨你們折騰去吧。就肖嘉樹那個活寶，也折騰不出什麼來。」一見慣了娛樂圈的爾虞我詐，像肖嘉樹這種沒心眼的人真是太少了。

一星期後，禪悅飯店的平面廣告開始投放，機場、各大商場、摩天大樓的廣告版面，均貼上了肖嘉樹和季冕的照片，無論是正裝、休閒服、運動裝還是浴袍，兩人都是穿得有型有款，互動自然，凝視著彼此的眼眸中更有一股溫情在湧動，讓人看了忍不住會心一笑。

粉絲這才知道之前發的照片並不是兩人私下同遊的情景，而是在工作，當下直呼上當，卻也不得不承認這兩人相配極了。他們一個成熟內斂，自信強大，另一個青春洋溢，活潑靈動，簡直像是天生一對，親情、友情，甚至愛情，都能在他們的眼裡找到。

廣告大獲成功，也再一次提升了肖嘉樹的人氣。如果再拍一部叫好也叫座的電影，他便是妥妥的二線藝人。

這天，黃美軒將他帶往二十六樓，並嚴肅詢問道：「想不想拍《蟲族大戰》第三部？」

「CROWN環球影業的《蟲族大戰》？」懶洋洋的肖嘉樹瞬間站直，眼裡迸射光芒。

「沒錯，你也知道這部電影是中美合資的吧？中方的投資人正是季冕。前兩部已經創下了票房神話，第三部的規模只會更大。我剛剛收到消息，第三部要增加一個東方演員，戲分堪比主角，你想要就去找季冕爭取。我在他那裡的面子沒有你的大，說話不管用。我可告訴你，你千萬別學那些假清高的彆扭脾氣，想紅就得自己去爭取，別總是讓別人挑你……」

說到這裡，黃美軒頓時噎住，隨即默默扶額。就見肖嘉樹哪裡清高抗拒，他分明興奮得很，從西裝內袋裡掏出一把小梳子，認認真真打理自己的髮型，又對著光滑如鏡的電梯門左照右照，生怕外形不夠完美。

「《蟲族大戰》我拍定了！」他信誓旦旦地說道。

《蟲族大戰》至今已拍完兩部，第一部是《逃離地球》，說的是地球被一種破壞力極強的寄生蟲占據，倖存的人類無力反抗，不得不逃往外太空。第二部是《流亡星系》，說的是人類逃出銀河系才發現該寄生蟲是宇宙中所有生命體的天敵，它們已經侵占了許多星球，失去家園的智慧種族不得不聯合起來尋找生機。第二部結尾時，擁有預知能力的塔克星長老在死前留下一句話：「宇宙的希望在地球。」

於是，第三部《重返地球》就應運而生，但具體情節如今還是保密狀態，只知道劇組要尋找的演員得符合三個條件：一，東方人；二，男性；三，年齡在二十五歲以下。

自《蟲族大戰》發行以來，全球已創下五〇三億的總票房，第三部籌備了整整三年，自是萬眾矚目。肖嘉樹是該片的狂熱粉絲，為了買到電影票，還曾在購票廳外打了一夜地鋪，得知自己有機會參與第三部的拍攝，怎麼能不全力以赴？

他抹了抹前額的頭髮，確定自己準備就緒，這才雄赳赳氣昂昂地走進季冕的辦公室。

「你也來了？請坐。」季冕微笑看著他。

肖嘉樹有些愣，因為辦公室裡還有兩位年輕男子，一是林樂洋，一是葉西，都是冠冕工作室目前力捧的藝人。臥槽，我不是季哥的親兒子，還有機會嗎？他忐忑不安地坐下。

親兒子什麼鬼？季冕以拳抵唇，輕輕咳了咳，末了沉聲說道：「你們消息真靈通，我也是剛收到那邊發來的選角郵件。你們先坐一會兒，我看看資料再說。」

該片雖然是中美合資，但事實上ＣＲＯＷＮ環球影業也是他在七年前創辦的，所以他在角色的選取上擁有絕對的話語權。

三人乖乖點頭，他們的經紀人則坐在後方的沙發裡安靜等待。

編劇還在修改劇本，大致的情節已經確定，為了節省時間只發來故事梗概和人物設定，具體選誰由老闆看著辦。故事梗概季冕心知肚明，便直接略過，去看人物設定。新增加的角色很特殊，是千年前曾發動人工智慧戰爭的機器人首領，擁有完美無瑕的容貌，高大挺拔的身材，尊貴逼人的氣質。他必須是出眾的，在人群中一眼就能看見，也必須是冰冷的，沒有一丁點人類該有的感情。

季冕下意識地看向肖嘉樹，而對方抬起頭，挺起胸，丟來一個自信十足的眼神。

看完人物設定的前半部分，季冕腦海中首先浮現的正是肖嘉樹的身影。論外貌，對方當得起「完美無瑕」四個字。事實上，在整個娛樂圈，唯一能讓季冕感覺眼前一亮的男藝人也只有他一個。

然而，讀到後半部分，季冕又猶豫了，因為他完全無法將「冰冷」兩個字與肖嘉樹聯想在一起。對方就像一顆小太陽，無時無刻不在發光發熱，而且情感比任何人都豐富，他能成功扮演一個沒有思想只有程式的機器人嗎？

當他默默斟酌時，郵箱裡又接連收到好幾封信，均是國內知名經紀人發來的，想也知道應該是為了爭奪這個角色。娛樂圈根本沒有祕密可言，稍有什麼風吹草動，消息靈通的人就先循著味找來了，這就是人脈和資源的重要性。

季冕把信件逐一打開，記下幾個比較合適的男藝人的名字，這才沉吟道：「劇本還在修改當中，我沒辦法安排你們試鏡。這樣吧，你們先看看故事梗概和人物設定，向我說明你們各自的優勢，我考慮過後再做選擇。」話落把列印好的三份資料遞過去。

葉西和林樂洋率先去看人物設定，肖嘉樹卻迫不及待地讀起了故事梗概。他還以為可以拿到劇本先睹為快，好可惜啊！

這個故事發生在人類流亡宇宙的五十年後，被蟲族侵占了家園的智慧種族聯合起來建造了一個人造星球，但星球上缺乏能源和食物，並不是長久的安全堡壘。就在此時，塔克星最後一位長老以生命當作代價獲得了宇宙之神的提示，那就是「宇宙的希望在地球」，於是幾位主角組成了探險小隊，踏上了重返地球的道路。他們挖開一個中古遺跡，找到了曾經毀滅過地球的機器人大軍的首領。

首領已經被戰勝機器人大軍的中古人類徹底格式化，但是強大的性能還在，探險隊的智者，也就是季冕扮演的人物，迫於蟲族的圍攻，不得不冒險將他啟動。在他的幫助下，探險隊深入遺跡的中心地帶，找到了被冰凍起來的小女孩。

人類歷經幾千年的發展，基因早已進化，而且融合了其他智慧種族的血脈，變得非常強大，擁有各種各樣的異能，而小女孩卻是純血人類，十分弱小，幾乎碰一碰就會碎。她真的是預言中的宇宙的希望嗎？探險小隊迷茫了。

無論如何，他們決定喚醒小女孩，並將她帶回人造星球去。在逃出蟲族圍攻的過程中，小女孩被一隻幼蟲寄生，所幸該幼蟲很快就鑽出她的體內，隨後自爆而亡。幾位主角驚愕萬分，經檢測才得知，小女孩身患某種絕症，也因此才會被冰凍起來，而該絕症的病毒恰好能克制蟲族的發育，令它們爆體。不幸的是，經過基因改造的現代人類如果沾染了小女孩的血液也會逐漸衰弱，直至死亡。

看似孱弱的小女孩實際上是個行走的病原體，散播的有可能是希望，也有可能是絕望。

消息傳回倖存者聯盟，各大種族經過商議，做出了殘酷的決定。他們徵召了數萬名志願者，在他們的體內種下病毒，送往被蟲族侵占的各大星球。蟲族若是得不到足夠的食物，內部也會自相殘殺並吞噬，最終這種病毒在它們整個族群中蔓延開來，化為炸開的血霧……

肖嘉樹一邊看故事梗概，一邊腦部劇情，眼睛不知不覺瞪直了。精彩，太精彩了！第三部比前兩部還熱血，他恨不得立刻把它拍出來，然後看個過癮！

葉西和林樂洋根本不在乎所謂的劇情，他們只知道新增加的角色擁有極多的戲分，形象很正面，若是能獲得參演資格，他們就能跨出國門走向國際。發展順利的話，過不了幾年就能成為超一線巨星，就像季冕這樣。

大約兩分鐘後，葉西和林樂洋放下資料，目露野望，而肖嘉樹卻還在看故事梗概。

季冕等了他五分鐘，見他還沒抬頭，不得不敲打桌面提醒：「看完沒有？」

「咦？快了！」肖嘉樹這才從精彩的劇情中回過神來，仔細看了看人物設定。

「說說你們都有哪些優勢。」季冕微微前傾，表情嚴肅。

葉西定了定神後說道：「我外形合適，而且我是季總旗下的藝人，檔期比較好調配。」

他在委婉提醒季冕別肥水流往外人田，自家藝人若是發展得好，獲得利益的首先是老闆。

季冕略微點頭，未發表任何意見，接著看向林樂洋，詢問道：「你呢？」

林樂洋不習慣他冷淡的態度，心臟狠狠揪了一下才啞聲開口：「我想，我的演技就是最大的優勢，而且我也是冠冕工作室的藝人，可以全力配合拍攝檔期。我還輔修過英語，臺詞方面沒有問題，雖然外形可能不太符合條件，但如果妝容得當，也能夠達到要求。季哥，這是我在《逐愛者》中的定妝照，你看看。」

他把一本攤開的相冊推到季冕手邊。

肖嘉樹伸長脖子瞄了一眼，隨即在心底扼腕：唉，我怎麼就沒想到拍幾張照片帶過來面試呢？失算了！

林樂洋雖然長相寡淡，可正如黃子晉所說的，他的臉特別適合上妝，隨便塗抹一番就能展現出另一種味道。他在逐愛者中扮演一名精神分裂者，於是造型師為他設計了很華麗的妝容，染了眉毛和眼線後的他看起來冷酷至極，豔色的紅唇又為他增添了一絲誘惑力。如果不看他本人，只看照片，的確擔得起「俊美無儔」四個字。

肖嘉樹被他的新造型鎮住了，季冕卻是表情平淡，張口便直擊要害：「你還要拍攝《逐愛者》，怎麼配合這邊的檔期？」

「《逐愛者》還在籌拍當中，我可以先拍《蟲族大戰》。」

「《蟲族大戰》也在籌拍，目前還沒確定什麼時候開機，你怎麼能確定檔期不會撞上？」

「那我可以先拍《蟲族大戰》，讓胡銘導演把我的戲分全部押後。」

「他要是不同意呢？」

「他已經同意了。」沒做好萬全的準備，林樂洋不會走這一趟。他再怎麼說也是冠冕工作室力捧的藝人，看在冠冕投資了那麼多錢的分上，胡銘不能不同意，而且他如果獲得了《蟲族大戰》中的角色，也能拉動《逐愛者》的人氣，一舉兩得。

哪怕分手了，季哥的名頭依然好用，若能盡早站在與季哥同樣的高度上，我們或許能破鏡重圓，再把這段感情順順利利地經營下去。季哥說的沒錯，感情需要對等。

想到這裡，林樂洋參演的欲望變得更為迫切。

季冕眉頭微微一皺又很快鬆開，轉而看向肖嘉樹，「你的優勢是什麼？」

肖嘉樹舔舔紅潤的唇瓣，認真道：「我的優勢太明顯了，首先，我在國外待了很多年，說英語就像說母語一樣，臺詞方面絕對沒有問題；其次……」他忽然站起來，雙手撐在辦公桌上，整張臉湊到季冕眼前，厚顏道：「季哥，你瞅瞅我這張臉，帥不帥？」

季冕被他噴了幾口熱氣，只覺得臉皮微微一麻，便被他放大的臉龐吸引住了。

肖嘉樹見季哥久久不答，索性硬著頭皮往下說：「季哥，你看我的皮膚，有沒有痘痘，有沒有毛孔？你要是找出一點瑕疵來，我立刻認輸。」他邊說邊轉動腦袋，還輕輕撫摸自己臉側的皮膚，那模樣要多自戀有多自戀。

季冕眼睛睜大，眸色加深，他的目光已經不受控制地黏在肖嘉樹臉上拔不出來了。

肖嘉樹指著自己的眼耳口鼻說道：「既然是最強大的機器人首領，那他的外形肯定是完美無缺的。我這皮膚最先就過關了吧？你再看看我的五官，眉毛濃不濃，鼻樑挺不挺，嘴唇紅不紅，眼睛亮不亮？」他拿起一張紙遮住自己右半邊臉，接著遮住左半邊臉，浮誇道：「你看，臉形完全對稱，五官絕對俊美，皮膚緊實光滑，只有重工業製造再加人工修飾才能拼湊出這樣的容貌，我這外形完全合格啊！」

他每說一處，季冕就看向那處，雙眸早已深不見底。

似想到什麼，肖嘉樹低下頭甩了甩自己的頭髮，繼續自賣自誇：「季哥，你再看看我的頭髮，又黑又亮還很飄逸滑順，像不像假的，像不像絲綢？」

髮絲飛揚間帶出一縷清香，攪得季冕心緒不寧。

肖嘉樹一無所覺，站直後撩起衣襬，繼續道：「你再看我的身材，不胖也不瘦，你說你上哪兒去找比我外形更合適的演員？」話落啪唧一聲拍在自己的肚皮上，模樣自信十足。

季冕往他腰間一看，激蕩的眸色瞬間恢復平靜，指著一圈軟肉問道：「這是什麼？」

肖嘉樹低頭看去才發現自己的小腰竟然被皮帶勒出一層游泳圈，臉頰漲得通紅。

「這、這是皮帶繫得太緊了，鬆開就沒了，真的。其實我的身材很好的，不胖也不瘦，很標準的。」肖嘉樹一邊解釋，一邊解開皮帶的扣子，往後退了兩個孔再繫上，小小的游泳圈果然沒了。

他略鬆口氣，繼續道：「季哥，在臺詞上、外形上，我都是最符合你要求的人，不信你看看與我差不多年齡的藝人，哪一個比我長得帥？還有，我目前沒有任何工作，可以全心全意拍攝《蟲族大戰》，而且我的演技也很棒，你不是經常誇我嗎？」

說到這裡，他後知後覺地反應過來：臥槽，這個角色是機器人啊，機器人根本沒感情，怎麼可能說那麼多話？怎麼可能擁有豐富的表情？該不會自己在毛遂自薦的時候，就已經被季哥刷下來了吧？

他一下子慌了神，嘴巴張了張，終究沒敢再說話，無比矜持地坐下，整了整領帶，理了理頭髮，蹺起二郎腿，擺出撲克臉，畫風瞬間從逗比轉為貴公子。但他到底沒能壓制住參演的欲望，緩緩追加一句：「季哥，我只要不說話，氣質還是很沉穩的，沒有表情的時候，這張臉也挺高冷的，你覺得呢？」

季冕垂下頭，用拳頭抵住嘴唇，許久後才道：「你的優勢我明白了，我再考慮考慮。」

葉西和林樂洋已經被肖嘉樹不要臉的說詞驚呆了，這會兒還愣在椅子上回不過神來。他們的經紀人齊齊看向黃美軒，伸出一根大拇指：論起自賣自誇，古今中外還得看肖二少！

黃美軒一手扶額，一手握拳，努力壓抑住捶死肖嘉樹的衝動。在這一刻，她忽然想起一句話：「搞笑我們是認真的。」她真是腦子進水了，才會帶肖嘉樹來面試《蟲族大戰》！

就這會兒功夫，季冕又收到好幾封自薦信，正打開來逐一閱讀。

葉西和林樂洋屏息以待，肖嘉樹表面端著高冷範兒，內心嗷嗷叫了起來。他真的很喜歡《蟲族大戰》這部電影，更渴望成為其中的一份子。要不是怕毀人設，他真想從辦公桌底下鑽過去，抱住季哥的大長腿使勁搖晃，求他再給自己一次機會。

季哥，冕哥，季冕哥哥，我一定會付出最大的努力去演好這個角色，你看看我真誠的眼神啊！肖嘉樹正想偏偏腦袋，眨眨眼睛，賣個小萌，想起機器人的設定又及時打住了，俊美的臉龐繃得更緊。

季冕咳了咳，忍笑道：「對於冠冕和冠世的藝人，我當然會優先考慮，但別的公司若是有合適的人選，我也得看一看。第三部是《蟲族大戰》的終曲，我必須慎重考慮。你們先回去吧，過幾天我會通知你們。」

「好的，季總。」葉西和林樂洋站起來告辭。

肖嘉樹磨磨蹭蹭地走到門邊，想說些什麼又不敢開口，表情有些哀怨。他雖然不是季哥的親兒子，但他簽在冠世，也算是乾兒子吧，機會應該比別人大？要不要請季哥私下裡吃幾頓飯呢？還是算了，季哥對待工作非常認真嚴謹，如果自己沒達到要求，請他吃再多飯也是白搭，反而會敗光好感。

想到這裡，他只得推門出去，滿腦子都是第三部的劇情。

黃美軒沒好氣地瞪他一眼，沉聲道：「走，跟我去二十一樓看看。」

「去二十一樓幹嘛？我待會兒還要上演技課。」

「去應聘《歡樂喜劇人》的參演嘉賓，你要是選上了，妥妥的年度總冠軍！」

「美軒姊，妳是認真的還是開玩笑？《歡樂喜劇人》跟《蟲族大戰》檔期衝突嗎……」

兩人的說話聲漸去漸遠，季冕這才扶著額頭低笑起來。

恰在此時，方坤拿著一疊厚厚的相冊走進來，自顧自道：「這是符合條件的男藝人，季哥你先挑一挑，我再通知他們來面試。沒有劇本不好安排試鏡，好歹得見個面聊一聊。」

相冊裡全是年輕男藝人的照片，容貌和身材都很出色，演技也線上。季冕一頁頁翻看，腦子裡卻不由自主浮現肖嘉樹湊得極近的臉。沒有毛孔和瑕疵，肌膚似雪又像瓷，白皙、光滑又緊致，眉眼也好看得要命。腰身有小游泳圈，拍上去一顫一顫的，肯定很軟……

他心煩意亂地合上相冊，繼而搖頭失笑。

方坤驚訝道：「一個都沒看上，不會吧？」

要是沒有肖嘉樹搗亂，季冕哪會一個都看不上？

他嘆了一口氣，無奈道：「近期肯定有很多人找我，你幫我擋擋，我得好好想想。」

「你該不會是有人選了吧？」

「算是吧。」季冕努力把肖嘉樹那張霸道的臉趕出腦海。

什麼叫美色侵襲，他今天總算是明白了。

回到休息室後，肖嘉樹越想越覺得自己還不夠努力，當即向黃子晉請了假，去總裁辦公室找修長郁。黃美軒由著他折騰，反正他已經不要臉了。

「修叔，您最近幹嘛去了，怎麼總是找不到您？」肖嘉樹寒暄兩句。

「我在接受培訓，想轉型。」修長郁笑咪咪地問道：「你是為《蟲族大戰》來的吧？」

肖嘉樹臉頰微紅，擺手道：「修叔，您千萬別去找季哥說情，我就是想跟您借一個攝影棚拍幾組照片而已。我感覺我準備得不夠充分，面試不太理想，還得再努力一下。」

「借攝影棚？沒問題，我打個電話。」修長郁分別打了一個電話給冠世的御用攝影師和御用造型師，末了道：「好了，他們都在一號攝影棚等你，你過去吧。」

「謝謝修叔！」肖嘉樹喜孜孜地道謝，臨走前好奇地問道：「對了，您轉什麼型啊？您又不是藝人。」

「我想轉型當經紀人，年紀大了，得做點有挑戰性的工作。」修長郁不自在地咳了咳。

肖嘉樹揮舞拳頭為修叔加油，接著沒心沒肺地走了。來到一號攝影棚時，黃美軒正斜倚在門邊等他，拍攝團隊也準備就緒。幾名造型師圍過來，殷切詢問：「二少爺，您要穿什麼樣的衣服，化什麼樣的妝容？這邊有樣品，您先挑一挑。」

「軍服，而且要未來感比較強的，妝容要乾淨完美。」

肖嘉樹一邊走一邊比劃，攝影師根據他的要求迅速把服裝找出來，海陸空三套軍服，藍的純淨，綠的莊重，白的空靈，無論什麼顏色他都能輕鬆駕馭。寬皮帶勒出小細腰，黑軍靴襯出大長腿，再把本就濃墨重彩的眉眼好好描畫一下，簡直能勾魂。

攝影師越拍越嗨，一個勁兒讓肖二少笑一笑，肖二少偏就不笑，一張臉硬得像大理石一樣，卻又在聚光燈的照耀下散發出耀眼的光芒。他的肢體動作也僵硬，站就站得筆直，坐就坐得端正，分明盯著鏡頭，眼睛裡卻沒有熱度，且下頷微揚，神情傲慢，令人不敢逼視。

「太棒了，這幾組照片要是放到網路上，你的粉絲會為你瘋狂。你的皮膚和五官都很完美，去了毛刺就可以直接拿來用了。」攝影師意猶未盡地翻看底片。

「相冊什麼時候能做好？」肖嘉樹頗為著急。

「後天。」

「那麼久？那你先把底片發給我吧，我加你微信。」肖嘉樹拿出手機。

攝影師喜歡美人，二話不說就加了他，然後把照片發過去。

肖嘉樹回到家後自己用電腦簡單處理，最後一股腦兒傳給季冕。

與此同時，季冕正躺在家裡看書，臨到睡前才拿起手機翻了翻。微信收到很多未讀的訊息，應該都是為選角而來的，每個人至少發了十幾條，可見心情多麼急迫，就連肖嘉樹也發了三十六條，這可少見了。

季冕眉梢微挑，想也不想便越過眾人直接點了肖嘉樹的頭像，隨即愣住。

螢幕上出現一張俊美絕倫的臉龐，漆黑的瞳仁鑲嵌著兩圈銀白光暈，直勾勾地望過來，裡面沒有溫度，沒有感情，像兩個黑洞，能把觀看者的魂魄攝進去。白皙的皮膚似乎抹了一層銀粉，又似乎沁潤了一些露珠，既光滑緊致，又濡濕潤澤。微薄的紅唇抿得很直，唇珠卻相當飽滿，讓人極想品嘗。

照片裡的男子俊逸宛如神祇，也冰冷如神祇，身上的軍服更加重了他的距離感，叫人情不自禁想要靠近，又害怕褻瀆他的完美。沒有哪個凡人能長成這樣，除非是假的。

季冕盯著照片看了很久，久到連指尖都僵硬了。他一張張往下翻，每一張都會凝視好幾分鐘，本就深邃的雙眸漆黑如墨，翻到最後一張才看見肖嘉樹的留言：「季哥，請再給我一次面試的機會，我一定會付出所有的努力去演好他。」

沒有過多的諂媚與討好，也沒有口若懸河地闡述自己的理念，只這句言辭懇切的請求，卻直接落入季冕心裡。他把三十幾張照片翻回去再看一遍，過幾分鐘後又看一遍，接著無奈地捂住眼睛。難怪大家都說這是一個看臉的世界，長得漂亮的人真是犯規啊……

肖嘉樹在國外待了十年，生活習慣和思考方式多多少少受了一些影響。他始終認為一個人想要什麼就必須努力去爭取，結果重要，過程更重要。為了獲得機器人這個角色，他決定每天都去季哥面前轉一轉，讓他無法忽視自己的存在。

為了更貼合角色形象，他還刻意改變了髮型和穿著，以往怎麼舒服怎麼穿，現在卻必定得穿有型有款的正裝。自然垂落的髮絲用髮膠梳到腦後，露出光潔的額頭和立體的五官，睡前和早起則各敷一片面膜，保持肌膚的彈性和水分。

看見煥然一新的兒子，薛淼都有些不敢認了，一邊幫他盛粥，一邊試探地問道：「怎麼，我家小樹苗談戀愛了？」

「沒有，我想接一個新角色，在做前期準備。」肖嘉樹撫了撫齊整的鬢髮，解釋道：

「就是《蟲族大戰》第三部裡的一個角色，曾經是地球上最強大的智慧型機器人，外形非常完美。我還沒拿到劇本，所以先盡量貼近角色形象，爭取留個好印象給季哥。」

薛淼頓時笑起來，追憶道：「就該這樣做。當年我想演《豪俠》裡的男一號，蘇姊說難，要我別做夢了，我不服輸，直接穿著一套男裝去試鏡，恰好郭導安排的試鏡片段沒有臺詞，我的演技把所有男演員都斬下，他當場就定了我，後來我一開口說話他才反應過來，但到底沒把我刷下去。人不能沒有想法，有了想法不能不努力，想要什麼就去爭，就去拚，哪怕輸了也算對得起自己。」

「嗯，我會努力的，」肖嘉樹躲開老媽伸來的手，嘟囔道：「別弄亂我的髮型，我整了大半個小時呢。」

「好好好，我不摸，預祝你接到新戲。」薛淼看著埋頭吃粥的兒子，感覺很驕傲。

肖嘉樹提前半小時來到公司，卻不上樓，而是跟前臺的女接待員坐在一塊聊天，等到季冕也來了才裝作偶遇的樣子朝電梯走去。

「季哥，早安。」他矜持地打了一聲招呼，笑容很淺淡，造型很酷帥，與以往的休閒風格大相徑庭。

「早安。」季冕微微頷首。

兩人跨入電梯，肖嘉樹站在季冕身後，也不按樓層，反正季哥上哪兒他就上哪兒。他不敢說太多毛遂自薦的話惹季哥心煩，但是他可以天天在他眼皮底下轉悠，讓他一想起那個角色，首先想到的人就是自己。

嗯，小樹苗，你真聰明啊！

他在心裡默默給自己點了一個讚，沒發現季冕透過電梯門看他一眼，表情似笑非笑。

電梯緩緩攀升，肖嘉樹一會兒看看季哥的後腦杓，一會兒看看鏡子裡的自己，總覺得心裡憋著一股勁兒沒處使，又不敢隨意搭話，只能在心裡呼喚：季哥看我，看我，快看我！

季冕忽然回頭看了他一眼，目光在他粉紅的唇瓣上停留幾秒，接著挑高一邊眉梢。

肖嘉樹被看得莫名其妙，但竊喜季哥發現了自己的新造型，不由也挑起眉梢。

嗯，機器人就該這樣高冷、邪魅，不說廢話！

季冕抿了抿唇，這才轉過頭去。

電梯繼續上行，肖嘉樹又憋不住了，在心裡呼喚：季哥，選我選我，一定要選我啊！

季冕垂頭咳了咳，緊接著退後幾步與他並肩站立，目光飛快掃過他圓潤飽滿的唇珠。就在此時，二十六樓到了，季冕率先走出去，一路上不斷有員工跟他打招呼。肖嘉樹像個小尾巴一樣跟在他身後，頷首回應著眾人，在心裡吶喊：季爸爸，給我一次機會吧！季爸爸，選我你一定不會後悔喔！季爸爸……

他心裡正嗷嗷叫得歡，季冕忽地轉過頭來看他，聲音微啞地問道：「肖嘉樹，你一直跟著我做什麼？今天不用上課嗎？」

「季哥，你看見我昨天發給你的照片了嗎？」肖嘉樹下意識挺直腰背，分明心裡極度渴盼，表情卻很高冷。

「看了。」季冕突然很想逗他，就這兩個字，看能不能把他憋死。

肖嘉樹果然憋得慌，又礙於人設不敢死纏爛打，勉強打起精神說道：「哦，那我先去上課了。」剛走出去沒多遠又忍不住回過頭來，真誠道：「季哥，希望你能好好考慮我。」

「我會的。」季冕擺手，肖嘉樹只好磨磨蹭蹭地走了，一邊走一邊在心裡咬手帕，還發出斷斷續續的嗚咽。季哥好殘忍，就不能多說幾個字嗎？你倒是告訴我我到底符不符合你的要求啊！有哪些地方不好你指出來，我一定改……對了，你是不是嫌棄我腰上有肉？那不是胖，是疏於運動所以肉鬆，真的……

他越想越沮喪，挺直的腰背佝僂了下去。

季冕站在走廊盡頭目送他，等他消失在轉角才進辦公室，然後以手掩面，無聲大笑。

肖嘉樹無精打采地來到自己的專屬休息室，就見黃美軒捧著一本相冊在看，「來啦？」她揚了揚相冊，「人家攝影師加班一晚幫你把相冊做出來了，你想用它幹嘛？」

「當然是送給季哥啊！」肖嘉樹大喜過望，接過相冊看了看，點頭道：「拍得真好，就是要這種未來感，您趕緊拿去給季哥！」

黃美軒扶額呻吟：「我說小樹啊，你是不是太急切了？季冕可不是好說話的人，咱們先看看形勢再說。」

「不是您告訴我要我努力去爭取嗎？我最喜歡的科幻片就是《蟲族大戰》，如果能成為它的一份子，是我一輩子的榮耀。」

「不是，我就怕你用力過猛，弄得季冕反感。」

「不會用力過猛的，我就送一本相冊給季哥，保證不對他死纏爛打。他選我就是我的榮幸，不選我是我做得不夠好，我以後再改進，但是我必須得努力爭取一把，不能等著天上掉餡餅。」肖嘉樹眼巴巴看著黃美軒，黃美軒無奈，只得跑下樓送相冊。

方坤抱著一疊相冊走進辦公室，調侃道：「季哥，快來翻你的綠頭牌，又來幾十本。」

季冕將手機調了靜音，但螢幕時不時亮一下，都是找他要角色的。他拿起最上面的一本相冊，越看眉頭皺得越緊。

「這都是些什麼？你事先沒挑過？」他把相冊甩到桌面上，臉色有點發綠。方坤瞟了一眼，隨即噴笑起來。季冕並未公開過自己的性向，卻不知為何，送來相冊的男藝人竟拍了幾張穿丁字褲的半裸照，表情還很曖昧，這是在色誘吧？

「腹肌練得不錯。」他伸長脖子看了看，並由衷讚嘆。

季冕卻不知怎地，想起肖嘉樹那軟綿綿的肚皮和小腰，頓時呻吟起來。

完了，那小子有毒！

好巧不巧，黃美軒就在這時候敲門進來，手裡也捧著一本相冊，「季哥，」她雖然比季冕年長幾歲，按照資歷卻得恭恭敬敬叫一聲哥，「這是小樹的相冊，你拿去參考一下。他的外形應該很適合你們甄選的那個角色。」

「放下吧，我有時間會看。」季晃下意識地動了動指尖。

黃美軒放下相冊後告辭離開，並未說多餘的話。

方坤嬉笑道：「該不會也是裸照吧？我來看看。」他剛伸出手，相冊就被季冕撈了過去。他翻開第一頁便愣住了，眸光明明滅滅，似乎很受震撼。

方坤走到他身後，不以為然的表情瞬間被驚豔取代。

這是一張全身照，穿著純白軍服的肖嘉樹矗立在無盡宇宙之中，滿天的星辰被他踩在腳下，而他站得筆直，修長的雙手緊緊握住一柄軍刀，垂直豎在面前，鋒利的刀刃將他的臉龐一分為二，卻更突顯了他的完美。

有科學家曾經說過，對稱才是美的極致，而肖嘉樹這張臉便已達到極致之美。他飛揚的劍眉，深邃的眼眸，似翹非翹的唇角，無不左右對稱，完美無瑕。平時的他很愛笑，表情也非常豐富，所以不會讓人產生距離感，但當他沉靜下來時，這張臉的攻擊性便展露無遺。

方坤下意識地屏住呼吸，季冕始終盯著這張照片，許久未曾翻頁。過了大約兩分鐘，他嘆息道：「再有人送相冊過來，你直接幫我拒了。」

「季哥，你選定了？不用再看看？」方坤遲疑道。

「不用看了，就他吧。」季冕這才開始往後翻，眼神不知不覺變得深邃。

肖嘉樹忐忑不安地等了一上午，每隔幾分鐘就掏出手機看一看，生怕錯過季哥的來電，但手機遲遲沒動靜，他無可奈何，只能垂頭喪氣地去樓下吃飯，誰知剛跨入電梯就見季哥正微笑看著他，手裡拿著一份卷宗，「你先看一下，有不滿意的地方我們再談，必要的話，可以把你的律師也約出來。」

「什麼東西？」肖嘉樹並未意識到自己的聲音在顫抖。他接過文件翻閱，隨即驚呆了，只見最上方寫著一行粗體字：電影《蟲族大戰Ⅲ重返地球》演員聘用合約。

真的假的？他捂著腦門，有些眩暈。

「季哥，我被錄取了？」他完全忘了保持高冷的人設，用濕漉漉的眼睛看著季冕。

「錄取了，希望我們合作愉快。」季冕頷首道。

「愉快，愉快，太愉快了！」肖嘉樹捧著合約傻樂了一會兒，然後跳到季冕身上，兩隻手緊緊攀住他的脖子，興奮道：「謝謝你，季哥，我一定會努力的！」

他滿心都是純粹的喜悅，這份喜悅像潮水般將季冕淹沒了。本還有些不自在的季冕很快放鬆下來，垂頭看著肖嘉樹因為興奮而顯得無比璀璨的雙眸，自己也忍不住笑了起來。

就在這時，電梯門打開，林樂洋和陳鵬新站在外面看著他們，表情都很僵硬。

「季哥，你們這是……」林樂洋愣了幾秒才走進來，接著用力按下關門鍵。他的內心燃燒著一團烈火，像憤怒又像是嫉妒，還有著深深的恨意，但當他透過鏡子觀察肖嘉樹時，卻發現對方一丁點被抓包的感覺都沒有，他喜孜孜地從季哥身上跳下來，捧著一份文件翻來覆去地看，那上面印著一行顯眼的粗體字……

肖嘉樹被選中了？

林樂洋的心情瞬間糟透，強撐起笑容問道：「季哥，角色確定了嗎？」

「是的，你專心拍《逐愛者》吧。」季冕的語氣很淡。

「好，我近期有去療養院探訪精神分裂者，感覺這個角色還是很有深度和難度的……」林樂洋試圖與季冕多交流一會兒，但地下一樓到了，他們不得不在停車場分道揚鑣。

季冕將一直傻樂的肖嘉樹拉上車，期間一句多餘的話都沒有。看著絕塵而去的越野車，林樂洋終於忍不住紅了眼眶。

陳鵬新壓低聲音問道：「他們在一起了嗎？在電梯裡摟摟抱抱，一點也不注意形象。」

「應該沒在一起，肖嘉樹看季哥的眼神不像戀人，倒像粉絲，我應該還有時間。」林樂洋自我安慰道。

「可惜了，如果你和季總沒分手，這個角色鐵定是你的。拍完之後你可以順利打入好萊塢，鍍幾年金回來就是國際巨星，肖嘉樹這些人哪裡能跟你比肩？你還是想辦法把季總追回來吧，我就不信你們在一起幾年，說分手就分手，又不是誰出軌了。」陳鵬新扼腕道。

林樂洋沉默不語，內心卻比任何人都焦慮。他何嘗不想把季哥追回來，但他根本就不知道從哪裡追起，他對他的喜好一無所知，想下手都找不到切入點。

開車出去，季冕才看向還沉浸在喜悅中的肖嘉樹，「我請你吃飯，順便聊聊合約？」

「好啊！」肖嘉樹忙不迭地點頭。

「你想吃什麼？」季冕向左打方向盤。

「我什麼都愛吃，你看著辦吧。」肖嘉樹小心翼翼地捧著合約，生怕把它弄皺了。

季冕飛快看他一眼，沉聲道：「去吃西餐？」

肖嘉樹想起紅酒牛排的醇香，口水冒了出來，「好啊，吃西餐。」

季冕往前開了一段路，忽然改口道：「不然去吃海鮮？」

醉蟹、佛跳牆、黑松露炒星斑……一道道海鮮名菜浮現在肖嘉樹腦海，令他垂涎三尺。他想也不想地點頭道：「好啊，吃海鮮，不過，季哥你可不能再吃蝦了。」

季冕飛快看他一眼，又改口道：「不吃蝦還吃什麼海鮮？或者改去吃川菜？」

川菜也不錯，得點幾個兔頭吃，還有麻辣腦花。肖嘉樹舔了舔唇瓣，積極回應：「好，去吃川菜。我知道有一家餐廳味道很正宗，我來指路。」

季冕轉動方向盤朝另一個方向駛去，卻每隔幾分鐘就忍不住看肖嘉樹一眼。他能感覺得到，肖嘉樹是真的很愛吃這些東西，並沒有刻意討好或遷就的意味。跟他在一起幾乎不用思考，想說什麼就說什麼，想做什麼就做什麼，他喜歡便大聲附和，不喜歡便默默走開，不會帶給任何人不必要的錯覺，與他相處是真的輕鬆。

剛才的那句「合作愉快」應該不止是期許，而是可以預見的未來。

想到這裡，季冕不由慶幸自己選擇了肖嘉樹。

黃美軒花了三天搞定簽約事宜，在網路上發了通稿，這才告訴肖嘉樹他該減肥了。

「要我減肥？不會吧？我這可是標準身材。」肖嘉樹在鏡子前面轉圈。

「季總是這麼說的，他讓你去健身房，他在那裡等你……」黃美軒話音未落，就見肖嘉樹火燒屁股般跑了出去。

健身房在十二樓，空間很大，器材很多，還專門聘請了幾個私人教練。肖嘉樹趕到時，季冕正在做伏地挺身，私人教練蹲在旁邊幫他計數，幾個練習生站在不遠的地方觀望，眼睛發出崇拜的光芒。

季冕上身穿著黑色背心，下身穿著短褲，光滑的皮膚沾滿汗液，顯得性感至極。

肖嘉樹呆了呆，才快步走過去。

季哥的身材真棒，手臂的肌肉很發達，卻一點也不誇張。皮膚被汗水打濕後亮晶晶的，很好吃的樣子，好想撲上去用牙齒磨一磨。咦，頭髮也打濕了，一縷一縷黏在臉側，有種凌亂又野性的感覺。季哥真有男人味，甩出那些花美男幾百條街，難怪《女人裝》把他評為亞洲女性最想睡的男人。他那麼忙還每天抽空健身，這叫什麼？這叫床上一分鐘，床下十年功啊！季哥賽高！

他一邊走一邊胡思亂想，就見季冕雙臂一顫，竟趴在地上起不來了。

「肖嘉樹，你知道嗎？」季冕翻過身看向罪魁禍首，咬牙道：「我差點就能破紀錄。」

肖嘉樹傻乎乎地問：「季哥，你的紀錄是多少？」

「一小時內連續做一千三百個伏地挺身。」

「季哥，你好厲害！」肖嘉樹先是目瞪口呆，繼而真心實意地鼓起掌來。

季冕看著他無辜的眼睛，頓時洩氣了。

「去體測室。」他把人帶進一個小隔間，徐徐道：「脫了鞋襪站到電子秤上去，我先看看你的資料。你這次扮演的角色是一個機器人，他的外表經過工程師幾百次的修整，完全符合美學與力學原理，你光容貌過關還不夠，得把身材也練出來。我事先給你打個預防針，你很有可能要拍裸戲。」

肖嘉樹脫鞋的動作微微一頓，驚訝道：「裸戲？跟女人？」

「那是床戲。」季冕無奈扶額，「你扮演的角色在出場時是浸泡在保養液裡的，肯定得全裸。放心，只這一個鏡頭而已，後面都有穿衣服，沒問題吧？」

「沒問題，我是男人我怕什麼？」肖嘉樹在國外待久了，思想比較開放。當然，片方肯定不會大咧咧把全裸的畫面放出來，要麼打馬賽克，要麼從背後拍攝或者找個角度遮一下，他根本不用擔心。

季冕見他真的不介意，這才去看體測數據，「體重超標兩斤，得減肥。」

「什麼，我這麼瘦還超標了？」肖嘉樹感到很驚訝，他以為自己只是肉鬆，不是胖。

「你很瘦？」季冕撩起他的衣襬，拇指和食指捏住他的軟肉，冷笑道：「這是什麼？」

肖嘉樹羞愧地低下頭，小聲道：「游泳圈。」

「多出來的兩斤肉多半全長在這裡了。」季冕捏了捏這坨軟肉，發覺手感很好，又忍不住多捏兩下，直到肖嘉樹快把腦袋埋進胸口才大發慈悲地放開，「下個月初我們就得飛美國，你只有二十天。二十天內你不僅要把多餘的肉減掉，還得把肌肉練出來，能做到嗎？」

「能做到。」肖嘉樹連忙點頭。

「做不到呢？」

「做不到我就自動解約。」

「這麼硬氣？」

「絕對硬氣。季哥，你要是不相信，我錄音存證。」肖嘉樹連忙掏出手機錄了一段話，然後把證據發到季哥的微信裡。

季冕打開聽了聽，這才揉揉他腦袋，「好了，把表格填完去熱身，慢跑十分鐘。」

肖嘉樹接過表格仔細填寫，末了登上跑步機。為了盡快拿到畢業證書，他每天都泡在圖書館裡，根本沒時間鍛煉。說出來也是丟人，用跑步機他還是第一次，別說十分鐘，大約五分鐘就得趴下，但季哥就在旁邊看著，他不得不咬牙堅持。

不明白為什麼，他很不願意在季哥面前丟臉，總想把自己最好的一面呈現給他。十分鐘後他已是汗流浹背，嘴唇發白，下了跑步機腳底都開始打晃。

季冕連忙把他抱住，柔聲安慰：「沒事的，你這是第一次用跑步機，肯定會暈，喝口水坐一會兒就好。」

「季哥，你沒告訴我跑步還能跑出暈車的感覺。」肖嘉樹緊緊拽著季冕的衣領，又下意識地摸了摸他胸口，脫口而出道：「季哥，你的胸肌好有彈性，肯定黏牙。」

擔憂中的季冕：「……」這小子有毒！

自從接了機器人這個角色，肖嘉樹就不再去上演技課，而是將所有的時間都耗在了健身房。他汗涔涔地躺在地板上，頭一歪就見季哥也來了，正與教練說話，說完徐徐走過來，詢問道：「感覺怎麼樣？」

「超累。」肖嘉樹氣喘吁吁地擺手。

「每天分兩次練，早上和晚上各一次，每次一個半小時，這樣比較不累，而且不會對肌肉造成傷害。你需要充足的時間鍛煉，也需要充足的時間休息。管住自己的嘴，不要吃熱量太高的食物，我買給你的蛋白粉有喝嗎？運動過後補充一杯蛋白粉能快速增加肌肉含量。」

季冕脫掉外套，露出健碩的身材。他也有健身的習慣，而且每天必須練夠兩小時。

「我每天都喝。」肖嘉樹眼巴巴地看著他緊實流暢的肌肉，「季哥，你練成這樣花了多久的時間？」

「我很早就開始健身，堅持了十幾年。」季冕把鈴片裝到橫杠上，準備練硬拉。

肖嘉樹默默算了算鈴片的重量，不由咋舌。

臥槽，季哥竟然能拉兩百斤，那他豈不是輕輕鬆鬆就能把我舉起來？

要是不脫掉衣服，誰能想到季哥外表是個儒雅君子，內裡是個肌肉猛男啊！

季冕瞥他一眼，擺手道：「躺一邊去，小心砸到你。」

肖嘉樹艱難地挪開一段距離，躺在地上繼續裝死。他先前躺過的地方留下一片人形水跡，看起來有些搞笑。

季冕一邊熱身，一邊讚許道：「不錯，你今天很努力，等一下記得喝蛋白粉。」

「知道了。」肖嘉樹拿出手機刷微博，覺得雙手舉著累，又換成了側躺的姿勢。他發現一條博文受到很多影迷的熱捧，不由點開看了看，標題是《使徒之你是我的明天》。

咦，這個是《使徒》的影評？得好好來拜讀！

幾分鐘後，他發現自己想錯了，這篇博文並不是影評，而是同人小說。筆者以自己的想法改編了《使徒》的故事情節，並答應粉絲們一定會給凌氏兄弟一個大圓滿的結局。按她的原話來說，她是憑著一腔怨念開寫這篇文，目的是給凌濤和凌峰帶來幸福。

好暖！肖嘉樹滿心感動，不知不覺就看了下去，又過幾分鐘，表情漸漸變得扭曲起來。

凌峰避開了綁架危機，這很好。凌峰談戀愛了，也不錯，但為什麼凌濤要關他小黑屋，強迫他分手？這明顯不合邏輯啊！真正的凌濤要是獲悉弟弟談戀愛了，不知道有多欣慰。

咦咦咦，什麼玩意兒？凌濤為什麼要強吻凌峰？是不是我打開文章的方式不對？看見這段細膩到極點的親吻描寫，肖嘉樹感覺自己的太陽穴被狠狠撞了一下，整個人都凌亂了。

更糟糕的是，由於他想像力太過豐富，看文章的時候很容易在腦海裡幻想相應的場景，而且帶入的還是自己和季哥的臉，於是這段描寫就自動轉換成了影像。

他被季哥壓在牆上輾轉親吻，交纏的舌尖發出嘖嘖水聲，彼此的唾液在口腔相互流轉，散發出濃烈的費洛蒙……

啊啊啊！怎麼會這樣？肖嘉樹，你不能再看了！

他捂臉呻吟，心臟以每分鐘一百八的速度狂跳著，但透過指縫，他依然看見了下面一段話是凌濤對凌峰說的：「親愛的弟弟，為了懲罰你，請你騎上來自己動。」

騎上來自己動……好有畫面感……

肖嘉樹發覺自己的腦袋快冒煙了，連忙閉上眼睛關掉手機，嚇得瑟瑟發抖。

就在這時，身旁傳來「砰」一聲巨響，他連忙睜眼，就見季哥手滑了一下，沒能抓牢兩百斤的杠鈴，幸好他及時做出了調整，才沒拉傷肌肉。

「季哥，你沒事吧？」肖嘉樹一骨碌爬起來，表情非常緊張。

季冕一邊按揉手腕，一邊盯著他看，眸光晦澀，過了大約半分鐘才啞聲開口：「肖嘉樹，你剛才在看什麼，臉這麼紅？」

「沒看什麼。」肖嘉樹快速退出微博，回到自己的主頁，然後舉起手機搖晃，「就隨便刷一刷微博而已。我剛才練得太狠了，臉色肯定會發紅，過一會兒就好。」

馬蛋！絕對不能讓季哥知道我在看什麼，不然他一定會以為我是變態！

季冕嘴角微微一抽，無奈開口：「你要是累了就去休息室躺一下，泡杯蛋白粉喝。」

「等你練完我們一塊去喝，我還帶了健康餐給你，是我媽親手做的，可好吃了。」肖嘉樹堅決不挪窩，他喜歡看季哥健身。

季冕拿他毫無辦法，又見他沒有繼續看文的意圖，只得妥協，「好，我還要練兩個小時，你就在這兒等吧。別躺地上，地上涼，那邊有瑜伽墊子。」他指了指教室對面的器材室。

肖嘉樹拖著痠痛的腿腳走到隔壁拿墊子，然後轉回來，又在離季哥不遠的地方躺下。教室四面牆都貼著鏡子，無論他往哪看，都能看見自己紅得發燙的臉頰和脖頸，那模樣像極了煮熟的蝦子，難怪季哥一眼就能看出異樣，還是自己臉皮太薄了。

咦，不對啊，自己將要扮演的角色是一個機器人，機器人怎麼會臉紅？這可不行，若是連表情都控制不好，怎麼演出角色的精髓？臉紅的毛病必須改掉！

想到這裡，肖嘉樹躺不住了，連忙爬起來，對著鏡子練習控制表情。他很想讓紅暈快點消退，但越是急躁臉就越紅，反而起了反效果，憑這點功力還裝什麼冷酷無情？

不僅這部電影，今後的每一部電影都需要很強的表情控制能力，這是演員的必修課。

他急得抓耳撓腮，不知怎地，腦海中竟蹦出四個字：以毒攻毒。

臉皮都是訓練出來的，既然看那種小說會臉紅，不如再看幾篇，見得多了也就不以為怪了。若是連這種程度的暴擊都能忍受，那其他的心靈摧殘又算什麼？

肖嘉樹默默給自己點了一個讚，用顫抖的指尖打開那篇小說，又順著作者的提示找到另外幾條連結，選了其中標題最羞恥的開始看。

使徒之暗夜熱慾？這個一看就是老司機開的車，趕緊綁好安全帶！

肖嘉樹做足了心理準備，卻不知臉頰已紅得滴血，而季冕則頻頻扶額，似乎很頭疼。

「肖嘉樹，你過來。」他放下杠鈴擦汗。

「季哥，你有事？」肖嘉樹立刻忘了看文，屁顛屁顛地跑過去。

「坐下。」季冕坐在凳子上，肖嘉樹就順勢坐在他腿邊。

季冕拿過他的手機，見頁面已經換回主頁，便捏住他的下頷，給他拍了一張大頭照，直接選擇發送，「刷微博評論去吧，告訴你的粉絲為了演好新角色，你在努力減肥。最近多發點動態，多提一提《使徒》和《蟲族大戰》，電影放映或籌拍期間你有職責為它們做宣傳。」

肖嘉樹連連點頭表示受教，接著埋頭刷評論，什麼表情控制、以毒攻毒，完全被他忘到了腦後。終於得到安寧的季冕徐徐吐出一口氣，繼續鍛煉背部肌群。

肖嘉樹根本沒當明星的自覺，別人家的偶像一天要發十幾張自拍，他十幾天才發一張，而且還都是劇照或定妝照，完全沒有新意。已經餓得嗷嗷叫的小種子們立刻蜂擁而來，看見照片後全體陷入沉默，繼而開始狂歡。

「不知道是不是我想多了，這張照片令我感覺很微妙。」

一隻大手掐住肖嘉樹的下頷，迫使他抬起頭來。他的髮絲和皮膚都被汗水打濕，透出一點潤澤的光芒，臉頰緋紅一片，眼睛浮著水霧，顯得無辜又茫然。鮮紅欲滴的嘴唇微微開啟，似乎想要說什麼，又似在邀吻。本就驚豔的容貌，此時此刻更散發出強烈的誘惑力。

有個粉絲這樣說道：「不是你想多了，這他媽就是一張高潮臉啊！」

「先擼為敬！」

「媽媽問我為什麼流著鼻血刷微博！」

「放開那個誘受，讓我來！」

「告訴我捏你下巴的人是誰，我要給他頒發年度最佳豔遇獎！」

「舔完螢幕抹鼻血，我快不行了，誰幫我叫救護車，我需要大量輸血！小樹苗這張臉太引人犯罪了，為什麼臉上全是汗水，剛才做什麼去了？」

不正經的評論一條接一條，弄得肖嘉樹措手不及，他一再解釋道：「我是在健身，所以臉紅流汗，真的！」

「信你信你！」小種子們隨便敷衍幾句，回過頭該舔屏的舔屏，該流鼻血的流鼻血，該擼的擼，差點精盡而亡。

看見粉絲們搭乘高鐵絕塵而去，讓整個評論區都失去了控制，肖嘉樹簡直欲哭無淚。他想刪掉照片，但似乎晚了，很多粉絲已經截圖，沒事就拿出來擼一擼，身體更健康。

「擼一擼」是什麼鬼？

「高潮臉」是什麼鬼？

肖嘉樹捂臉呻吟，不好意思將這件事告訴季哥。雖然照片是他拍的，微博也是他發的，但他也是為了自己好，怎麼能怪他呢？要怪就怪自己的粉絲太不正經！

季冕已經無心鍛煉了。都說物似主人形，這話果然沒錯。什麼樣的偶像就會吸引什麼樣的粉絲，所以肖嘉樹有毒，他的粉絲也有毒。

季冕打開手機看了看，視線不由自主地停留在那張照片上。

拍的時候沒感覺，看了評論再回頭欣賞，他不由擰緊了眉頭。肖嘉樹這張臉真是該死的好看，沾滿汗珠又染了紅暈，再配上迷濛又茫然的眼神，簡直是……

季冕禁止自己再想下去，沉聲道：「把照片刪了吧。」

「刪掉會不會更奇怪？」肖嘉樹走到季冕身邊蹲下，指著自己臉蛋說道：「季哥，你再幫我拍一張同樣的照片，但這次你用點力，把我的臉捏變形，越醜越好。」

季冕啞然片刻，隨即低笑起來，「行，你再蹲低一點。」

肖嘉樹在季冕雙腿之間坐下，抬起微紅的臉。由於之前看了一篇羞恥的同人小說和許多不正經的評論，他根本沒好意思與季哥對視，只能垂下眼瞼，盯著自己高挺的鼻頭。

他並不知道自己這副模樣有多乖巧，又有多像在索吻，而他紅潤的唇瓣印著幾個淺淺的牙印，越發顯得美味。

季冕直勾勾地看著他，半晌轉開頭去，冷靜幾秒鐘才再次移回視線，狠狠心把這張漂亮的臉蛋捏變形，拍了一張大頭照。

肖嘉樹連忙把奇醜無比的鬼臉照發送出去，配文道：「再給你們一個福利。」

「臥槽，我的眼睛！」粉絲發出慘絕人寰的哀嚎。

「之前那麼美，現在這麼醜，小樹苗，你一定是故意整我們吧？」

「我就知道你帥不過三秒！又一個表情包出來了，同志們，趕緊收藏啊！」

小種子們哭笑不得，卻又不得不吃下這個福利。

粉了一個總是在畫風突變的偶像，他們很累的好不好，但同時也很歡樂。

看見評論區終於恢復正常，肖嘉樹緩緩吐出一口氣，末了往後一靠，賴在季冕兩腿之間不起來了。季冕額角的青筋突突直跳，一把將他提起來，隱忍道：「我今天的狀態不好，不練了，去休息室吃你帶來的健康餐。」

「我先拿去熱一熱，再泡兩杯蛋白粉。」肖嘉樹並未發現他的異樣，沒心沒肺地跑了。

季冕在原地坐了一會兒，又抹了把臉，這才拿出手機打電話：「萊納，劇本修改好了沒？改好了馬上發過來給我，我有急用。」

那邊嘰哩呱啦說了一大通，隨即把完整版的劇本發送到季冕的郵箱裡，季冕立刻轉給肖嘉樹。再不給這小子找點事做，他真有些受不住了。

郵件剛發送成功，休息室裡就傳來驚喜萬分的聲音：「季哥，我收到劇本了！哈哈哈，我終於能看劇本了！」

就這熊樣還想演機器人？自己當初到底是怎麼想的？

季冕默默捂臉，背影充滿了無奈。

終於盼來劇本，肖嘉樹哪裡還有心思想別的，他立即下載到手機裡，邊吃邊看，十分忘我，好幾次都差點把青豆餵進鼻孔。

「別看了，先吃飯。」季冕把手機搶過去。

「好。」肖嘉樹乖巧應諾，端起碗，張大嘴，把菜倒進嘴裡，前後不過三秒。

季冕看得眼角直抽，忽然想起小時候母親威脅自己的一句話：「乖乖吃飯，不然我在你頭頂打個洞直接灌進去。」他當時完全無法想像那樣的場景，現在看了肖嘉樹便明白了。原來食物真的可以直接灌下去，不用嚼的。

「季哥，我吃完了，你慢慢吃。」肖嘉樹很有禮貌地說了一句，便迫不及待地拿起手機看劇本。他一會兒擰眉，一會兒淺笑，一會兒悲痛，表情隨著時間的推移不斷變換，哪怕季冕不看劇本也能猜到他看到哪兒了。

「季哥，我下午不來健身房了可不可以？我想先把劇本看完。」肖嘉樹意猶未盡地道。

「可以，你好好揣摩這個角色，有問題隨時來找我。」季冕頷首。

肖嘉樹連忙站起來收拾東西，匆匆離開公司。拿到劇本之後，他整個人變得嚴肅起來，紛飛的思緒瞬間沉靜，腦海中只餘劇情、人物和表演。從這方面來看，他的確很專業。

他熬了通宵看完劇本，用各種顏色的筆寫下感悟，又整理成冊，這才回到公司。當他走進辦公室時，季冕愣了愣，問道：「你的眼睛怎麼了？結膜炎？」

「不是，昨晚沒睡，所以有點紅。」肖嘉樹在他對面坐下，打開劇本，認真道：「季哥，我想跟你聊一聊這個角色可以嗎？你幫我看看我的思路正不正確。」

「當然可以。」季冕盯著寫滿心得體會的劇本看了一會兒，疑慮打消一半，但還有另一半始終難平，他直言道：「老實說，我原本並不看好你，你知道為什麼嗎？」

「為什麼？」肖嘉樹並未覺得自尊受損，而是豎起了耳朵。

「因為你的情感太過豐富，我擔心你駕馭不了這個角色。你要知道，你將扮演的是一個毫無感情的機器人，你得把他的冰冷演繹出來，讓觀眾意識到他沒有靈魂，沒有生命，而你太過鮮活了。」

鮮活是肖嘉樹最大的優點，但在這部電影裡也是他最大的缺點。

「季哥，我得反駁你一句，這個角色在前期或許只是一個機器，但結局的時候他卻有了靈魂和生命，雖然只是剎那。」肖嘉樹翻開筆記本，「我承認情感豐富會阻礙我的表演，所以我制定了一個控制情感的計畫，季哥，你幫我看看。」

「情感還能控制？」季冕挑高一邊眉梢。

「想要做一個好演員，控制情感是必修課。」此刻的肖嘉樹完全展現出了一個專業演員的素養，他指著計畫表說道：「機器人靠什麼運作？靠程式。程式的本質是什麼？是指令。工程師編寫指令，而機器人根據這些指令行動，所以我會每天為自己編寫指令，譬如什麼時候吃飯，什麼時候睡覺，今天要做些什麼事，達成什麼目標。接下來的每一天，我將按照這些指令生活，屏棄多餘的言語、欲望、思想，讓自己慢慢成為一個『機器』。」

肖嘉樹不確定地問：「季哥，你說這樣可行嗎？」

為了演好這個角色，他願意做任何嘗試。

季冕定定地看著他，眼神複雜難辨，許久之後嘆息道：「你先試試看吧，但我得警告你，你這樣做非常危險，很有可能會患上強迫症。」

「沒關係，我自己會調節的。」如果真的有患病的傾向，他可以找心理醫生進行諮詢，世界上沒有任何事比拍電影更重要。

季冕眉頭緊皺，再次告誡道：「你知道希斯萊傑嗎？為了扮演好小丑這個角色，他把自己關在一個漆黑的小房間裡整整幾個月，並因為傳神的演技獲得了奧斯卡最佳男配獎，但他再也沒能從小丑這個角色中走出來，他罹患了抑鬱症，最後自殺身亡，所以說我非常反對體驗派的表演方式，因為那會讓一個演員失去自我。肖嘉樹，你就有這種傾向，我很擔心。」

「希斯萊傑之後再無小丑，季哥，你不覺得這句話是對一個演員的最高讚譽嗎？甚至於連你的偶像丹尼爾．戴．路易斯也是如此。他可以為了演好一個角色與妻子離婚，與朋友決裂，也可以在森林裡獨自存活好幾個月，他們那樣的才是真正偉大的演員。」肖嘉樹合上筆記本，「季哥，我想做演員，而不僅僅是明星。接下一個角色，我必定會全力以赴。」

看著他無比堅定的眼神，季冕不得不妥協。毫無疑問，這是他最終選定肖嘉樹的原因，他從不懷疑他可以為了演好一個角色拚盡全力。

「好吧，那就按你的計畫來，我會盯著你。」季冕語氣嚴肅。

「謝謝季哥。」肖嘉樹鬆了一口氣。

「還有一個問題，如果你前期入戲太深，中後期的轉捩點你怎麼演？這個角色從無情到有情需要一個過渡，你能掌握好嗎？」季冕指著其中一段劇情問道。

「他之所以覺醒是因為聽了智者的一段獨白，心靈受到了震撼。我能不能把這個轉捩點演好，還得看季哥你的表現。」肖嘉樹認真道：「季哥，如果你發揮出色，我便能百分百入戲。如果你不行，我雖然也會努力表現，但效果可能會打折扣。一部電影是所有創作人員的心血凝結成的，而非某一個演員的獨角戲。季哥，每一段對手戲的背後有你的貢獻，也有我的。誰的演技蓋過了誰，拍出來的效果都不會很好看。好的演技是平分秋色，好的搭檔是勢均力敵，你說對嗎？」

季冕啞然許久，點頭道：「你說的對。好了，今天就討論到這裡，回去睡覺吧。」

「好的，季哥。」肖嘉樹站起來九十度鞠躬，直起腰後一步步走出去，步幅完全相等，手臂的擺動也似乎經過精密的測量。從此刻起，他已進入程式。

季冕以手扶額，深深嘆息。

推門進來的方坤擔憂道：「嘆什麼氣？遇見難事了？」

「後輩太優秀，我忽然感覺壓力很大。」季冕似是想起什麼，愉悅地低笑起來。

方坤：「……」說話的時候能不能把臉上的笑容收一收，完全看不出你有壓力好嗎？

第三章

我是你的許可權擁有者

肖嘉樹為自己制定了非常詳細的計畫表，每天要做些什麼事全都寫下來，並嚴格規定了時間。他在九點整的時候跨進健身房，不多一分，不少一秒，然後找私人教練進行溝通。

兩人正說著話，季冕來了，「怎麼還不鍛煉？今天有按照『程式』來嗎？」

肖嘉樹努力控制想要上揚的嘴角，淡然道：「季哥早，我們正在制定程式。」

說起這個，教練真是有苦難言，當即抱怨道：「季總，您也知道我們為你們制定的訓練計畫都是根據你們自身情況來的，每天都會適當做出調整。肖先生讓我把接下來三天的訓練計畫給他，甚至詳細到每一個動作的次數，這真的不太科學。萬一我強度定得太大，他身體負荷不了怎麼辦？我連他的身體素質還沒摸透，真的不敢隨便幫他做計畫。」

「先從運動量最小的動作開始練吧，練三天你心裡有數了再做調整。」季冕沉吟道。

「這樣的話，我怕運動量又太小，達不到你要的效果。一個月內要增肌五斤本來就不容易，更何況還要先減脂。」

「那就定一個中等偏下強度的吧，把訓練計畫給他。」季冕拍板。

兩人說話時，肖嘉樹全程沒有表情，也不插嘴，心裡更是平靜無波。季冕眉頭皺了皺，似乎有些不習慣，隨即指著他手裡的筆記本問道：「這是你制定的程式？我看看？」

「好的，季哥。」肖嘉樹把筆記本遞過去，察覺到自己的思緒有了些波動，連忙在心裡默念起大悲咒。

季冕無語，認真翻閱筆記，驚訝道：「定得這麼詳細？早上六點半起床，六點三十五刷牙洗臉，七點吃早餐，餐後喝一杯牛奶，八點晨跑……你都嚴格按照這些計畫來？」

「是的，季哥。」肖嘉樹點點頭，不說一句多餘的話。

看著他沒有表情的臉，季冕深感無奈，繼續往後翻，只見最後一頁寫著這樣一行字：九點半泡澡，泡澡時練習閉氣五分鐘；十點念經，十點半睡覺。備註：禁止刷微博，禁止有事沒事玩手機，禁止玩遊戲，禁止胡思亂想。

泡澡的時候練習閉氣，泡完澡還念經，肖嘉樹這是準備出家當和尚嗎？

季冕又好氣又好笑，還有種深深的震撼感。為了演好這個角色，肖嘉樹果然準備全力以赴。如果季冕不選擇他，而是換成國內任何一個名氣比他更大的年輕藝人，恐怕都做不到這種程度。與他合作真的不需要操太多的心，不怕他演不好，只怕他演得太好，入戲太深，反而把自己整廢了。

季冕抹了把臉，無力叮囑：「悠著點，別把自己逼太緊。」

「好的，季哥。」肖嘉樹不肯多說一個字，盡量用最簡潔的言詞來表達自己的意思，機器人不都是這樣嗎？

季冕原本還想問他為什麼要練習閉氣，見他板著一張臉，顯得極其冷漠的樣子，又沒了追問的欲望。另一頭，私人教練也把訓練計畫做出來了，肖嘉樹接過去看了看，二話不說便脫掉外套開始進行訓練。

見他沒有磨磨蹭蹭，也沒有賴在自己身邊插科打諢，更沒有一邊訓練一邊在心裡各種加戲，季冕竟感覺渾身不自在。他站在原地看了肖嘉樹好一會兒，這才默默走開。

二十天的時間眨眼就過，肖嘉樹不知不覺習慣了有規律的生活。他漸漸離開了手機、電腦和電視等一切電子產品，也不再外出，活得像一個苦行僧似的，所有的喜怒哀樂都在逐步消失，只餘刻板的行動。

此時此刻，他正挺直腰桿坐在候機室裡，深邃的眼眸緊緊盯著時刻表。

季冕把機票遞給他，溫聲道：「去了那邊，你還得每天跟著武術指導練習打鬥動作，我讓你帶的跌打損傷的藥你帶了嗎？」

「帶了。」肖嘉樹微微點頭，目光依然盯著時刻表。

「別緊張，我們的飛機是準點出發，我剛才問過了。」季冕安慰道。

肖嘉樹閉上眼睛開始念大悲咒，如果誤點而破壞他完美的計畫表，他會當機的。

季冕萬般無奈，只能一邊拍打他的脊背，一邊讓助理再去服務櫃檯問一問。可千萬別誤點，否則這小子非得神經錯亂不可，他現在的狀態非常危險。

助理很快跑回來，告訴他們飛機沒誤點，還是十一點半出發。

季冕略鬆一口氣，從兜裡掏出一包香菸問道：「要不要跟我去吸菸區？」

「不去。」肖嘉樹擺手。

「那我們去了。」季冕和方坤來到吸菸區，各自點燃一根香菸。

「肖嘉樹怎麼回事？以前見人就笑，脾氣挺好，現在整天板著臉，說話絕對不超過五個字，他這是遲來的中二期到了，準備擺擺明星架子？」方坤萬分不解。

「他在做拍戲前的準備。」別人的事季冕不好多說，只能暗暗告誡自己一定要盯緊肖嘉樹，不能讓他被這部電影毀了。他飛快抽完一根菸，然後打電話給導演：「斯蒂森，是我，我們明天凌晨能到，不，不用來接機，我有安排。我想讓你把CT001的戲分安排在前面拍攝，盡量集中一點。不是檔期問題，是一些私人原因，你幫我看看最快能多久拍完。」

那邊說了些什麼，季冕擰眉道：「二十六天？能不能再壓縮一點？十九天，好，十九天可以，我的戲分沒關係，先拍CT001，其他人要是有意見讓他們直接來找我，稍後見。」他掛斷電話後揉了揉太陽穴，竟又掏出一根菸抽起來。

方坤咋舌道：「把肖嘉樹的戲分全都排在前面應該會耽誤你的行程吧？我記得你下個月還要去波士頓談一筆大生意？」所幸在好萊塢，導演的權力很小，一切都由製片人說了算，而季冕恰恰是《蟲族大戰》的製片人，這件事才能順利安排下去。要是在華國，導演和其他演員非得鬧起來不可。

「有些事可以推遲，有些事卻不能拖。」季冕狠狠吸了一口菸，表情非常無奈。

飛機準點起飛，準點降落，卻也耽誤了肖嘉樹的睡眠時間。他習慣了十點半準時睡，下飛機後臉色一直不好看，抵達飯店後也不立刻躺下，熬到第二天的十點半才睡覺，整個腦袋都是脹的，似乎搖一搖就會爆炸。幸好劇組給了他們三天時間休整，否則他肯定會豎著來美國，橫著回華國。

他也知道自己的情況很不對勁，但他無法控制，也不能去控制。他必須保持這個狀態，直到電影拍完。

正式工作的第一天，他終於得到一個好消息，導演準備把他的戲分放在前面拍攝，並且將時間壓縮到了十九天，所有演員都很願意配合。當拍攝進度表發放到肖嘉樹手上時，他很久沒上揚的唇角飛快翹了翹。

季冕與他共用一個化妝間，透過鏡子看見他的表情，積壓了許久的擔憂終於消減一點，看來他的決定是正確的。

「哈囉，二位！」一名身材火辣的白人女子走進來，繞著肖嘉樹轉了一圈，調笑道：「你就是CT001的演員吧？你叫什麼名字？」

「你可以叫我肖。」肖嘉樹禮貌頷首，眼神毫無波動。

這個女人便是《蟲族大戰》的女主角曼莉，她憑藉天使的容貌，魔鬼的身材，曾幾度登上全球美人榜的榜首，所有男人見了她無不神魂顛倒，茶飯不思，像肖嘉樹這樣無動於衷的卻很少，這明顯不正常。

「哦，上帝，又是一個該死的同性戀！」曼莉抱怨道：「可惜你這張雕刻般的俊臉！」

肖嘉樹微微一愣就回過神來，然後繼續看劇本。他沒被激怒，也不覺得自己需要辯解些什麼，他的感情波動早已經被壓制在內心最深處。

季冕沉聲道：「曼莉，並不是所有男人都會被妳吸引，妳得接受現實。肖很正常，只是妳的魅力不夠而已。妳可以走了，我們要換衣服。」

曼莉到底不敢招惹製片人，只能悻悻離開。她前腳剛走，斯蒂森後腳便走進來說戲：「今天拍攝CT001第一次出場的戲分。首先我們得拍攝001浸泡在大罐子裡的場景，所以肖你必須全裸，身上還要黏很多資料線。我得事先告誡你，全裸泡在水裡的感覺可不好受，前後左右還有很多臺攝影機在同時拍攝你的狀態，可能會讓你難堪，希望你克服一下。我知道你們東方人都很保守，但這是藝術，不是色情，你得想明白。」

斯蒂森解釋了一大堆，肖嘉樹只簡單回覆：「沒問題。」

斯蒂森盯著他冷淡的俊臉，一時有些詞窮，噎了好半天才道：「好吧，你把衣服脫掉，讓化妝師幫你上全身妝。」話落匆忙出去了。

同樣在化妝的季冕眉頭微微一皺。

肖嘉樹早就知道要拍裸戲，一點驚訝的表情都沒有。他站起身，不緊不慢地脫掉衣褲，表情淡漠，神態自然，彷彿這不是公用化妝間，而是自己的臥室。

方坤和幾名助理立刻走出去，留下季冕和兩位化妝師。

季冕透過鏡子看了肖嘉樹一眼，低聲詢問：「介不介意我抽根菸？」

「不介意，你抽吧，臉部的妝容已經畫好了。」化妝師拿出顏料和矽膠，開始幫季冕的手臂添加各種各樣的傷痕。

季冕點燃一根香菸，目光久久凝聚在不時明滅的菸頭上，但化妝間裡非常安靜，哪怕什麼也不看，窸窸窣窣的響動依然會不受控制地傳入他的腦海。叮噹一聲響，那是肖嘉樹的皮帶扣撞擊地面的聲音，他似乎已經脫光了。

「哇，你的肌肉很漂亮！」化妝師的讚嘆聲鑽入季冕耳膜，他杵滅菸蒂，回頭看去。

肖嘉樹背對著他，修長的身體覆蓋著一層薄薄的肌肉，不誇張卻流暢至極。他明顯瘦了很多，肩膀圓潤，腰肢纖細，尾椎兩側綴著兩個小小的腰窩，非常可愛，臀部緊窄挺翹，十分性感，再往下是兩條筆直的腿，全身的皮膚像瓷器那般光滑瑩潤，不見一根體毛。

這個背影充滿了線條感和力量感，竟叫人辨不出性別。

季冕狠狠咬一下濾嘴，正想別開頭，卻見肖嘉樹轉過身來，露出排列有致的四塊腹肌，順著優美的人魚線往下……

季冕用力杵滅菸蒂，啞聲道：「你做過全身脫毛？」

肖嘉樹毫不羞怯地點頭，「哪個機器人會長體毛？」

很好，這次說了九個字，還是反問句，但季冕為什麼就那麼暴躁呢？

他閉了閉眼，似在嘆息，然後抬起手準備抹臉。

化妝師連忙提醒：「小心妝花！」

季冕微微一僵，擺手道：「你們找一條浴巾過來給他，好歹把腰圍上。」

肖嘉樹竟連那裡都脫了毛，形狀很漂亮，還是粉紅色的，真他媽……

「你都不會害臊嗎？」季冕從鏡子裡看見肖嘉樹完美的軀體，只能咬牙垂頭。

「機器人不懂得害臊。」肖嘉樹大咧咧坐下。

兩名化妝師臉色緋紅，眼睛不時瞟向他的某個重要部位。

季冕服了，再次掏出一根菸點燃，猛然吸了幾口，試圖用濃重的煙霧遮擋自己的視線。好在他的助理很快拿來一條浴巾給肖嘉樹蓋上，這才拯救了水深火熱中的老闆。

兩名化妝師發出遺憾的嘆息，蹲下來幫肖嘉樹的身體打上一層帶珠光的油脂，這樣能增加皮膚的光滑度，讓他看起來更像一個假人。他的肌肉是流線型的，不誇張卻非常漂亮，甚至帶著一種超脫了性別的美。

「你看起來就像是從油畫裡走出來的一樣，美得太不真實了。」一切結束後，兩名化妝師大為讚嘆，而季冕早就出去了，留下一個堆滿菸蒂的菸灰缸。

「謝謝。」肖嘉樹圍上浴巾走出去，就見導演和攝影機已經準備就緒，片場中央放著一個透明的玻璃罐，裡面注滿了淡藍色的液體。

「化妝師，幫他黏上導線！各單位注意，要開拍啦！」斯蒂森大聲喊道。

所有演員都圍過來，想要看看這位東方人的演技。曼莉低呼道：「天啊，我後悔了，剛才我就應該跟他要電話號碼的！不管他是不是同性戀，我一定要把他約出來！」

季冕站在導演身邊，目光不斷遊移，最終還是定格在了肖嘉樹身上。他只圍著一條短短的浴巾，蓋住了關鍵部位，卻蓋不住筆直的雙腿和緊實的腰腹。他走到拍攝區域，頭頂的聚光燈照射下來，使他的皮膚煥發出珠玉般的光澤，而他的眼睛又黑又沉，這使他看起來像一個沒有感情的神祇。

斯蒂森拊掌道：「上帝，我就知道我可以相信你的眼光，季！肖看起來美極了，完全符合我對001的想像！」

季冕定了定神後說道：「他的演技與他的外表一樣出色。」

「是嗎？這可真不得了，我們拭目以待吧！」

化妝師黏好導線，扶著肖嘉樹慢慢登上巨大的水罐。在入水的前一秒，他扯掉浴巾，令圍觀的人群發出一陣吸氣聲。

「上帝！」男主角之一的唐納森扶著額頭呻吟，「這是我見過的最漂亮的東方男人，他太可愛了，那裡更可愛！」

旁邊的幾人發出一陣低笑，卻不含惡意。這是個看臉的世界，所以外國人也沒法免俗。

季冕眉頭皺了皺，到底沒說什麼，只是催促道：「趕緊把這幕拍完，否則水就冷了。」現在已經是秋末冬初，天氣很冷，為了保護演員，水罐裡注入的是溫水，特效師在製作特效的時候自然會用修圖軟體把白煙處理掉。

斯蒂森揚聲喊道：「肖，深吸一口氣後下水，我們要拍攝你閉著眼睛漂浮在保養液中的場景！你們幾個動作快點，盡量不要出錯，否則肖會憋不住！」

「好的，導演！」幾位主配角紛紛答應。

肖嘉樹深吸一口氣沉入水底，屏棄一切雜念，兩隻手不著痕跡地拽住兩根導線，使自己的身體漂浮在大水罐的正中心。

這場戲說的是探險小隊被蟲族追殺，逃入中古遺跡深處，並發現了殘留的機器人大軍和被浸泡在保養液中的001。由於蟲族數量太多，探險小隊根本無法活著出去，不得已下，智者只能啟動程式，將沉睡中的001喚醒。因為他知道，001一個就能頂得上一支全副武裝的軍隊，他是他們活下來的唯一希望。

幾名探險者踉踉蹌蹌跑進實驗室，快速封閉唯一的入口，轉身就看見了浸泡在藍色液體中的機器人。他雙眼緊閉，表情沉靜，修長而又完美的軀體連接著許許多多的導線。

季冕情不自禁走到水罐前，徐徐道：「這是……CT001，傳說中的地球毀滅者。」

幾臺攝影機從各個方位拍攝肖嘉樹。他思想放空，身體以完全緊繃的狀態漂浮在水中，甚至連腳尖都是繃直的，這使他體表的每一塊肌肉都浮現出來，顯得既危險又美麗。他緊閉的雙眼彷彿隨時會睜開，向來訪者發出致命的一擊。

探險小隊的人員一邊吸氣一邊倒退，臉上均露出畏懼的表情。就在這時，金屬門被蟲獸狠狠撞了一下，凹陷一大塊，斯蒂森興奮的聲音同時傳來：「這條過了！」

季冕還在凝視著水罐中的肖嘉樹，直到對方吐出一串氣泡才回過神來。

「肖，你還好嗎？」斯蒂森大聲問道。

浮出水面的肖嘉樹淡淡開口：「我很好。」

兩名助理連忙拿著浴袍走過去，臉頰漲得通紅，眼睛也不敢亂看。

「那就好。」斯蒂森低下頭看重播，幾名主演立即圍過去檢查拍攝效果。

季冕背對罐子站立，腰挺得很直，表情有些僵硬。聽見肖嘉樹落地的聲音，他回過頭叮囑道：「喝一杯熱咖啡或熱可可補充能量，你今天要在水裡泡大半天。」

「謝謝季哥。」肖嘉樹嘴角微微翹了翹，又很快抿直。他捧著一杯熱可可走到斯蒂森身邊，季冕卻在原地站了很久才過去。

每一臺攝影機拍下來的畫面都呈現在螢幕上，肖嘉樹的裸體自然是重中之重。這一幕需要突出機器人的完美與危險，而肖嘉樹做得很好。他沒有臺詞，沒有動作，但他的每一塊肌肉都參與到表演中來，把那種蓄勢待發的力量感深深印刻在膠片上。

斯蒂森指著他繃直的腳尖，讚許道：「沒錯，機器人是不會放鬆的，哪怕是在休眠當中，他們用鋼鐵鑄成的骨頭和肌肉也處於隨時啟動的狀態。看看這繃直的腳尖，看看這完美的弧度，這正是我要的。肖，你太棒了！」

肖嘉樹抿抿唇沒說話。

幾位外國演員正用全新的目光打量他。

斯蒂森繼續道：「哇，看看這挺翹緊窄的屁股，我真想狠狠拍它，肯定很有彈性吧？」

肖嘉樹：「……」

季冕盯著螢幕看，然後別開頭，片刻又轉回來，盯著螢幕，眸色暗沉。

斯蒂森：「背部拍得最漂亮，腰窩很可愛，屁股也夠翹。季，剪接的時候請你一定要幫我保留這美麗的背影。季，你這個眼神非常棒，癡迷中透著震撼和敬畏，太完美了。聽說在你們東方，如果第一條鏡頭能一次通過，後面的拍攝都會很順利是嗎？看來我們今天交了好運了，大家休息一會兒準備下一條。」

眾人欣賞夠了肖嘉樹的裸體，這才陸陸續續散了，唯獨季冕還站在原地。他盯著螢幕上的自己，滿心都是難以言喻的感覺，因為他知道，這個眼神不是演的，而是自然流露。

方坤走到他身邊，悄悄說道：「季哥，換一條寬鬆的褲子吧，免得尷尬。」

季冕下意識往下看，咬牙道：「我好得很！」

「半硬也是硬，別裝了。肖嘉樹長成那樣，身材還這麼好，你要是一點反應都沒有，我才要懷疑你不正常呢。」方坤對他眨眨眼，表示我非常理解你。

季冕低咒一聲，迅速回化妝間換褲子。

由於之前泡了水，肖嘉樹不得不重新補妝。換了一條新褲子的季冕不敢進去，只能叼著一根菸站在門外。

扮演男一號的唐納德走過來，笑嘻嘻地說道：「給我一根。」

季冕掏出菸盒遞給他，兩人面對面地吞雲吐霧，順勢聊起天來。

「那位小可愛，」唐納德指了指門板，問道：「是直的還是彎的？」

好萊塢有很多明星是雙性戀，既喜歡男人也喜歡女人，唐納德就是其中之一。他盯著門板的目光非常深邃，似乎想將它盯出一個洞來。剛才的畫面還清晰地印刻在腦海，令他久久難忘，俊美的青年漂浮在藍色液體中，微小的氣泡黏著在他白皙無瑕的皮膚上，而他渾身的肌肉都緊繃著，像一頭凶獸，既美麗又致命。

原本還只是單純欣賞對方美貌的唐納德，瞬間就被激起了征服欲。他舔舔乾燥的唇瓣，滿心都是蠢蠢欲動。

季冕冷冰冰地開口：「別招惹他，他是直男。」

唐納德挑眉，「怪不得你不敢進去，怕受誘惑嗎？直男也可以掰彎，只要你有手段。」

「不，相信我，掰彎直男並不如你想像的那般美好。唐納德，請你離他遠點，他腦子裡只有拍戲，沒有別的，別破壞他的簡單。」季冕語氣相當嚴肅。

「好吧好吧，我不會動他的。夥伴，求你別這麼看我。」唐納德舉起雙手。

兩人正說著話，肖嘉樹走出來了，上身還裸著，下身穿了一條肉色的四角褲。電影只需要一個全裸鏡頭就夠了，後面的拍攝會找各種角度擋住他的下半身，他自然不必再光著。況且待會兒他還要拍幾個打鬥動作，不穿衣服那玩意兒會晃來晃去的，場面實在是不雅。

這是斯蒂森導演的原話，當他說出口的時候，兩位化妝師臉都紅透了，而肖嘉樹卻連眉頭都不皺。進了片場，他就是一臺機器，完全聽從導演的指令，導演說怎麼拍他就怎麼做，所有私人感情都可以先放一邊。

「季哥，唐納德先生。」他表情淡淡地對兩人頷首，隨即走向片場。

唐納德盯著他挺翹的屁股，感嘆道：「性格真酷，夠味兒。季，若非他是你帶來的人，我一定會泡他。」

酷？季冕搖頭苦笑。

第一個鏡頭拍完，斯蒂森對肖嘉樹的演技已經有了信心。他原本以為季給劇組找來了一個花瓶，現在看來並非如此。他招手喚道：「肖，我來跟你說說下面這場戲。由於蟲族步步緊逼，智者在看過實驗室裡的資料後決定啟動你，但唐納德扮演的隊長不同意，於是他們產生了分歧並開始打鬥，而你一直浸泡在罐子裡，直到他們打鬥完畢。你盡量閉氣配合他們，實在憋不住了就冒出來，我們可以分鏡頭拍攝，後期再剪輯，可我還是得說，我希望這個劇情能一鏡拍完，這樣才能達到最理想的效果。因為他們在打鬥的同時，我還得拍攝你的臉部特寫，以此渲染你的危險性和情況的緊迫性，你能明白嗎？」

「明白。」肖嘉樹毫不猶豫地點頭。

「好小子，我很喜歡你的工作態度。」斯蒂森拍拍他的肩膀，接著大聲喊道：「下一條準備，大家各就各位！」

眾演員走入拍攝區域，肖嘉樹深深吸了一口氣，沉入水底，場記迅速打了板子。

季冕走到玻璃罐前靜靜凝望著００１，末了打開罐外的操控箱，準備啟動喚醒程式。探險隊的隊長唐納德一把拽住他的手腕，沉聲道：「你想幹什麼？」

「當然是喚醒他，你沒看見嗎？」

「可他曾經是地球毀滅者，你想害死我們嗎？」

「恰恰相反，我在救你們。我剛才看過研究員留下的資料，他們已經抹除了001的自我意識，現在的他只是一臺機器，只聽從人類的號令，並不會危害我們的安全。蟲族就要攻進來了，你還有別的選擇嗎？」

「我們可以選擇殺出重圍，而不是喚醒一個染滿人類鮮血的毀滅者……」

由於情況緊急，兩人的臺詞都念得飛快，一個堅持己見，一個死活不同意，很快就從爭執發展成了打鬥。幾臺攝影機一邊拍攝兩人對打的情景，一邊給浸泡在玻璃罐中的肖嘉樹來了一個特寫，尤其是他緊閉的雙眼和沉靜的面容。他彷彿會永遠休眠，又彷彿下一秒就能睜開眼睛，外界的激烈爭鬥與他的安靜祥和形成了強烈的對比，也將緊迫、詭異和危險的氛圍渲染得淋漓盡致。

唐納德將季冕狠狠按壓在玻璃罐上，罐內的水流受到震盪上下起伏，也令肖嘉樹的身體微微動了動，黏附在他睫毛上的一串氣泡開始脫落上浮，而攝影機將這個細微的動態拍攝下來，再襯上四處放射的幽藍光芒，竟有一種恐怖的氛圍在悄然瀰漫。

看見這一變化的女主角曼莉驚恐地睜大眼並快速遠離玻璃罐，但不斷圍攏過來的蟲獸並不會給他們過多考慮的時間，金屬門快要被攻破了……

從試圖啟動機器人到爭執再到打鬥，季冕和唐納德等一眾演員貢獻了精湛的演技，他們的每一個表情和動作都很到位，簡直是一氣呵成地完成了這個鏡頭。

斯蒂森大聲喊了「ＣＵＴ」，然後緊張地詢問：「肖，你還好嗎？」

肖嘉樹沒有反應。

季冕臉色驟變，順著玻璃罐後的梯子往上爬，剛爬到一半，肖嘉樹醒了，一邊吐著氣泡一邊浮上來，「我很好。」他比劃了一個沒問題的手勢。

斯蒂森大大地鬆了口氣，「上帝啊，你差點把我嚇出心臟病來！這個鏡頭拍了三分多鐘，你一直沒有動靜！」

他這麼一說，眾人才反應過來。肖嘉樹可不像他們在空氣中演戲，他是一直浸泡在水裡的，而在別人表演的時候，他竟然一次都沒浮出水面換過氣，就那樣默默地安靜地完成了表演，這可真不得了。

肖嘉樹被季冕拉上水面，用力吸了一口氣才解釋道：「別擔心，我在家裡練過。」

斯蒂森哈哈笑起來，「難怪！我還以為這個鏡頭要分好幾次才能拍完呢，畢竟正常人只能閉氣幾十秒而已。肖，你很了不起！」

肖嘉樹擺擺手，看向季冕，「季哥，謝謝你。」

季冕盯著他漆黑的頭頂，沉聲道：「你每天練習閉氣五分鐘就是為了拍攝這一幕？」

「是的。」肖嘉樹用毛巾擦拭頭髮，淡漠的表情就像在談論別人的事。依他看來，這並沒有什麼了不起，在拿到劇本的那一刻，每個鏡頭該怎麼演，又要做好怎樣的前期準備，都已經在他的腦海裡逐一揣摩並演練了無數遍。

季冕許久沒說話，眸色不斷變換。肖嘉樹，除了拍戲，你是不是都不會考慮別的？他很想這麼問，卻又忍住了，最終嘆息道：「快把身上的水擦乾淨，免得感冒。」

兩人走下玻璃罐，來到斯蒂森身邊。螢幕正在重播剛才的鏡頭。由於是一鏡拍完，所以連貫的畫面排列在一起，效果非常出彩，尤其是微小的氣泡順著肖嘉樹的睫毛慢慢往上漂浮的一瞬間，他彷彿隨時會醒過來，而這種一觸即發的危機感連身在罐外的曼莉都有體會，並做出了逼真的反應。

「太棒了，大家的表現都很不錯！好了，該補妝的補妝，該休息的休息，五分鐘後我們接著拍下一條！」斯蒂森心情大好地拊掌。

然而，大家都知道，如果沒有肖嘉樹的優異表現，他們的表演將被打斷兩次、三次、四次，甚至更多。一旦良好的狀態受到破壞，再要找回來就難了。此時此刻，他們真心接納了這位新搭檔，紛紛上前與他擁抱。

肖嘉樹面無表情地回應了眾人的善意，這才回到化妝間補妝。對他來說，演好每一個鏡頭是理所當然的，沒什麼大不了。

季冕看著他的背影，忽然想起他曾經說過的一句話：好的演技是平分秋色，好的搭檔是勢均力敵，而他正身體力行地實踐著這句話。面對國際影星，他不怯懦，更不會爭強好勝，他只是本本分分地演好每一個鏡頭，不給任何人扯後腿。

「肖嘉樹真的挺厲害。」方坤打斷了季冕的沉思，「拍攝《使徒》的時候，我還以為他只是找到了感覺，未必能勝任別的角色，現在我才發現，他在演技方面是下過苦功的。要是換成國內那些小鮮肉，你讓他閉氣三分鐘試試，你讓他在大庭廣眾之下脫光試試，他就算不立刻毀約，也會給你找十七八個替身過來，什麼裸替、武替、背影替……到最後除了正臉，別的鏡頭他壓根兒就不拍了，簡直是躺著拿錢。肖嘉樹挺不錯的，不矯情。」

季冕似笑非笑地道：「我記得你當初還嫌他麻煩？」

方坤尷尬道：「看人不能光看表面，誰讓肖嘉樹長了一張矯情的臉呢？我要早知道他是這個性格，哭著喊著也得把他簽下來。你看著吧，他將來一定能紅過你。」

「是嗎？我很期待。」季冕愉悅地勾唇。

斯蒂森決定在今天之內拍完「喚醒」這幕戲。他讓肖嘉樹迅速補妝，把他引到一面巨大的藍色玻璃水牆後，解釋道：「下面的戲你就在這堵牆後拍攝，我們會用鋼絲將你吊起來，你假裝自己還漂浮在水中，盡量保持先前那樣的狀態，當季打開啟動裝置後，鋼絲會慢慢把你放下，你靜立兩秒，接著睜開眼睛，同時將手掌按壓在牆面上。」

「明白了。」肖嘉樹點點頭。

「很好。對機器人來說，水的阻力並不會減緩他的動作，但你不行，你的力量不夠，所以我們得隔著這面水牆拍攝你的一舉一動。」斯蒂森轉身看向季冕，「季，你的戲分很簡單，只要打開這個操控箱，輸入聲紋和虹膜就好，明白嗎？」

季冕頷首答應。

「攝影機準備！」

肖嘉樹被兩根鋼絲吊到半空，忍不住有些發抖。他這才發現自己除了怕黑，怕狹窄的空間，竟然還懼高。他趕緊閉上眼睛在心裡默念大悲咒，繼而慢慢冷靜下來。漂浮在水裡和吊在半空的感覺完全不同，一個有依託感，一個彷彿會隨時墜入深淵，好在他已經能完美地控制自己的表情，這才沒被任何人看出端倪。

站在水牆另一面的季冕卻飛快皺了皺眉頭。

不斷升高的鋼絲終於停住了，特效師會在後期製作的時候幫肖嘉樹把纏繞全身的導線貼出來，他定了定神，隨即緊繃身體，讓自己處於蓄勢待發的狀態。季冕立刻走到操控箱前，比劃了一個手勢，一眾主角站在他身後，舉槍的舉槍，拿刀的拿刀，隨時準備開演。

斯蒂森一聲令下，一群人迅速進入狀態。

操控箱有設置提示，季冕一步一步操作。他錄下了自己的聲紋和虹膜，這樣就等於拿到了機器人的操控權，他下達的每一條指令對方都會照做不誤。最後一步操作完成，鋼絲開始慢慢下降，季冕連忙後退，如臨大敵地盯著水罐裡的人。

攝影機給他的表情來了一個特寫，然後專注地拍攝肖嘉樹。肖嘉樹繃直的腳尖觸及了罐底，接著慢慢站穩，流暢的肌肉線條卻越拉越緊。

鏡頭移回季冕，他狹長的眼睛已完全睜開，眸子裡布滿緊張、期待和不確定。他知道自己在豪賭，贏了未必是好事，輸了則會給人類帶去更大的災難。就在他驚疑不定，甚至有些後悔時，肖嘉樹毫無預兆地睜開眼睛，並將右手按壓在玻璃牆上。

季冕大駭，猛然後退，幾位主角也都各自做出符合人設的反應……

「CUT！這條過了！」斯蒂森對今天的拍攝進度很滿意，立刻揮手道：「不休息了，接著拍下一條！」

水罐被機器人一掌按破的鏡頭由特效工作室進行製作，斯蒂森只需要把關就好。他負責拍攝真人鏡頭，所以下面一條就直接跳到機器人破罐而出，對探險隊大開殺戒。

肖嘉樹與諸位主演排練了一下動作，感覺很順利，正式開拍後也沒掉鏈子，他拎起曼莉甩到一邊，又一拳將唐納德打飛，側身躲過幾發鐳射彈，踹翻另外幾名探險隊員，最終掐著季冕的脖子，將他按壓在金屬牆壁上。

他身高不如季冕，但他強大的氣場卻輾壓眾人，攝影機給他的背影來了一個特寫，他原本流暢的肌肉線條此時變得起伏鼓脹，似乎有一種極其駭人的力量正亟待釋放。他緊繃的冰冷的臉龐慢慢靠近季冕，五指也越收越緊。

季冕快喘不過氣來了。

媽的，肖嘉樹這是真掐，不是做假，這小子在導演喊開拍的一瞬間就已經入戲了！

「CT001，我是你的許可權擁有者。」他咬緊牙關一字一句開口，布滿血絲的雙眸昭示著他此時此刻有多麼難受，他離死亡似乎只有一步之遙。

肖嘉樹平靜無波的眼眸微微閃了閃，慢慢湊近季冕，似乎在認真打量他，瞳仁深處卻照不見他的身影。他只是把季冕當成了一個必須剷除的障礙物，而非一個生命體，這才是他最為可怕的地方。

季冕感受到他噴灑在自己臉上的灼熱氣息，竟然有一瞬間的恍惚，但很快他的思緒又被肖嘉樹毫無波瀾的眼神拉了回來，並後知後覺地陷入恐懼。這是他出道以來第二次入戲，並且兩次都是因為肖嘉樹，對方的表演不但形似，更兼具神韻。別看他只是擺出一副冰冷的表情，實際上，他的內心也同樣冰冷，而季冕擁有窺探人心的能力，所以能切身地體會到肖嘉樹的演技到底有多可怕。

他可以把自己完全帶入角色，從外在到內在，毫不作偽，沒有破綻。

季冕額頭冒出許多冷汗，眼裡的恐懼和後悔幾乎化為實質，而肖嘉樹還在靜靜打量他，冰冷的毫無情緒波動的雙眼閃過一抹紅光，迅速掃描了季冕的虹膜。當然，所謂的「紅光」在拍攝中是沒有的，得靠特效師後期加上去。

肖嘉樹似乎確定了季冕的身分，鬆開手退後一步，用冰冷無機質的聲音說道：「許可權已確定，我是CT001，請問閣下有何吩咐？」在他背後瘋狂掃射卻不能傷到他分毫的探險者們驚疑不定地停下攻擊。

季冕無力地滑坐在地上，一邊捂著脖子咳嗽，一邊下令：「把我們平安帶出遺跡。」

「遵命，我的閣下。」肖嘉樹彎腰鞠躬，動作似乎很卑微，但平靜的雙眸和大理石般堅硬的臉龐卻叫人無端端打了一個冷戰。所有探險者不約而同地想到，眼前的人有多完美就有多危險，喚醒他究竟是對是錯？

「ＣＵＴ！太精彩了！」斯蒂森緊緊盯著螢幕，激動大喊：「所有人都表現得很完美，簡直是一氣呵成！肖，聽季說這是你第二次拍電影？我完全不敢相信，你過來看看，你一定要過來看看，你把００１演活了！」

肖嘉樹卻聽而不聞，他正滿懷愧疚看著季冕紅腫了一圈的脖子，眼眶和鼻頭酸溜溜的，差點掉淚。這是他頭一次擺脫掉角色的陰影，讓自己融入現實世界。

季冕感受到久違的溫暖和關懷，不知為何心情好得出奇。他把手足無措的青年拉入懷裡拍撫，不斷柔聲安慰：「別擔心，我沒事。你只是在演戲，你在做正確的事，不要自責。」

「季哥，對不起！」肖嘉樹用腦袋拱拱他的胸口，聲音悶悶的。

「不用說對不起。肖嘉樹，你知道嗎？你的表現讓我明白我的選擇沒錯。有你的加入，這部電影將會更精彩。換了國內任何一個演員，哪怕名氣比你大的多，都不能做到你這種程度，我為你感到驕傲。」

是的，季冕為肖嘉樹感到驕傲，他的專業、他的專注、他的不瘋魔不成活，都讓他深深震撼。如果可以，他也想把自己的感情傳遞給肖嘉樹，讓他盡快從濃濃的愧疚中走出來，讓他明白他自己到底有多棒。

肖嘉樹似乎早就與季冕心靈相通，任何安慰的話語都沒有一句「你是我的驕傲」更能搖撼他的心靈。他一下子振作起來，許久沒有波動的情感正上上下下躍動著。

他臉蛋紅了紅又迅速恢復正常，「季哥，我還會更努力的，絕對不會辜負你的期望。」

如果換成別人，季冕多半會認為這是場面話。世界上從來不缺乏走捷徑的人，而真正努力的人卻很少，但那絕不包括肖嘉樹。他不愛說話，不愛表現，只會背地裡不斷進步。

「我相信你。好了，去看看剛才的拍攝效果。」季冕揉了揉肖嘉樹的腦袋，發現他的頭髮還濕著，立刻讓助理拿一條乾毛巾過來。

兩人走到斯蒂森身邊時，劇情正播放到肖嘉樹掐住季冕脖子那一段。兩人的表情以特寫的狀態出現在並排的兩個螢幕上，一個冰冷淡漠，一個驚駭萬分，視覺衝擊感很強。鏡頭一轉，肖嘉樹充滿張力的背影出現了，他的每一塊肌肉都膨脹起來，彷彿下一秒會爆開。

「季，你在剪輯的時候一定要幫我保留這個背影。」斯蒂森興奮道：「肖的身材嚴格來說並不算強壯，但看了這個背影，不會再有觀眾懷疑他的力量。毫無疑問，他是CT001，他能毀滅一切。季，你的表情也很棒，驚懼夾雜著深深的後悔，看得出來你已經開始懷疑自己愚蠢的決定了。」

季冕深深看了肖嘉樹一眼，一語雙關道：「不，我從不懷疑自己的決定。」

「是的，是的，後面的劇情會告訴觀眾，智者畢竟是智者，他沒有做錯。」斯蒂森看了看手錶，感嘆道：「好傢伙，我們只花了兩小時就拍完了一天的戲分，大家過來補幾個特寫就可以收工了。」

「感謝上帝，感謝肖！」各位主演歡呼起來，季冕則拽過肖嘉樹，輕輕揉了揉他濕潤的頭髮，這小子總是能讓他刮目相看。

隨著拍攝進度的不斷深入，季冕能感覺到的肖嘉樹的心理活動越來越少，他正逐漸化身為自己扮演的角色，一個沒有感情的機器人。在接下來的一週裡，季冕只有一次清晰可辨地聽見肖嘉樹的心聲，他當時正吊在鋼絲上，表面看起來很鎮定，嘴唇卻下意識地抿了抿。

就在這瞬間，站在下方的肖嘉樹忽然想到「季哥懼高」，隨之而來的是他濃濃的擔憂。

這麼多年來，他是唯一一個發現季冕弱點的人，而季冕患有懼高症的事，莫說朋友，就連他的母親都不知道。如果沒有付出百分百的關心，誰會透過如此微小的細節察覺到？

在那一刻，季冕的心柔軟得不可思議，但當他拍完吊鋼絲的戲分後，肖嘉樹的心聲卻再一次消失了，他又變回無情無愛的機器人。季冕深感憂慮，一再催促斯蒂森加快拍攝進度。

這天，機器人的戲分終於拍到了一個轉捩點，那就是感情的復甦。

這幕戲說的是，為了把探險小隊安全帶離遺跡，001將趕來救援的聯盟軍人當做誘餌送入了蟲族包圍圈。唐納德氣瘋了，狠狠揍了001一頓，但001的身體是由液態金屬構成，受到再大的破壞也能一瞬間恢復原狀，哪怕他站著讓唐納德打，對方也奈何不了他。智者既後悔又自責，但事情已經發生，他們只能打起精神繼續尋找宇宙的希望，因為他們相信001絕對不是預言中的人，他太無情了，他是宇宙的隱患還差不多。

很快，他們又找到一個上古遺跡，並發現遺跡的最深處存在生命跡象。一行人果斷進入遺跡把冰凍的小女孩帶了出來，卻再次遭到蟲族的包圍。這回沒有軍隊做後援，他們只能奮力殺敵，而001實力最強，也遭到了最猛烈的攻擊。在他無意識的掩護下，探險小隊順利登上飛船，準備逃離地球，但在升空後，智者終究無法對孤軍奮戰的001棄之不顧，丟下一根鋼索將他救出重圍。

眾人對智者的行為很不理解，其中也包括001。他找到智者，詢問他為什麼要拯救自己，而肖嘉樹和季冕將要演繹的就是這段對話。

「……其實001的自我意識並未被全部抹除，他依然對人類抱有敵意，而且還十分期待智者的死亡，因為只有對方死了，他才能獲得完完全全的自由。但受限於最高程式，他不能親自動手，也不能違背智者的指令放棄對他的保護，所以他的內心非常矛盾。請注意，他雖然矛盾，可他沒有感情這種東西，他在乎的只有兩樣，一是自由，二是力量。他之所以會發動智慧型機器人的戰爭，也是為了獲得它們，因為機器人存在的初衷是服務人類，人類是捆綁他的枷鎖。現在一個人類不顧危險救了他，這與他的認知不符，他很困惑，而且一定要弄個明白。當他聽完智者的獨白後，他明白了自己的缺憾，也明白了人類的強大，他的自我意識產生了另一種更鮮活的東西，那就是情感。」

斯蒂森用力按壓肖嘉樹的肩膀，嚴肅道：「肖，這幕戲最大的看點就是你的眼神，從冰冷到困惑，再到情感的波動和程式的紊亂，你得把001由一部機器化為半生命體的過程表現出來。這很難，這真的很難，我希望你能用盡全力去演好它。」

肖嘉樹看了季冕一眼，微微點頭。

季冕感受不到他的思緒，卻明白他眼神中想要表達的含義。他曾經說過，他能不能演好這一幕還得看季冕的表現。如果他倆都能入戲，那自然是再好不過，如果他倆一個入戲一個卻在狀況外，那拍攝效果肯定會大打折扣。

這番話若是由任何一個新人說出口，季冕一定會非常不悅，甚至覺得對方大放厥詞，不知天高地厚，但說話的人是把拍戲視為一切的肖嘉樹，季冕唯有全力配合。在肖嘉樹面前，任何不敬業的行為似乎都是對他的侮辱和冒犯。

季冕找了一個僻靜的角落研究臺詞，然後擰開一瓶礦泉水小口喝著，不知不覺就喝完了一瓶。當他擰開第二瓶礦泉水時，方坤走過來問道：「你很緊張？」

方坤知道季冕有一個小習慣，那就是感到焦躁的時候會不停喝水，只是這種情況隨著他演技和地位的不斷提高，很多年未曾出現了，沒想到現在他似乎進入了剛出道時的狀態，緊張、焦慮、不安……他的壓力非常大。

「是的，我很緊張。」季冕毫不掩飾自己的情緒。

「為什麼？獨白戲不是你最擅長的嗎？」方坤滿臉驚訝。

「因為和我演對手戲的人是肖嘉樹。當一個足夠認真，足夠專注，足夠強勁的對手與你站在同一個舞臺上競技時，為了不落於下風，為了激發他全部的實力，也為了給予他最大的尊重，我必須發揮到極限。」季冕無奈地按揉眉心，隨即又低笑起來，「你可能無法體會我的感受，但我不想讓肖嘉樹失望。」

「我能理解，他是你的粉絲嘛，你不想破壞自己在他心目中的形象。放心吧，憑你的演技，肯定可以輾壓他。」方坤不以為意地笑了笑。

「輾壓？」季冕語氣變得很嚴肅，「在拍對手戲的時候，輾壓是最糟糕的表現，那會破壞畫面的平衡和美感，讓一段好的劇情毀於一旦，而且你忽視了最重要的一點，我的演技還達不到輾壓肖嘉樹的程度。他雖然只是一個新人，但他的實力絕對超出你的想像。」

「我發現你越來越較真了，跟肖嘉樹有得一比。如果連你的實力都沒辦法輾壓肖嘉樹，那他豈不是要上天？我就不相信他一個野路子出身的演員，還能比你更出色？我看好的只是他的潛力，但恕我直言，現在的他想要跟你一爭高下，到底還是差了點。」

季冕搖搖頭，不再與方坤爭辯。

當兩人說話時，肖嘉樹正筆直地站立在窗邊，側臉顯得非常冷硬。

斯蒂森拊掌道：「請大家各就各位，我們要開拍啦！」

肖嘉樹和季冕立刻走進道具組布置好的駕駛艙，艙內的儀器很逼真，除了窗外的宇宙。當然，對於專業演員來說，哪怕片場什麼東西都沒有，他們也能憑藉想像進行表演。

「你為什麼要救我？」導演一聲令下，肖嘉樹用平板的語氣說出臺詞。

「因為對我來說，你是我們當中的一份子，而不是一個工具。我們不會放棄任何一位同胞，這是我們離開地球後得以延續的根本。」季冕看向窗外的宇宙，目光變得悠遠，「在蟲族的侵襲下，很多星球毀滅了，很多智慧種族消亡了，外星系的倖存者們在宇宙中流浪，在絕望中等待死亡，但我們人類從來不會如此，因為我們放棄所有也不會放棄希望，而我們的希望到底是什麼？是每一位同胞，是每一滴血脈。為了留存血脈，為了保護同胞，我們可以做出任何犧牲。我們凝聚成一個整體，互相幫助，互相扶持，並度過最艱難的一段時期。哪怕我們的星球已經滅亡，但我們的文明還在，我們的信仰還在，所以我們的希望也在。」

肖嘉樹無法理解這番話，只能靜靜地看著他，內心毫無波瀾。

季冕望著無垠的宇宙繼續說道：「知道你發動的毀滅戰爭為什麼會失敗嗎？」

這句話令肖嘉樹的目光閃了閃。

季冕這才回過頭來看他，一字一句徐徐道：「因為你沒有情感。人類在你的機器人大軍裡植入了病毒，於是為了保護自己的主程序不被攻擊，你毅然決然切斷了所有機器人的能源系統，讓他們陷入停擺。你保護了自己，卻也讓自己陷入孤軍奮戰的境地，於是你失敗了。如果換成我，你知道我會怎麼做嗎？」

「你……」肖嘉樹不受控制地上前一步，沉聲道：「你會怎麼做？」

季冕指指他眉心，「我會選擇切斷自己的能源系統，讓機器人大軍繼續發動攻擊。不與主程序結合，病毒就起不了作用。選擇犧牲自己，那你所有的同胞都將得到解放，這是一個再簡單不過的選擇。所以你看，你在數千年前一敗塗地，而我們人類卻在更艱難的境況下存活至今，這就是最大的原因。」

季冕走到肖嘉樹面前，雙手捧起他的臉，指尖輕輕掃過他濃密的睫毛，低語：「因為我們擁有情感，而你沒有，你所擁有的只是自我意識，但屏棄情感的自我恰恰是最脆弱的。通過你的眼睛，我只能看見一片虛無，但通過我的眼睛，你能看見什麼？」

他直勾勾地望進肖嘉樹的雙眸，沉聲道：「你或許並不如自己以為得那般強大。」話落轉身離開，留下肖嘉樹在原地站了很久。

當斯蒂森舉起手準備喊「CUT」的時候，肖嘉樹卻張開嘴，低不可聞地道：「我……似乎……看見了宇宙。」這句臺詞是劇本中沒有的，令斯蒂森愣了愣。

這段表演看似很簡單，肖嘉樹幾乎沒有臺詞，全程都是季冕一個人在說，他只需靜靜聽著，再適當給點反應就好，換誰來演都可以。唯有內行人才知道，最難演的戲恰恰就是這種情節簡單，情感衝突卻十分激烈的。

斯蒂森並未發表意見，只是讓兩人自己來看重播。其他幾位主演也都圍攏過來，表情一個比一個複雜。

畫面倒回場記打板那一刻。季冕看向窗外，肖嘉樹盯著他的背影，兩人開始對話。攝影機分別給他們的臉龐拍了特寫，季冕目無焦距，彷彿陷入了沉思或追憶，而肖嘉樹則一如既往的冰冷，深邃的眼眸分明看著周圍的一切，卻又留不下它們的影像。這是一個標準的機器人的眼神，淡漠得令人心驚。

當季冕回過頭來詢問他為何失敗時，他平靜的眼眸終於掀起一絲波瀾。這個眼神非常到位，令斯蒂森倍感滿意，再看季冕的表現，也同樣出色至極。根據劇本的描寫，他雖然獲得了001的許可權，卻始終處於弱勢地位，但此時此刻的他用手指點著001的眉心，強大的氣場完全蓋過對方，這表現很符合他的臺詞和當時的語境。

攝影機給他的雙眼來了一個特寫。他的瞳仁漆黑如墨，透著許許多多的光點，它們構成一顆顆星辰，又凝聚為一團團星雲，那廣袤而又浩瀚的包容力和為了人類犧牲一切的決心，讓他顯得那般強大。哪怕在所謂的「地球毀滅者」面前，他也不落下風，他確確實實地掌控著對方的生死，但他並沒有那樣做。

他把一個懂得取捨，心懷大愛，也願意在適當時犧牲自己的智者形象演繹到了極致。

唐納德等人不禁為他高超的演技驚嘆。季終究是季，認真起來簡直可怕！

再看肖嘉樹的表現，眾人齊齊沉默了一瞬。只見他盯著季冕遠去的背影，緩緩眨了一下眼，奇蹟般的，他原本只餘虛無的瞳仁竟蒙上了一層薄霧。這薄霧在眼眶中流轉，弱化了他的冰冷，令他顯出幾分茫然來。當他徐徐說出「我似乎看見了宇宙」時，他的眼睛再次眨了一下，然後所有霧氣都消散了，也帶走了軟弱和茫然。他那一瞬間的失神似乎只是錯覺，又似乎只是程式上的紊亂。

這個眼神非常精彩，顯然超出了斯蒂森的預期，可他一句評價的話都沒有，只是把視頻倒回去再看一遍，接著又看一遍……反覆倒了四五次之後，他一面搖頭一面嘆息，臉上充斥著難以言喻的複雜表情。

季冕緊緊盯著螢幕，眼神由困惑到驚訝，再到嘆服，末了拊掌低笑，其他人卻是不明所以，面面相覷。

肖嘉樹始終站在導演身後，盯著螢幕的雙眸無波無瀾，一片沉寂。

方坤悄悄問道：「這是怎麼了？這段到底過沒過啊？」

斯蒂森嘲諷道：「這都過不了，你們所有人都不用再演戲了。」

他站起來擁抱肖嘉樹，熱烈道：「親愛的，你太讓我感到驚訝了。季把你帶來劇組絕對是他做過的最明智的決定之一。我無法想像如果換另一個人來演001，這部電影會變成什麼樣，但它絕對絕對超越不了你的演繹，你是無法替代的。」

當他放開肖嘉樹後，季冕立刻把青年摟入懷中，低語：「我的表演有沒有讓你滿意？」

肖嘉樹想起季冕似宇宙般浩瀚無垠的雙眸，點頭道：「滿意。」

「那就好！」季冕放開他，心裡竟隱隱產生一種榮耀感。他毫不懷疑，未來的肖嘉樹終將超越自己取得更高的成就。

上午的拍攝告一段落，季冕和肖嘉樹吃過午餐後回到飯店休息。

方坤從導演那裡要來之前的視頻，一邊觀看一邊搖頭嗤笑，「肖嘉樹的表演哪裡有斯蒂森說的那麼誇張，我看了老半天也沒發現出彩的地方。還是你的演技更好一點，你看看你念臺詞的功力，富有激情又抑揚頓挫，表情和眼神也配合得非常好，簡直鎮住了全場。肖嘉樹都被你逼得沒地方站了，你說說他哪裡比得上你？智者可是《蟲族大戰》中最受歡迎的角色，沒有之一。」

季冕搖頭嘆息，「內行看門道，外行看熱鬧，你也就看個熱鬧。你以為誰的臺詞多，誰的角色表現得比較強勢，誰的演技就更好？」他把視頻倒回去，「仔細看肖嘉樹的眼睛。」

方坤不信邪，盯著肖嘉樹的眼睛看了一遍，然後搖頭，「還不是那樣，有什麼特別？」

「再看一遍。你這輩子也就當個經紀人，演不了戲。」季冕又按了重播鍵。

方坤反覆看了三四次，眼睛都有些酸了。他抬起手來揉眼皮的時候，忽然茅塞頓開，「我明白了，是眼睛！」他飛快把視頻倒回去，一邊看一邊搖頭，不屑的表情被驚嘆取代。

從導演喊「ACTION」開始，肖嘉樹就沒眨過眼睛，為什麼？因為他扮演的是機器人，不需要眨眼這種沒必要的動作。眾所周知，當一個人許久沒眨眼睛時，他的眼球會乾澀，並分泌一些液體，於是當季冕問他為什麼會在數千年前失敗時，他的眸光會閃爍一下。

這個眼神變化有情緒波動的成分在，也有淚水分泌的緣故。他充分利用自己的身體來增強演技，這不僅僅是一種技能，還是一種天賦。

季冕繼續念臺詞，他持續不眨眼睛，於是眼球又再次變得乾燥，乾燥的眼球無法折射更多光線，所以他的眼神才會顯得那樣虛無空曠，就像一個死物。但智者的話終究令他的自我意識產生了動搖，於是他閉了閉眼，這是一種逃避的行為，不去看強大的對手便不會感受到威脅。然而正是這一閉眼，淚液立刻湧上來以緩解眼球的乾澀，也讓他的雙眼蒙上一層水霧，使他的茫然和脆弱顯得那般真實，那般具有說服力。

他扮演的是一個機器人，不能擁有太多的表情變化，只能靠眼睛來傳達內心的想法。他完全調動了自己的演技，也充分利用自己的身體，哪怕季冕用指尖輕觸他的眉心，用指腹輕劃他的眼皮，他都可以做到眼都不眨，前後堅持了五分鐘之久。

要做到這一點必須經過無數次的練習，也就是說，每拍攝一幕戲，他私底下必定經過很長時間的演練，甚至精心設計了方案。該如何展現一個眼神，又該如何增強它的效果，他心裡都是有數的。他把細節做到了極致，當你沒發現時或許會覺得平常，然而你一旦發現，必定會深受震撼。

該有何等的毅力、天賦和努力，才能既調動演技又控制身體，並最終完成這段表演？表面上，他的確被季晃壓制並節節後退，但劇本不就是這樣描寫的嗎？

他所付出的努力，都深藏在了這一個個有可能永遠不會被人發現的細節中。觀眾不需要太過敏銳的洞察力也能輕易看見他的眼神變化，因為那是在情感波動和光線折射的雙重作用下產生的，是肉眼可見的。他在不經意間做到了連表演大師都很難做到的事，那就是把高超的演技化為淺顯的，任何人都能看懂的畫面。

方坤許久說不出話來，喝了一口水才乾巴巴道：「季哥，我怎麼覺得肖嘉樹有點可怕啊！現在再看這段視頻，我雞皮疙瘩都起來了。誰能想到利用眼球的濕潤度去增強眼神的表達能力？他連光芒在眼球中的折射率都考量到了，你說他腦子裡究竟在想些什麼？只為了拍好這短短六分鐘的戲，他在臺下花了多少功夫，值得嗎？電影上映後誰他媽會去注意這些細節？管你機器人會不會眨眼，管你眼神是不是足夠傳神，誰會在乎啊？」

「他的想法很簡單，就是竭盡全力拍好每一個鏡頭而已。哪怕沒有任何人發現，他做到了自己能做到的極致，這就夠了。」季冕搖搖頭，表情既無奈又嘆服。肖嘉樹真是一朵奇葩，但這「奇葩」絕對不含貶義。

方坤抹了把臉，感慨道：「就憑肖嘉樹這股邪乎勁兒，不出三年穩穩超過你。可惜我當初一時腦抽，竟錯過了這棵好苗子。悔啊，悔得腸子都青了！」他把視頻倒回去再看幾遍，每一遍都能感受到新的東西。

午休結束，諸位主演再回到片場，看向肖嘉樹的目光都帶上了幾分動容。很明顯，他們也研究過那段視頻，而且發現了隱藏在細節中的祕密。

季究竟找來怎樣一個小怪物？和他對戲瞬間壓力倍增。

「導演，下午要拍哪幾個鏡頭？有沒有我和肖的對手戲？」唐納德擔憂地詢問。

「我看看……」斯蒂森翻了翻日程表，安慰道：「放心吧，下午還是季和肖的對手戲，沒你們什麼事。」

「那就好，」唐納德拍拍胸口慶幸道：「哪天要拍我和肖的對手戲，導演你一定要提前通知我，我得好好準備，那小子太可怕了。」

斯蒂森比劃了一個沒問題的手勢，調侃道：「季，你現在是不是很有壓力？」

季冕看了肖嘉樹一眼，點頭道：「沒錯，不入戲的話，我可能跟不上肖的節奏。」

被逼到改變表演方式，這是季冕出道以來的頭一回，但他並不懊惱，反而充滿了期待。肖嘉樹就像一個寶盒，每一天都會帶給他不同的驚喜。

自從拍完「感情覺醒」那場戲後，季冕發現肖嘉樹重新把注意力放回了自己身上，雖然還是聽不見他的心聲，但他時時刻刻都會跟隨在他身邊，著實讓季冕鬆了一口氣。他發現肖嘉樹的狀態是跟著角色走的，前期的001毫無感情，他也就冷冰冰的，中期的001開始對智者產生好奇並暗中觀察，他也就黏著他不放。

連續拍攝十多天後，肖嘉樹終於要殺青了。他今天只有兩場戲要拍，一是「守護」，二是「犧牲」，難度都很大。

斯蒂森把他叫到身邊說道：「肖，待會兒你就靜靜看著躺在地上的季，當他閉上眼睛時，你再把他抱起來。重點還是在眼神的變化，這個就不用我來說了，你應該明白？」

肖嘉樹點點頭，「明白，情感和理智在掙扎，但最終情感戰勝了理智。」

「沒錯，就是情感戰勝了理智，這對一個機器人來說是非常不得了的事。」斯蒂森把季冕喊過來，「季，你躺著等死就可以了。」

季冕：「……」

「守護」這場戲說的是：探險小隊在突圍的過程中遇見了一群蟲獸，為了送走小女孩，智者留下殿後，受了重傷。當他以為自己快死了的時候，001中途折回來，把他給救了。正如他無法捨棄001那般，001也無法捨棄他，這是一種因果輪迴，也是兩人關係轉變的開端。他們從相互忌憚，最終變成了可以交付後背的戰友。

斯蒂森一聲令下，腹部破了一個血洞的季冕就躺在亂石堆裡，豆大的雨點打在他臉上，讓他顯得十分狼狽。他茫然地看著天空，似乎在追憶，又似乎什麼都沒想。

不遠處傳來窸窸窣窣的響聲，應該是聞見血腥味找來的蟲獸，季冕艱難地伸出手，將插在靴筒裡的匕首抽出來，準備做殊死一搏。雨點太過密集，模糊了他的視線，他只能屏住呼吸靜靜等待。

一串沉重的腳步聲傳來，001頎長的身影破開雨幕，來到他的身邊。他微微彎腰，用淡漠至極的目光看著狼狽不已的智者。智者也回望過去，輕笑道：「是你啊！」

兩人互相凝視彼此，誰都沒說話，攝影機分別給他們的眼睛來了一個特寫。季冕的眼裡只有從容赴死的平靜，肖嘉樹的眼裡只有漠視一切的虛無。他們一個不指望對方能救自己，一個也不準備伸出援手。

只要智者死了，001就能徹底獲得自由，他當然不會愚蠢地放棄這次機會，但他明顯高估了自己的理智，當雨水落入他眼裡時，他迅速眨了眨眼，虛無頃刻間消散，有奇異的光點注入瞳孔，令他看起來似乎多了一些生氣。他歪歪頭，露出一個細微的、困惑的表情，「你可以下令讓我救你。」

季冕始終凝視著他的雙眼，毫無芥蒂地笑起來，「不用了。001，你走吧，離開地球，離開銀河系，去任何你想去的地方。」

肖嘉樹眼裡的光芒明明滅滅，似乎在經歷劇烈的掙扎，可他的臉始終像石頭那般堅硬。

季冕根本沒想過他會救自己，於是慢慢閉上眼睛，清淺地笑起來。能死在故土，而非化為宇宙中的一粒塵埃，怎能不叫他滿足甚至愉悅？為了奪回這片土地，為了人類的未來，他可以慨然赴死，無怨無悔。

肖嘉樹盯著他看了很久，久到眼裡的光芒都快熄滅了。他的理智似乎戰勝了情感，促使他做出正確的決定。他轉過身朝雨幕中走去，濃濃的霧氣吞沒了他的背影，但過了幾秒鐘，一陣急促的腳步聲傳來，他奇蹟般的出現在季冕身邊，一把將他抱了起來。

季冕猛然睜開雙眼，滿臉都是不敢置信。

「守護你是我的最高程式，閣下。」肖嘉樹的語氣和表情都很冰冷，但只有季冕知道他的內心是多麼溫暖，就像一片淋過雨水，頃刻間便開滿芬芳花朵的沙漠，美得令人目眩。

季冕情不自禁地笑起來……

「CUT！」斯蒂森當機立斷地喊道：「這條過了，準備下一條！季、肖，我發現只要是對手戲，你們從來不會NG！」

「我也發現了，這大概是默契。」季冕從肖嘉樹懷裡跳下來，輕笑道：「我重不重？」

「超重的。」肖嘉樹耿直地回答。

季冕把一條毛巾蓋在他頭上，用力揉了兩把，臉上是莫可奈何的笑容。

斯蒂森看了一遍重播，找不出任何問題，當即拍板道：「肖，快去化妝，我們馬上拍攝你的最後一場戲『犧牲』。」

「犧牲」這場戲說的是：探險小隊的太空船被蟲潮包圍，眼見大家再沒有可能活著離開地球，001毅然決然地喚醒了自己的機器人大軍。但人類植入大軍的病毒還在，它們通過內部網路開始攻擊001的主程序，使他因內核爆炸而死。機器人大軍拖住了蟲潮的腳步，也讓探險小隊得以平安離開。

這是001徹底覺醒的一瞬間，也是他步入死亡的一瞬間，該怎樣把這個交替的過程表現出來，對任何演員來說都是個難題。肖嘉樹顯然已成竹在胸，在場記打板之後，他捂著胸口倒下，四肢開始抽搐。這是內核過熱引起的，再過不久，當病毒徹底侵占他的內核中樞，使其爆炸，他將步入死亡。

「死亡」這個詞彙對他來說是那樣陌生，他原本以為自己會永遠存在，但看著頭頂不斷升空並逐漸消失的太空船，他一點也沒感到後悔，他始終抿直的唇角微微往上勾了勾，竟露出一個不像微笑的微笑。他的眼珠不斷顫動著，在一聲巨響過後，終於定格在眼眶裡，沒了焦距也沒了光芒，兩行液體緩緩從他的眼角流淌出來……他的表情是平靜甚至愉悅的，但襯上這兩行液體，卻無端令人心酸。

短短幾十秒的戲結束了，斯蒂森盯著螢幕許久沒說話。

肖嘉樹走過來，面無表情地看著導演，眼角尚未乾透的淚水讓他顯得有些茫然。

「你……」斯蒂森擰眉道：「為什麼要流淚？機器人是沒有眼淚的。」

「我也不知道，它不知不覺就流出來了。或許那不是眼淚，是內部導管融化後洩露的潤滑油或者液態能源什麼的，反正那絕對不是眼淚。」肖嘉樹擦了擦眼角，顯得更茫然了，他自己都不知道為什麼要那樣演。

斯蒂森盯著他看了很久，忽然大笑起來，「哈哈哈，親愛的，你太神奇了！沒錯，就是這個狀態！００１也不知道自己已經產生了情感，更不知道在關鍵時刻，他將犧牲自己去拯救人類。他有了生命，有了靈魂，但他自己卻毫無所知。他所做的一切都出於直覺，他是一個已經覺醒，卻還處於懵懂狀態的半生命體。如果再給他一點時間，他一定能成為有血有肉的人。」

「沒錯，是那樣。」肖嘉樹肯定地點頭。

「親愛的，你入戲太深了，你就是００１，００１就是你，你無意識的表演才是最真實也最具說服力的，這條過了。」斯蒂森熱烈地擁抱他，嘆息道：「與你合作很愉快，恭喜你，我的孩子！」

「肖，恭喜你殺青！」

「你的演技讓我印象深刻！」

「有時間給我打電話，小甜心！」

眾位主演紛紛圍攏過來與肖嘉樹擁抱、合照，編劇還把他拉到一旁說悄悄話：「肖，你的表演帶給我很多靈感，我準備寫一個關於智慧型機器人的劇本，想讓你當主演，你能把聯絡方式給我嗎？我太愛你扮演的００１了，愛到心碎，我想專門為他寫一個故事！」

「當然可以。」肖嘉樹正準備把電話號碼給他，季冕走了過來，「我有他的聯絡方式，你稍後找我就可以。如果劇本足夠精彩，我會考慮投資。」

「謝謝老闆！」編劇興奮得臉都紅了，反覆確認後才離開。

「拍完戲你有什麼安排？」季冕把人帶回化妝間。

「回國。」肖嘉樹言簡意賅道。

「什麼時候？」依然聽不見他在想些什麼的季冕感到非常頭疼。以前的肖嘉樹是多麼鮮活的一個人，現在卻成了這樣……他必須想辦法讓他恢復正常。

「今天，我媽在催我。」肖嘉樹從助理那裡要來很久沒看過的手機。

回國與家人待在一起，他應該能盡快好起來。這樣想著，季冕頷首道：「那就早點回去，機票買好了嗎？有時間我送你。」

肖嘉樹看向助理，助理立即道：「買好了，下午一點半的飛機，現在就可以去機場。」

「那我不能送你了，我還有兩場戲要拍，你們注意安全。有事隨時打電話給我，不要怕麻煩。」季冕站起身要走，似想起什麼又停住，輕輕揉了揉肖少爺的腦袋，「肖嘉樹，你很棒，你讓我知道選擇你是多麼正確的決定。」

季冕已經離開化妝間很久，肖嘉樹平靜無波的臉上才露出一個淺淺的笑容。

被季哥誇獎了，好榮幸……

季冕一直拍攝到下午三四點鐘才收工，末了與斯蒂森討論該如何剪輯。好萊塢實行的是「製片人制」，也就是說，製片人會包攬除了拍攝之外的所有工作，譬如投資、選角、剪接、宣傳、發行等等，他們在片場擁有絕對的話語權，而導演只是他們的助手。

斯蒂森指著螢幕說道：「季，我沒辦法干涉你的決定，但請你一定要把這幾個鏡頭保留下來。你看看肖的演技，前期的他要多冷酷有多冷酷，但拍完『感情覺醒』那場戲後，他的肢體動作和眼神都有了細微的變化，他的目光開始追隨你，你在哪兒，他就看向哪兒，一旦遇見危險，他會立刻上前幾步擋在你身前，哪怕攝影機主要拍攝的對象並不是你們。你看這個爆炸的鏡頭，在爆炸聲響起的一瞬間，所有人都露出驚恐的表情，只有他上前兩步，把你拉到身後。他做到了情感的自然流露，他把每一個細節都考慮到了，完全沒有破綻。」

季冕盯著螢幕上的肖嘉樹，承諾道：「我不會刪減他的戲分，放心吧。」話音剛落，手機鈴聲響了，他看了一眼來電顯示，飛快接通：「喂，我是季冕。」

「季總，我是二少的助理周亮亮，您有時間嗎？能不能來機場？」那頭焦急地說道。

「發生什麼事了？」季冕一邊穿外套，一邊匆匆走出去。

「因為下雪的關係，我們的班機誤點了三個多小時，二少爺現在非常不安，正用腦袋撞牆呢，他說他當機了……」周亮亮哭笑不得地道：「我每隔十分鐘就被他催著去服務臺確認起飛時間，服務臺的工作人員不勝其煩，都快要報警了。季總，您能過來一趟嗎？二少爺很聽您的話，您來勸勸他吧。」

「你等著，我馬上就過去。」說這話時，季冕已經在車上了。他以最快的速度趕到了機場，卻見肖嘉樹躺倒在一張單人沙發上，表情木呆呆的，眼珠也不轉，果然「當機」了。

「超時了，我原本打算明天到家的，超時了。」他痛苦地呢喃。拍攝結束後，他已經做好了回歸正常生活的準備，但他真的做不到，一旦發生什麼事打破了他原定的計畫，他立刻便會焦躁起來。

季冕扶額嘆息，走到他身邊，「肖嘉樹，別等了，跟我回飯店。」

肖嘉樹轉頭看他，表情有些遲鈍。

「我是不是你的許可權擁有者？」季冕蹲在他身邊低語。

「是。」肖嘉樹猶猶豫豫地點頭，「可現在電影都拍完了。」

「你也知道電影拍完了？那你現在在幹什麼？你不用再嚴格遵照計畫表生活，你是肖嘉樹，不是001。」季冕一把將他拉起來，強硬道：「走吧，別等了。有一股冷空氣襲擊了美國西海岸，等冷空氣走了飛機才能起飛。」

「那冷空氣多久才能過去？」肖嘉樹被動地跟他走。

「兩天、三天、四天……都有可能，反正航空公司會通知你的。」季冕把人帶回飯店，發現對方還是很不安，只好說道：「去我那裡待會兒吧，我們聊聊天。」

他把一杯威士忌遞過去，「來，把酒喝了，放鬆放鬆自己的神經，你現在的狀態很不對，規律的生活過太久，你已經習慣了這樣的節奏，一旦節奏被打亂，你會無所適從。你現在要做的不是胡思亂想，而是放空自己。」

肖嘉樹當然明白自己的問題出在哪裡，他也想緩解焦慮，於是端起酒杯一飲而盡。

「你的酒量是多少？」季冕盯著他漸漸染紅的臉頰。
「三杯倒。」肖嘉樹伸出三根手指。
「那就再來一杯。」季冕又倒了一杯酒給他。
肖嘉樹一口喝光，一層薄薄的水霧在他的眼眶裡流轉，使他清澈的雙眸顯得漂亮極了。
他腦子有些木，反應也變得遲鈍起來，飛機誤點的焦慮感果然消滅很多。
季冕暗鬆口氣，試圖轉移他的注意力，「你有多久沒跟家人聯絡了？」
肖嘉樹掐手指算：「一天、兩天、三天……好像很久很久了。」
「那你立刻打電話給他們。」
「哦。」肖嘉樹拿出手機撥了兩個號又停住，「不行，我不能打。」
「為什麼？」
「我喝了酒，我媽會罵我的。」
季冕道：「……那就發簡訊。」
肖嘉樹一個指令一個動作，發好簡訊後癡癡地看著季冕，彷彿在等待下一個「指令」。
季冕頭大如斗，扶額道：「你發幾條微博跟粉絲們互動，你應該很久沒在網路上露面了吧？」
「發什麼內容？」肖嘉樹偏著腦袋，表情有點呆又有點萌。
季冕忍俊不禁，拿過他的手機說道：「發幾張照片吧，你的相冊能不能讓我看看？」

「當然可以。」肖嘉樹爬到季冕身邊，把暈乎乎的腦袋擱在他肩膀上，纖長的指尖點開相冊，乖巧異常地道：「季哥，我的相冊隨便給你看。」

季冕偏頭躲了躲，他的大腦袋隨之靠過來，像個黏人的無尾熊。季冕無奈，只好頂著他不斷噴灑在自己臉側的熱氣說道：「發幾張減肥前後的對比照吧，粉絲應該會喜歡。」

「好。」肖嘉樹用額頭蹭蹭季冕的耳朵，咕噥道：「都說了我不胖，我只是肉鬆。」

「好，你不胖。」季冕的耳朵微微發燙，啞聲道：「我幫你編輯一下照片，選這兩張怎麼樣？」他把兩張照片剪輯在一起發了出去。

看見小樹苗的四塊腹肌，粉絲們嗷嗷叫著撲上來，完全忘了責備他失蹤兩個月的事。

季冕把螢幕面向肖嘉樹，「發好了，你記得明天跟他們解釋你這兩個月都在做什麼。」

肖嘉樹點點頭，下巴蹭了蹭季冕的肩膀，一股酒香夾雜著灼熱的氣息撲面而來，讓季冕閃了一下神。他很想把這人拂開，又下不去手，只好沒話找話：「你這次表現得非常好，特別是『感情覺醒』那場戲，你怎麼會想到不眨眼呢？」

「是林樂洋教我的。」肖嘉樹偏頭看向季冕，嘴唇離他的臉頰很近，「他讓我明白，高超的演技不但需要情感的渲染，還需要調動足夠的肢體動作。這肢體不僅僅指我們的四肢，還包括我們身體的任何一個部分，譬如眼球、眉毛、鼻子、嘴唇、耳朵……人的臉有四十三塊肌肉，可以組合成上萬種表情，我要學的還很多。」

他的下巴終於離開季冕的肩膀，指著自己的眼睛說道：「季哥，我最近在學習怎麼用眼淚說話，你看。」

他用手蒙住自己的臉，放下後眼眶裡含著一汪淚水，淚水來回流轉卻久久未曾落下，像是有無數的話想說又不知該從何開口。再次把臉蒙住後，他解釋道：「這是哀婉，我再表演一個心如死灰給你看。」

他把手放下，眼淚終於滑落，但他微蹙的眉頭已經鬆開，嘴角甚至噙著幾分笑意，但你偏偏能從他的眼裡看見絕望和放棄的解脫，這個表情用「心如死灰」來形容太貼切了。

季冕定定看著他，搖頭莞爾。他能想像得到，在每一個傳神表情的背後，肖嘉樹必定經歷過刻苦的練習。他會連續幾個小時坐在鏡子前，努力調動臉上的每一塊肌肉去組合不同的表情。他之所以能有現在的演技，憑藉的不僅僅是天賦，還有百倍千倍的努力。

別人只看見他顯赫的家世和風光的履歷，卻看不見他的付出。

這孩子可真招人疼……

季冕本想用指腹擦掉他臉上的淚水，忽然改了主意，拿出手機說道：「保持住別動，我幫你拍幾張照片。」肖嘉樹一本正經秀演技的模樣有點萌，他想保留下來。

肖嘉樹乖乖坐著沒動，還把臉蛋仰高了一點，方便季哥拍攝。

季冕捏住他的下頷，幫他調整角度，鬼使神差地想起那張「高潮臉」的照片，心中頓時一跳。好在他表情控制得相當到位，半點端倪都不露，讓肖嘉樹換回「哀婉」的表情繼續拍，然後又讓他做出幾個搞怪的神情，這才感覺心頭那股熱氣消散了。

他調出一張照片看了看，並配上文字做成表情包。

肖嘉樹再次把下巴擱在季冕肩膀上，徐徐吐著熱氣，「法式哀婉，什麼鬼？」邊說邊歪過頭來，飽滿的唇珠只差一釐米就能貼上季冕的臉。

「這是表情包，法式哀婉比哀婉顯得更高級，你不覺得嗎？」季冕聲音低啞地逗弄他，身體卻比石頭還僵硬。

「哦，原來是這樣。」肖嘉樹用腦袋拱他肩窩，沒骨頭的模樣像隻小狗。

季冕受不了了，拿出一個平板電腦，「我做表情包呢，你自個兒玩。」

「好。」肖嘉樹乖巧得不像話，接過平板電腦，爬上季冕的床，撅著屁股看網頁。

季冕飛快看了看他挺翹的屁股，太陽穴一抽一抽地疼。把肖嘉樹帶回房間就是個錯誤，把他灌醉是更大的錯誤，他都不知道自己是怎麼想的。

第四章

水中纏綿？逗比少爺彎了

季晁有個新愛好，那就是做表情包，閒著沒事就搗鼓一下，自己還感覺很有趣。做完一套後他正準備存進圖庫，就見肖嘉樹一本正經地盯著平板電腦，而平板電腦裡傳出一陣又一陣的笑聲，似乎在觀看什麼搞笑視頻。

「你在看什麼？」季晁走到他身邊。

「看這個。」肖嘉樹指著螢幕右下角的標題。

「最強課間操男生？什麼東西？」季晁拿起平板電腦，只見螢幕上正在播放一群高中生做課間操的畫面，大家都只是隨便動一動，抬抬手臂踢踢腿，要多懶散有多懶散，唯獨其中一名男生跳得非常帶勁兒，一蹦蹦老高，兩隻手臂甩得像風火輪，下腰的時候沉到底，抬腿的時候能上天。站在他周圍的同學都用詫異的目光看著他，有的甚至在偷笑。

這個視頻的下方堆了很多留言，全是清一色的「哈哈哈哈」，網友們似乎都被男生與眾不同的行為逗樂了，排著隊喊他奇葩。

肖嘉樹卻一點也不覺得好笑，他眉頭緊皺，疑惑道：「為什麼大家都在笑他？標準的課間操就應該是這個樣子不是嗎？為什麼他在做對的事，卻成了大家口中的奇葩？因為周圍的人都不夠努力，所以他也不能努力？因為周圍的人都不夠認真，所以他也不能認真？這真的是很沒有道理。」

他搶回平板電腦，較真道：「我要給他點讚，努力的人最可愛。」

一直以來，他的世界觀和價值觀都在告訴他，無論做什麼事都要付出百分百的努力，所以讀書的時候他拚了命去讀，演戲的時候也拚了命去演。他實在理解不了那些躺在地上當鹹魚還要對努力奔跑的人指手畫腳的網友的心理。在他們眼裡顯得可笑的事，在他看來卻理所當然、本該如此。

他指尖一下一下點著讚，表情嚴肅得不得了。

季冕再次清晰地感受到了肖嘉樹的心情，一時間五味雜陳。他把剛做好的，原本想默默收藏的表情包做成九宮格，發到自己的微博上，配文僅兩個字「可愛」，沒有圈任何人。

小皇冠們一下子炸開了鍋，紛紛跑出來圍觀照片，緊接著又跑去小樹苗的微博查探，完全不明白這兩個人在玩什麼花樣，但不可否認的是，這幾個表情符號做得很好，完美詮釋了「傳神」兩個字。

肖嘉樹一會兒欲哭不哭，可憐得像小白菜；一會兒抬起下巴用鼻孔看人，食指順著下巴尖指出去，表情惡狠狠的，配上「放學後別走」的字句，把一個校痞演繹得維妙維肖。最受歡迎的是第六張，他跪坐在床上，頭微微仰起，大大的眼睛怯生生地往上瞄，臉上掛著討好的笑，季冕為這張圖配上「乖巧」二字，還畫了一顆心。

「血槽已空！」一名網友留言道。

「媽媽問我為什麼流著鼻血刷微博。季神，你從哪裡搞來的表情包？」有人好奇。

「還用問嗎？從背景看，這應該是一家飯店，季神和小樹苗在開房！」

「不懂別瞎說，季神和小樹苗在美國拍戲，肯定會住同一個飯店。不過看得出來他倆關係很好，不然小樹苗能讓季神給自己拍這種羞恥的照片？」

「我也覺得他倆有戲。你看看小樹苗的表情，一會兒乖巧，一會兒哀婉，一會兒心如死灰，這明顯是欲求不滿嘛！季神，你還拍什麼照片，做什麼表情包，你快上啊！你這時候還發微博，是注孤生的節奏啊！」

「媽啊，我怎麼忽然想起了上次那張高潮臉的照片？你們還記得捏住小樹苗下巴的那隻手嗎？我怎麼覺得跟季神的手有點像？」一名善於觀察的粉絲說道。

大家立刻開啟偵探模式，紛紛表示那就是季神的手，照片絕對是季神幫小樹苗拍的。又是捏下巴又是掐臉，他倆也太甜了吧？

由於兩人都是男人，又合作拍戲，粉絲大多只是調侃，並不往別處想，但一大批ＣＰ粉依然悄悄誕生了，他們混在粉絲群裡偷偷摸摸撿糖吃，心情那叫一個滿足。

肖嘉樹聽見手機不斷發出提示音，點開微博看了看，然後臉紅了。

季哥……季哥竟然誇我可愛？好開心，想打滾！

他身體往旁邊一倒，才後知後覺地想起來，季哥正看著自己呢，得保持形象！

「那個，季哥，你怎麼突然誇我啊？」肖嘉樹不好意思地撓撓臉。

「忽然覺得你很可愛。」季冕揉了揉他的腦袋，輕笑道：「現在覺得好點了嗎？還想著飛機誤點的事嗎？」

肖嘉樹搖搖頭，臉蛋紅彤彤的。

他哪裡還有心思想飛機的事，他現在滿腦子都是季哥。就在剛才，他彷彿掙脫了無形的枷鎖，一下子活了過來，再回想這一個多月裡發生的事，竟有種恍然如夢的感覺。

他親手把自己放進二次元與三次元的夾縫中，來回在現實和虛幻中遊走，變得完全不像自己，也沒有了喜怒哀樂。所有人都沒注意到他的反常，只有季哥會每天都提醒他一遍：肖嘉樹，你是在演戲；也只有季哥會時時刻刻把他帶在身邊，唯恐他入戲太深丟失自己；最終還是季哥，冒著凜冽的寒風跑到機場，將他帶了回來，想盡辦法把他拖入現實。

他一次又一次地鼓勵他，同時一次又一次地敲打他，還曾不厭其煩地說：「肖嘉樹，你很棒，我為你感到驕傲，選擇你是我做過的最正確的決定……」

想到這裡，肖嘉樹封閉的內心瞬間變得敞亮，有陽光和雨水落進來，滋潤了心田，開出了花朵……他真想用力抱住季哥，好好訴說自己的感謝，又因為臉皮薄，不敢那樣做。

真奇怪，爭取角色的時候他什麼都敢做，面對眼前的季哥時卻慫得不得了！

肖嘉樹瞄了季哥一眼，小聲道：「不想飛機誤點的事了。」

事實上，他現在壓根兒不想走了，就想好好跟季哥待一會兒。

剛才還了無生氣的機器人，眨眼間又變成了內心戲十足的小樹苗，季冕一邊覺得好笑，一邊又大鬆口氣。他默默感受著洶湧而來的謝意和溫暖，心軟成一團。雖說關心一個人往往不圖什麼回報，但對方能記住你的好，並回以更濃烈的情感，到底是一件令人愉悅的事。

「不想了就好，快到十點半了，你回去睡吧。」季冕看了一眼手錶。

肖嘉樹很想跟季哥多處處，就算什麼都不做也好啊！

他的眼珠轉了轉，提議道：「季哥，我想打破以前的生活規律，重新回到正軌上來。我今天不按時睡覺了，我想過靡爛的夜生活。」

季冕忍笑，「也行啊，你想怎麼靡爛？」去夜店？去賭場？他邊尋思邊去拿外套。

「咱們來吃雞吧！」肖嘉樹興沖沖地打開電腦。

吃雞的話，就可以在季哥房裡待很久，說不定還能留下陪他一塊睡呢！

季冕微微一僵，頓時哭笑不得。要不是了解肖嘉樹的為人，他一定會認為這小子想爬自己的床。都二十歲了，怎麼還如此幼稚？虧他還以為他口中的糜爛是指泡夜店或賭博。

「我不會吃雞，你教我。」季冕到底沒忍心拒絕他，讓助理送一臺筆記型電腦過來。

兩人互相加好友，組隊吃雞。季冕雖然是個新手，但走位和戰略意識都很強，輕輕鬆鬆就拿下了六顆人頭，看得肖嘉樹目瞪口呆。他們中途遇見一名被包圍的華國同胞，救下並準備把他送去機場，卻被他放了冷槍。

要不是季冕及時給肖嘉樹餵了藥，他差點就嗝屁了。

「你他媽是什麼意思？我們好心好意救你！」肖嘉樹氣得七竅生煙。

對方也不說普通話了，用韓語回道：「因為你們是華國人，華國人都該死！」

臥槽，氣死！肖嘉樹深深吸了一口氣，同樣用韓語罵回去。兩人隔著樹林互相射擊，邊射邊罵好不熱鬧。那人似乎很意外肖嘉樹會說韓語，見自己用母語竟然罵不贏他，就改成英語。肖嘉樹袖子一擼，立刻用標準的美式發音回罵。

那人愣了愣，又改為法語，他似乎是個語言天才，並引以為傲，但很不幸，肖嘉樹也懂法語，而且罵人不帶髒字，能活活把對方氣死。對方放了兩槍，又停了一會兒，忽然用一種完全陌生的語言罵起來。

肖嘉樹惡狠狠的表情凝固在臉上，看向季冕，小聲問道：「季哥，這是什麼語？」

「德語，放著我來。」季冕調整一下麥克風的音量。

肖嘉樹指著螢幕上的玩家，凶惡道：「季哥快上，給我罵哭他！」

季冕果然用流利的德語開罵，把那人弄得一愣一愣的，原來他也不是很懂德語，不過炫耀一下而已，沒過多久又用義大利語罵起來，然後是拉丁語、俄語、西班牙語。

季冕全程高能，那人則敗在了西班牙語對決的環節，季冕還不甘休，用不屑的語氣說了一串詰屈聱牙的話。

那人噴出一口老血，不是被季冕罵的，而是在分辨語言的過程中被季冕打中了胸口。

肖嘉樹差點給季哥跪了，熱切地問道：「季哥，你真厲害！最後那種語言是什麼，我怎麼從來都沒聽過？」

「什麼語都不是，我隨口編的。」季冕操控人物走到那個玩家身邊，補了一槍。

肖嘉樹：「……」都說漂亮的皮囊千篇一律，有趣的靈魂萬裡挑一。原來季哥不但擁有漂亮的皮囊，還擁有有趣的靈魂，他感覺自己對季哥的崇拜又昇華了一點。

把放冷槍的韓國玩家幹掉後，肖嘉樹心滿意足地登出遊戲。他把剛才的對決錄製下來，發送到「別低頭，小皇冠會掉」的微博上，配文道：「這是我最崇拜的人，做什麼事都是最棒的！在學校是個大學霸，在職場是個大ＢＯＳＳ，在遊戲裡是個大佬，世界上再也找不出比他更好的人了！」

發出去之後他才想起來：臥槽，季哥好像有關注這個小號，不會掉馬甲吧？

想到這裡，肖嘉樹抬起頭偷偷摸摸瞄了季哥一眼，卻見他從口袋裡裡掏出一包香菸，若無其事說道：「我去廁所抽根菸。」

肖嘉樹臉紅紅地點頭，想把這篇博文刪掉又捨不得，只好安慰自己季哥那麼忙，應該不會來看這種沒什麼名氣的小號，大不了過幾天再刪，先滿足自己炫耀偶像的心情。

他把視頻做處理，模糊自己對「季哥」的稱謂，於是網友只聽見他喊哥，卻聽不清前面那個字是什麼。神通廣大的網友把視頻中運用到的語言翻譯出來，然後對兩人頂禮膜拜。

「臥槽，博主的大哥要上天啊！最後那種語言簡直絕了，笑哭！哈哈哈哈……」

「估計棒子也是懵的，正在想這種語言究竟是什麼，哪國的，就被一槍打中了！博主的大哥智商槓槓的，情商槓槓的，武力值槓槓的，最後補槍的動作太帥了！」

「博主也很厲害啊，懂得好幾國語言呢，果然優秀的人總是跟優秀的人在一起！」

「這樣的金大腿請給我來一打，謝謝！」

看見評論裡全都是讚揚季哥、膜拜季哥的留言，肖嘉樹得意得不得了，他一個字一個字地認真戳上去：「這條金大腿只能我一個人抱，不給你們！」

看見這條回覆迅速被羨慕嫉妒恨的網友攻陷，肖嘉樹笑得直打顫。他抱著棉被滾兩圈，卻還是克制不了滿心的驕傲，便又發了一條沒頭沒尾的博文：宇宙最強偶像！

有網友質問他還記不記得大明湖畔的季神，他的臉紅了紅，到底沒敢回覆說這兩位其實是同一個人。

通過耳麥錄製的聲音很失真，沒有網友認出他倆的身分，所以視頻只在遊戲圈子裡火起來，並未傳得全網都是。

當肖嘉樹暗暗炫耀自己的偶像時，季冕正坐在馬桶上窺屏。他一邊搖頭忍笑，一邊吐雲吐霧，心裡是難以言喻的柔軟。這小子是吃什麼長大的，都二十歲了還像小孩子一樣……

抽完一根菸，他抹了把臉，以免殘餘的笑意讓肖嘉樹看出端倪，剛推開門就聽肖嘉樹驚奇道：「季哥，林樂洋真拚啊！他為了演好《逐愛者》，竟然跑去精神病院體驗生活！」

「是嗎？」季冕語氣平淡。

「你看，他剛發了微博！」肖嘉樹舉起手機。

季冕看了一眼，心裡毫無波動。他向來是個乾脆的人，分手了就絕對不會藕斷絲連，之所以沒取消關注林樂洋，是為了避免公眾無謂的猜測。

肖嘉樹感嘆：「要是我能拿到《逐愛者》的男一號，我也會去精神病院體驗生活。」

季冕淡漠的表情瞬間消失，嚴肅道：「小樹，我想跟你好好聊聊這次的事，我覺得你表演的方式很有問題。」

咦？季哥終於不再「肖嘉樹、肖嘉樹」地叫我了，他叫我小樹……這是不是代表我倆的關係已經從熟人發展成好朋友了？肖嘉樹努力繃著臉，心早就飄上天了。

季冕：「……」想生氣，但完全氣不起來。

「你有在聽我說話嗎？」他不得不板起臉。

「有！」肖嘉樹瞬間坐得筆直，一秒鐘進入「乖巧」模式。

季冕道：「你知道你的這種表演方式有多危險嗎？幸好你接的角色是機器人，如果是逐愛者，你是不是也要把自己整成精神分裂？」

肖嘉樹想了想，點頭道：「或許會。」

如果不親身體驗什麼是精神分裂，他怎麼去演繹這個角色？

季冕眉頭狠狠一皺，沉聲道：「如果你真的把自己搞得精神分裂，誰也救不了你。你很有可能迷失在虛幻的世界裡，一輩子都走不出來。在影壇，這樣的例子還少嗎？」

肖嘉樹打斷了他滔滔不絕的話：「只要季哥在我身邊，我就不會迷失。」

季冕啞了，嘴唇開合半晌才道：「萬一我不在呢？」

「你怎麼會不在？你又不能跑到天邊去。」肖嘉樹理所當然地說道。

他唯二的兩部電影都是與季哥合作，他教會他什麼是演技，指引他走出角色的陰影，他總是那麼沉穩可靠，像他的精神支柱，又像他的指路明燈。

只要他還生活在地球上，能讓肖嘉樹看得見聽得到，肖嘉樹就可以不彷徨，不迷失，也不恐懼，他信任季哥比信任自己還多。

季冕已經完全說不出話來了，他能真切地感受到肖嘉樹的心聲，所以才會更無奈，也更動容。肖嘉樹究竟明不明白自己在說些什麼？如果換一個人，季冕一定會認為對方正深深愛著自己，但肖嘉樹不是，他心思太簡單了，信任就是信任，毫無緣由的。

他拿肖嘉樹毫無辦法，只能揉揉他的腦袋，叮囑道：「我建議你在接戲的時候慎重點，如果有問題隨時可以來找我。就像你說的，我不可能跑到天邊去，你有需要時總能找到我，但我還是要說一句，體驗派的表演方式存在很多弊病，你可以試著把表現派的某些優點融合進去，形成一種新的表演方式。你的演藝道路才剛開始，還有很多東西要學。」

說到學習，肖嘉樹果然沒那麼抵觸了，乖乖點頭道：「好的，季哥，我會多看演技方面的書，不會讓自己停滯不前的。」

季冕無奈地看了他一會兒，攆人道：「行了，快回去睡吧，都三點多了。」

肖嘉樹挪了挪屁股，討好道：「季哥，不然我留下陪你睡吧？周亮亮這會兒肯定睡死了，我回去會吵醒他，這樣不好。」他的待遇跟普通演員一樣，和助理同住一間房。

季冕盯著他，眸光晦暗。

肖嘉樹揚起臉，咧開嘴，眨眼睛，臉上寫著四個明晃晃的大字：乖巧，求睡！

季冕扶額低嘆，這狗皮膏藥貼上來就扯不掉了是吧？

「去刷牙、洗臉、洗腳。」最後他還是妥協了。

肖嘉樹一下子蹦得老高，迅速打理好自己，爬上床，小心翼翼地在季哥身邊躺下。他掀開被子聞了聞，想辨認季哥沐浴露的味道，又側過身嗅了嗅枕頭，想知道季哥用什麼牌子的洗髮膏。他偷偷摸摸地窺視季哥，卻又不敢讓他知曉。

原來追星是這種感覺……他假裝自己睡熟了，腦子卻亂哄哄的，興奮和滿足的情緒來回晃蕩，搞得全身飄飄然。他翻了個身，繼續想著：不知道季哥睡著以後會不會磨牙，會不會打鼾，會不會踢被子？嗯，如果他踢被子，我一定會悄悄幫他蓋上……

季冕：「……」小戲精，快睡吧！

兩人背對背躺了十分鐘，一個認為對方睡著了，一個假裝自己睡著了。

肖嘉樹偷偷爬起來，一點一點向季冕靠近，緊張的情緒占據腦海，令他呼吸困難。

季冕紋絲不動，心情相當複雜，這小子該不會想偷親自己吧？

肖嘉樹終於挪到季冕身邊，悄悄把額頭抵在他肩膀上，蹭了蹭，在心裡默念道：「季哥，有你在真好，謝謝你！」然後不到三十秒就睡沉了，鼻間發出細微的鼾聲。

又過了幾分鐘，季冕睜開雙眼，哭笑不得地看著他黑漆漆的頭頂。

他怎麼會以為肖嘉樹想偷親自己？這小子就是個單細胞動物，根本想不到那方面吧？

好無奈，又想笑，完了，睡不著了……

熬過一個無眠之夜，季冕一大早就爬起來幫肖嘉樹改簽機票，但風雪太大，最近幾趟航班已經停飛，他又不放心把他一個人丟在飯店，只好帶他去別處。

「我們要去哪裡啊？」肖嘉樹綁好安全帶後問道。

「去我母親家，不遠，開車一小時就能到。這些天你先跟她住，過一過家庭生活。」

「季哥，你怎麼不把阿姨接回國？讓她一個人在美國住你放心嗎？」肖嘉樹隨口問道。

季冕下意識地按了按喇叭，似乎不願提起這個話題。

肖嘉樹對他的情緒非常敏感，立刻閉上嘴巴不說話了。看樣子季哥和他的媽媽有矛盾。不對，如果有矛盾就不會送自己過去了，自己畢竟是他的朋友，那就是有心結嘍？

雖然得出了這個結論，但他一點追問的欲望都沒有。他喜歡季哥，想深入了解他，但那只是外在的一些東西，是有底線和原則的，並不包括窺探他的隱私。

季冕波動的情緒迅速緩和下來。

他深深看了肖嘉樹一眼，到底是沒忍住，用力揉了揉他的腦袋。

看見拉著行李箱站在門口的季冕時，季母驚呆了，愣了好一會兒，才用顫抖的聲音說道：「小冕？你怎麼來了？」

「我有個朋友因為飛機誤點想在您這裡暫住兩天，不知道方不方便？」季冕溫和有禮地詢問。看得出來，他和季母關係並不親密。

肖嘉樹從他背後走出來，笑容爽朗地打招呼：「阿姨您好，我是季哥的朋友肖嘉樹。」

「你好你好，快請進，我當然不會介意！」季母連忙敞開房門，肖嘉樹這才發現她左手杵著一根拐杖，左腳挪動的時候非常僵硬，似乎戴了義肢，但他面上並未露出異樣，甚至於連內心都沒有產生好奇或探究的情緒。這是季哥的隱私，季哥願意分享他就當一個好聽眾，季哥不願意讓外人知曉，他就什麼都不問。

「阿姨，您家的花園打理得好漂亮。」肖嘉樹指著外面結滿冰霜的冬青樹說道。

季母歡快地笑起來，眼角卻沁出幾絲淚光，「還好還好，我反正也是閒著，平時就愛種種花養養草。你們快坐，我去泡茶。不對，你們想喝什麼？咖啡、紅茶、綠茶？」她有些手足無措，一邊詢問一邊翻看櫥櫃，生怕自己沒有多少好東西用來招待兒子和兒子的朋友。

「您別忙了，我來泡。」季冕把行李箱放進儲物間，挽起袖子說道：「怎麼是您跑出來開門？我給您請的保姆呢？」

「她今天請假，我什麼事都能做，你別擔心。」季母把水壺放在電磁爐上，問道：「你朋友要在這裡住幾天？」其實她更想問的是兒子會不會也留下，但又害怕聽見他的拒絕。

季冕洗茶杯的動作微微一頓，語氣頓時軟和幾分，「他的飛機因為下雪延誤了，什麼時候有回國的班級，什麼時候再走。他年紀小，性格又單純，我不放心把他一個人留在飯店，這幾天要麻煩您照顧他一下。」

「不麻煩，一點都不麻煩！」季母連連擺手，隔著玻璃門看了肖嘉樹一眼，忍不住又問道：「小冕，他……是不是你的男朋友啊？」

「怎麼會？他不是同性戀。」季冕表情微僵。

「真的不是你的男朋友？」季母又看了肖嘉樹一眼，語氣十分遺憾，「他長得真精神，皮膚白，眼睛亮，跟你很般配。」

「真的只是普通朋友。」季冕哭笑不得，「您出去陪他坐一會兒，廚房交給我。」

季母按捺滿心好奇，一瘸一拐走出去。這是兒子第一次帶朋友回家，還是這麼俊俏的小夥子，她還以為他們是一對呢。她剛坐下，正準備打聽對方的情況，就見肖嘉樹舉起一條織了半截的圍巾，內疚道：「阿姨，對不起，我好像把您織的圍巾坐壞了。」

「沒事，本來就是壞的。」季母笑著擺手，「我手笨，學了大半年都沒學會織圍巾。你看這些洞，都是我漏針漏出來的，不關你的事。我正想把它拆了重新織，你們就來了。這些棒針沒傷到你吧？我也沒想到會有人來，隨手就扔在沙發上了。」

肖嘉樹這才鬆了一口氣，擺手道：「沒傷到。」瞥見茶几上放著幾本教針織的書，又補充一句：「阿姨，您想織哪種圖案？我幫您看看吧。」

「你看得懂？」季母略顯驚訝。

「我立體幾何學得可好了，看圖應該沒問題。」

「好好好，你幫我看看這種針法怎麼織。什麼加針減針的，我頭都昏了。」季母戴上老花鏡，把其中一本書翻到六十九頁。

肖嘉樹趴在茶几上研究了一會兒，又拿起沒織完的半截圍巾比劃比劃，頷首道：「我大概弄明白了，我先織兩圈，看看圖案出來後對不對。」一邊說邊捏著兩根棒針開始織，小指頭勾著毛線，時不時繞一圈，架勢擺得挺足。

季母很是期待地看了一會兒，發現他的動作由笨拙慢慢變得熟練，忍不住偷笑起來。她拿出手機發了一條訊息給兒子：「快出來看看，你確定肖嘉樹不是同性戀？」

季冕滿臉莫名，端著茶盤出來一看，頓時忍俊不禁。

肖嘉樹，你可真行啊，這麼快就融入「家庭生活」了，比我媽還賢慧！

肖嘉樹對母子倆的關注一無所覺，依然認認真真地織圍巾，織著織著還織出樂趣來了，用空閒下來的棒針戳戳發癢的頭皮，感嘆道：「阿姨，織毛衣是治癒強迫症的良藥。您看這一排排的線圈，特整齊，特舒服。」話落目光往下一掃，瞬間僵住了。

沒錯，他織出來的幾圈的確很整齊，但季母織的那部分卻沒法看，不是這裡漏一個洞，就是那裡織歪了，叫他恨不得把圍巾全拆了重新織一遍。但是不行，這是阿姨的勞動成果，織得再不好人家也喜歡，你一個外人來拆了算怎麼回事？

他努力吸了一口氣，將下面的一截圍巾摺疊起來，用手肘壓住。

嗯，眼不見為淨！剛想到這裡，旁邊傳來短促的一聲笑，他轉頭一看才發現季哥已經坐下了，手裡正捧著一杯熱可可。

「別忙了，先喝口熱飲暖暖身子。」季冕又是低沉一笑，眼裡閃動著促狹的光芒。

「我再織兩圈，圖案還沒出來呢。」肖嘉樹強迫症犯了，非得看見完整的圖案不可。

季冕拿他沒辦法，只好把杯子放下。

季母湊到了肖嘉樹的身邊興致勃勃地觀看著，時不時問幾個問題，肖嘉樹很有耐心地回答：「不是，這一針的線要從下往上繞，不是從上往下繞。隔兩針繞線的方式要變一變，不然圖案就亂了。對，是這樣，這裡要加一針，您看……」

才見面不到十分鐘，兩人就混得無比熟悉，讓季冕很意外卻又失笑不已。他靜靜看著他們，聆聽他們瑣碎的低語，心裡一點雜念都沒有。他拿出手機拍攝肖嘉樹織毛衣的畫面，想把這個有趣的瞬間保留下來。

恰在這時，肖嘉樹回頭看了他一眼，雙瞳映照著窗外的雪光，顯得那樣清澈明亮，嘴角勾著一抹愉悅的笑意，使他整個人都透著溫暖。

季冕愣了愣，回過神時肖嘉樹已經不再看他，而是認真翻看茶几上的教程。

季冕盯著視頻看了很久，最終指尖輕點，把那個暖融融的微笑截了下來。

「小樹，我能把這個發到我的朋友圈裡去嗎？」他指了指自己的手機。

「可以啊！」肖嘉樹看了視頻一眼，「季哥，你隨便發，我不在乎這個。」

大男人織毛衣怎麼了？法律又沒規定只有女人才能織毛衣。

他低下頭又織了幾針，才後知後覺地想到：咦，好像只有特別好的朋友才會把彼此的視頻或照片往朋友圈裡發吧？我已經是季哥特別好的朋友了嗎？

這個想法像煙火一樣在他的心頭炸開，令他差點樂得找不著北。

季冕短促地笑了笑，把視頻發到朋友圈裡，配上兩個字：賢慧。

肖嘉樹偷偷摸摸盯著自己的手機，聽見提示音響了，立刻拿起來點讚，並回覆道：「跟季媽媽學針織。」視頻裡，季母坐在他身邊，不時指一指，說一說，倒真像一位針織大師。

季母隨即也在下面點讚，誇獎道：「名師出高徒。」

兩人互相看了看，捂嘴偷笑起來。

季冕看著其樂融融的兩人，心情有些複雜，又有些輕快。他原本打算把肖嘉樹安頓好以後再走，現在卻覺得自己應該留下。拍戲忙沒關係，拍完可以開車回家，反正交通方便。

遠在華國的林樂洋看見朋友圈的這條訊息，眼眶頓時紅了。雖然已經分手，但他和季冕畢竟是上下級關係，平時有公事要談，拉黑彼此或刪除聯絡方式對誰都不方便，更何況他們並沒有什麼深仇大恨，只是性格不合而已。

「你怎麼了？」陳鵬新擔憂地問道。

「季哥好像跟肖嘉樹在一起了。」林樂洋說話的功夫，許多人在視頻下面點讚、留言，其中有幾個也加了林樂洋，所以他能看見。

施廷衡問道：「你們什麼情況？」

季冕沒回覆，肖嘉樹卻寫道：「體驗一下家庭生活。」

家庭生活？林樂洋諷刺地笑起來。交往那麼多年，季哥什麼時候提起過自己的母親？又何曾帶他去探望過對方？原來不是他們沒談到那一步，而是人不對。他跟肖嘉樹才認識多少天，就把人領回家了？季哥真狠啊！看看肖嘉樹看向鏡頭的眼神，柔和、明亮、溫暖，是獨屬於戀人的繾綣，而非什麼粉絲崇拜偶像，他們已經在一起了吧？

嫉妒啃咬著林樂洋的心，他卻什麼都不能做。

陳鵬新盯著視頻看了一會兒，感慨道：「你要是沒跟季總分手就好了，等《蟲族大戰》上映之後，肖嘉樹一定會大火特火。」

「火？不一定。前兩部的主角早已獲得廣大影迷的認可，忽然加一個新人物進去，影迷未必買帳。肖嘉樹要是演好了還好說，沒演好就等著被人罵吧。國人對走出國門的明星要求特別高，一點瑕疵也會被他們放大幾百倍來評論。這個角色到底是機遇還是燙手山芋，誰知道呢？」林樂洋壓下滿心酸意，追問道：「《荒野冒險家》什麼時候開拍？」

「下個月底。」陳鵬新答道。

也就是說，自己下個月底才能見到季哥？林樂洋看看日曆，心裡總算好受一點。

肖嘉樹在季母家待得很愉快，季哥每天拍完戲也會回來吃飯。他的廚藝很棒，但只會煎牛排和炒雞蛋，不會做中式料理，難怪他在家裡曬的美食圖是千篇一律的牛排。

大風雪終於停了，三天後，肖嘉樹改簽到一趟回國的班機，臨走時帶了整整一箱毛線，全是季母友情贈送的。

季冕則又回到工作狂的狀態，整天待在片場，不再往母親家跑。他不是不愛季母，只是沒了肖嘉樹，他不知道該如何與她相處。有些事雖然過去了，但留下的傷痕永遠還在。

「你最近臉色不太好，怎麼了？」方坤擔憂地看著他。

「有點感冒。」季冕揉了揉太陽穴。

就在這時手機響了，他打開一看，是肖嘉樹的來信，還配了一張照片：灰色的床單上平放著一件滿是破洞的毛衣，吊牌還沒剪掉，價格昂貴。下面附了一行字：「季哥，我媽讓我照著這件毛衣織一件一模一樣的給她，簡直逼死強迫症，好想把這件衣服的洞洞全給補上！」

季冕忍俊不禁，回覆道：「那你就幫她補上。」

肖嘉樹發了幾個「笑哭」的表情，鑒定道：「季哥，你是看熱鬧不嫌事大！還是我哥好，讓我織一件這種樣式的給他，特別舒服！」

下面傳來一張毛衣照片，純灰色、平針，看起來的確很規整。

季冕愣了好一會兒才意識到他說的「我哥」是肖定邦，頓時尷尬得捶了一下額頭。

「回去的機票買好沒有？」他看向方坤。

「買好了，明天走。休息幾天咱們還得拍《荒野冒險家》，你的身體受得了嗎？」

《荒野冒險家》是冠冕和冠世合資投拍的一檔真人秀節目，嘉賓分為兩組進入荒野，通過比拚獲得種種線索並找到地圖，從而逃出生天，集娛樂、探險、競技於一體，很有看點和賣點。為了打響第一炮，季冕決定親自參加節目錄製，邀請的嘉賓也都是重量級的，有老牌巨星，也有當紅小生或花旦。

他翻了翻助理發來的流程表，確認道：「小樹也加盟了這檔節目？」

方坤愣了好一會兒才想明白他說的小樹是肖嘉樹，連忙點頭，「沒錯。那小子聽說你也會去，立刻就找上來了，還請動了修總為他說情。我們原本打算邀請的人是另一個流量小生，不過比起人氣，如今的他也不差。你發的那些微博著實幫他炒了一波人氣，還有他媽，隔幾天曬幾張他小時候的照片，弄得粉絲天天舔屏。」

「他小時候的照片？」季冕很少刷不熟悉的藝人的微博，聽見這話立刻拿出手機關注薛淼，然後一條一條往下翻博文。裡面果然貼了很多肖嘉樹的照片，有小時候穿開襠褲的，有大了一點騎小木馬的，還有一張被打扮成小姑娘，穿著蓬鬆的公主裙。

他一邊點擊保存一邊忍笑，臉上的疲憊一掃而空。

方坤瞥他一眼，提醒道：「林樂洋也是節目嘉賓，到時候你們恐怕得天天見面。」作孽啊，那時怎麼就沒想到會分手呢？還為了捧人家把這麼好的資源給出去！要知道林樂洋只有一部不溫不火的作品，長相、性格、情商都不出挑，人氣和別的嘉賓完全沒法比，觀眾看見他肯定會覺得違和。

不過他好歹是冠冕工作室的藝人，老闆捧自家藝人也說得過去，只是都分手了還得往林樂洋臉上貼金，方坤到底是不爽的。

季冕似乎不想提及林樂洋，平淡道：「見面無所謂，公事公辦而已。」

一星期後，《荒野冒險家》開拍了，節目組財大氣粗，用直升機把眾位嘉賓帶往某個熱帶海島進行拍攝。海島尚未開發，風景宜人，但同樣潛藏著許多危險。

肖嘉樹跳下直升機後挖了挖嗡鳴不已的耳朵，這才看向四周。節目嘉賓總共十人，其中有幾人是肖嘉樹認識的：季哥、衡哥、林樂洋，還有幾個喊得出名字但不熟的。

他已經有兩個多月沒見過季哥了，很想衝過去跟他抱一抱，主持人卻在這時說話了：「歡迎各位冒險家來到我們的小島，現在有請兩位隊長來挑選自己的組員。」

施廷衡和季冕咖位最大，自然是紅藍兩隊的隊長。為了公平起見，兩人以抽籤的方式決定誰先挑選組員。施廷衡的手氣比較好，抽中了長籤。看見他的目光在人群中搜尋，所有嘉賓都往前跨了一步，唯獨肖嘉樹縮著脖子往某個當紅小生身後躲，他想跟季哥在一組。

季冕瞥他一眼，嘴角含著濃濃的笑意。

施廷衡翻著白眼說道：「肖嘉樹，你躲什麼，怕我挑中你是吧？放心，我一定把你留給季冕！」兩人經常在微博裡互動，娛樂圈大半的人都知道他們關係很鐵。

肖嘉樹一點也不尷尬，雙手合十道：「多謝衡哥高抬貴手。」

施廷衡哭笑不得地道：「你給我閃一邊去，我選南茜！」

一名長相清秀的男藝人蹦蹦跳跳地跑上前與他擊掌。

輪到季冕的時候，雖然大家面上都不顯，眼神卻灼熱了幾分。季冕不像施廷衡，只專注拍戲，人家又當藝人又做生意，在好萊塢也有資源，跟他搭上關係大有好處，沒見肖家二少爺都圍著他打轉嗎？

躲在後面的肖嘉樹趕緊擠到最前方，眼巴巴地看著季哥。

季冕偏不看他，目光來回在後面的幾人身上流轉。肖嘉樹急了，輕輕蹦躂兩下，還舉了舉手，心裡大聲喊道：「季哥選我，選我，我在這兒！」

季冕目光往哪裡移，他就往哪裡站，弄得眾人哭笑不得。

季冕這才看向他，無奈道：「小樹，過來吧。」

「耶！」肖嘉樹握著拳頭興奮大叫，跑上前熱烈擁抱季哥，並附在他耳邊低語：「季哥，我好想你！」自從上回在美國分別，他們已經有兩個多月沒見面了，雖然常常用微信聯絡，但到底比不上跟真人在一起。

他最近做什麼都沒勁，得知季哥要拍攝這檔綜藝節目，連忙便去找資源。

季冕用力回抱他，又揉亂他的頭髮，那句「我也想你」卡在喉嚨裡，到底沒能說出口。

林樂洋在不遠處看著他們，努力告誡自己千萬別在攝影機前哭出來。他往前面站了站，希望季哥下一個挑選的人會是自己，但他知道希望不大。季哥平時連他的電話都不肯接，分手分得那樣徹底，又怎麼會主動靠近他呢？

果然，季冕接下來挑選的人都不是他，好在另外幾名嘉賓人氣和咖位都比他高，所以早早就被選走了，把他留到最後一個。他一點也沒覺得難堪，反而慶幸不已。

季冕向孤零零的林樂洋伸出手，語氣自然，「歡迎我的最後一名組員。」

林樂洋走上前與他擊掌，笑容燦爛。太好了，他又一次觸摸到了真實的季哥！

肖嘉樹完全沒有察覺到兩人之間的暗潮洶湧，一邊傻樂一邊幫季冕卸下沉甸甸的背包，好奇道：「季哥，你都帶了什麼東西？」

主持人大煞風景地開口：「各位嘉賓，我要告訴你們一個不幸的消息，除了身上的衣服，你們只能挑選三樣東西帶上。把背包交出來，節目組要檢查。手機也不能帶，得上繳。」

「只能帶三樣？你們太殘忍了吧！」一名當紅小生慘叫起來。

「是的，只能帶三樣，你們快選吧。」主持人冷酷地說道。

眾人無法，只好把背包裡的東西倒出來。

肖嘉樹像小狗般蹲在季冕腳邊，指著自己打開的行李箱，「季哥，你來幫我挑吧，你說帶什麼我就帶什麼。」

季冕笑睨他一眼，招手道：「你們先別選，我先看看你們都帶了什麼。」

大家沒有異議，連忙把行李歸置在一起。

季冕挑出兩把匕首、一個打火機、一捆繩子、一個水壺、一個小的平底鍋……統共十五樣東西，都是非常實用的工具，其餘的全留下。小隊裡唯一的女性隊員黃映雪哭喪著臉說道：「季老師，您能不能幫我留一套化妝品？我皮膚比較薄，不擦防曬霜不行。」

她在娛樂圈以美貌著稱，雖然沒什麼像樣的作品，但人氣依然很高，平時看看秀、走走紅毯，就能把一群顏粉迷暈。這是她第一次參加真人秀節目，觀眾對她的表現相當期待。

季冕也不想背上一個「不憐香惜玉」的名聲，十四樣工具已經不少，就把多出來的一柄匕首換成了化妝品。

黃映雪笑嘻嘻地向他道謝，被陽光染紅的臉蛋顯得十分嬌豔。肖嘉樹不知怎地，竟覺得這張笑臉有些刺眼。他把季哥為自己挑選的三樣工具收進包裡，低不可聞地哼了一聲。化妝品有什麼用？等妳餓得嗷嗷叫的時候妳就知道了！

季冕忽然垂頭看他，眼裡滿是驚訝。

這小子渾身都是酸溜溜的味道，該不會吃醋了吧？不對，他有這根筋嗎？

兩組人員確定好以後，主持人指著半山腰的一根旗杆說道：「各位冒險家們，看見那面彩旗了嗎？誰先趕到彩旗所在的位置，誰就能獲得搭建營地的材料。」

眾人齊齊答應一聲，然後分頭出發。剛開始他們鬥志昂揚，但很快他們就明白在荒山野嶺中跋涉是多麼艱難的一件事，隨處可見的飛蟲倒還在其次，最危險的是腳下崎嶇不平的山路。哪怕永遠光鮮亮麗的黃映雪，在十五分鐘後也已變得狼狽不堪，哭哭啼啼地求季冕停下歇會兒。要不是當紅小生余柏秀一直攙扶著她，她大概會立刻趴下。

肖嘉樹為了拍攝《蟲族大戰》著實苦練了一段時間，爬這點山路原本不在話下，倒楣的是，他為了讓季哥見到自己最英俊瀟灑的一面，竟然穿了一雙馬丁靴來海島，看起來的確有型有款，就是鞋面太窄，擠得足側難受。

他咬牙堅持了十多分鐘，可惜腳底越來越痛，竟似每一步都走在刀刃上，而季哥就在前面，他絕不能扯他後腿。人家黃映雪雖然也狼狽，但她邊哭邊走，不也沒停下來過嗎？

想到這裡，他撿起一根枯枝，用以支撐身體的重量。

就在這時，走在最前方的季冕忽然回過頭來問道：「小樹，你還好嗎？」

「季哥，我好著呢！」肖嘉樹揮揮手，笑容爽朗。

被樹枝勾亂了頭髮的黃映雪抱怨道：「隊長，我剛才哭成那樣你都沒問，你偏心！」

季冕笑笑沒說話，沿著狹窄的山路慢慢走到隊尾，一隻手探入肖嘉樹腋下，將他半摟進懷裡，柔聲道：「靠著我走，這裡很陡峭，不是歇腳的好地方，前面有平地我們就停下。」

肖嘉樹連忙把全身的重量壓在他身上，心裡說不出的熨貼，又想到這樣走路季哥也會非常危險，趕緊站直，小聲道：「季哥，我沒事，我自己能走。」

「腿瘸了還說自己沒事。」季冕的手臂很結實，架著他往上提，沉聲道：「出發吧！」

肖嘉樹最痛的那隻腳幾乎離開了地面，一路被季哥半拖半抱地帶著走。他既為季哥的安全捏一把冷汗，又為他的體貼感動。自己走在隊伍尾端季哥都能發現異狀，真是細心。

看見季哥滿是汗水的側臉，他想也沒想便抬起手，用指腹把那些汗珠抹掉。

季冕腳步微微一頓，這才繼續往前走。

林樂洋時不時回頭看他們，目光微微沉下來。

終於來到一塊平地，黃映雪一屁股坐下，抱怨道：「早知道這麼累，我就不來了！」

此刻的她毫無形象可言，讓粉絲看見一定會大跌眼鏡，可誰他媽管粉絲怎麼想，她都快累癱了，根本沒有管造型的力氣。

季晁小心翼翼地扶肖嘉樹坐下，二話不說脫掉他的靴子和襪子，查看他腳底的情況。

肖嘉樹懵了一會兒才去捂腳，卻已經晚了。季晁盯著他滿是水泡的雙足，擰眉道：「開拍之前我不是告訴過你要穿登山鞋嗎？你這穿的都是什麼，你以為自己來走秀的？」

我這不是為了瀟瀟灑灑來見你嗎？肖嘉樹有點委屈，眉眼有氣無力地耷拉著，看起來像一隻被主人拋棄的小狗，腳趾頭還不安地扭動著，叫季晁氣也不是，笑也不是。

他捂鼻道：「小樹，你腳有點臭，這雙鞋以後別穿了，汗腳。」

一道驚雷從天而降，把肖嘉樹劈得外焦裡嫩。什麼？我英俊瀟灑的形象崩塌了還不算，老天爺還讓我在季哥面前出這麼大的糗？好尷尬，但是沒有地可以縫鑽！他想也不想便把左腳掰到鼻子下面聞了聞，然後放心了，「沒有啊，季哥，我腳不臭，我新換的鞋襪呢！」

季晁一隻手捧著他的右腳，一隻手扶著額頭低低笑起來，「逗你玩的，在鏡頭前你都不注意形象嗎？」這小子的字典裡可能沒有「偶像包袱」這個詞。

又一道驚雷直直劈下，把肖嘉樹整懵了。臥槽！這是在錄節目，剛才我在鏡頭前面聞腳了？這是比摳腳更糙的舉動吧？他臉頰飄上兩抹紅暈，討好道：「幾位攝影大哥，後期製作的時候把這個鏡頭刪掉好嗎？我先謝謝你們了。」

幾位跟拍的攝影師笑著點頭，心裡卻暗暗決定，一定要把這個經典畫面保留下來。傳說中的肖二少竟然是這樣的，果然無愧於他的排行。

黃映雪和余柏秀笑得喘不上氣，原本還對背景顯赫的肖二少有些距離感，現在倒很願意親近他。這位主兒實在是太接地氣了，比他們還放得開。他們原本以為他靠在季冕身上走路是矯情或裝的，沒想到他腳傷得這麼重，路上卻一個字都沒提。

林樂洋笑容很勉強，眼睛盯著季冕握住肖嘉樹右腳的那隻手。

季冕笑夠了才道：「我倆的鞋尺寸相差太大，不然我就跟你換著穿了。現在沒有辦法幫你找一雙新鞋，只能先把水泡處理一下，你忍一忍。下期節目你要是還穿這種華而不實的靴子過來，我就讓你打赤腳上路你信不信？」

他口氣雖然嚴厲，可每個字眼裡都飽含著濃濃的關心，叫肖嘉樹受用極了。他一邊點頭答應一邊扭動著腳丫子，心情有點飄。果然跑來參加這個節目是對的，跟季哥在一起，做什麼都有意思，吃苦受累根本不算什麼。

季冕掏針線包的動作微微一頓，眼裡有一股暖意不受控制地沁出來。

「余柏秀，醫療箱在不在你那裡？」他咳了咳，語氣比之前柔和太多，「麻煩你幫我把紗布和絡合碘拿出來，我幫小樹扎水泡，再把腳包起來。」

「好的，隊長。」余柏秀把東西準備好，黃映雪則興致勃勃地看著。

「季哥，要我搭把手嗎？」林樂洋低聲詢問。

季冕還沒回答，肖嘉樹連連搖頭，「不用不用，我的腳多髒啊，哪裡好意思讓你幫我弄這個！」林樂洋是外人，他能讓一個外人碰自己的腳？肯定不行啊！

被下意識歸到「內人圈」的季冕又是忍不住一笑。

林樂洋也想到了更深一層的意思，面上不顯，心裡難受極了。

紗布和絡合碘都準備好了，季冕這才仔仔細細地清理肖嘉樹腳上沾染的沙粒。他沒戴手套，也沒露出嫌棄的表情，眼裡反倒填滿心疼。

黃映雪感慨道：「隊長，你和肖嘉樹肯定關係很好吧？」

否則誰願意幫另一個大男人擦腳？

季冕一時不知該怎麼回答，肖嘉樹卻得瑟道：「當然，我跟季哥可是鐵哥們兒！」

鐵哥們兒？季冕細細咀嚼這個詞，心緒有些起伏，索性他沒功夫深想，趕緊把水泡處理了。大約十分鐘後，他把肖嘉樹包紮好的雙腳小心塞進靴子裡，擰眉問道：「還疼嗎？」

「有點，不過比剛才好多了。」肖嘉樹動了動腳趾頭。

季冕幫他綁好鞋帶，不放心地叮囑：「實在受不了你就跟我說，我背你。休息的時候盡量把鞋子脫下來，讓傷口透透氣。」

「好，我能堅持。」肖嘉樹站起來走兩步，揮手道：「我們出發吧，不能輸給藍隊。」

「要走啦？」黃映雪哀嚎連天，被余柏秀拖著走了。

林樂洋則是一個人走在隊伍末尾，跟隊友的交流也很少。

一行人好不容易趕到插旗的地方，發現施廷衡率領的藍隊還沒抵達，頓時歡呼起來。

攝製組的人員打斷他們：「恭喜各位冒險家獲得了第一個任務的勝利，我們將為你們提供建造營地的材料。」

「有吃的嗎？我好餓！」余柏秀捂著肚子問道。

工作人員神祕一笑，「看見那片斷崖了嗎？崖下有攝製組提供的食物，夠你們吃一天。到底是爬下去拿食物還是自己在島上找，你們可以自由選擇。」

什麼？幾位嘉賓驚呆了，那斷崖少說也有十五米，還是直上直下的崖面，怎麼爬下去？攝製組太狠了吧？他們正猶豫著，藍隊過來了，聽說下面有食物，二話不說就準備下去。攝製組可以為他們提供速降工具，還有專人進行指導，全看各位嘉賓有沒有膽量。

有了藍隊做對比，紅隊不得不加入競賽。食物不是很充足，誰先下去誰就能拿到最多的份額，否則很有可能得餓上一天。要知道節目組完全收繳了他們的行李，而他們帶來的食物都是蜜餞、巧克力、糖果一類的零嘴，哪能填飽肚子。

肖嘉樹飛快往崖下看了一眼，然後一陣眩暈。這高度比他任何一次吊鋼絲還高，會嚇死人，但他想到季哥也有懼高症，如果大家都不敢下去，他做為隊長肯定得身先士卒……想到這裡，他立刻舉手道：「我下去拿食物！」

怕得要死的黃映雪和余柏秀暗暗鬆了一口氣。

季冕眸色一沉，否決道：「你湊什麼熱鬧？腳底的水泡好了？導演，幫我綁安全繩。」邊說邊脫掉外套，露出精壯的上半身。

「我去我去！季哥，你是前輩，你坐著等就是了！」肖嘉樹繞到他前面，也脫掉外套。

兩人都是練過的，肌肉線條非常漂亮，只不過一個皮膚白皙，一個皮膚古銅，並排站在一起很是養眼。跟拍的攝影師連忙給他們的上半身來了一個特寫，還繞著拍了一圈。

季晃摟住肖嘉樹的脖子，沉聲道：「小樹別鬧，站一邊去。」

「你才別鬧。你扶我一路，哪裡還有力氣抓繩子？速降需要的是臂力，腿傷了沒關係。導演，快幫我把安全繩綁好。」肖嘉樹用力去掰季哥的手臂。

季晃不放開他，既好氣又好笑地說道：「你老實待著，否則我就把你換到藍隊去。」

肖嘉樹瞬間安靜了，表情有些委屈，又有些擔憂。

季哥懼高呢，怎麼可以下去？

此時此刻，他完全忘了自己也有懼高症。

看見兩人爭來爭去的把戲，林樂洋嗤笑不已。

肖嘉樹可真會表現，既給季哥留下勇敢和尊敬前輩的印象，也為自己搏得出鏡率。看看藍隊那邊你推我我推你的情景，再對比他的積極，節目播出後肯定會為他吸一波人氣。他總是這樣會炒作，明明是家境優渥的富家大少爺，偏要裝什麼努力認真的小後輩，當初李佳兒不也憑藉這種把戲騙了季哥嗎？

無論林樂洋心裡想了些什麼，他臉上始終帶著膽怯的微笑，彷彿對斷崖十分害怕。他不懼高，卻不會故意去搶季哥表現的機會。季哥是隊長，隊長當然是最強大也最具智慧的，這樣的人設才吸粉。沒看見藍隊那邊也是施廷衡上嗎？第一次遇見這樣危險的任務，兩個隊長肯定是當仁不讓的。

肖嘉樹連這一點都想不透，智商是有多低？要不是靠著好的家世，他能混成現在這樣？被嫉妒侵蝕的林樂洋不無惡意地想著。

恰在這時，季冕轉頭看了他一眼，眸光略冷。他綁好安全帶，神色自然地走到斷崖邊。沒人知道他在害怕，也沒人知道他緊張得手心都在冒冷汗。

當他準備下去時，肖嘉樹再次喊道：「季哥，還是我來吧！」他內心充滿著壯士斷腕的決心，這決心也感染了季冕，讓他跨出了最艱難的一步。

「都說你給我老實待著了。」在專業人士的指導下，季冕開始慢慢下降，降了三四米的樣子腳底打了一下滑，差點撞上岩壁。

肖嘉樹怕得要死，根本不敢往下看，可季哥就在下面，他又不能不看，就走到斷崖邊，努力撐著眼皮。看見季哥腳底打滑的瞬間，他腿一軟差點撲了下去，所幸余柏秀牢牢拉著他的手臂，把他往回帶了帶。

他渾身都是冷汗，根本站不住，只好趴下來，眼紅紅的，又怕又倔強地盯著季哥，他必須親眼看見季哥安全滑落地面才能放心。

季冕不是不緊張，也不是不恐懼，但他的緊張恐懼跟肖嘉樹傳遞過來的，差點撲下來的擔憂相比，簡直不值一提。

「小樹，你走遠一點。」季冕抬頭勒令。

幹嘛讓肖二少離開？眾嘉賓滿心疑惑。

「我不走！」肖嘉樹忘了追問原因，雙手緊緊摳住懸崖邊的石頭，大聲喊道：「季哥，你別看我，注意腳下，找好落腳點，別撞到了！你一定要小心，慢慢下去，別著急！咱們不跟衡哥比速度，如果食物不夠，大不了我少吃一點！」

季冕哭笑不得地看了他好一會兒，這才繼續往下滑。不得不承認，他最後那一句「大不了我少吃一點」的確激勵到了季冕，只要想到這小子要挨餓，季冕就於心不忍。

施廷衡不愧為硬漢，下去的速度非常快，撿走了大部分的食物，只給季冕留了一袋五包裝的泡麵和幾個麵包。攀岩的難度非常大，更何況兩人還帶了那麼多東西，於是攝製組直接把他們拉了上來。

看見季冕快抵達崖頂了，肖嘉樹連忙四肢並用地往後爬，給他騰出站腳的地方。攝影師把他宛如壁虎似的動作拍攝下來，想笑又不敢笑。

季冕爬上崖頂後首先就去搜尋肖嘉樹的身影，見他軟趴趴地躺在地上喘氣，不由得低笑起來，「你怎麼看起來比我還累？」

肖嘉樹翻了個白眼，頭一次不想跟季哥說話。

我為你操碎了心你不知道啊？我這不是身體累，我是心累！

季冕捏了捏他氣鼓鼓的腮幫子，眼裡綴滿柔光，「起來，哥背你下山，紮營吃飯。」

肖嘉樹翻了個身，露出灰撲撲的後背。

季冕架著他的手臂將他提起來，幫他拍掉身上的灰塵，笑道：「走，煮泡麵去。」

黃映雪和余柏秀雖然眼饞藍隊的新鮮雞肉和蔬菜，可想到煮泡麵不需要太勞累，倒也釋懷了。餓都快餓死了，誰還有那個心思煮飯啊！

一行人歡歡喜喜地下山，在海邊挑了一塊涼爽又乾燥的地方紮營。

節目組為他們提供了三頂帳篷，黃映雪自然是一個人睡一頂，其餘兩頂四個大男人分組合睡。肖嘉樹眼睛一亮，正準備說話，季冕已經先開口：「小樹晚上跟我睡。」

「那我就和余柏秀一起。」林樂洋勉強一笑。

黃映雪來自海濱城市，知道哪些貝類能吃。她跑到海邊挖了一些貝殼，洗乾淨之後放進麵湯裡煮。大家一塊動手倒也挺有意思的，只是可憐了藍隊，既要自己搭房子，又要自己做飯，簡直快累癱了。

等眾人吃完泡麵要休息了，季冕走到安靜的角落錄製獨白。

他看向鏡頭說道：「或許大家會覺得奇怪，剛才小樹為什麼搶著要下去。其實不怕告訴大家，我有懼高症，小樹知道，所以他想代替我下去。」

在旁邊的導播問道：「季老師，你不是說不能讓大家知道你的弱點嗎？」

「嗯，原本是不準備說的。拍戲的時候我會努力克制，但不拍戲的時候，你要是讓我往高處爬，我是碰都不敢碰的。小樹很細心，我倆一起在美國拍電影，吊鋼絲的時候他看出來了，所以我覺得如果現實生活中有一個人這麼關心你，為你擔憂，甚至願意以身代之，那麼就算被人知道內心最深處的恐懼也並非壞事，有人分擔的感覺挺好的。」

說到這裡，他不自覺地笑了笑，眸光柔軟得不可思議。

「看來你們是非常好的朋友。」導播讚嘆道。

「嗯，非常好。」季冕坦然承認了，並補充道：「你們大概不知道，小樹也有懼高症，所以我也不能讓他下去。他以為我不知道，但其實我知道。我以為他不知道，但經過剛才那件事，我才知道他也知道。」

季冕似乎被自己說的話繞暈了，拍著腦門低笑起來。

導播呆了呆，完全沒想到原來有這樣精彩的內幕。靠！這兩個人都知道彼此有懼高症，卻又不說，然後爭著搶著要代替對方，這關係不僅僅一個「好」字能形容吧？

季冕收住笑，繼續道：「在我心裡，小樹就像我的親弟弟，照顧他是應該的。」說完他便結束了獨白，起身要走，卻發現林樂洋正臉色蒼白地站在不遠處。

他一定聽見了這段獨白，但那又如何？季冕略一點頭，越過他走了。要不是擔心觀眾誤會小樹搶戲、愛出風頭，用言語攻擊他，季冕不會刻意出面解釋。

林樂洋盯著他的背影看了很久，發現攝影師在拍自己，連忙強笑道：「我去樹林裡方便一下，你等會兒再跟拍吧。」

攝影師不疑有他，走回營地拍攝另外幾名嘉賓。

林樂洋找到一處僻靜的角落，蹲下來無聲吶喊了一番。他竟然不知道季哥懼高，甚至還惡意揣測肖嘉樹阻攔他的動機，卻原來人家從頭到尾都在秀恩愛，把別人都當成傻子！

林樂洋恨他們，但更恨自己。直到此時他才明白自己對季哥的關心有多貧乏，他不知道他愛吃什麼、愛穿什麼、愛看什麼，也不知道他害怕什麼。如果他不是總惦記著那點可笑的所謂「直男的尊嚴」，他和季哥絕不會走到這一步。

肖嘉樹能為季哥做到的，他本來也可以。他不是不愛，只是不夠用心罷了。

林樂洋，你活該，你真是活該！他用力抓住地上的沙粒，卻讓它們流失得更快。

與此同時，導播為了增加節目看點，把吃飽喝足極想睡覺的肖嘉樹叫到一邊，問道：「你剛才為什麼執意要代替季老師下去？」

肖嘉樹瞬間清醒過來，故作大咧咧地說道：「我不是聞自己的臭腳了嗎？為了挽回形象，我不得不拚命表現一下啊！」

導播暗笑不已，試探道：「該不會季老師有懼高症吧？」

「怎麼可能？我家季哥無所畏懼！」肖嘉樹一口咬定。

「你有沒有懼高症？」導播又問。

「我的字典裡沒有『害怕』這個詞。」肖嘉樹抬起下巴，表情倨傲。

「哦，我們明白了，你可以走了。」

肖嘉樹莫名其妙地來，又莫名其妙地走，並不知道攝製組的人看見這段採訪後都快笑尿了。他們從來沒見過比肖二少更蠢萌的人，要不要這麼可愛啊？難怪季老師跟他關係好，和他互動根本不用帶腦子，每天都能過得很輕鬆愉快。

吃飽喝足又被莫名其妙採訪一通，肖嘉樹岔開雙腿靠坐在一棵樹下，準備眯一會兒。季冕提著醫療箱走到他身邊，吩咐道：「把靴子脫了，我看看你的水泡。」

肖嘉樹立刻清醒過來，齜牙咧嘴地脫掉靴子，怕熏到季哥，還把靴口對準鼻子聞了聞，覺得不是很臭才放心地把腳丫搭放在季哥的大腿上，反正他已經沒什麼形象可言了，乾脆徹底放飛自己。

季冕哭笑不得地道：「聞什麼聞，你再臭我也不嫌棄。」

肖嘉樹紅著臉說道：「可是我不臭啊……」

「好好好，你不臭！」季冕解開紗布看了看，放心道：「乾掉的水泡沒掉皮，還好。你千萬別手賤把這層皮掀了，否則明天走路都走不了。」邊說邊把他腳上的沙子拍掉，又把絡合碘塗抹在一個個水泡上。

「暫時別穿鞋子，讓腳晾一會兒，這樣水泡乾得比較快。」季冕收拾好醫療箱，叮囑道：「在這兒坐著，我去幫你跟工作人員要一雙拖鞋過來，再問問其他嘉賓有沒有帶多餘的登山鞋。你這雙靴子不能再穿了，否則雙腳會廢掉。」

「節目組允許我們換鞋嗎？」肖嘉樹抬起頭來，笑容很燦爛。季哥是個大暖男！

「我們是錄製綜藝節目，又不是生存挑戰，總得為嘉賓的身體健康考慮。」季冕被他傳遞過來的暖意感染，也禁不住笑了，「你等著，我一會兒過來。」沒幾分鐘他就拿著一雙拖鞋和一雙登山鞋走回來，解釋道：「朱小龍給你的，都是全新的，吊牌還沒拆，你看看。他的鞋碼跟你一樣，應該能穿。」

「謝謝季哥。」肖嘉樹接過兩雙鞋，抬起手臂對不遠處的朱小龍喊道：「小龍，謝謝你，回去請你吃飯啊！」

「謝啥，比賽的時候放點水就成。」朱小龍大咧咧地擺手。

施廷衡拍了一下他的後腦杓，故作凶狠地罵道：「我們還需要他們放水嗎？你這是滅自己威風長他人志氣，把吃剩的貝殼拿來讓他跪著！」大家頓時哄笑起來。

肖嘉樹喜孜孜地換上拖鞋，正準備邀請季哥去沙灘上散散步，黃映雪嘟著嘴巴走了過來，「隊長，你看梁明珍他們在吃什麼？我也想吃！」

兩人抬頭一看才發現藍隊不知從哪兒找來幾個椰子，用匕首切開外殼輪流喝椰子汁，還把雪白的椰肉挖出來大口朵頤，表情很享受。

肖嘉樹的口腔立刻被極速分泌的唾液填滿，正想附和黃映雪，卻又及時打住。

椰子從哪兒來？當然是從樹上摘的，但那麼高的樹，誰去爬？毫無疑問，這事肯定又得落到季哥頭上，因為他是隊長。

不行不行，這個提議不能通過，得勸黃映雪打消注意！

想到這裡，他擺出了猶豫的表情，「椰子肉的熱量很高，脂肪含量達到了百分之三十，吃了很容易發胖。不然我去幫妳摘香蕉吧，從山上下來的時候，我有看見幾棵香蕉樹。」說著說著就要爬起來。

季冕一把將他按下去，「你坐著，我去摘椰子、香蕉。」

有了第一次就會有第二次，無論他多麼恐懼，有些責任都是不能推卸的。

「我也去。」肖嘉樹穿上登山鞋，他不放心季哥一個人。

「不用去了。」林樂洋從林子裡鑽出來，懷中抱著幾個椰子，「我從小喜歡爬樹，技術還不錯，以後你們想吃椰子就找我。」

黃映雪歡呼起來，連聲喊道：「秀秀，快把匕首拿過來，我們也有椰子吃了！」幾人圍在一起有說有笑地給椰子殼開孔，女生單獨吃一個，剩下兩個由季冕幾人分著吃。

肖嘉樹這回不怕胖了，把椰子遞過去，笑嘻嘻地說道：「季哥，你先嘗嘗甜不甜。」

季冕喝了一口，盯著他被太陽曬紅的臉蛋，頷首道：「甜。」

肖嘉樹這才對準小孔喝起來，邊喝邊豎起大拇指，真甜！

他倆你一口我一口喝著，根本不分彼此。另一頭的余柏秀和林樂洋則把椰子舉高，隔空喝汁水。只有關係親密的人才會不介意彼此的唾液，很顯然他們還達不到那種程度。

剩最後一口的時候，本該輪到季冕喝，他晃了晃椰子殼，柔聲道：「小樹，你喝。」

「季哥，你喝。」肖嘉樹將湊到自己嘴邊的椰子推回去。

「你們不喝我來喝。」林樂洋忍了又忍還是沒忍住，狀似開玩笑地搶過椰子。

肖嘉樹擺手道：「那你喝吧。」

季冕若有所思地看了林樂洋一眼。

由於累了一整天，又沒有什麼娛樂設施，大家圍著篝火玩了一些小遊戲就各自躺下了。

肖嘉樹鑽進睡袋，招手道：「季哥，快來！」

這是一個雙人睡袋，躺下後彼此的身體會緊密地貼在一起。

看見一手枕著腦袋，一手對自己輕晃，臉上還蕩著淺淺笑容的肖嘉樹，季冕愣住了。他上也不是下也不是，在門口蹲了老半天才爬進去，聲音低啞地道：「我們個子都不算小，一塊睡在睡袋裡會不會擠？不然直接當墊子吧？」

肖嘉樹完全聽從季哥的吩咐，二話不說便爬出來，「好啊，這個當床墊也很舒服，反正晚上也不冷。」

季冕暗鬆了口氣，這才在肖嘉樹身旁躺下。攝影機進入八點之後就自動關閉了，明早七點半才會開啟，不會暴露藝人的隱私。他把雙手墊在腦袋下方，詢問道：「今天累不累？」

「超級累，尤其是下山的時候，我總算明白古人為什麼會說『上山容易下山難』了。下山的時候一不小心就會失足，很容易有生命危險，我有好幾次膝蓋都是軟的，全靠季哥你扶著我。」肖嘉樹側過身子看向季冕，灼熱的氣息噴灑在他臉上。

季冕渾身緊繃，啞聲道：「累就早點睡，別說話了。」

肖嘉樹有滿肚子的話想說，卻被堵了回去，只好不情不願地閉上眼睛，所幸季哥的氣息一直縈繞在他周圍，令他倍感安心，於是不到五分鐘就陷入沉睡。

季冕垂眸看著他，聆聽他綿長而又清淺的呼吸，不知不覺也睡了過去。

凌晨四五點的時候，季冕被強烈的恐懼感驚醒，額頭貼著肖嘉樹的額頭靜靜感受片刻，這才知道對方做惡夢了，不禁啞然失笑，又在片刻後陷入深深的動容。

夢境裡，肖嘉樹重新回到那片斷崖，而季哥就吊在崖下，被海風吹得晃來晃去。周圍沒有任何人，那根維繫季哥生命安全的繩索不停摩擦石塊，就要斷裂。肖嘉樹嚇得不行，想也不想就徒手去抓繩子，卻被擦破了手掌，摩斷了指骨，但他什麼都顧不得，只因季哥掉了下去，濃霧吞沒他的身影，只留下一片暗沉和死寂。

他撕心裂肺地喊了一會兒，大風吹散了他的聲音也吹乾了他的眼淚。他趴在懸崖邊哭得停不下來，心臟裡像是有無數把刀子，將他的肉都攪碎了。他哭喊了一陣，眼看濃霧慢慢從崖底湧上來，竟奮不顧身地跳了下去。

而現實裡的他，正蜷縮著身體哭哭唧唧，嘴巴微微開合，隱約能聽見一聲聲帶著濃重悲嗚的「季哥」。

季冕完全沒有辦法對這樣的肖嘉樹視而不見，更不能棄之不顧。因為他掉下山崖，所以對方也能想也不想地跳下去，為什麼？肖嘉樹，你到底在想些什麼？

季冕覺得肖嘉樹簡直是世界上最大的難題，既叫他迷惑，又讓他忍不住探尋。他把他抱進懷裡，一隻手環住他的腰，一隻手輕輕拍打他後背，呢喃道：「噓，別哭，你是在做夢。小樹，快醒醒，醒來就好了。」

自己之於肖嘉樹，究竟是怎樣的存在？

感受到對方的悲傷和絕望，季冕忽然很想弄清楚這個問題的答案。

或許是因為這個溫暖的懷抱，又或許是因為季哥的耐心撫慰，跳下懸崖的肖嘉樹不用再面對另一重絕望，反而落入一片溫熱的湖水。水波輕輕推送他的身體，使他沉入湖底，在那裡，他與活生生的季哥重逢。他正微笑看著他，並伸出雙手接引。

肖嘉樹立刻游入他的懷抱，嘴巴張開想說話，他卻低下頭渡了一口氧氣給他。他們的唇舌貼合在一起，慢慢攪動勾纏，一雙大手沿著肖嘉樹的脊背緩緩向下撫弄，觸感極熱……

湖水似乎沸騰了。

抱著肖嘉樹拍撫的季冕就在這時停了下來，雙手離開對方的身體，僵滯在半空。他用不敢置信的目光盯著他黑漆漆的頭頂，思緒亂成一團。這不是一個惡夢嗎？怎麼會……

夢境還在深入，而肖嘉樹蒼白的臉蛋已轉為緋紅，眼角含著幾滴晶瑩的淚珠，一邊扭動小腰一邊輕聳鼻頭，發出甜膩的，低不可聞的呻吟。

季冕僵硬得像石頭一樣，過了好一會兒才想到自己應該鑽出帳篷，或乾脆打斷肖嘉樹的夢境，可他馬上否定了第二個想法，因為他知道肖嘉樹醒過來之後會有多尷尬。他不忍心讓他難堪，於是只能選擇離開，無奈肖嘉樹的雙手緊緊抱著他的腰，令他一動都不敢動。

耳邊是撩人的呻吟，眼底是漂亮惹火的臉蛋和那緋紅眼角飽含的一汪春情，哪怕季冕是聖人，也難以自抑地起了反應。他慢慢弓起背部，讓自己的下半身遠離肖嘉樹，然後盯著頭頂的帳篷發呆。

當他越來越感到煎熬時，懷裡的人終於有了動靜，他趕緊閉上眼睛假裝沉睡。

肖嘉樹迷迷糊糊地醒過來，體內的燥熱還在灼燒，讓他感到非常口渴。他舔舔唇，又揉了揉眼睛，這才發現自己躺在季哥懷裡，兩隻手牢牢箍住他的腰，兩條腿緊緊夾住他的腿，姿勢很不雅，更糟糕的是，他胯間那玩意兒還是硬的，若非季哥背部微弓，身體後傾，絕對會戳到他。

臥槽！臥槽臥槽！肖嘉樹猛然睜大眼睛，這才意識到之前的夢境是怎麼回事。他跟季哥在湖水裡那啥了……臥槽！

就在這時，那玩意兒終於軟了下來，不是被嚇的，而是太滿所以洩了。他當即一呆，分明感覺到自己的三觀和節操正在碎成屑屑。為什麼啊？為什麼我會夢到跟季哥滾床單？季哥對我那麼好，我竟對他存有如此齷齪的想法，我他媽簡直不是人，我是畜生啊！

他想逃出去，又害怕吵醒季哥，只好僵硬地緩慢地挪出帳篷，接著連滾帶爬地跑了。天邊已經泛出一絲白光，蔚藍的海水輕輕拍打岩岸，發出悠遠的濤聲。他在海邊站了很久，久到快風乾了。若不是林樂洋的腳步聲驚醒了他，他可能還會繼續站下去。

「你起得真早。」林樂洋盯著他緋紅的臉龐。

「啊，我習慣早起……」肖嘉樹呆呆回望他，眼裡殘留著幾絲春情。

林樂洋眉頭狠狠一皺，正要繼續試探，卻見他火急火燎地往海裡跑去。

臥槽，褲襠還是濕的，味道那麼大，是個男人都能猜到剛才發生了什麼事，得趕緊毀屍滅跡！肖嘉樹的背影很歡脫，臉卻迎風落淚。他不知為什麼想起了一句話：當事情沒發生的時候，你永遠不會了解自己內心關押著怎樣可怕的魔鬼。

肖嘉樹，你整天都在想些什麼呀？他撩起水拍打燒紅的臉蛋，有種欲哭無淚的感覺。

少頃，黃映雪、余柏秀等人也醒了，陸陸續續走到海邊看日出。

季冕等到生理反應完全消退才走出去，恰好聽見黃映雪笑嘻嘻地說道：「看肖嘉樹玩得多開心，那麼大個人了還像小孩子一樣，在水裡撲騰來撲騰去的。」

肖嘉樹心裡苦啊，為了徹底洗乾淨褲子，他能不用力撲騰嗎？

季冕原本還有些尷尬，看見這一幕不由低笑開來。肖嘉樹，你能有哪天不犯傻嗎？但很快，他便收起笑，大聲喊道：「小樹，快上來，你的腳不能泡水！」

肖嘉樹在水裡站了好一會兒才不情不願地走上岸，剛被海風吹散的熱氣在看見季哥的一瞬間又開始凝聚並浮上臉頰，他垂下頭打招呼：「季哥早安。」

「你起得真早。」面對這麼蠢萌的肖二少，季冕根本尷尬不起來。他想笑又忍住了，催促道：「把腳擦乾淨放在火上烤一烤，我幫你看看腳底板有沒有泡爛。」

肖嘉樹乖乖在火堆邊坐下，狀似專心地拍打沙粒。當季冕握住他的腳踝，幫他查看水泡時，他盯著他溫柔無比的側臉，忽然就開竅了——

為什麼我會做那樣的夢？不是齷蹉，不是變態，是因為我愛季哥吧？

不是喜歡，是愛……我為他哭得撕心裂肺，也為他奮不顧身地跳下懸崖，還為他毫無保留地敞開身體，如果這都不算愛，又算什麼呢？難怪我每時每刻都在想著他，一聽說他要來拍這檔節目就死活要跟來。只要能與他待在一塊，吃苦受累全不怕，心裡還樂開了花……

肖嘉樹，你是不是傻，怎麼現在才想明白？他心臟狠狠揪了一下，然後用力拍打腦門，嘴角剛扯開傻笑，又飛快按捺下去。他並不覺得愛上同性是多麼難以接受的事，問題是季哥會怎麼想？他喜歡男人嗎？

肖嘉樹迅速回憶了一下，發現季哥沒跟任何人傳過緋聞，於是也無從參考。如果貿然去表白，把他嚇著了怎麼辦？到時候恐怕連朋友都沒得做。但如果不表白，一直忍著，自己又會多難受？愛上一個人不應該努力爭取嗎？

他一會兒想東，一會兒想西，臉色也紅紅白白地交替著。

季冕狀似認真地處理水泡，實則手心裡捏了一把汗。

聽見肖嘉樹的心聲，他有點意料之外的驚訝，又有點意料之中的動容，可他剛結束一段感情，還沒做好開始另一段感情的準備。他正想著要不要暫且疏遠肖嘉樹，讓他冷靜冷靜，就聽林樂洋問道：「季哥，我們的食物都吃完了，早飯怎麼辦？」

「還有椰子嗎？」他立刻清空雜念。

「那我去摘幾個。」林樂洋話雖這麼說，卻站在火堆邊沒動。他覺得昨晚一定發生了什麼，否則季哥和肖嘉樹的表情不會這麼奇怪。

季冕瞥他一眼，又看了看垂著頭，羞紅臉的肖嘉樹，一時無言。

工作人員恰在這時走過來，手裡拿著一張任務卡，「各位冒險家，這是你們來到海島的第二天，從今天開始，你們將正式進入生存模式，我們不會再為你們提供帳篷、食物和水，一切都得靠你們自己去尋找。」

「我的天啊！不會吧？你們是不是想玩死我們？」朱小龍氣得跳腳。

工作人員放下任務卡走了，只留下冷酷的背影。

眾人無奈，只好四處去尋找能吃的東西當早餐。季冕從包裡拿出一個望遠鏡，仔細觀察周圍的山林，沉吟道：「山上有猴子，牠們肯定要喝水，跟著猴子走應該能找到水源。」

「我們先吃飽飯再出發吧，不然沒力氣。」黃映雪捂著空肚，余柏秀舉雙手贊同。

肖嘉樹倒是無所謂，反正他只要跟季哥在一起就好了。

有一句話怎麼說的來著？哦，對了，有情飲水飽，他現在飽著呢！

季冕收望遠鏡的動作一頓，用力揉揉眉心。什麼叫頭腦風暴，他現在總算是體會了。

「你們四個去找些水果回來，我去海邊看看能不能抓幾條魚。」他吩咐道。

「季哥，我跟你一起去抓魚。」肖嘉樹連忙舉手。

「你的腳不能泡水，聽話。」季冕瞪眼。

肖嘉樹懵了一會兒，蔫蔫地答應下來。剛才那一眼把他嚇了一跳，季哥的表情很嚴厲，還有點厭煩。他的確想跟季哥在一塊，卻不希望太過黏糊弄得季哥反感。看來暗戀一個人也得適當保持距離，否則還不等展開追求，人家就先討厭你了。

肖嘉樹越想心情越低落，垂頭喪氣地跟著黃映雪他們走了。

季冕盯著他的背影，眼神幾度變換，等他們消失在山林裡才邁開步伐朝海邊走去。他已經不年輕了，早已失去衝動和熱血，越是美好的事物越是不敢靠近，害怕將它打碎……

肖嘉樹悶頭走路，倒也沒忘了照顧黃映雪，時不時扶她一下，還把自己的帽子給她戴。

林樂洋亦步亦趨跟在他後面，忽然說道：「肖嘉樹，前面有幾棵椰子樹，我倆去摘椰子吧，讓映雪和柏秀去摘香蕉，這樣比較節省時間和體力。」

「好啊！」黃映雪和余柏秀想也不想地答應下來。

肖嘉樹有點躊躇，林樂洋又是一笑，「你在下面幫我接著，我上去摘。」

「好，走吧。」肖嘉樹點頭。

兩人走進密林摘椰子，過了沒多久，林樂洋又以「方便」為藉口把跟拍的攝影師暫時打發走，沉聲道：「肖嘉樹，我和季哥是情侶你知道嗎？」

認認真真幫他把風的肖嘉樹猛然回頭，臉色慘白。

「你看，這是我們的合照。」林樂洋從口袋裡摸出一張照片，照片裡季冕從後面摟著林樂洋，嘴唇貼在他耳邊，笑容溫暖而曖昧。兩人穿著情侶裝，胸前印有「forever love」的字樣，他們直視鏡頭，眸光璀璨。

肖嘉樹還在怔愣，林樂洋又把照片翻過來，讓他看背面的字：十年之後，我們會怎樣？

毫無疑問，那是季哥的字跡，肖嘉樹絕不會認錯。他下意識地退後兩步，目光卻死死黏在照片上，哪怕眼眶充血也收不回來。

林樂洋逼近兩步，繼續道：「看來你不知道，那麼我懇請你離季哥遠一點好嗎？你總是纏著他會給我們造成很大的困擾。」

肖嘉樹張開嘴才發現自己喉嚨堵得厲害，根本說不出話來。他像是看見了什麼可怕的東西，被那張照片逼得節節敗退，繼而摔倒在地上，耳邊一片嗡鳴，彷彿有什麼東西裂開了，又碎成片片。

林樂洋把他扶起來，低聲道：「對不起，我原本不想說的，但我看得出來你愛上季哥了。為了你好，你還是盡早放棄吧。」話落他脫掉外套把椰子包起來，快速走出樹林。

肖嘉樹垂頭喘了好一會兒才恢復聽覺，抬頭看向天空，眼裡不知何時掉下兩行淚水。淚水被海風吹得涼颼颼的，令他十分難受，他用袖子抹掉，這才恍恍惚惚地意識道：我是不是愛上了一個不該愛的人？什麼有情飲水飽，愛了就該努力去爭取，都是假的吧？到頭來，我只是一個可恥的第三者，卻差點把自己都感動了……

毫無疑問，這是肖嘉樹一生之中最難堪的時刻。他感到極度的羞恥，活似被人扒光了衣服趕到大街上去遊行。不，不止衣服，連皮都生生刮掉一層，將青紅的血管和脈動的肌肉暴露在陽光下，將敞開的心房和不堪的情感展露在空氣中，痛不可遏卻又無法逃避。

他捂著胸口在原地站了好一會兒才走出去，低聲問道：「季哥看出來了嗎？」

幫他「把風」的林樂洋搖搖頭，「他不知道，只有我看出來了。同性之間的感情總是不被世人接受，所以我們在人前不敢表現得太親密。這次的事不怪你，你也不知情，我只是不想看見你越陷越深而已。季哥待人很真誠，有可能給了你某些錯覺，請你把它們都忘掉吧，你以後一定會遇見更好的人。」

肖嘉樹拿走幾個椰子，留下一句低不可聞的「我會離他遠一點」。他很慶幸自己在拍攝《蟲族大戰》時學會了控制感情，更慶幸季哥未曾看出點什麼，否則只會更狼狽。想到自己經常發簡訊打電話給季哥，想到自己為了跟他在一起追過來，羞恥感便慢慢被厭棄取代。

他厭棄那樣的自己，沒有一點廉恥，沒有一點道德，像跳樑小丑一般在別人眼前晃蕩，而別人或許正在內心排斥、鄙夷，甚至厭惡著他。他非但毫無自覺，竟還產生了大膽去追求的想法，是有多可笑？又有多可悲？

他一路走一路收斂起洶湧澎湃的感情，分明想把它們全都拋掉，最終卻嚴嚴實實壓在心底。原來一個人之所以會變得堅強，是因為心中壓了太多沉甸甸的東西，它們化為基石，讓脆弱的心房變得堅固，也變得難以再開啟。

當營地遙遙在望時，他的眼裡已經沒有一絲一毫的波動。

林樂洋等他走遠了才露出苦澀至極的笑容。他原本不想這麼做的，但眼睜睜看著季哥和肖嘉樹之間的感情變得越來越曖昧，他急了，一心只想阻攔他們。

那天他聽見了季哥的獨白，原本痛苦至極，卻又大徹大悟。怪只怪季哥不該追加最後一句話，什麼叫做「在我心裡小樹就像我的親弟弟」？他如果真的跟肖嘉樹在一起了，絕不會說出這種欲蓋彌彰的話來。他言行謹慎，愛惜羽毛，如果一件事不方便對外界公布，他只會緘默，卻不屑於撒謊或者誤導。

所以，你看，他林樂洋也是很了解季哥的，為了迎合他，為了獲得他的認同，他曾那麼用心地觀察他。如果再來玩一次「察言觀色」的遊戲，他哪裡會輸給肖嘉樹？哈，只可惜他的心思全都用錯了方向，情侶之間需要察言觀色嗎？不需要，他們需要的是關心、理解、付出和包容。他一直用卑微的態度面對季哥，卻又轉過頭來斥責季哥看不起他，他的認知早就被自己蒙蔽了。

現在認識到這些錯誤還不晚，只要季哥身邊還留有一個空位，他就會永遠堅持下去，並把那些試圖靠近季哥的人全都趕走。

肖嘉樹是第一個，而事情遠比他想像的更順利，這得感謝肖嘉樹良好的家教。林樂洋不得不承認，肖嘉樹的三觀很正直，修養也不錯，立刻決定退出，沒有追根究柢，沒有死纏爛打。如果他是道德感薄弱的人，明知自己是第三者也不放手，那林樂洋也拿他毫無辦法。

老實人總是容易受欺負，這話說的沒錯。

兩人一前一後走在山間，全程沒有交流，跟拍的攝影師感覺很無趣，但也不會強迫嘉賓們說話。哪怕是一個公司的，也有互相看不順眼甚至暗下黑手的情況，林樂洋不就偷偷黑過肖嘉樹嗎？兩人本來就不合，假裝好友才違和。

第五章 我就是見不得你被欺負

季冕坐在海邊的岩石上發呆，他實在不知道該如何處理自己與肖嘉樹的關係，年齡和家世背景都可以略過不提，只一點就讓他顧慮重重，那就是閱讀人心的能力。

他可以輕易感受到喜愛的或厭惡的人的心理活動，也因此規避了很多陷阱，得知了很多隱祕，甚至在生意場上無往不利，但同時他也與身邊的親朋好友漸行漸遠。

人心是世界上最複雜也最不可控的東西，越是深入探索越是不寒而慄，而肖嘉樹與所有人都不同，如果別人的內心是一座座迷宮，那他的內心就是一片花園，能讓季冕一眼看透，又覺得美不勝收。

他是唯一能讓季冕主動去聆聽心聲的人，也是唯一能讓季冕完全放鬆下來，甚至感到愉悅的人。他的心思太簡單純粹，正是因為如此，季冕才不敢輕易去碰觸。

要是他們在一起了，他擔心自己利用讀心術操控肖嘉樹，令自己慢慢變成一個魔鬼，又或者在這過程中激起肖嘉樹的反抗，使他也變成魔鬼。愛與傷害往往只是一線之隔，而他的特殊能力又讓這條底線更容易被跨越。早晚有一天，美麗的花園會變成一片廢墟，因為沒有不變的人心，只有不變的欲望。

他能看透肖嘉樹的一切，肖嘉樹卻對此一無所知，這顯然不公平，所以他寧願遠遠看著這座花園，也不願親手摧毀它，他早已做好孤獨終老的準備。

當他想得出神時，攝影師小聲提醒：「季老師，魚餌掛好了，您怎麼不往水裡扔？」

季冕這才回神，把用縫衣針做的魚鉤扔進水裡。他知道這樣釣不上什麼魚，這只是為了打發肖嘉樹的藉口。他的感情來得那麼猛烈，哪怕隔開老遠也像烈火般燒灼季冕的心。

再與他相處下去，季冕不知道自己能堅持多久，他必須找個安靜的地方獨自待一會兒。他不得不承認，肖嘉樹由內而外全是他最鍾情的模樣，抵抗他那些傻得可愛的念頭已經足夠艱難，更何況那滾燙而又真摯的愛意。

在他的胡思亂想中，半小時過去了。海島很少有人來，魚的戒心不高，有兩條上了鉤，但體型不大，也就拿來燉湯喝。他把魚帶回營地時，其他組員都回來了，正在喝椰子汁。

「隊長快坐下歇歇。哇，你真的釣到魚了，我們有魚吃了！」黃映雪又蹦又跳地喊道。

季冕把清理好的魚交給她，下意識看了肖嘉樹一眼。他原本以為對方會第一個迎上來，像往常那般圍著他傻乎乎地轉，笑容既簡單又快樂，但眼下的他卻蹲坐在地上，用匕首削著一雙竹筷，始終未曾抬頭。

這讓做好心理準備的季冕有點詫異，又莫名心悸。他不受控制地去聆聽肖嘉樹的心聲，卻什麼都沒聽見。他坐在那裡，一點思想都沒有，像是空蕩的皮囊。

季冕心弦微顫，不無擔憂地問：「小樹，你的腳好點了嗎？」

肖嘉樹抬起頭微笑，「好多了，剛才余柏秀幫我重新包了紗布。」

笑容真誠，語氣溫和，一切如常，卻又完全不同，但究竟哪裡不同，季冕一時半刻說不清楚。他定了定神，吩咐道：「再讓我看看，今天要走很多路，我怕你堅持不住。」

肖嘉樹把腿盤起來，擺手道：「真的沒事，吃著早飯你看什麼腳，也不怕倒胃口。」

這話還像往常那般親暱，讓季冕心弦微鬆，他叮囑道：「穿厚點的襪子，別怕熱。」

肖嘉樹點頭答應，繼續削竹筷。

林樂洋拽掉五根香蕉分發給隊友，「來來來，大家嘗嘗野生香蕉的味道。」

余柏秀高興地咬了一口，五官擰成一團。

黃映雪當場就吐了，呸道：「我的天啊，這是香蕉嗎？這是麻椒吧，怎麼這麼澀？」

季冕眉頭皺了皺，到底還是把香蕉吞了下去，澀歸澀，能填飽肚子就行。他看了看坐在對面的肖嘉樹，發現他表情平靜，正一小口一小口地啃食，彷彿沒有味覺似的。他的一舉一動很熟悉，好像又回到拍攝《蟲族大戰》的狀態，由內而外變成了冰冷的機器。

季冕狠狠皺了皺眉頭，無奈礙於攝影機不好追問。才半小時不見，小樹為什麼會變成這樣？他已經擺脫了角色的陰影，沒道理在兩個多月後發作。

一行人吃完簡陋的早餐，把鍋碗瓢盆洗刷乾淨，出發去尋找水源。肖嘉樹走在隊尾，沒有杵拐杖，神態很輕鬆，時不時還會跟隊友聊幾句天，笑一笑，顯得很正常。

季冕卻始終沒法安心，他聽不見肖嘉樹在想些什麼，如果閉上眼睛，他幾乎感覺不到他的存在，於是他不得不頻頻回頭去看他，不得不每隔幾分鐘就問他好不好，能不能堅持。

聽不見肖嘉樹的心聲，他就像缺了什麼東西，總感到不踏實。他完全忘了疏遠肖嘉樹的初衷，能看透對方時他顧慮重重，等到完全感知不到了，又因此而緊張焦慮。

「小樹……」他剛回過頭，黃映雪就無奈插話道：「小樹，你怎麼樣，還能不能堅持？

我說隊長，你到底要問多少遍呀？我一個嬌滴滴的大美人你不關心，怎麼老是關心肖嘉樹那個糙漢子呢？」

季冕表情微僵，乾脆道：「大家都坐下歇一會兒吧。」

「啊，終於可以休息了！」黃映雪和余柏秀當即癱在地上。

季冕朝肖嘉樹走去，肖嘉樹迅速站起來，微笑道：「季哥，我沒事，你不用擔心。我去方便一下，一會兒就回來。」

「別走遠，注意毒蟲、毒蛇！」季冕盯著他逐漸遠去的背影，忽然很想抽一根菸。看得太透他顧慮，看不透了他更擔心，這叫什麼事？

林樂洋把水壺遞過去，打斷他的思緒：「隊長，要喝椰子汁嗎？」出發前他把所有的椰子都鑿開，將椰子汁灌進水壺裡，以免大家路上口渴，節目組說不提供礦泉水就不提供。

「謝謝，不用。」季冕淡淡瞥他一眼。

五分鐘後，肖嘉樹回來了，大家繼續上路。循著動物的足跡，他們率先找到一口潭水，幾隻猴子伏在潭邊，神情很戒備。守在這裡的工作人員走上來恭喜他們完成任務，並告訴他們可以優先選擇紮營地。

為了生活方便，兩支隊伍自然要搬到水源附近來居住，而節目組指定的紮營地有兩塊，一塊在露天的大石頭上，風吹日曬雨淋，連個遮蔽的地方都沒有；另一塊在潭邊的樹林中，地形凹陷，背靠岩石，非常涼爽。

季冕把隊員召集到一起詢問：「我們選哪一塊地盤？」

大家各抒己見，內心的想法更是連珠炮似的蹦出來，令季冕頭疼。古怪的是，肖嘉樹雖然表面在應和，心裡卻一片死寂。他的靈魂好像飛走了，只留下一副軀殼。

季冕忽然握住他的手，「小樹，你認為呢？」

肖嘉樹自然而然地掙脫他，去拿水壺，微笑道：「季哥，你決定吧，你是隊長。」

「你就沒有一點想法？」季冕定定地看著他。

「我們都聽隊長的。」肖嘉樹垂眸。

季冕依然敲不開他的心門，挫敗感和焦慮感燒灼著他的神經，令他氣息不穩，「那就選林蔭地吧。」他沉聲道：「林蔭地離潭水更近也更涼爽，不過我們得把房子搭建在樹上。」

「在樹上搭房子？那多難啊！」余柏秀哀嚎起來。

「那塊地四面高，中間低，下雨的時候雨水會倒灌。你們要是想一覺醒來躺水裡，我也沒意見。對了，周圍的樹木這麼茂密，蛇蟲也很多，說不定會鑽進你們衣服……」季冕話沒說完，黃映雪就連忙打斷：「建樹上，一定要把房子建樹上！」

「那我們現在動手吧。來的路上我看見幾棵竹子可以當建材，你們誰跟我去砍？」季冕直勾勾地盯著肖嘉樹。

肖嘉樹站起來說道：「讓林樂洋去吧，我們留下找合適的樹。」

林樂洋立即附和：「行，我和季哥去。」

「不用了，你們都留下，我一個人夠了。」季冕從包裡拿出一個多用途工兵鏟，這是他特意帶來的，如今正好派上用場。他終於看明白了，肖嘉樹在疏遠甚至躲避自己，為什麼？那些旖旎的夢境，那些熾熱的愛意，全都跑哪兒去了？是他太累產生了幻覺，還是肖嘉樹在不到半小時的時間裡就意識到同性戀是一種病，得治？

按理來說，他主動放棄是季冕求之不得的，他們可以避免互相傷害，可以避免尷尬和難堪，只是不知為何，季冕煩躁得厲害。他用力劈砍竹子，試圖把滿心的無力感宣洩掉。他直到現在才發現，他拿肖嘉樹毫無辦法。對方進也好，退也罷，他都只能等待。

另一頭，肖嘉樹找到一棵巨大的榕樹，它枝杈漫天，八方縱橫，莫說在上面搭建樹屋，就是造一棟樓房也可以。在離地兩三米的幾根枝杈間轉了轉，他拍板道：「就建在這裡吧，不高不矮，正好。」

「我看可以。造樹屋應該要用到很多釘子吧？沒有釘子該怎麼辦？」余柏秀問道。

「那就搓繩子代替。我們先把架子搭起來，一邊造一邊摸索。」肖嘉樹頓了頓，繼續道：「我看見沙灘邊有幾塊衝浪板，應該是別人丟棄的，被沖上岸來了。我去把它們拿上來，可以當地板用。」

「這個主意好，我跟你一起去吧。」余柏秀拊掌道。

「衝浪板不重，我拿得動，你們先把架子搭起來，這個比較麻煩。」肖嘉樹的身影很快消失在樹林中，兩名攝影師跟隨在他身後，差點追不上他的步伐。他看起來一點也不像腳底受傷的人，反倒比季冕還體力充沛。誰知當他撿起幾塊衝浪板爬到半山腰時，忽然無聲無息倒下了，被兩名攝影師火速送往醫務室。

為了確保嘉賓的人身安全，節目組早幾個月就把海島踩遍了，還建造了簡易的小樓以存放器材，安置工作人員。醫務室自然也是有的，而且設備很齊全。嘉賓沒有手機，但攝影師都戴著耳麥，隨時都能聯絡彼此。

他們很快收到肖嘉樹昏倒的消息，並通知諸位嘉賓。

一個小時後，肖嘉樹睜開眼睛，還來不及弄清楚自己在哪裡，就聽見沙啞至極的聲音在耳邊響起：「你醒了？」

他轉頭一看才發現季哥正坐在床邊，臉色陰沉，眸光晦暗，手裡夾著一根香菸，地上扔了許多菸頭，屋子裡卻沒有異味，一個排風口在他頭頂快速旋轉著，發出吱吱嘎嘎的響聲，對面的窗戶敞開，能看見波濤起伏的海洋。

「你腳上的紗布沒包牢，全都散開了。」季冕吸了一口菸，語氣低沉，「腳上的水泡全破了，流了很多血，你都沒感覺嗎？」

肖嘉樹呆呆地看了他一會兒，似乎在分析他的話，過了大約半分鐘才坐起來，看向自己包裹得嚴嚴實實的雙腳，「真的沒感覺，我怎麼了？」他的靈魂已經和肉體分離了。

季冕把吸了半截的香菸扔在地上，用力踩滅，啞聲道：「腳磨破了你沒感覺，刀子割肉你有感覺嗎？你以為自己是機器人？肖嘉樹，告訴我，你腦子裡到底在想些什麼？」

這話問出來連他自己都感覺諷刺。只要他盡力去喜歡或者討厭一個人，就能看破他們的心思，但現在無論他怎樣去叩擊肖嘉樹的心門，都聽不見半點回音。在他面前安坐的彷彿不是一個人，而是一片深海。直到此時他才明白，為什麼世界上會存在「深海恐懼症」這種病，因為「不可探知」才是最大的恐懼。海洋就在那裡，離人類如此近，可人類對它的了解卻及不上對月球的十分之一。

它的深邃和深淵沒有什麼不同，恰如肖嘉樹與他近在咫尺，他卻猜不透他的心思。

如果在此之前肖嘉樹不曾毫無保留地用盡全力地接納他，他或許不會覺得如何，但在經歷過那般溫暖細緻的關懷和真切熱烈的愛意後，他簡直無法面對眼前這個冷冰冰的人。

「季哥，我什麼都沒想，我是不是病了？」肖嘉樹現在才感覺到疼痛，倒吸一口氣。

只這一口氣，便把季冕滿心的焦躁和怒火都吹散了，他一邊用通訊器呼叫醫生，一邊咬牙道：「你腳上的紗布散開，水泡磨破了，路上又淌過幾灘水，傷口感染發炎導致了高燒，我們必須把你送去最近的大醫院治療。」

「那我還要回來錄剩下的節目嗎？」肖嘉樹盯著自己的指甲蓋。

「傷成這樣你還拍什麼，沒有十天半個月都走不了路。」季冕抹掉臉上的無奈，「傷勢穩定後我會派人送你回國，黃美軒在醫院等著你，我這裡走不開，你好好照顧自己。」

他頓了頓，嘆息道：「別再這麼沒心沒肺了，好嗎？」

肖嘉樹訥訥點頭，「好……再也不會了……」

最後幾個字鑽進季冕耳膜，令他心悸莫名，他正要追問，隨行醫生進來了，幫病人做了一輪檢查，確定他身體沒有大礙，燒也退了，便把人送上了直升機。

肖嘉樹被季冕抱上機艙，全程低著頭，也沒說道別的話。飛機緩緩升空，他向黃映雪揮揮手，向余柏秀揮揮手，又向施廷衡揮揮手，然後才躺回病床，打開手機，把朋友圈裡有關於季冕的內容全部刪除。微博有太多人關注，他沒敢動，但是當他翻到其中一張照片時，卻猛地淚流滿面。

這又是一張合照，拍攝於半年前的《使徒》劇組。

季哥一手摟著林樂洋，一手拿著手機，笑容很溫暖。他說這是他親自看中並簽下的小新人，請大家多多關照。難怪他總是與林樂洋同進同出，難怪他把最好的資源送到他手上，又在關鍵時刻站出來維護他，原來他們是情侶啊！

肖嘉樹指尖微微一動，給這張照片點了一個讚，默念道：再見了，我的沒心沒肺……

季冕盯著遠去的直升飛機，神色莫名難辨。

林樂洋站在他身後，長長地如釋重負地吐了一口氣。肖嘉樹比他想像的更好對付，不過告訴他自己跟季哥是情侶而已，他就痛苦成那樣，還主動離開了。真希望他下一期、下下期都不要再來，那樣他才能徹底安心。

就在這時，仰望天空的季冕轉過頭來看林樂洋，臉色陰沉得可怕。

林樂洋被季冕森冷的目光凍住，囁嚅道：「季哥，你怎麼了？」

施廷衡從後面走上來，「老季，今天還拍不拍了？」

季冕收回目光，沉聲道：「拍。讓大家去基地歇一會兒，我們半小時後繼續。」每一期的拍攝時長是三天三夜，再進行剪輯，今天若是不拍，很有可能湊不夠播放量。

他越過林樂洋走進節目組臨時搭建的基地，向助理要來了自己的手機。說是全封閉式拍攝，但拍攝間隙藝人還是可以拿回手機聯絡工作事宜，甚至可以來基地歇一會兒，吃些正常的食物。這畢竟只是一個綜藝節目，不用嘉賓拿命去拚。

只有肖嘉樹那個傻瓜……想到這裡，季冕又是一陣胸悶，本想打電話給他，憶起他在直升機上，通話不是很清楚，只好翻開微信編輯文字，但他很快愣住了，因為肖嘉樹刪除了所有與他有關的朋友圈，乾乾淨淨，不留一絲痕跡。

季冕的指尖停留在手機螢幕上許久沒動，原本想要叮囑肖嘉樹的那些話全都消失不見，怎麼努力都想不起來。過了幾分鐘，他退出聊天頁面，找到黃美軒的微信，編輯道：「小樹，若是抵達醫院，打個電話給我。」

他原本可以解釋，也可以把誤會消除，可然後呢？他能帶給肖嘉樹希望，那麼能不能確保不讓他失望？如果他什麼都做不到，解釋再多又有什麼用？

「好的，季哥。」那頭很快回覆。

季冕這才把手機交給跟拍自己的攝影師，吩咐道：「我調了震動，你幫我留意，要是有電話打進來就立刻通知我。」攝影師接過手機放進口袋裡。

季冕走出去大聲喊道：「繼續拍攝，大家全都回山上。」

說好可以休息半小時，如今十分鐘都還沒到，嘉賓自是怨聲載道，但拿了錢就得做事，只好強打起精神爬上山。恢復拍攝後，紅隊的組員明顯感覺到季冕的氣場改變了。他的眉頭總是緊皺著，表情顯得很嚴肅，說話非常簡短，你若是不聽，他就會用凌厲的目光看著你，一直看到你妥協或膽怯為止。現在的他更像屏棄私人感情的領導者，而非紅隊的一員。

之前黃映雪若是走不動了，嬌滴滴的抱怨幾聲他就會提出休息，現在他就像沒聽見。他指著離地兩米高的樹幹，沉聲道：「這就是你們挑選的基座？這才多高？這樣建出來的屋子能叫樹屋嗎？叫吊腳樓還差不多，吊腳樓都比這個高！」

余柏秀戰戰兢兢道：「隊長，這是肖嘉樹選的，他說這個高度足夠，方便咱們上下。」

季冕呆了呆，冷硬的臉龐柔軟下來。他大概能猜到肖嘉樹為什麼會選擇這幾根樹幹，無非是擔心他的懼高症，但他的身高足有一百九十公分之多，完全可以接受四五米的高度。

他緊皺的眉心鬆開了，心中縈繞著一團格外溫暖的熱氣，「那就建在這裡吧，這個高度剛好，我們搬運木材也方便。」

余柏秀連忙點頭附和，轉過身時跟黃映雪交換了一個「果然如此」的眼神。瞧瞧，只要搬出肖嘉樹，季哥有再大的火氣都會熄滅。剛才還說這樣建出來的屋子不叫樹屋，聽說是肖嘉樹的主意立刻就改口。要是對方還在，絕對能把季哥炸開的毛捋得順順的。

林樂洋也明顯感覺到了季冕驟變的情緒。自從肖嘉樹走後，他有些心不在焉，火氣也非常大，這是在心裡惦記那個人嗎？

季冕冷冷地看他一眼，對攝影師打了個手勢。攝影師搖頭，表示手機沒動靜。短短半小時問了十幾遍，季總也是夠了。外界傳言他跟肖嘉樹關係好，他們原本還以為是肖嘉樹故意蹭季總的熱度或公司的行銷手段，現在看來是真的。

季冕似乎不相信攝影師的話，從他口袋裡掏出手機看了看，沒有發現未接來電，心裡便是一空，又打開微信翻閱，也沒有留言，臉色漸漸沉了下去。沒有肖嘉樹陪伴左右，聽不見他那些格外跳脫也格外可愛的心語，這次的拍攝竟變得無比漫長起來。

他很想保持狀態，卻越來越疲憊，也越來越不耐煩，心裡似憋著一股火沒處燒，在胸腔中橫衝直撞。他拿起工兵鏟往林間走去，看見默默跟來的林樂洋，冷淡道：「別跟著我！」

這話不但措詞嚴厲，連語氣也透著幾分厭煩，令林樂洋呆在當場。

攝影師默默決定把這段剪掉。

季冕毫不在乎，甩開林樂洋走進樹林，對準幾棵竹子砍起來。攝影師給他汗濕的臉龐拍了一個特寫，終於發現他的表情不太對，怒火摻雜著焦慮遍布在他眉宇間，讓他看起來異常冷酷。這樣播出去肯定是不行的，得掐掉，季總的狀態很不對啊！

當攝影師胡思亂想時，口袋裡的手機震動了，他連忙掏出來遞過去，「季總，電話。」

稍早之時，肖嘉樹已經抵達醫院並做了清創處理，如果晚上沒發燒，明天一大早就可以出院了。黃美軒坐在病床邊苦口婆心地哄勸：「小樹，這個節目咱們不錄了好不好？你才出來兩天就弄成這樣，我怎麼跟薛姊交代？她把你交給我，我卻讓你三天兩頭出事，我以後都沒臉去見她了。你說你那麼拚命幹嘛？腳磨破了你就坐著別動，導演又不會拿槍逼著你動，你就是個死腦筋！」

盯著窗外海景的肖嘉樹忽然回過頭，聲音沙啞地道：「美軒姊，我可以不錄嗎？」

「當然可以！」黃美軒見他態度鬆動，連忙道：「我原本就覺得這個節目危險性有點高，怕你受不住，簽約的時候只簽了一期，下期你要是還想去，咱們就續約，你要是不想去了，咱們就退出，沒關係的。」

肖嘉樹思考良久，慎重道：「美軒姊，那我們就退出吧，這個節目我不想錄了。」

「好好好，我馬上打電話給季冕，讓他下一期另外找人。這個節目再紅我們也不錄了，還是你的安全最重要。」黃美軒撥通了季冕的電話，那頭接得很快，兩人先是討論了一下肖嘉樹的病情，然後才進入正題。

季冕輕鬆的表情凝固在臉上，「小樹不拍了？為什麼？」

「你們這個節目太危險了，我不放心讓他繼續拍下去。」

「不是，我們聘請了專業人員隨行保護，每一個地方都探查過，也準備了醫療設備和醫護人員，安全絕對可以保證。這次是個意外，下次我一定會保護好小樹。小樹在嗎？妳讓他接電話，我來跟他說。」季冕語氣急促。

「他剛躺下，不方便接電話。」黃美軒可不會讓兩人通話。小樹苗那麼崇拜季冕，難保不會被他勸回去。

肖嘉樹指尖微微一動，猶豫道：「美軒姊，我來跟季哥說吧。」

黃美軒只好把手機遞過去，並在空中比了一個叉，讓他絕對不要聽信季冕的話。

肖嘉樹點點頭，再張口時喉嚨像破舊的風箱：「季哥。」只這一句，所有的難堪和委屈就從心底湧上來，嚴嚴實實地堵在喉頭。

季冕卻鬆了一口氣，只要小樹還肯接電話就好。聽見他的聲音，季冕心中的焦慮和不安竟緩解很多，表情也變得更為柔和，「小樹，黃美軒說你不想拍了是嗎？你……」

「是的，」肖嘉樹迅速調整好情緒，打斷道：「季哥，我不想拍了。」

「可是，我們簽了合約。」季冕並不知道自己的表情有多麼茫然無措。

「美軒姊說我們只簽了一期的合約，下一期不拍了完全是可以的。季哥，我吃不了這個苦。」他啞聲道。

季冕聽見了隱約的哽咽聲，肖嘉樹哀傷的臉龐似乎就近在眼前，讓他什麼勸服的話都說不出來了。沉默了大概半分鐘，他疲憊道：「小樹，別說這種話好嗎？為了鍛煉演技，你能在街頭流浪，吃餿臭的食物，喝路邊的自來水，還能為了演好一個角色減肥、增肌、泡水、吊高吊低……你從來不是怕苦的人，不要說這種貶低自己的話。你不想拍就不拍，但別讓外人胡亂猜測你缺席的原因。回去後接一部戲，在微博裡發一個通告，我會配合你做出解釋。對著我，你想說什麼都可以，可是對著外人，你別說這種容易被人曲解的話。」

他頓了頓，慎重叮囑：「娛樂圈很亂，什麼人都有，你要多點防備心，別偏聽偏信。」

肖嘉樹聲音極度沙啞地道：「好。」

季冕握著手機始終未曾放下，他不知道該說些什麼，又捨不得掛斷，哪怕對面只有沉重的呼吸聲，也好過半點音信都沒有。

眼見攝影師抬起手臂讓自己看錶，季冕才狀似輕快地道：「行了，你快躺下休息吧，出院的時候告訴我一聲。如果你想回國，訂好機票後讓我知道，到家了再跟我報個平安。沒有你的消息，我節目都快錄不下去了。」

他搖頭苦笑，終於不得不承認，肖嘉樹已經對自己造成了如此嚴重的影響。

「好，我會的。」肖嘉樹一一答應下來，掛斷電話後對黃美軒說道：「美軒姊，我們明天就回國吧，我想我媽了。」

季冕盯著逐漸失去亮光的手機螢幕，表情有些魔怔，又有些茫然。有那麼一瞬間，他竟不知道自己到底在做些什麼，究竟是對是錯。能窺探人心真是一種極其可怕的能力，讓他喪失了對人類的信任，也喪失了開啟一段感情、維繫一段感情，並最終走向幸福的信心。

他再次打開手機，發了一條訊息給肖嘉樹：「小樹，好好休息，不要多想。還是那句話，無論你遇見多大的困難都可以來找我，我的手機二十四小時在線上。」

「這幾天我的手機都歸你保管，有電話或者簡訊隨時叫我。」他對攝影師說道。

攝影師接過手機點點頭，「好的，季總，咱們繼續拍吧。」

季冕拿起工兵鏟三兩下把竹子砍斷。別的樹木他都不敢動，怕破壞島上的生態平衡，但竹子沒關係，這種植物的生長週期很短，只要種下一棵，就能在六個月的時間裡發展成一片竹林，在熱帶地區更盛，一天可生長一米左右。

把竹竿截斷，用草繩捆起來，他艱難地拖著走，走了沒多遠，忽然轉頭道：「手機拿來我看看。」他剛剛發了條微信給小樹，不知道他回覆了沒有。

攝影師很無奈，關掉攝影機後說道：「季總，咱們在拍攝呢，您能別總是看手機嗎？讓您把手機帶出來本來就違規，我們很難做呀！」要不是您是金主爸爸，信不信導演懟死您？

「就看一眼。」季冕摘掉手套。

攝影師只好把手機遞過去。他看了看微信，沒有肖嘉樹的回覆，以往他都是秒回的，說放棄果然就放棄了，那麼乾脆。

季冕心裡空了一大塊，所有的情緒都在空洞裡急速下墜，有種頭重腳輕的感覺。他定了定神，打開微博，卻發現肖嘉樹給他和林樂洋的合照點了讚。有網友在留言區問他為什麼要點讚，難道忘了林樂洋黑他的事，還有人說他只是在給季神點讚，沒有別的意思。

季冕盯著這個小圖示，眸色漸漸變暗，但他最終什麼都沒做，只是關掉手機，將它交給了攝影師。當他回到營地時，原本以為的樹屋構架並未搭起來，取而代之的是一個依傍山岩的凹面建成的小棚，巨大的芭蕉葉斜蓋在棚頂，灑下一片清涼。

余柏秀、黃映雪和林樂洋就躺在棚屋裡喝椰子汁，表情好不愜意。

季冕臉色一沉，當即走過去，扯著芭蕉葉問道：「這是什麼？說好的樹屋呢？」由於他太過用力，捆紮在一起的芭蕉葉竟被他全部扯落，還差點把棚屋架子弄倒。

他的表情看起來很嚴厲，眼裡隱隱還壓著兩團怒火，把黃映雪和余柏秀嚇傻了。林樂洋囁嚅道：「季哥，我們試過了，用麻繩捆起來的木頭根本不牢固，一放上樹幹就散架了，我們試了好多次都這樣，只能把屋子建在這兒。你看我們的手，都磨出水泡了。」

季冕冷冷盯視他，正想發作，施廷衡連忙走過來勸解，並附在他耳邊低語，「冷靜點，老季，雖然可以剪掉，但我們在錄節目呢，你別把情緒帶進來，有話好好說啊！」

季冕反覆調整呼吸，這才恢復平靜，「行，你們愛睡哪兒睡哪兒吧。」話落把竹竿劈開，獨自建起樹屋來。

節目中發生口角或矛盾在所難免，攝影師繼續拍攝，導演也沒說掐掉。如果能增加節目賣點，他們肯定不會剪，除非金主爸爸施壓。

季冕默默做了好幾個小時，途中黃映雪、余柏秀、林樂洋、施廷衡等人反覆來勸過都沒用。他忽然變得很固執，也很沉默，憑藉自己的雙手和巧思，硬是把屋架搭設成功，並蓋了很多芭蕉葉上去。

他把肖嘉樹撿來的衝浪板墊在身下，忽地感到一陣空虛。他的隊員似乎有些怵他，吃完晚飯便躲進棚屋裡小聲說話，不敢靠近，連林樂洋都是如此。他終於意識到肖嘉樹是多麼強勁的敵人，對季哥的影響力又有多大。

季哥的情緒似乎被肖嘉樹的離去嚴重干擾了，連在鏡頭前都無法維持平和的表象，這樣下去可不行啊。節目播出後，觀眾會對一反常態的他產生很大的意見，他「謙和有禮、心胸豁達」的人設也會瞬間崩塌。

人設崩塌對明星來說是一場災難，有可能會造成大量脫粉，我是不是得找個時間勸勸季哥？林樂洋在胡思亂想中陷入沉眠，沒過多久卻被雨水泡醒。

熱帶海洋氣候的最大特點就是多雨無乾季，一年的降雨量高達兩千毫米以上，明明上一秒還是晴空萬里，下一秒就能暴雨傾盆，所以說季冕的提議是正確的，不把屋子建在樹上，說不定哪天就泡進水裡了，尤其是在這種低窪地帶。

三名隊員欲哭無淚，好在季冕沒跟他們計較，把他們帶上樹屋安置。將屋子建在石塊上的施廷衡則沒有這樣的顧慮，水順著石頭表面流下去了，他們的地板雖然也濕，墊上厚厚的草垛子倒沒受多大影響。

「隊長，果然還是得聽你的話啊！我翻個身就差點被水淹死，全身的衣服都濕透了，真的好冷呀！」黃映雪哭唧唧地說道。

季冕疲憊道：「吃一塹長一智，你們的包都泡水裡了，暫時沒有乾爽的衣服能換，先熬過這一晚，等明天天晴了再說吧。」他走到最外側，躲開有意無意靠近的林樂洋。

然而，同樣的事情再次上演。第二天雨停了，各位組員結伴出去尋找食物，季冕還是一個人行動，但反覆告誡黃映雪等人不要靠近明顯有水流沖刷痕跡的山谷，不料林樂洋看見對面的樹林裡有幾棵木瓜樹，便要跑過去摘。黃映雪也忘了隊長的警告，喜孜孜地跟上。

兩人回來時，原本乾涸的谷地竟然來了湍急的水流，將他們困在中間的大石頭上。季晃收到消息後又氣又急，立刻綁上安全繩把他們救回來。三人前腳剛踏上高地，河谷瞬間就被洪水吞沒了，而且水勢越來越大。

眾人拔腿狂奔，離開老遠才敢站在山嶺上遙望飛沫四濺、霧氣瀰漫的山洪，劫後餘生的感覺終於湧上心頭，令他們冒出一身冷汗。

出了這麼大的事故，拍攝顯然無法進行了，季晃把一行人帶回基地，冷道：「我有沒有告訴過你們遠離山谷？暴雨過後常常會爆發山洪，你們來之前沒看過安全守則嗎？如果我沒能及時把你們拉上來，你們會怎樣，節目組會怎樣，這個責任誰承擔得了？」

黃映雪嚇得不敢哭，林樂洋臉色慘白地道：「對不起，季哥，我們下次不敢了。」

不知道哪一句話徹底激怒了季晃，他彎下腰，盯著林樂洋，狠狠地道：「對不起？除了這三個字，你還會說什麼？林樂洋，你能不能別總是活在自己的世界裡，也聽一聽別人在說什麼？我說不行，那就是不行，沒有一點餘地，你明白嗎？」

他顫抖的指尖懸在林樂洋的鼻頭上，一字一句強調道：「如果你聽不懂拒絕，我可以剔除你！不要怪我不講情面，我給你的情面已經夠多了，多到讓你變得貪得無厭起來！下一期你不用錄了，違約金我照付！」

林樂洋被他逼得不停往椅背上靠，表情惶恐至極，他顯然沒料到自己的無心之舉會造成如此嚴重的後果。

旁人有心勸解，但聽著聽著又覺得不像那麼回事兒。季總顯然不是因為今天這點事才會突然爆發，更像是對林樂洋不滿已久，否則也不會斥責對方「貪得無厭」。被打上這個標籤，林樂洋以後再想跟季總要資源恐怕是不可能了。

「季哥，你聽我說……」林樂洋噙著眼淚站起來，想拉季冕的手卻被毫不留情地拂開。

「滾出去！」他指著房門吼道：「立刻！」

林樂洋還想再說幾句，卻被他的助理膽戰心驚地拉出去。

完了，完了，惹怒了季總，林樂洋以後還有什麼前途可言啊！

所有人都離開了臨時辦公室，季冕這才把包在塑膠袋裡的手機從濕透的外套裡掏出來，按了啟動鍵，微信、微博依然沒有動靜，未接來電倒是有幾個，卻都不屬於肖嘉樹。說好了會發訊息會報平安，他似乎忘記了。

但他何曾忘記過季冕隨口而出的任何一句話？又何曾連續那麼多天不給他發一條訊息、打一通電話？他的果斷決絕讓季冕失措，也讓他焦慮不安，甚至是恐懼。

他有些控制不住自己的脾氣了，哪怕沒有今天的事，早晚有一天也會爆發。他打開了微博，翻出那張被肖嘉樹點了讚的照片，果斷按了刪除鍵。原本早就該刪掉的，可他總是想著要給林樂洋留一點餘地，奈何對方卻沒有想過留餘地給他。

所以說人心總是在變，人性又是多麼的可怕。曾經陽光爽朗的大男孩，彷彿只是他的幻覺，或者錯誤的記憶。他推開辦公室的門走出去，疲憊至極地宣告：「第一期的拍攝就這樣結束吧，大家把東西收拾好，準備回國。」

眾人得知拍攝結束的消息並不感到意外，三天三夜的期限本來就快到了，又發生這麼重大的安全事故，節目組肯定不會再讓藝人涉險。

先是肖嘉樹磨破了腳中途退出，後是林樂洋不遵安全守則差點被山洪沖走，這次拍攝還真是多災多難，也不知道導演怎麼把這集剪出來。要知道這可是《荒野冒險家》的第一彈，具有重大的意義。

導演找到季冕商量該如何剪輯。要說攝影師沒拍到精彩的畫面那肯定是不可能的，但很多畫面能不能播還得問問季總的意見，要是季總同意，節目的噱頭肯定足夠了，不愁第一集引不起觀眾的興趣。

季冕手邊的菸灰缸已經滿溢，狹窄的放映室裡煙霧繚繞，氣味嗆人。導演用手揮了揮，又打開窗戶，小心問道：「季總，你看完了嗎？」

「我再看看。」季冕杵滅菸蒂，沉聲道：「天氣預報怎麼說？」

「下午還有一場雨，直升機明天早上過來，我們還得在這裡住一晚。」

「嗯。」季冕可有可無地答應一聲，把視頻倒回去認認真真再看一遍。螢幕上正在播放他們第一天抵達海島的畫面，肖嘉樹那張得天獨厚的臉在豔陽中熠熠生輝。他暈乎乎地跳下飛機，以為沒人注意自己，便歪著腦袋挖耳朵，眼珠往上翻了一下，彷彿在說「吵死了」。

他的表情那樣生動，令季冕不自覺低笑了一聲。就在這一刻，肖嘉樹的眼睛忽然散發出璀璨的光芒，濃濃的喜悅像泉水般從他深邃的眼眸裡流瀉，讓人想忽視都忽視不了。他並不知道自己驚喜的表情有多明顯，又有多漂亮，跟拍他的攝影師順著他的目光轉動鏡頭，毫不意外地發現了季冕的身影。

看見這一幕，季冕不知不覺坐直了，原本搭放在膝頭的雙手用力交握在一起。他好像從那個孩子的眼裡看見了無盡的渴望。渴望相見，渴望擁抱，渴望在一起，而他明明知道，卻把他推開了……

季冕再次去拿菸盒，卻發現早已空空如也。

導演善於察言觀色，把自己的菸盒遞過去，並低聲勸解一句：「季總，您少抽點。」

季冕沒說話，默默點燃香菸，目光定格在螢幕上。肖嘉樹為了吸引他的注意力，在人群中蹦來蹦去，被他挑中後緊緊抱著他，在他耳邊無比動情地說：「季哥，我想你了。」

面對別人的時候，他是一個溫和懂禮的後輩，總是進退有度，舉止適宜；面對季冕的時候，他的眼睛瞬間就能亮起來，話變多了，笑容變燦爛了，行為也更幼稚，但那才是他本來的面目。在季冕面前，他從未隱藏自己，自然而然便會展露出最真實也最放鬆的狀態。

身臨其境的時候，季冕並不覺得這種相處模式有什麼不對，但通過攝像頭，以一個旁觀者的角度去看，季冕才猛然發現，這孩子對他是多麼依賴，多麼信任，又有多麼喜愛。

他只單看肖嘉樹一個人的影像，於是畫面很快推進到肖嘉樹在海裡撲騰的那一天。季冕手裡夾著一根香菸，始終沒抽上一口，他的全部心神都放在畫面中的人身上，被他的笑容、眼神和言行所吸引，完全忘了其他。

菸蒂燒著了他的手指，令他猛然間回過神來，再抬頭去看，站在海裡笑容羞澀的青年消失了，林樂洋出現在螢幕上，他說要跟肖嘉樹一塊去摘椰子……

季冕按下暫停鍵，發現滿屏都是林樂洋的臉，又立刻關掉螢幕。他的頭髮亂了，衣服皺了，眼眶微紅，眼珠也遍布血絲，堅毅的下頜長滿青色的鬍渣，看起來相當憔悴。

導演偷偷瞄了他一眼才小聲問道：「季總，您下半集的狀態不太對，您看這該怎麼剪？」總是看手機就算了，還頻頻朝隊員發火，這是在毀人設啊！

「該怎麼剪就怎麼剪，你們自己看著辦。」季冕隨意擺手，接著用力抹臉。他根本就不在乎所謂的人設，不，更確切地說，他現在什麼都不在乎。這個世界真他媽的煩透了，所有人的想法在他耳邊不停轟炸，卻沒有一個是他想要的，想聽的，想感受的……

他驀地感到很孤獨，就像在午後的黃昏中一覺醒來，不明白自己究竟是誰，又該做些什麼，時間對他來說宛如失去了意義。

導演仔細看他一眼，不得不叮囑道：「好吧，我們剪完後再給您看一看。您回去好好睡一覺，反正直升機明天早上才會來。」

季冕表情木然地坐在椅子上，過了半天才遲鈍地道：「好，我先回去，辛苦你們了。」

回到房間後，他第一時間打開手機查看微信和微博，仍然沒有任何消息，原本還硬撐著的一口氣忽然就洩了，洶湧的倦意鋪天蓋地湧上來。

他點開和小樹苗的聊天頁面，編輯了一大堆話，又一個個刪掉，如此反覆多次，最終只能發了三個字「你好嗎」，然後握著手機苦笑。所幸頁面裡還保留著兩人的聊天記錄，有的很搞笑，有的很溫馨，還有的很可愛，自拍照也有幾張，肖嘉樹明亮的雙眸似乎正一眨不眨地注視著他，令他焦躁不安的心瞬間恢復平靜。

他不斷往上翻看聊天記錄，把所有的照片和有趣的對話收藏起來，不知不覺過了好幾個小時。唯有在這一刻，他的心才有著落，他的頭腦才能得到寧靜。窗外不知何時下起了暴雨，豆大的雨點不停拍打窗櫺，弄濕地面，他卻一無所覺。

與此同時，林樂洋正在和陳鵬新通電話。

「你到底怎麼招惹季總了？他把挺你的那張照片都刪掉了！」

「什麼照片？」林樂洋還沒有從季冕的疾言厲色中清醒過來。他是頭一次直面對方的怒火，那麼狂暴，好像一張口就能把他吞下去一般，而且他說的那些話也彷彿意有所指，不像是針對今天這件事，更像是借題發揮。

『我說不行，那就是不行，沒有一點餘地！』

什麼不行？應該不僅僅是指不能靠近山谷吧？林樂洋越想越害怕，沒聽陳鵬新說完便把電話掛斷，去翻季冕的微博，這才發現他力挺自己的那張合照已經被刪了。

他記得那是公司宣布他正式出道的第一天，由於肖嘉樹也在同一天出道，粉絲便拿他們做對比，把他貶得一文不值。季哥為了幫他撐場面，拍了合照發到微博上，這才挽回頹勢。

這是季哥在乎他的證明，也是他最為得意的一件事，怎麼就被刪了呢？哪怕他們分手，季哥也沒做過任何打壓他的舉動，為什麼要等到現在？

林樂洋轉頭去看助理，顫聲道：「你喜歡刷微博，應該知道我和季哥的合照被他刪除的事吧？知道前因後果嗎？」

「好像是因為肖嘉樹給照片點了一個讚，季總為了向他表明忠心，也為了避嫌，就把你刪了。」助理縮了縮脖子，補充道：「這都是網友腦補的，具體原因我也不知道，不然你去問問季總？」總覺得這個腦補也不是沒有事實根據，季總對肖嘉樹的態度真的很特別！

林樂洋懵了好一會兒才啞聲道：「肖嘉樹給合照點了一個讚，季哥就把它刪了？哈……」他發出古怪的笑聲，一屁股跌坐在床上，呢喃道：「就因為肖嘉樹點了一個讚？」

季哥真狠啊！他果然很在乎肖嘉樹吧？在乎到為他失去理智，失去耐心，失去判斷，在乎到能為了他不惜打壓自己旗下的藝人！而自己原本以為的勝利，換來的卻是季哥如此激烈的反應。他也是喜歡肖嘉樹的吧？不，不僅是喜歡，他絲毫不知道在面對肖嘉樹時，他笑得有多溫柔，他眼睛裡的光芒是暖的、熱的、灼燒的，同時也是隱忍的。

「我好像做了一件傻事，」林樂洋沒了力氣，哽咽道：「我以為趕走肖嘉樹我就贏了，但其實我輸得更徹底。我不應該那麼自傲，不應該總是抗拒，如果我能坦誠一點，真實一點，我們不至於走到今天這個地步……」

他的助理悚然而驚，連忙關上窗戶問道：「林哥，你在說什麼啊？肖嘉樹不是因為腳磨破了才走的嗎？跟你有什麼關係？是不是因為季總知道了這件事，所以才會跟你解約啊？你別睡，你快說啊，這件事關係到你的前途，季總要是不捧你了，我們怎麼辦？」

林樂洋捂著臉躺在床上，完全沒力氣說話。

陳鵬新的電話再一次打進來，慌張道：「樂洋，怎麼回事？剛才我接到律師發來的解約通知，你為什麼被節目組開除了？喂喂，你別不說話啊！你看看網友都是怎麼說你的，他們說你把季總得罪了，會被封殺，刪除照片只是一個訊號，還有一系列的後續動作。我上一秒還在笑話他們想像力豐富，下一秒就收到了解約書，都快嚇尿了好嗎？季總要是決定封殺你，咱們都得去喝西北風！你說話啊，你別裝死！」

助理把電話貼在林樂洋耳邊，見他半點回應的打算都沒有，眼角還緩緩淌出兩行淚水，這才意識到問題的嚴重性。他把手機拿起來，戰戰兢兢地說道：「陳哥，不好了，林哥好像真的把季總得罪狠了，他當著好多人的面罵他，你快想想辦法。」

「他怎麼罵的？」陳鵬新勉強冷靜下來。

助理偷偷看了林樂洋一眼，走出房門後蹲在角落裡說道：「他罵林哥……貪得無厭。」

這可不是一個好詞，證明季總嫌林樂洋要的太多，以後不打算給了。

陳鵬新倒吸一口氣涼氣，忽然覺得自己和林樂洋的前途灰暗了。

肖嘉樹在家裡休養了十幾天才能下地，期間不得不忍受母親各種「愛的教育」，耳垂被扯大了，腦門也被她尖尖的指頭戳凹幾個小坑。他每天都會拿出手機看一眼，發現季哥的訊息便會不受控制地點開想回覆，卻最終把編輯好的大段文字刪掉。

季哥時不時會問他好不好、在不在，有沒有回到家，有沒有好好休息，字裡行間全是暖意，但肖嘉樹只敢偷偷看，不敢回應。

他好不容易把那份炙熱的感情壓下去，又怎會讓它再度爆發？他做不出插足別人感情的事，季哥對他的關懷只是出於前輩對後輩的照顧，而他卻誤會了，還演了那麼久的獨角戲。就算季哥刪掉了林樂洋的照片也不能說明什麼，他倆的關係一旦曝光，一定會在娛樂圈裡掀起一場風暴，這些合照都將成為證據，自然該早點清理乾淨。

只要一想到自己纏著季哥不放的那段日子，肖嘉樹就倍覺羞恥，心臟更是疼得厲害。他想，他再也不會如此用力地去喜歡一個人了，因為割捨的時候真的像割肉一樣。

為了把那些奢侈的念頭趕跑，他每天都會看很多劇本，並決定盡快投入到工作中去，唯有認真拍戲能把墜入泥沼中的他解救出來。

「美軒姊，我決定接演《雙龍傳奇》。」

這天，他終於把所有的劇本都看完了，並挑出最感興趣的一本。

「小樹苗挺有眼光的嘛，這是今年最火的一個大專案。我去跟片商談一談，放心，試鏡只是一個過場，只要你想拍，男一號絕對跑不了。」黃美軒在電話中說道。

「另一個男主角是誰？」肖嘉樹最在乎的還是搭檔人選。他拍了兩部電影，對手戲差不多都是跟季哥一起完成的，不知道能不能與別人合作好。

《雙龍傳奇》是雙男主的設定，劇情十分精彩，全國書迷有好幾億，剛傳出籌拍的消息就成為網路上的熱門話題，不知道有多少人盯著。能為肖嘉樹搶來一個男主角，黃美軒也是使出了渾身解數。

她篤定道：「我不知道另一個男主角是誰，但我知道你一定是男主角之一。你來公司，我們詳細談一談。」

「好，我馬上就來。」肖嘉樹從沙發上爬起來。

他走到浴室看了看，這才發現自己有好幾天沒打理外表了，頭髮亂糟糟的，眼眶下面還有黑眼圈。好在他皮膚又白又亮，五官也俊美逼人，有了黑眼圈也像化了煙熏妝一樣，有種頹廢的美感，並不會有礙觀瞻。

他迅速洗了一個澡，隨意抓了抓蓬鬆的頭髮，再穿上白襯衫、牛仔褲，簡簡單單地出門了。抵達冠世大廈後他鎖好車，站在樓梯間等電梯，轎廂從地下三樓升上來，在他所在的地下一樓停住。金屬門緩緩打開，裡面站著幾個人，其中最顯眼的非季冕莫屬。

他戴著一副墨鏡，頭髮打理得很有型，身上穿著一套銀灰色西裝，兩手插在兜裡，下頜微揚，似乎在盯著樓層螢幕，但他慵懶的站姿在察覺到門外的人時瞬間變得緊繃起來。

他下意識地挺直腰背，摘掉墨鏡，啞聲道：「小樹，好久不見。」

「季哥，好久不見。」肖嘉樹僵硬地站在原地，進也不是退也不是。

「你不進來？」季冕退後幾步。

肖嘉樹回頭看了看，擺手道：「不進去了，我等美軒姊，她在停車，你們先上去吧。」

季冕眼裡的光芒緩緩熄滅，他伸出手按住開門鍵，盡量讓自己笑得溫柔一點，「小樹，你最近在忙些什麼？」才兩個星期沒見，他怎麼感覺像隔了一個世紀？他依然感受不到肖嘉樹的心聲，他正慢慢往後退，把自己藏進陰影裡，就像逐漸消失的泡沫，整個人透著頹喪和死寂的氣息。如果再退後一點，他便會徹底與陰影融為一體，讓人看不見摸不著。

季冕費了好大的力氣才沒有把他拉進電梯，狠狠抱一抱。這樣的肖嘉樹讓他心疼，也讓他不知所措。

「我正準備接拍一部古裝劇，今天來問問具體的細節。」肖嘉樹離開頂燈的照射範圍，這才吐出一口氣。為了給自己保留最後一絲尊嚴，他必須把那些不該有的念頭都藏起來。

「什麼樣的劇，說出來我幫你參詳一下。」季冕用力按著開門鍵，語氣裡竟流露出一絲懇求的意味。

「現在還不確定，說出來怕鬧笑話。」肖嘉樹尷尬地擺手。他快堅持不住了，一看見季哥心裡就委屈得厲害，很想哭。若非光線昏暗，他通紅的眼眶一定會暴露。

季冕向前走了兩步，身體半跨出電梯門，指尖緊緊按著開門鍵，柔聲道：「我怎麼可能笑話你，等會兒去我的辦公室坐一坐，我們聊聊……」他完全忘了疏遠肖嘉樹的初衷，看見他孤零零站在陰影裡，心臟就一抽一抽地疼。

一名乘客等得不耐煩了，故意咳嗽了一聲。

方坤尷尬道：「季哥，要不你們等一下回辦公室聊？」

肖嘉樹立刻彎腰鞠躬，如釋重負道：「季哥，你快走吧，再見。」他沒說要去辦公室，面對季哥已經耗費掉他全身的能量，跟他坐在一塊聊天肯定會死掉的吧？

季冕伸長脖子向後看，依然沒發現黃美軒的身影，只好鬆開手指。他目光沉沉地凝視肖嘉樹，金屬門關上了，肖嘉樹徹底消失在另一頭，取而代之的是他那張茫然、焦躁，完全失去了神采的臉。注意到身後的人正用好奇的目光看過來，他戴上墨鏡，擋住了眼底深處自然流露的所有複雜難言的情感。

從電梯裡走出來後，方坤疑惑道：「你跟肖嘉樹怎麼了，吵架了……」話沒說完就看見黃美軒從走廊盡頭走來，她向兩人打了一聲招呼，徑直坐電梯上了頂樓。

方坤終於確認了什麼，篤定道：「肖嘉樹在躲你吧？黃美軒根本沒在停車場，他純粹不想跟你搭同一部電梯，虧你剛才等他那麼久，哈哈哈……」

季冕雖然戴著墨鏡，擋住了大半張臉，但從他緊繃的下頜可以看出他此時很煩躁。走進辦公室後他立刻脫掉外套，解開領帶和襯衫最上面的幾顆扣子，吩咐道：「你去幫我問問小樹最近準備接什麼戲。」

「你幹嘛問這個？人家拍什麼戲跟你有關係？」方坤蹺著二郎腿坐在沙發上。

「讓你去你就去，廢什麼話？」季冕拿出手機，習慣性地點開微信和微博。今天也沒有任何回覆，但他還是控制不住，發了訊息給肖嘉樹：「你好像有黑眼圈，最近沒睡好？」

靜靜等了幾秒，那邊沒反應，他繼續道：「晚上少玩遊戲，別熬夜。」

「我這裡有幾個好本子，你要不要來看一看？」

「製作班底都很精良，你一定會感興趣。」

「小樹，你在不在？」

「你先忙吧，有空來我辦公室坐一坐。」

他發出去的每一條訊息都像石沉大海，毫無回音。他有時候也會想：這孩子既然決定主動離開，你就乾脆放了他吧，這樣對他多好？他這輩子就應該和一個完全不會窺探他內心的正常人在一起。如果他知道你的祕密，你猜他會有多害怕，又會多想逃離？

上一刻，季冕說服了自己，可下一刻拿起手機，他又會渴望得到肖嘉樹的消息。他就想遠遠地看著他護著他，這都不行嗎？非要撇清得那麼徹底？

當他暗暗頭疼時，陳鵬新闖進辦公室，哭喪著臉說道：「季總，求您再給樂洋一次機會，他知道錯了！他這會兒正發著高燒呢，您去醫院看看他行嗎？」

「機會我已經給了，是你們沒抓牢。好好拍《逐愛者》，別再自毀前途。」季冕把手機壓在桌面上，不耐煩地道：「行了，出去吧，別學女人哭哭啼啼那一套。」

陳鵬新看了看滿臉諷笑的方坤，又看了看神色冷厲的季總，灰溜溜地出去了。他們到底是怎麼走到這一步的？當初出道的時候多好，手裡有大把的資源，背後還有季總撐著，想做什麼不行？現在呢，接二連三失去代言和參演真人秀的機會，弄來弄去竟只剩下《逐愛者》這個角色，這可真是斷了所有後路，只能破釜沉舟了。

辦公室裡安靜下來，方坤試探道：「怎麼突然對林樂洋這麼狠？他怎麼招惹你了？」

季冕沒答話，默默註冊了一個小號，關注了肖嘉樹的兩個微博。他必須得想辦法跟小樹聯絡上，不然做什麼都沒心情。

季冕刪除一張照片原本不是多大的事，很多人都有定期清理微博的習慣，壞就壞在這張照片拍攝的時間和配文。那可是林樂洋出道的第一天，而配文充滿季冕對他的期許和關照。他請求自己的粉絲也能支持林樂洋，這是一種護犢子的行為。

現在他把微博刪除了，是不是代表他不再對林樂洋抱有期許，更不會對他多加關照？要知道，林樂洋畢竟是他旗下的藝人，他若是表現出厭棄的態度，這人無疑會被雪藏。

於是，一夕之間，林樂洋就遭受了廣告商和片商的冷遇，原本快談好的合約都崩了，鬧來鬧去竟只有《逐愛者》這部電影可以拍。要說胡銘導演一點也不後悔那肯定是假的，但林樂洋是他舌戰群雄，據理力爭，無論如何都要留下的藝人，是他一眼就相中的男主角，想退貨都不行。

陳鵬新到底是資歷淺，經驗少，很多解約的問題處理不了，只好交給方坤去談。他原本還指望方坤能向季總轉達樂洋的慘狀，激起季總的惻隱之心，多少替他們挽回一些損失，但方坤通過電話與季總溝通後竟直接把所有解約事宜都處理好了，一點也沒拖泥帶水。

「該賠的違約金他們照賠，我只能幫你們到這裡了。」方坤收拾好公事包，交代道：「季總說了，今後林樂洋的事交給你全權處理，他想接戲可以，想代言可以，想參演真人秀也可以，你們自己想辦法去找資源，公司該給的協助還是會給，但能走到哪一步看你們的本事。以前季總就是對你們太好，捅了那麼多婁子都幫你們擺平了，還把頂級資源送到你們手上，看把你們慣成什麼樣。」

他把一個資料袋遞過去，「這是你和你妹的欠條，拿去燒了吧。那些黑料你們愛爆不爆，反正毀的也不是季總。」

陳鵬新以前做夢都想拿回這兩張紙，現在真的拿回來了，卻有種夢想破滅的感覺。他拿著資料袋，茫然道：「季總這是要雪藏樂洋？」

「你好像誤會了。」方坤嗤笑道：「林樂洋簽的是A級合約，公司對他的約束力非常小。他賺到的錢，公司只抽百分之十五的提成，剩下的全是他自己的，公司不會強制他接拍任何電視劇或電影，他擁有絕對的自主權，與此相對的，公司也沒有義務提供資源給他。」

陳鵬新翻出合約看了看，頓時臉白如紙。樂洋賺到的錢不用交給公司太多，公司也不會強制他拍片，也就是說，如果公司不幫他找片約和代言，他就什麼資源都沒有，只能靠自己和經紀人去鑽營。這個合約看起來很好，對一個新人來說卻等同於一張廢紙。以前有季總在背後撐著，樂洋要什麼有什麼，所以他們一點也沒察覺出不對來，如今離開季總，他們才明白何謂「舉步維艱」。

陳鵬新看著方坤，目露哀求，方坤立刻擺手道：「別求我，沒用的，我們是按合約辦事，完全合理合法，所以說公司為不同咖位的藝人制定不同的合約都是有道理的。新人沒名氣，做的多拿的少，但公司會盡力捧你們，為你們找資源；等你們名氣大了，不用公司去找，好資源也會主動送上門來，就輪到公司沾你們的光了，合約自然也會一級一級往上調，用最優渥的條件把你們留住，這都是符合市場要求和個人發展規律的。你們這些年輕人看事情就是太淺薄，自以為占了便宜，哪裡知道其實是吃了大虧。」

方坤推開病房的門，看了一眼始終在裝睡的林樂洋，意味深長地道：「人家給什麼你就拿什麼，是不是太理所當然了？世上還有一句話叫做『無功不受祿』，拿的時候你好歹先看看自己付出了多少，受不受得起吧？」

房門關緊，林樂洋未曾睜眼，睫毛卻劇烈顫抖起來，隱約還可窺見幾點淚光。

方坤回到公司後本想彙報林樂洋的情況，卻發現季冕對此完全不感興趣。他正對著電腦打字，鼻樑上架著一副平光眼鏡，手邊放著一疊參考書，看起來像一位學者。

「喲，這是幹嘛呢？這麼認真。」方坤拿起最上方的書看了看，是史坦尼斯拉夫斯基的《我的藝術生活》。

「想寫幾篇有關於演技的文章。」季冕揮揮手，「我很忙，沒事你就出去吧。」

方坤瞅瞅電腦螢幕，一字一句念道：「體驗派與表現派之爭：表演的藝術？你寫這種文章幹嘛？你要接受京市電影學院的邀請，去他們那裡當客座教授？」

「不是。」季冕摘掉眼鏡，無奈道：「你先出去行嗎？這樣會打斷我的思路。」

「行行行，我這就走。」方坤舉起雙手，「順便提一句，林樂洋的事情已經都處理好了，你可以放心了。」

季冕點點頭，表情很複雜，等方坤消失在門後才長長嘆了一口氣。

最近小樹非常好學，關注的人大多是電影學院的教授或影視圈的大牛，還喜歡轉發他們的文章，季冕從中獲得靈感，為自己的小號取名「李老師缺心眼」，分別關注了小樹的兩個微博，還胡亂加了一些人混淆視線。如果不寫幾篇言之有物又寓意深刻的文章，小樹怎麼可能關注他的小號，又怎麼會回覆他的私信，他這不是被逼得沒辦法了嗎？

現在他正為了能跟小樹搭上線而努力。

又寫了兩行字，他習慣性地拿出手機發微信訊息給小樹，然後盯著頁面上方。果然沒過幾秒，上面出現一行「對方正在輸入」的小字，他瞬間就安心了，隨即微笑起來。

在這一刻，他知道小樹並沒有完全忘記自己，他還會看自己的訊息，還會為了回覆不回覆而掙扎。哪怕最後他一個字都沒回，季冕也能收到滿心的暖意。

提示過了一會兒就消失了，季冕忍不住又發一條：「你的新戲談好了嗎？需不需要我提供諮詢服務？」

「對方正在輸入」的提示又一次出現，季冕盯著它看了很久，然後低頭繼續打字。

肖嘉樹最近交了一個新朋友，叫做「李老師缺心眼」。這肯定不是真名，是網名，人家可是京市電影學院的客座教授，來頭大著呢，要不是施廷衡強烈推薦他去看對方的文章，他竟不知道影視圈裡還有這樣的牛人。

李老師寫的文章特別深刻，每一部經典電影被他解析過後，肖嘉樹都能學到很多不一樣的，更深層次的東西。他還會教導肖嘉樹怎麼去改進演技，怎麼去揣摩角色內心，而且基本上全天在線上，有問必答。

肖嘉樹很快就喜歡上了這位新朋友，跟他有說不完的話，漸漸從演技聊到生活，又聊到興趣愛好。他用大號跟李老師交流，對方卻對他的身分視如尋常，這讓他非常放鬆。

「我進組拍戲了。」這天，他在《雙龍傳奇》的片場發了訊息給李老師。

「劇組怎麼樣？」李老師迅速回覆。

「導演很和善，其他演員也都好相處。」

「那就好，要是遇見麻煩可以找我，我在娛樂圈裡還是有點人脈的。」明知道小樹不需要，季冕依然認認真真發了這句話。

「謝謝李老師，請您放心，我從來不惹麻煩。」

很快肖嘉樹就被這句話打臉了，在拍了兩天戲後，女主角忽然離開劇組，讓他跟一個替身拍對手戲，而這個替身只是臨時演員，演技還很青澀，偏偏今天要拍的是一場重頭戲，他扮演的男主角為了報仇入了魔道，血洗了女主角的家族，女主角一劍刺入他腹部，讓他從瘋狂中清醒過來。

他先是殺紅眼的狀態，後來在女主角的劍下恢復清明；女主角原本深愛他，經此一事不得不屏棄這份感情，轉而成仇。兩人一個由恨到愛，一個由愛到恨，感情衝突十分激烈，叫專業演員來了都不一定能演好，更何況是臨時演員？

但他還是硬著頭皮跟這位臨時演員拍了幾場，對方只負責把劍刺入他的腹部，完全不用念臺詞，臉上甚至還帶著嬉笑，令他一瞬間就出戲了。

連吃七次NG後，肖嘉樹不得不把自己的顧慮跟導演說了，沒想到導演不以為意地擺手道：「冰潔在好萊塢接了一部戲，跟我們這部劇撞檔期了，短時間內回不來。這些鏡頭她在那邊會拍好，臺詞也有人配音，我們只要把她的臉後製到臨時演員的腦袋上就可以，你要相信冰潔的演技和特效師的技術。你只管演好你自己的部分，別在意對方的表現。」

「話不是這樣說的，導演，這又不是什麼特別難拍的鏡頭，為什麼要用特效和替身？這樣拍出來能看嗎？我感覺自己就像是在演獨角戲一樣，完全沒辦法發揮。」肖嘉樹第一次遇見這種情況，簡直是大開眼界。

「演獨角戲你都不會，那你還當什麼演員？好的演員在任何情況下都能把自己的戲分拍好，演不好那是你的問題，跟別人無關。」導演一句話就把肖嘉樹堵得啞口無言。

肖嘉樹抹了抹臉，無奈道：「那導演你讓我先醞釀一會兒再拍吧，換了一個女主角我一下子適應不過來。」

「行，你先歇會兒吧。」導演見他消停了，大手一揮恩准了。

肖嘉樹坐下後越想越不對，拿出手機發訊息給李老師：「……事情就是這樣，我覺得導演的話很奇怪，完全理解不了他的邏輯，難道我演不好這場戲就不是一個好演員了嗎？」

季冕如今養成了聽見提示音就秒拿手機秒回訊息的習慣，他原本在開車途中，發現是小樹傳的短信，立刻把車子停靠在路邊的停車位，認真回覆：「你當然是一個好演員，是導演偷換了概念。對手戲之所以叫對手戲，是因為拍戲的主體是兩個人。在拍攝過程中，他們要產生對話、對視、互動，是一個雙向交流的過程，跟獨角戲或獨白戲是完全不同的概念。導演讓你一個人來拍兩個人的戲，是不負責任的做法。」

肖嘉樹心裡好受很多，遲疑道：「那我現在該怎麼辦？拍對手戲的時候我很容易受到搭檔的影響，搭檔表現得好，我就會很有狀態，搭檔表現得不好，我就入不了戲。你不知道，那個臨時演員根本不念臺詞，拿著劍直直戳過來，還笑場，對著她我完全演不了。」

季冕盯著這幾行字，僅憑想像也能描繪出小樹那張委屈的臉。這下你知道有一個好搭檔的好處了吧？他很想這麼回覆，到底沒那個膽子，只好認真出主意：「那你就把這場戲當作無實物表演，用你的想像力創造一個搭檔，為她設計對白和表情。你現在先做放鬆練習，再做集中注意力的練習，在腦海裡把接下來的對手戲構思好，按照自己的節奏去演。」

這也是沒有辦法的辦法，肖嘉樹嘟著嘴回道：「好吧，不過，李老師，我發現你騙了我，你才不是體驗派的推崇者，你更喜歡表現派吧？」

「被你看出來了，」季冕溫柔地笑了笑，「但你不得不承認，在沒有內部動因和外部動因雙重激發的情況下，一個體驗派的演員是很難表演的，但表現派的演員卻不會受到限制。你要學會不斷改善自己的表演方式，別故步自封。」

「老師的話好耳熟。」肖嘉樹愣了一瞬，繼續寫道：「我會努力的。」

小樹的回答也很耳熟，彷彿他們又回到在美國一起拍戲的那段時光。互相鼓勵，互相學習，互相照顧，一切都很好。季冕情不自禁地笑了，眼裡卻滿是苦澀。他發送了一個「摸摸你、抱抱你」的表情符號，然後盯著聊天頁面發呆。

肖嘉樹沒再回覆，應該是去拍戲了，季冕的心則久久無法平靜。他忽然調轉車頭，朝向《雙龍傳奇》的片場開去，一邊開一邊打電話問方坤：「姜冰潔最近在做什麼，怎麼忽然離開了《雙龍傳奇》劇組？」

方坤咬牙道：「我說，季哥，你最近閒得發慌是不是？整天不是寫文章就是打聽別人的八卦，你要改行當狗仔？」

「姜冰潔到底在做什麼？」季冕執著地追問。

方坤捂住話筒問了問助理，接著答道：「人家接拍《機器戰警》去了，聽說在裡面扮演一個戲分比較重的角色，顧不上國內這邊。」

「就憑姜冰潔那種演技，什麼角色她演得了？國際上有她的粉絲嗎？竟還顧不上國內，呵呵！」季冕冷笑一聲。

「人家演技再差也是流量巨星，你管得著嗎？你是不是更年期，脾氣越來越大……」

不等方坤把話說完，季冕就掛斷電話。他飛車趕到《雙龍傳奇》片場，肖嘉樹在私信裡說的那場刺殺戲還在演。他不敢靠近，只能戴上墨鏡和帽子，站在角落觀望。好在片場附近多有明星出沒，這種打扮並不怎麼引人注意，大家也就掃一眼，不會前來窺探。

季冕不知道自己的目光有多麼貪婪，自從上回在電梯口遇見過一次，他已經足足有十九天沒見過小樹了。他穿著一套黑色勁裝，寬寬的玉帶將他的腰勒得很細，他岔開雙腿坐在臺階上，雙手杵著一把做工華麗的劍，下頜擱在劍柄上，眉眼耷拉著，顯得很疲憊。

為了突顯他魔道中人的身分，化妝師為他描繪出細長上翹的眼線，又在他眉心中間畫了一朵小小的火焰，烏黑的長髮如瀑布般披散下來，沿著他的腰背流淌在地上。

他毫無形象地席地而坐，卻美得像一幅畫，不時有人偷偷看他，目光閃爍。

季冕盯著這樣的小樹看了很久，久到所有的躁動不安都平息了，所有的思念渴望都滿足了，才低聲笑出來。他果然還是得看著小樹才行，不能讓他徹底離開他的視線。

就在這時，導演大聲喊道：「開拍啦！肖嘉樹你準備好了沒有？因為你情緒不到位，我們這場戲已經ＮＧ了十多次，你給我拿出一點專業素養來好不好？」

肖嘉樹蔫蔫地站起來，滿心都是委屈。這些人也好意思跟他談專業素養，那位臨時演員一句臺詞不用念，一個表情不用擺，上來就刺一刀，讓他怎麼找狀態？他已經一次比一次努力了，可好不容易醞釀好情感，對方竟噗哧笑出來，還對他擠眼睛吐舌頭，叫他怎麼演？

他拍了拍自己的臉蛋，又原地蹦躂幾下，這才強打起精神上場。這次他沒去看臨時演員的臉，而是全程盯著她頭上的髮飾，這才順利完成表演。從場上下來後，他滿懷期待地問道：「導演，姜冰潔什麼時候能回來拍戲？」

「我也不知道，你拍好自己的戲分就行，管那麼多做什麼？」導演不耐煩地擺手，「你看看人家裘渡，一次ＮＧ都沒吃過，他跟姜冰潔的對手戲比你還多呢！」

肖嘉樹額頭的青筋忍不住跳了跳。對，沒錯，裘渡身為另一名男主角，吃的ＮＧ的確很少，但他自己上場拍的戲分更少好不好？他比姜冰潔稍微勤快一點，至少有來片場，可他帶了十幾個助理外加七八個替身，助理總是團團把他圍住，怕他冷了餓了，像伺候祖宗一樣伺候他；替身幫他拍打戲和所有不露正臉的戲，他根本就是來片場享受的。

而且導演對他的要求也不高，一個鏡頭只要勉強能看就讓過，根本不講究和諧和美感。不像肖嘉樹，自己覺得不滿意的鏡頭會要求導演反覆拍，弄得導演都煩躁起來。

肖嘉樹有時候都忍不住懷疑，在這個片場裡，自己到底是做什麼的，拍戲、導戲，還是純粹被人當傻子糊弄？

他忍了忍，頷首道：「好的，導演，我會注意的。」

「行，你能調整過來就好。」看在冠世投了那麼多錢的分上，導演的語氣軟和下來，「下面是落水戲，讓你的替身準備準備。」

「沒有替身，我自己來演。」

導演露出古怪的表情，隨即頷首道：「那你快去化妝吧。」

肖嘉樹化完妝來到池邊，就見裘渡的替身已經綁好了鋼絲。兩人升上空中打鬥，肖嘉樹既要克服懼高症，又要完成武打動作，難度不是一般的大。鋼絲將他身上的皮膚都勒青了，幾次NG下來真是苦不堪言。

他一次又一次被吊上半空，一次又一次落入水裡，到最後眼睛花了，耳朵聾了，好半天緩不過勁來。被救生員拉上岸的時候，他都不知道自己是誰，整個世界都是天旋地轉的。

就在他被困在黑暗和無聲的世界中瑟瑟發抖時，一雙強有力的臂膀將他抱了起來，安置在一個溫暖的懷抱裡。一隻大手輕輕拍撫著他的後背，另一隻大手將他黏附在臉上的長髮撩開，別在耳後，柔聲低語：「沒事了，小樹，你上岸了。不怕，歇一會兒就好了。」

這是誰？為什麼聲音那麼熟悉？肖嘉樹滿腦袋都是落水後的嗡鳴，根本沒有辦法思考，但他的潛意識卻知道這個人是誰，於是緊緊拽住對方的衣領，委屈地流下了眼淚。

季冕緊緊盯著小樹蒼白的臉頰，他知道他哭了，雖然他臉上沾滿池水，分不清哪個是眼淚，可他就是知道他哭了。他不是被這場戲嚇哭的，他是被這些莫名其妙的人和匪夷所思的事弄哭的。他或許直到今天才明白，真正的娛樂圈是什麼樣子，這裡的確充滿鮮花和掌聲，卻也充斥了可笑和荒唐。

就在他為小樹感到心疼時，裘渡走過來說道：「季老師，你們也幫肖嘉樹找幾個替身嘛，那麼拚命做什麼？」

「我不用替身，我自己能演。」肖嘉樹還沒清醒過來，就先閉著眼睛抗議了。他不是演不好這場戲，他是被片場的亂象弄得傷心了。

季冕抹掉他臉上的水珠，無奈道：「好，不用替身，小樹自己來演。」話落接過助理遞來的大毛巾，把人包起來，快速走進化妝間。

導演看過重播，覺得這個鏡頭拍得還行，揮手道：「這條過了，大家午休去吧。」

肖嘉樹終於擺脫掉頭腦的震盪後，卻發現自己正躺在季哥懷裡，而對方坐在椅子上，一隻手環著他的肩膀，一隻手解開他的腰帶，似乎想幫他把衣服脫掉。

「季、季哥？」他連忙拽住衣領，蒼白的臉頰飄上兩抹紅暈，「你怎麼來了？」

「最近聯絡不到你，我來看看你都在忙些什麼。」季冕極其自然地拍拍他的後背，「快把衣服脫了去洗個澡，現在剛開春，氣溫很低，容易感冒。」

「哦，好。」肖嘉樹手忙腳亂地跳下季冕的膝頭，擔憂道：「季哥，我是不是把你也弄濕了？不然你也洗個澡吧，我讓助理幫你去買新衣服。」

季冕身體微微一僵，當即擺手道：「你身上包著大浴巾，沒把我弄濕。你快去洗澡吧，不用管我。」一邊說邊掀開墊在腿上的浴巾，讓肖嘉樹看他乾淨清爽的褲子。

肖嘉樹這才放心了，哆哆嗦嗦地跑進浴室。他完全沒想到季哥會出現在片場，還用那麼溫柔的聲音安撫他，讓他好不容易深埋起來的愛戀差點決堤，所以才說他一點都不能接觸季哥，否則便會功虧一簣。

他一邊沖澡一邊默念大悲咒，試圖讓自己紊亂的心跳恢復正常。

季冕坐在外面，耳邊不斷傳來嘩嘩的水流聲，不知不覺就勾起了很多回憶。小樹光裸著身體在他面前抹化妝油；小樹浸泡在水罐中，肌肉緊繃，肢體舒展；小樹睡在他懷裡低吟，身體伴隨著旖旎的夢境而輕輕扭動……

一幀又一幀畫面在他腦海中閃現，令他心跳失序，血液沸騰。

十幾分鐘後，肖嘉樹磨磨蹭蹭地走出來，卻見季哥正坐在窗邊玩手機，那條半濕的浴巾竟然還搭在他腿上。

「季哥，你還蓋著它幹嘛？這樣會把褲子弄濕的。」肖嘉樹關切地詢問。

季冕愣了愣，把浴巾拿掉。他的目光狀似不經意掃過肖嘉樹半露的胸膛和小腿，啞聲道：「怎麼穿這麼少？過來，我幫你穿襪子。」他拿起沙發上的新襪子，對肖嘉樹招手。

肖嘉樹非但沒走過去，反而退後了兩步。

他真的很害怕這樣的季哥，他太好了，好到令他難以抗拒。

季冕臉色陰沉下來，強勢地把人拽到沙發上，握住他的右腳腳踝，快速把襪子套上。掌心觸及到小樹光滑的皮膚，不禁低笑起來，「還在脫毛啊？瞧你這雙腿，不知道的還以為是哪個女明星的。」

「我媽說脫了比較好看。」肖嘉樹低下頭，露出紅紅的耳朵。

季冕又是短促一笑，把另一隻襪子也套上，嘆息道：「腳底的傷已經養好了，你還回去錄《荒野冒險家》嗎？」如果小樹不來，他竟找不到絲毫與他長時間接觸的機會。

「不錄了，我這兒拍戲呢，撞檔期了。」肖嘉樹把頭埋得更低。提到《荒野冒險家》，他自然而然便會想起林樂洋，隨即像安了彈簧一樣，立刻把自己的雙腿從季哥懷裡抽出來，坐得遠遠的。為了掩飾自己的驚慌失措和尷尬，他拿起一條大毛巾擦頭髮。

懷裡的重量忽然一空，令季冕的心也空了，之前有多安穩愉悅，現在就有多暴躁焦慮，但他不能在小樹面前表現出來，只能強撐著笑臉搶過毛巾，幫他擦頭髮。

他手掌往哪裡覆蓋，小樹的腦袋就往哪裡偏，硬是不讓他碰，原本通紅的耳尖已變得蒼白起來。毫無疑問，他在抗拒自己，意識到這一點的季冕難受極了，心裡便也憋了一口氣，硬是把小樹的腦袋抱進懷裡，狠狠用毛巾揉了兩把。

左躲右閃的肖嘉樹僵住不動了，過了好半天才伸出手把毛巾緊緊拽住，蓋在腦袋上。他真的不能再接受季哥一絲一毫的關懷，這會讓他好不容易築起的心防徹底崩塌。他其實委屈得快哭了，眼睛和鼻頭都泛著酸澀，想也知道一定很難看。

季晁擦著擦著就發現毛巾被肖嘉樹拽緊了，從上往下看，只能看見一個白色的用毛巾蓋住的大腦袋。他無須窺探小樹的心聲也能猜到，他一定是哭了，而且不想讓自己發現。

季晁第一次聽見小樹痛哭是在醫院的走廊上，他無助得像個孩子，被困在糟糕的記憶中走不出來；第二次聽見他哭是在公司的樓梯間，眼淚鼻涕糊了一臉，模樣狼狽極了。

他當時就在想，怎麼會有男人這麼愛哭，果然還是遇見的挫折太少了吧？但眼下他再也不會這樣去想，他寧願小樹一輩子不要遇見挫折，一輩子都活在溫室裡，也不願意看見他難過。有些人彷彿天生就招人疼，讓他想放都放不下。

他輕輕抱住小樹的腦袋，因為知道隔著一條毛巾，觸感會受到蒙蔽，所以他在他頭頂吻了一下，緊接著是第二下、第三下……他心底隱隱浮現一個念頭：讓這孩子傷心難過的人，真的應該千刀萬剮！

但是不行啊，如果他現在心軟，今後又該怎麼辦？試問全天下的人，誰樂意與一個時時刻刻都能窺探你內心的人生活在一起？你的所有祕密都不再是祕密，那有多恐怖？

連季晁都在恐懼著自己這個能力，更何況是普通人？

他最後吻了小樹一下，到底還是放開手，默默走了出去。

肖嘉樹被季晁抱得腦袋發昏，過了很久才掀起毛巾看了看，發現化妝間裡沒人，不由露出一個既慶幸又失落的表情。季哥應該看出什麼來了吧？否則他不會一句話都不問，只是安安靜靜地抱了自己一會兒。他在用他獨特的溫柔化解自己的尷尬，所以哪怕不能當戀人，其實也還是可以當朋友的吧？

肖嘉樹撩起毛巾擦眼角，心裡有點尷尬，又有點暖。

門外傳來季冕無奈的聲音：「小樹，你還磨蹭什麼，快把頭髮吹乾。」

肖嘉樹醒過神來，推開房門小聲問道：「季哥，你還沒走啊？」

「嗯，我在外面抽菸，你快回去吹頭髮。」季冕嘴裡叼著一根菸卻沒點燃。他最近菸癮越來越大，看見肖嘉樹才能稍微緩解，但也只是稍微而已。他心裡藏了太多事沒辦法解決，只能靠尼古丁來麻醉自己。

「好，我馬上去吹。」肖嘉樹習慣了聽從季哥的話，趕緊坐到梳妝檯前吹頭髮。

季冕斜倚在門邊看他，看著看著菸癮就上來了，只好關上房門前往樓梯間。一串腳步聲在走廊裡響起，應該是片場的工作人員，他們低聲議論道：「我還以為肖家二少爺有多屌，沒想到竟然是個軟包子，被導演和裘渡隨便拿捏。你看他剛來那天導演對他多和氣，每場戲該怎麼拍都得先問過他的意見，現在呢？導演想怎麼罵他就怎麼罵，明明是那個替身演員不專業，總笑場，都能怪到他頭上。」

「人善被人欺嘛，這很正常。肖嘉樹就是脾氣太好了，對導演太尊重，人家才不拿他當一回事。你看看裘渡那副屌樣，一場戲不讓他過，他能把導演罵成狗，還揚言要撤資罷演，你說導演敢惹他嗎？要是今天這場落水戲讓裘渡自己去拍，導演哪裡敢卡他二十多次，保准一遍就讓他過了。」

「你這話完全不符合邏輯啊，袁渡能自己去拍落水戲？你怕是做夢呢！」

「哈哈哈，也是。現在的演員賺錢太容易，瞧把他們給慣成什麼狗樣，一個兩個像大爺一樣。肖嘉樹這種人真是太少了，還總被欺負，這世道我也是看不懂了。」

「有什麼看不懂的？前陣子播出的那檔綜藝節目，叫演員的素養還是演員的什麼來著，我記不大清楚了，請了一大票演員去展現演技，還有評審打分數，結果初出茅廬，演技超尬的新人全都晉級，反而是那些老戲骨成了陪跑的炮灰，還被評審批了一頓。這就是娛樂圈的縮影，演技好不算什麼，敬業也不算什麼，人氣、流量、背景才是王道。」

「肖嘉樹人氣、流量、背景也不算差啊，怎麼混成這樣？」

「他老實唄，老實人誰不愛欺負？」

兩人諷刺一笑，漸漸走遠了。

季冕把菸蒂扔進垃圾桶，臉色陰沉得可怕。他走回化妝間，發現小樹已經穿戴整齊，正與助理擺放便當，不由說道：「別在這裡吃了，走，我請你和導演去御膳閣。」

「御膳閣太遠了，我們下午還要拍戲。」肖嘉樹遲疑道。

「導演也去，怕什麼？」季冕二話不說把人拉起來，又打電話給導演和幾位主要演員。

季冕如今可是投資方，手裡握有大把頂級資源，他發出邀請，誰敢不去？沒過多久，大家就在御膳閣裡坐著了，面上都帶著客氣的微笑。季冕把耳尖通紅的肖嘉樹按坐在自己的身邊，舉起酒杯說道：「這些天麻煩各位照顧小樹，我敬各位一杯。」

「季總客氣。」眾人連忙點頭哈腰。

季冕壓下小樹舉到半空的酒杯，低聲道：「你酒量不行，別喝。今天我幫你做這個飯局，你什麼都不用管。」

他挨個跟眾人敬酒，還頻頻請大家多多照顧小樹，有問題找冠世或冠冕，他和修長郁都能幫著解決，可謂撐足了場面。這些事原本輪不到他來做，他既不是小樹的長輩，也不是小樹的老闆，但他心裡就是有股衝動，想要為小樹做些什麼。

他原本很厭惡這種交際，但此時此刻，他端起酒杯喝到酩酊，迎上小樹擔憂的目光，他便覺得值了，做什麼都值了。他盯著小樹偷偷拉扯自己衣襬的指尖，心滿意足地笑起來。

「我沒醉。」他鬆開領帶，在小樹耳邊低語：「我見不得他們欺負你。你敬業，你老實，你不擺架子，這些都不是他們不尊重你的理由。」他揉了揉小樹的腦袋，唇間吐出長嘆。

肖嘉樹感覺自己的心跳又開始失控，連忙站起來說道：「不好意思，我去一下洗手間。」一再不走，他怕那些好不容易深埋的感情又會被掘出來，季哥的溫柔實在是太可怕了。

季冕猜不透他在想什麼，但無非就是逃避，而他沒理由責怪他，只能苦澀一笑。

肖嘉樹從洗手間出來後原本想去結帳，誰知季哥早就把帳單掛在他名下了，還反覆告誡收銀員不准任何人買單，尤其是一個叫肖嘉樹的小子，弄得肖嘉樹哭笑不得。他有時候真的寧願季哥對自己差一點，也不願接受他無微不至的好。

他的好對他來說是裹了蜜糖的毒藥，沒準哪一天就會被這份好迷惑，明知道是毒也心甘情願地吞下去。

他回到包廂的時候，飯局已經散了，季冕今天幾乎是來者不拒，給足了大家面子，但他喝的最多，姿態卻是最輕鬆的，臉不紅氣不喘，只是眼睛比平時亮些，看人時顯得專注。

肖嘉樹被他看得耳尖泛紅，跑到他身邊問道：「季哥，你沒喝醉吧？」

「我沒醉。」季冕伸出手用力抱了抱他，叮囑道：「好好拍戲，有事找我。」

「好。」肖嘉樹熱氣沖頭，腿腳發軟，雙手卻緊緊按在褲縫線上，不敢回抱季哥，他怕自己抱上了就丟不開手了。

季冕感覺到他的抗拒，又是一嘆，「走吧，我讓方坤送你回去，他在樓下等著了。」

幾人一路無話，抵達片場後，季冕非要把肖嘉樹送回化妝間才肯離去。他腳步沉重地回到車裡，脫掉外套，扯落領帶，靠倒在副駕駛座上閉目養神。

方坤盯著他略顯頹廢的側臉，好奇道：「你今天發什麼瘋呢，跑來跟這群人喝酒？前幾天吳總那麼請你你都不應。」

「沒什麼，想喝就喝。」他習慣性地拿出手機看了看。

方坤嗤笑起來，「我還不了解你？你這是……」他頓了頓，擺手道：「算了，我不說了，看你這樣，說了也沒用。肖嘉樹在片場好嗎？拍戲順不順利？」

說起這個，季冕的臉色陰沉下來，「現在的連續劇拍攝已經這麼不講究了嗎？主演說走就走，把戲分全留給替身拍攝，那觀眾看什麼？片商付那麼多薪酬又能買回多少品質？自己拿著一集幾百萬的酬勞，卻花幾千塊錢雇一個臨時演員去拍戲，那還要專業演員幹什麼？」

「現在的影視圈就是這樣，賺錢第一，別的全都靠後。演員為了多賺錢，誰不是拚了命地軋戲？接的戲太多，總有那麼幾個場子趕不過來，只好找替身代勞，這很正常吧？你以前就知道，也沒見你這麼看不慣啊？」方坤笑呵呵地瞥他一眼。

季冕卻笑不出來，「如果我投資的劇組出現這種情況，我他媽立刻讓這人滾蛋！拿我幾千萬甚至上億的片酬，就給我拍這麼個玩意兒，糊弄誰啊？」

他正在氣頭上，電話響了，拿起一看竟是小樹發給「李老師缺心眼」的私信，一句話都沒說，只發了個捂嘴偷笑的表情。他冷硬的臉龐迅速柔軟下來，回覆道：「你怎麼了？」

「開心。」那邊發來兩個字。

「為什麼？」

「不為什麼。」

看到這裡，季冕沉沉一笑。毫無疑問，小樹突如其來的開心大抵是源於自己。就算聽不見他的心語，他所有的心思也都擺在臉上，實在是太好猜了。

季冕也發了一個同樣的表情，並附言道：「我也開心。」

「你發生什麼好事了？」小樹禮貌性地詢問。

「見到了一個非常想見的人。」寫完這句話，季冕才猛然驚覺，原來自己是如此渴望見到小樹。他呆住了，盯著手機螢幕好半天回不過神來。

就在這時，沉默了半分鐘的小樹也發來臉紅偷笑的訊息：「好巧，我也是！」

看到這裡，季冕哪裡還有心思去探究自己的心理，當即低笑起來。

值了，跑那麼遠的路，喝那麼多的酒，說那麼多的話，全都值了！

方坤盯著他一會兒橫眉豎眼，一會兒心花怒放的臉，暗暗在心裡罵了一句傻子。

第六章 片場秀恩愛，閃瞎一票狗眼

自從季冕請劇組的人吃過一頓飯後，肖嘉樹明顯感覺到片場的氛圍好了很多，至少他要求重拍的時候，導演不會再露出不耐煩的表情。就這樣過了十幾天，姜冰潔依然沒有回來，她的替身倒是演技看漲，如今不會再笑場了，還能似模似樣對一對臺詞。

肖嘉樹漸漸習慣了她的節奏，發揮得越來越自如，連著好幾場戲都沒吃過NG。這天，他拍完上午的戲分回化妝間休息，卻發現一名女配角頭髮散亂地從裘渡的房間裡出來，臉頰染著兩團酡紅，嘴唇也被咬破了，一看就知道發生了什麼事。

「肖哥，您拍完了？」她笑嘻嘻地跟肖嘉樹打招呼，完全沒覺得不好意思。

「嗯。」肖嘉樹略微頷首便進了化妝間，一句話也不想多說。

女配角對他的背影翻了一個白眼，這才轉身走了。

與此同時，裘渡正一臉饜足地與他的私人編劇說話：「你幫我把劇本改一改，最好能把肖嘉樹的戲分壓住，再給千鶴凌和我加一條感情線。」千鶴凌就是剛才出去的那名女配角。

「千鶴凌扮演的角色下場戲就該領便當了，硬是加一條感情線，後面的戲都要改，導演能同意嗎？再說了，肖嘉樹的後臺很硬，咱們隨便改他的戲，他會不會發火啊？要是你倆鬧起來，導演恐怕不會站在咱們這一邊。」私人編劇憂慮道。

「讓你改你就改，怕什麼？前幾天我不是也改了幾場戲，肖嘉樹都同意了。這小子真不道地，演那麼賣力做什麼，害得老子天天得在片場跟他耗，就怕他的演技蓋過老子的風頭。我那部《烽火神州》也開拍了，讓你幫我買的頭套買好沒？」裘渡看向助理。

助理連忙答道：「買好了，這兩天就會寄過來。到時候我會讓替身戴著你的頭套去烽火那邊拍戲，導演也答應了，沒什麼問題。」

裘渡確認道：「那頭套逼不逼真？一般人能看出來嗎？」

「逼真，保證看不出來。再說了，烽火是一部抗日劇，演員臉上整天抹著黑灰，只要五官神似，一般人不會注意的。」

「那行，就這麼辦吧，我先把雙龍拍好再說。小管，劇本的事情你多多操心一下，這場戲、這場戲，還有這場戲都得改，我才是第一男主角，正道魁首，怎麼能讓肖嘉樹扮演的反派壓著打？改改改，所有損害我形象的戲全給我改，千鶴凌的戲你也上點心啊！」

「裘哥，咱們要不要跟編劇和原著作者商量一下？」私人編劇心裡沒底。

「不用，他們算老幾？我去跟導演說一聲就行。」裘渡是創維娛樂的一哥，有丁震罩著他，他怕誰啊？

於是，五天後，肖嘉樹拿到了新的劇本，他的戲分被大幅度刪減，原本飽滿的人物形象變得單薄不少，更誇張的是，其中一位女配角的戲分也被改了，這裡添一段，那裡添一段，最後算下來竟比女二號的戲分還多。

在原著裡，肖嘉樹扮演的角色是男主角之一，與另一位男主角聯手消滅域外強敵，最後改邪歸正了。他的形象是亦正亦邪，極富魅力的，但在新的劇本裡，肖嘉樹只看見一個喪心病狂的魔頭，而且死得十分慘烈。

這還叫男主角之一嗎？這比男配角還不如呢！

肖嘉樹氣得手指都在打哆嗦，跑去找導演問，對方竟然告訴他這個劇本通過了，後期就按照新版本來，讓他好好背一背臺詞。這都叫什麼事？這不是擺明了欺負人嗎？

但肖嘉樹已經跟劇組簽約了，還拍了不少戲分，如今想退出，必定會面臨很多問題。首先他要釐清的一點就是，到底是契約精神更重要，還是自己的利益更重要？他是該兢兢業業地把戲拍完，還是該果斷退出？

肖嘉樹頭一次遇見這種情況，獨自思索了很久也拿不定主意，只好詢問李老師。李老師畢竟是過來人，擁有很多寶貴的經驗，他應該知道該怎麼辦吧？

季冕收到肖嘉樹的私信時正在開會，新來的幾個練習生還等著他為他們制定發展路線，林樂洋則強撐著病體來到公司，要求改簽合約。沒錯，他準備放棄A級合約，從真正的新人做起。這個決定對他來說毫無疑問是艱難的，卻也是必須的。

「你們先回去跟自己的經紀人商量，寫一份計畫書給我。」季冕對幾名新人說道：「這年頭是個明星都在賣人設，但我得警告你們，無論什麼人設，人前人後你們都給我堅守住了，別弄到最後人設崩塌，把自己毀掉。想當歌手的好好唱歌，想當演員的好好演戲，別為自己樹立太完美的形象，那是作繭自縛。」

幾人連忙答應下來，然後跟隨經紀人出去。

季冕這才看向等了很久的林樂洋，「你之前簽的合約還有四年才到期，按理來說，公司是不能幫你改簽的。」

「季……總，」林樂洋及時改了稱呼，「我願意放棄一切權益，只求從頭做起，請你再給我一次機會。我直到現在才明白，憑我目前的實力，就算你把A級合約放到我手裡，我也是拿不起的，是你一直在背後幫我……」

他話沒說完，桌上的手機響了，季冕先是漫不經心地掃了一眼，接著迅速拿起來翻閱，表情由愉悅慢慢變成了慎重。他抬起手，示意林樂洋別說話，末了開始回覆。

肖嘉樹把改劇本的事詳細說了一遍，問出自己心底的困惑：「李老師，做為一名演員，我本應該遵守片約把戲演完，但我現在真的很迷茫，我不知道我的堅持還有沒有意義。」

季冕道：「我問你，接了這部戲之後，你曾經後悔過嗎？」

肖嘉樹想了想，如實回答：「每天都在後悔。」

「那麼它拍出來之後，能達到你的預期嗎？」

「不能，差得太遠了。」

「差在哪裡？」季冕繼續引導。

「劇情差，現在已經被改得面目全非了；演員演技差，還不敬業；導演也有問題，無法整合整個劇組，也無法掌控所有演員，很多場景由於演員不願意拍或是背不下大段臺詞，他就乾脆全給刪了；資金的運用也不合理，大頭都給了演員，剩下的用來做道具和服裝，卻沒聘請專業的特效團隊。這可是一部仙俠劇，至少一半的場景都得用特效才能拍出來，導演卻一點也不在意。我幾乎能夠想像，當這部連續劇拍完的時候，它是何等的粗製濫造，又是何等的敷衍了事。」肖嘉樹一條條分析著。

季冕輕輕一笑，「這就對了。劇情、演員、導演、團隊、特效、運作方式，你剛才提到的這些問題，原本該是一個劇組所要面對和解決的核心問題，是拍好一部電視劇的關鍵，但現在你看看，所有的核心都出了毛病，導演卻毫無作為，那你還堅持什麼？契約精神的確很重要，可是身為演員，聲譽、格調、信仰和追求，不該是更重要的嗎？」

他回憶片刻，繼續回覆道：「我年輕的時候，因為剛出道，沒什麼經驗，被人騙去拍了一部粗製濫造的電影。進組的第一天就開始後悔，但付不起違約金，不得不堅持拍下去，後來電影在國內上映，各網站的評分差點跌破底線，它也成了我一輩子的黑歷史，每每提起來就羞愧難當。如今我有錢了，常常會想，如果現在的我穿越回過去，把那筆違約金付了該有多好？我認為一個好的演員，外在要有格調，內在要有追求，不要什麼戲都拍。哪怕你演技再好，接的爛片多了便會被冠上『票房毒藥』的名頭，再想翻身就難了。失了格調等於沒了骨頭，站不起來。而內在追求是一個演員對藝術的尊重和素養，他的審美、他的意識，都要向藝術性靠攏，而非一味看重片酬。」

「咱們撇開片酬不談，我只問你，這部連續劇拍完能帶給你什麼？是鮮花和掌聲，還是難以釋懷的汙點？」

肖嘉樹盯著這段文字，忽然茅塞頓開，「老師，我覺得按照劇組這種做法，這部戲一定會被毀掉。或許播放的時候觀眾會喜歡，但我真的無法苟同，它達不到我對表演藝術的追求。老師，我想好了，我決定不演了。」

「那你就讓你的經紀人去處理解約事宜。別灰心，下次接戲時慎重點就好了。」

「好的，謝謝老師。」肖嘉樹真心實意地回覆。

季冕盯著手機，心裡既滿足又酸澀。

小樹現在最信任的人已經從季冕變成了李老師嗎？幸好這兩個人都是他……

林樂洋等了很久，見季冕拿著手機愣神，這才遲疑道：「季總，我剛才說的事……」

季冕擺手，「你去法務部吧，他們會幫你處理合約的問題。林樂洋，如果我堅決不同意你改簽低級合約，未來四年你將面臨什麼你應該清楚吧？」

「我知道。」對林樂洋而言，一張A級合約等同於雪藏，四年約滿，健忘的觀眾哪裡還會記得他這號人？四年時光雖然不長，但對一個二十出頭的年輕藝人來說卻是最為寶貴的一段時光，是絕對不能錯過的。

「所以我對你仁至義盡，我們誰也不欠誰，你同意嗎？」季冕直勾勾地盯著對方。

「我同意。」林樂洋咬牙道。

「那好，你可以走了。」季冕淡然道。

林樂洋這才步履蹣跚地走出辦公室，一個念頭清晰地浮現在他腦海：一切都結束了！曾經相依相伴的幾年時光，都被未來這四年換走了！季哥從來沒虧欠過他，他給了他過去、現在和未來。現在想想，的確是他太貪心了……

與此同時，匆忙趕來片場的黃美軒正在和導演談判：「王導，你這樣搞我們小樹，是不是太不厚道了？」

「劇本的問題我們可以談嘛。」王導笑嘻嘻地說道。

旁邊的裘渡不緊不慢地開口：「肖嘉樹是不是對結局不滿意？我把它改回來就是了。」

黃美軒瞥他一眼，冷笑道：「別以為我不知道你在耍什麼花招。你們是故意把小樹的結局改成那樣，如果他表示不滿，你們就可以拿這點來跟我們周旋，好讓我們產生你們已經做出重大讓步的錯覺是不是？裘渡，你以為所有人都是傻子，可以被你隨意擺弄？結局改不改，我們根本不在乎。」

她盯著王導，一字一句說道：「今天我不是來跟你們聊劇本的，而是談解約的，直接把你們的律師叫來吧。」

王導臉色當即變了，「解約？你們是不是太小題大作了？哪個演員不改劇本，你們不滿意也可以改嘛，大家商量著來。」

說句老實話，在這個劇組裡，他最喜歡的演員非肖嘉樹莫屬，他演技精湛，脾氣溫和，有禮貌又敬業，只要是他的戲分，一定會按照導演的構想拍到完美為止，簡直再省心不過。他寧願被逼走的人是裘渡，也不希望肖嘉樹離開劇組。他其實也知道，肖嘉樹是劇組僅剩的一點良心，他要是不在了，局面才徹底亂套了。他想了想，恐嚇道：「戲已經拍了一半，你們甩手走人，要賠償的違約金可是很高的。」

「你糊弄誰呢？一個月不到你們能拍了一半？」黃美軒翻開合約，逐條分說：「現在有良心的劇組不多了，我一聽說這部戲的男一號是裘渡，女一號是姜冰潔，就料到會發生這種情況。你看清楚了，簽約的時候我們對小樹的權利和義務有明確的規定。第一，你們不能刪減他的戲分；第二，你們不能毀壞他的人物形象；第三，你們不得擅自更改劇本，必須嚴格忠於原著，若在尊重原著的基礎上進行更改，也得以書面形式通知我方……這些條款你們做到了哪一條？是你們違約在先，我們自然有權利撤銷合約。」

王導被黃美軒逼問得節節敗退，不得不找來律師跟他們談。

在等待律師抵達片場的空隙，黃美軒把小樹拉到一邊詢問：「你真的決定不演了？其實只要你願意，我們還可以把劇本改回來，但如果你中途毀約的話，可能會有對你不利的流言傳出，影響你的形象。」

肖嘉樹搖搖頭，「美軒姊，現在不是改劇本的問題，而是這些人根本就沒想過好好拍戲。我來了快一個月，只見過姜冰潔兩回，裘渡的替身有七八個，他還不停給自己加戲、改戲，那個女二號背不了大段臺詞，就直接把原臺詞劃掉，自己總結了兩句話，上去隨便一說，導演也讓過了。還有一個女配角更絕，直接用數字代替臺詞，我還得適時接上她的話，差一點就精神錯亂了。妳知道嗎？在這個劇組，我最大的收穫是學會了演獨角戲，敷衍了事更是常態，認真努力反倒成了異類，這真的顛覆了我的三觀。」

他抹了把臉，頹廢道：「美軒姊，我真的不打算再拍了。」

「好好好，」黃美軒揉揉他的腦袋，安慰道：「你不願意咱們就不拍了。」

兩人說話的空檔，律師來了，經過幾輪談判，終究還是敗給了經驗豐富的黃美軒，結果肖嘉樹一分錢都不用賠，輕輕鬆鬆便離開了劇組，但三天後網路上竟出現一個模糊的視頻，一位稍有名氣的女明星拉住肖嘉樹詢問他毀約的原因，而他冷冰冰地說道：「這樣的劇本根本沒法拍，我不拍了。」

視頻上方附有該女明星的解釋，說肖嘉樹不滿意自己的戲分太少，想改劇本，卻被導演拒絕，就以罷演相威脅，沒想到導演一點也沒慣著他，當下就與他解約了，末了還感嘆這位富二代脾氣差，難伺候，常常在劇組裡耍大牌。

她說的都是些沒有根據的事，除了那段被剪得面目全非的視頻，沒有半點實錘，但在肖嘉樹毀約並離開劇組的消息被《雙龍傳奇》官方微博放出來後，相信的網友竟越來越多。

一時之間，肖嘉樹被推到了風口浪尖上，原著粉紛紛跳出來罵他，讓他有本事自己寫一本書，別糟蹋別人的勞動成果。還有人慶幸他走得好，不然這部連續劇絕對沒法看了。肖嘉樹的粉絲自然予以反擊，可到底比不上原著粉的力量大，很快就敗退了。

雖然也有人欣賞肖嘉樹的顏值，認為他的容貌符合原著中對李元昊的設定，但如果他不能尊重原著作者和編劇，走了也是一件好事。在娛樂圈裡，長得漂亮的人很多，沒有誰是不能被替代的，戲分少就改劇本，不讓改就毀約，這不是戲霸是什麼？

肖嘉樹原本樹立的良好口碑，經此一事全面崩塌，而劇組沒有一個人站出來為他澄清。或許這件事本來就是他們策劃的，否則也不會先放流言，再利用官方把消息坐實，這顯然是有計畫有預謀的行為。

何謂顛倒黑白、倒打一耙，肖嘉樹總算是見識到了。他氣得眼睛發紅，立刻就拿出手機編輯了一段文字，把他在劇組裡遇見的奇葩事全都爆出來。雖然沒指名道姓，可如果認真閱讀細節，網友們很容易就能對號入座。

微博剛發出去，姜冰潔、裘渡等人的粉絲就炸了，迅速加入原著粉的行列，對肖嘉樹展開口誅筆伐，還揚言讓他滾出娛樂圈。

肖嘉樹不是第一次面對這種全網討伐的情況，但上一次他可以拿出很多證據，這一次他卻沒有任何東西可以證明自己。他盯著已經被網友的惡毒評論攻陷的微博，內心充滿迷茫和痛苦掙扎。他只是想好好拍戲而已，為什麼這麼難？

就在他快要對自己的信念產生動搖時，那條掀起了軒然大波的微博竟然被刪除了，網友們頓時大感快意，都說肖嘉樹認慫了，被罵得不敢冒頭、活該、滾蛋等等。

他明明說的都是真話，但在水軍和黑粉的帶動下，竟沒有一個人願意相信他，甚至對他的品行也產生了懷疑，而他主動刪除微博的行為就是他心虛的鐵證。

肖嘉樹打電話給黃美軒，質問道：「美軒姊，是不是妳刪除了我的微博，為什麼？」

「小樹，你在哪裡？你冷靜點，我們回公司再談。你近期不要在媒體面前說任何話，把事情交給我們來處理好嗎？」

「妳所謂的處理就是讓我保持緘默嗎？」肖嘉樹把車停靠在路邊，眼睛通紅地問道。

「我們只是暫時保持緘默而已。小樹，你太衝動了，你的性子應該改一改，完美主義者在這個圈子裡是活不下去的，適當的時候，你必須做出妥協。」

肖嘉樹緩緩搖頭，「美軒姊，我不會妥協的。」話落掛斷了電話。當他想驅車離開時，一名高大的男子走過來敲了敲他的車窗，沉聲道：「小樹，把門打開，我們好好談一談。」

「季哥？你怎麼找到我的？」肖嘉樹驚訝道。

「薛姊為了防止你出事，把你的手機定位了。」

於是，收到消息的季冕主動擔下了找人的任務。

肖嘉樹盯著手機，表情很掙扎。他很想一摔了事，又想責問母親為什麼要干涉自己的自由，但他也知道，母親擔心舊事重演才會這樣做，她對他的愛遠遠高於一切。

最終他妥協地收起手機，頹唐道：「季哥，你也認為我做錯了嗎？」

季冕雙手撐在車窗上，語重心長道：「小樹，一個人的力量太渺小了，所以你改變不了這個世界，你只能改變自己……」

沒想到這句話把瀕臨崩潰邊緣的肖嘉樹氣炸了，他抬起頭，一字一句道：「季哥，我永遠不會改變。或許我太衝動，太任性，太過追求完美，妨礙了某些人的利益，可我至少對得起自己，對得起粉絲，對得起觀眾。姜冰潔和袁渡對自己的工作糊弄敷衍，他們的粉絲也願意為他們買單，願意接受這種不完美，但我的粉絲不行。他們既然喜歡我、支持我，我就要對他們負責。我的作品或許不是最好的，可我會盡我所有的力量去做好。我不想讓他們失望，不想讓他們耗費如此多的喜歡，得到的卻是一件殘次品。」

他一邊關車窗，一邊說道：「粉絲願意為偶像買單很感人，但我在接受他們的付出時，不應該盡最大的努力去回報嗎？我又不是上帝，可以理所當然地收割粉絲的信仰。我只是一個普通人，我會誠惶誠恐，我會受寵若驚，我會永遠尊重我的作品、粉絲和觀眾，這難道不是演員最基本的職業道德嗎？季哥，我在做對的事，我的信仰和追求永遠不會改變。」

他深深看了季冕一眼，然後踩下油門離開這裡。他終於想明白了，為什麼季哥會在最鼎盛的時期選擇退出，為什麼會逐漸從臺前走到幕後，因為他改變不了這個世界，所以逐漸在現實中妥協了。

他的選擇或許沒錯，但肖嘉樹依然覺得很失望。他原本以為季哥會是唯一能理解自己的人，卻原來並非如此……

就在他驅車離開的一瞬間，季冕終於聽見了他強烈的心聲。

他在心裡默默念道：季哥，我對你很失望！

季冕一下子就懵了，等車子開出老遠才奮力追上去，大聲喊道：「肖嘉樹，你給我回來，你停下……」但車子已經開遠了，很快就連車尾燈也看不見了。

季冕解開領帶，扒亂頭髮，滿心都是難以言喻的焦躁。他從來不知道，一句「我對你很失望」所造成的殺傷力竟然不亞於「我恨你」。

他怎麼會要求小樹用他那顆赤子之心去迎合世俗的汙濁？他怎麼捨得？

他只是想告訴他：你或許應該改變自己處理事情的方式，不要總是說一些容易被人曲解的話，不要總是對人疏於防範。你可以天真，也可以任性，但你不能讓別人察覺到你的天真和任性，因為這些性格弱點恰恰會成為他們攻擊你的手段。

然而，他所有的勸告和安慰都來不及說，就被肖嘉樹堵回去了。他可以想像，自己在肖嘉樹心裡的形象一定會被顛覆。他曾經對自己多崇拜，現在就有多失望。

該死，他最受不了的就是他的失望！

季冕寧願肖嘉樹這輩子都不理睬自己，也不願意成為他心裡的不完美。他拿出手機分別打了電話給薛淼和修叔，這才回到車上，用力捶了兩下方向盤。

方坤坐在副駕駛座上，幸災樂禍地說道：「怎麼，肖嘉樹連你的話也不願意聽了？你和他最近鬧掰了吧？」

季冕疲憊萬分地嘆息，「我不確定我對他的感情到底是什麼，又該拿他怎麼辦。我們從來沒在一起過，哪裡來的鬧掰？」

「你不確定你對他的感情？」方坤快要笑死了，攤手道：「把你的手機給我，解鎖。」

季冕不明所以，但心煩意亂之下還是照辦了。

方坤翻開他的相冊，嗤笑道：「看看，總共兩百多張照片，其中至少有一百九十張是肖嘉樹的。」又點開微信，「小樹苗的聊天頁面被你置頂了，他一句話都沒回你，你卻可以每天發幾十條訊息給他，你哪來的耐心？」末了打開朋友圈和微博，「看看，自從認識他以後，你每隔幾天就會發一條與他有關的動態，你還說你不確定對他的感情？你季冕要不是愛一個人愛得快死了，會做這些你原本覺得最無聊的事嗎？你對林樂洋有這樣過嗎？」

「這些東西我就不說了，」方坤繼續道：「被你珍藏在書架頂格的兩本相冊是誰的？堆放在你家茶几上的禪悅飯店訂製雜誌的封面印著誰和誰的合照？你每天都會翻看很多遍吧？最頂上那本雜質頁面都捲邊了，你當我看不出來？還不用說你存放在電腦裡的那些表情包和剪輯視頻。你看看你最近給我發的訊息……」他拿出手機，打開微信，「我來幫你數一數，你用了幾個肖嘉樹的表情包，一、二、三、四……你的生活裡全都是他，十句話裡有九句都與他相關。他在你身邊，你笑得像朵太陽花；他走了，你連魂都丟了。來來來，你來告訴我，你對他究竟是什麼感情？」

季冕愣住了，過了大約半分鐘才聲音頗為沙啞地道：「但是我心裡藏著一個祕密不能跟他說，這對他很不公平。」

「那就永遠不要讓他知道你擁有祕密，用盡全力去對他好就行了。誰都有祕密，這很正常。」方坤無心追問，嘆道：「愛就愛了，怕什麼？等你失去他，你才知道什麼叫後悔。」

這句話令季冕心尖狠狠一顫，當下發動引擎，追了上去。

他其實早就後悔了，只是不敢承認而已。

……

季晁到底還是沒能追上肖嘉樹，他的車子一路疾馳，竟然直接拐回家去了，而他家社區的安保措施非常嚴格，外面的車輛根本進不去。

方坤看著緊閉的大門，搖頭道：「嘖嘖嘖，肖嘉樹真是一個奇葩！我還以為他心情不好的時候會去酒吧喝得爛醉，或跑到海邊大喊大叫一通，甚至於直接開車去外地浪蕩幾天，可我打死也沒想到他居然直接跑回家了。這個習慣好，不怕把人弄丟。」

季晁又好氣又好笑，說話的時候卻略帶驕傲：「小樹其實很乖的。」剛見面的時候，他還以為他很叛逆，事實證明以一個人的外表去評價他的內心是多麼荒唐可笑。

他拿出手機打電話給小樹，一開始對方理都不理，後面就全都按掉了。按掉好，按掉代表他有看手機，有在意這些來電，而不是調成靜音棄之不顧，或乾脆關機。

他連發脾氣都發得這麼可愛，季晁盯著手機螢幕，既無奈又寵溺地笑起來。

方坤調整一下後視鏡，調侃道：「季哥，你往鏡子裡看看自己的表情。」

季晁頭也不抬地繼續打電話，小樹一直按，他就一直撥，簡直不厭其煩。小樹願意掛斷他的電話，他才會覺得心安，小樹若是把手機丟開不管了，他便會止不住地擔憂。他寧願他生氣，甚至把所有的怒氣都宣洩在自己身上，也不願意他徹底對自己心灰意冷。

沒有人知道，在聽見小樹心聲的那一刻，他有多恐慌。

方坤伸長脖子看了看他的手機，笑道：「真有耐心啊，一直打一直打，瞧這架勢是要打到天荒地老？你不知道你現在笑得有多肉麻，人家跟你生氣呢，又不是跟你調情。」

季冕搖搖頭，「天荒地老太誇張了，頂多打到手機沒電而已。小樹願意跟我生氣我才要高興，你不懂。」

「與其打電話，你不如發訊息給他，想說什麼一下就寫完了，他會看見的。」

「有些話還是得當面說，發訊息太沒誠意了。」

說歸這麼說，季冕到底還是發了一條訊息給小樹，約他出來見個面。訊息剛發出去，他聘請的私人律師就打電話進來了，詳細彙報了與《雙龍傳奇》原作者青雲直上和編劇九牧的溝通情況，並表示兩人都已同意暫時保持緘默，並在劇情播出後再狀告片商。

該劇的編劇和原著作者本來就是非常好的朋友，若非原著作者正處於新作品的創作中，他原本是想親自擔任編劇的。得知自己的作品被改得面目全非，他當即就想站出來力挺肖嘉樹，而他的編劇好友也以退出劇組當作威脅，請求片商把劇本改回來。

然而，在他們有所行動之前，季冕卻先一步找到他們，請求他們暫時不要做出回應。憑他們的能量，肯定鬥不過財大氣粗的製片方，最終只會被迫簽下同意修改編劇本的協定，把情況弄得更糟，倒不如等片子拍完再訴諸法律手段，屆時片子就在各大媒體上播放，取證太容易，獲得的賠償也是可觀的。

是人就會有私欲，在律師地反覆勸說下，兩人都同意了這個提議。

季冕掛斷電話，冷冰冰地笑了一聲。

「這官司能打贏？畢竟是賣了版權的。」方坤疑惑道。

「能，如果劇情與原著出入太大，原著作者可以以侵犯著作權的名義起訴，贏面很大。在打官司期間，原告還可向法院提出下架侵權作品的訴求。」季冕語氣淡淡地說道。

方坤縮了縮脖子，感嘆道：「一部正在熱播中的連續劇捲入侵權官司，還被下架了，這損失誰來賠？你這是想弄死投資方啊？季哥，我沒惹到你吧？」

「我是守法的公民。」季冕拿出手機，通知修長郁可以撤資了。冠世一旦撤資，創維和極光肯定得加大投入，再換上他們的藝人去參演，要死一起死，誰也別落下。

電話剛掛斷，又有一個人打進來，張口便道：「季總，九牧日前已經退出劇組，王導如今正與紫色月季接洽中，而且雙方的意願都很強烈，應該會合作。」

「好的，我知道了。」季冕掛斷電話後點燃一根香菸，愜意地抽了一口。

九牧退出後，劇組肯定得聘請比他名頭更大的編劇來撐場面，而紫色月季就是最好的人選。這個人最大的長處就是修改原著，經過他的「巧手」，再經典的名著也能被改成狗血劇，偏偏觀眾很喜歡，漸漸就把他捧紅了。有他在，《雙龍傳奇》肯定會被改得面目全非。

王導這些年拍了幾部大火的連續劇，真有些得意忘形了。觀眾的審美也是在變化的，原著的成功就擺在那兒，吃慣山珍海味的粉絲你忽然端給他們一盆糟糠，他們能同意？

季冕搖搖頭，感慨這個圈子的亂象，也更為小樹感到心疼。

就在這時，又一通電話打進來，號碼很長一串，應該是個越洋電話，兩人用英語溝通了一番，最終達成了共識。方坤一邊聽一邊搖頭，真為姜冰潔的未來擔憂。妳拍戲就拍戲，沒事踩著小樹玩幹嘛？這下好了吧，妳辛辛苦苦拍的那些戲分，到最後全都被製片人剪掉，妳這邊還使勁兒宣傳這件事，標榜自己已經走入國際，成了超一線巨星，這可真是……

方坤已經可以想像姜冰潔的粉絲歡歡喜喜跑去電影院看《機器戰警》，數著秒數等姜冰潔出現，對方卻連臉都沒露一個的情景。屆時整個電影院都會響起啪啪啪的聲音吧？臉疼啊！

季冕彷彿又回到了年輕氣盛的時候，報復人的手段太狠。

「你對肖嘉樹可真是……」方坤正想發表幾句感嘆，季冕抬起手，示意他保持安靜。

他撥通了薛淼的電話：「薛姨，我是小冕，美國那邊的事已經辦妥了。哪裡，照顧小樹是應該的，您別跟我客氣。他剛回家，這會兒還生著氣呢，您回去好好哄哄他。好的，有機會再聊……不用您請，應該是我請您，到時候叫上小樹，我們聚一聚……好的，再見。」

哪怕沒有面對面，他的表情和語氣也很恭敬，就差點頭哈腰了。

方坤笑著調侃：「八字還沒一撇，你這準女婿的架勢就拿出來了。薛淼要是知道你打他兒子的主意，一定會拿刀砍了你。」

「這些事以後再考慮，先把小樹追到手再說。」季冕深深嘆息，然後繼續跟小樹玩「我打你按」的遊戲。

小樹不理人，小樹置氣，小樹使小性子甚至誤解自己，這些幼稚的舉動在季冕看來都是可愛的。他到此時才發現，他對肖嘉樹的包容早已超越所有，如果這都不算愛又算什麼？

薛淼掛斷電話後對修長郁說道：「季晃這個人挺好的，當年你冒著風險把他帶回國，真是沒做錯。我都沒找過他，他就主動幫我把美國的事擺平了，夠仗義，只是不太會說話，竟然喊我薛姨，我有那麼老嗎？我記得之前他都管我叫薛姊的。」

「妳當然不老，妳這張臉二十年來就沒變過。」修長郁連忙安慰。

薛淼拿出鏡子照了照，確認自己依舊美麗不可方物，這才站起來收拾東西，「你這張嘴二十多年了也沒變過，還是那麼會哄人。行了，我先回去看看小樹。我們都不讓他說話，他肯定很委屈……」

剛說到這裡，肖定邦的電話打了進來，詢問她小樹怎麼樣了，需不需要自己幫忙。薛淼好好感謝他一番，婉拒了他的提議。

當薛淼趕回家時，肖嘉樹正躺在沙發上看手機，一副苦大仇深的樣子，鈴聲一響他就立刻按掉，再響再按，像發了瘋的小狗。

薛淼當即就被他逗笑了，無奈道：「你做什麼呢？整天都找不見人？」

「你們為什麼不讓我在微博裡說出真相？」肖嘉樹把手機調成靜音，氣呼呼地坐起來，他對這個世界太失望了！

薛淼揉揉他烏黑的髮絲，拿出兩張劇照擺放在桌上，「你看這兩張照片有什麼不同？」

那是肖嘉樹扮演的李元昊和裘渡扮演的李歸一的定妝照。兩人一個身穿黑色勁裝，一個身穿白色長袍，造型方面沒多大的區別，氣質和容貌卻天差地遠。肖嘉樹俊美逼人，尊貴無雙，眼裡還透著一股邪氣，簡直是虛幻中的李元昊走入現實。而裘渡原本也算英俊，但與肖嘉樹並排站在一起，瞬間就被壓得黯淡無光，而且他眼裡沒戲，只是隨意擺了一個造型，給人的感覺很刻板。

肖嘉樹瞥了照片一眼，嫌棄道：「最大的區別就是他沒有我帥。」

「這就對了。」薛淼輕笑道：「他好歹也是一線明星，流量擔當，卻被你一個新人處處壓上一頭，他能樂意？我看過你們拍好的畫面，說一句大實話，你的演技比他強太多，而觀眾的眼睛是雪亮的，又喜歡拿同一部劇的明星做比較，對他的聲譽會造成很不利的影響。這就是他一定要改劇本，繼而把你逼走的原因。」

「難道優秀也是一種錯嗎？我是一個演員，演好每一個場景不應該是我的本職工作？」肖嘉樹淚眼汪汪地問。

薛淼將他摟進懷裡，繼續道：「不，這當然不是你的錯。現在你知道了裘渡要排擠你的原因，那你知道姜冰潔為什麼會整你嗎？」

「不知道，我只是經常發訊息問她什麼時候能回國拍戲，沒說越軌的話，她為什麼要在微博上誣陷我騷擾她？」肖嘉樹抹了抹眼角，簡直沒法理解這些人的所作所為。

「她在美國拍大片，你讓她回來拍連續劇，她不整你才怪。」薛淼拍拍兒子的肩膀，「我跟你說這麼多是想告訴你，娛樂圈並不簡單，也有各種各樣的爭鬥，你妨礙到別人的利益，別人就有理由對付你，所以，我的傻兒子，你以後多長點心眼，別總是大咧咧的。人家問你幹嘛毀約，你就應該調頭走人，還跟對方說什麼廢話？」

「季冕已經跟原著作者商量好了，等電視劇播映後就會起訴劇組侵權，並且要求作品下架，你修叔叔也撤資了，免得後面損失太大。我們讓你別發表意見，只是不想引起劇組的注意，封死我們的後路而已。你認慫，你沉默，他們自然就猖狂繼而肆無忌憚起來。有句話說的好，上天欲使之滅亡，必先令其瘋狂。我們的反擊還在後面，你現在所遭受的責難和汙衊，到時都能洗刷乾淨。我的兒子，娛樂圈就是這樣，不是我踩你就是你踩我，誰不想紅？誰不想往上爬？在攀爬的過程中，有的人成了勝利者，但更多的人成了墊腳石，優勝劣汰在這個圈子裡是常態，你早晚有一天要習慣。」

肖嘉樹感覺自己的三觀被重塑了，呆愣了好半晌才搖頭道：「我可能會習慣，但我永遠不會隨波逐流的。」

薛淼欣慰地笑起來，「好，不隨波逐流，你只要做好你自己就行了。」

肖嘉樹遲疑片刻，又道：「媽，您說季哥在背後幫了我？」

「他幫了咱們大忙了，他不但說服青雲直上和九牧暫時保持沉默，還想辦法剪掉姜冰潔在美國的戲分。他對你簡直好得沒話說，難怪你成天誇他。」薛淼指著兒子紅通通的鼻頭，調侃道：「現在你心情好了吧？不怪你美軒姊了吧？快去洗臉，多大的人了還哭唧唧！」

肖嘉樹連忙捂住鼻子，既羞愧又竊喜。原來是他誤會美軒姊和季哥了，他們沒有讓他失望，只是解決問題的方法跟他不同，但他可以打電話跟美軒姊道歉，卻不敢聯絡季哥。

季哥再好也是別人的男朋友，他本來就那麼喜歡他，經過這件事，更覺得他無比完美。他強大、幹練、成熟，還非常溫柔，簡直是他遇見過的，除開大哥之外最優秀的男人。再與季哥相處下去，他毫不懷疑自己早晚有一天會突破道德的底線，不管不顧地把他搶過來。

哎呀，我該怎麼辦啊？他拿起手機，看著螢幕上的幾十通未接來電，想得頭都大了。

糾結了半天，他登錄微博大號發了一句感悟：「即使困頓，也不隨波逐流；即使庸碌，也不趨炎附勢；即使起落，也不放棄堅持。」

毫無意外的，這條微博引來一大批黑粉的嘲諷，都說他是中央戲精學院畢業的，很會在劇組裡給自己加戲，也會在生活中給自己加戲。明明是戲霸、色鬼，還演得像受害者。

肖嘉樹逐條閱讀留言，覺得有些難受，卻看見季哥給自己點了一個讚。他是最快站出來支持他的人，哪怕一句話都沒說，也帶給他無盡的勇氣。他的傷心難過一掃而空，把手機貼在胸口，傻乎乎地笑起來，發現老媽正用探究的目光看著自己，連忙跑進臥室反鎖房門。

他趴在床上，盯著那個小小的豎大拇指的表情符號看了很久，終於按捺不住衝動，登錄小號寫道：「好想把某個人搶過來，怎麼辦？」

「喲，博主這是看上誰了？」有粉絲追問。

季冕在第一時間發現這條微博，指尖一顫，竟把手機弄掉了。

方坤及時接住，調侃道：「怎麼了？魂又丟了？」

季冕搶回手機後扶額低笑，「差不多了，就在剛才丟了一半，還有一半連在這裡。」

他指了指自己的心臟，笑容極其溫柔。

方坤抖了抖，擺擺手道：「受不了你這種表情，太肉麻了。沒事我就先走了，祝你早日搞定肖嘉樹。」

「借你吉言。」季冕用李老師的微博號回覆道：「或許你應該跟他當面談一談，說不定會有驚喜。」

肖嘉樹秒回：「真的嗎？那我試一試？」

「快去！」季冕急切地催促。

然而，肖嘉樹只是說說，哪裡有膽子？他害怕被季哥拒絕，更顧慮林樂洋的感受，他的道德觀不允許他做出奪人所好的事。就在他頭痛欲裂時，一通電話打了進來，是趙川。

「小樹，你現在肯定很慘吧？沒戲接了是不是？」

聽聽，這是人說的話嗎？

肖嘉樹的煩惱頃刻間消失無蹤，沒好氣道：「你打電話過來幹嘛？落井下石的？」若非他倆早就成了無話不談的朋友，他真的會掛斷電話，把對方拉進黑名單。

「哪有？我是來拯救落難中的你。我馬上要飛去美國拍一部喜劇電影，但原定的男二號毀約了，你要不要來補位？我先把劇本發給你，你看看？」趙川把電子版的劇本發過來。

「你怎麼總是被人毀約？」肖嘉樹接收並保存劇本，打開後看了看標題，片名叫做《一路狂奔》，像是一部公路電影。

「沒辦法，我窮啊，出不起高片酬。」趙川腆著臉說道：「你要是覺得劇本好就給我投一筆怎麼樣？這回我一定還讓你大賺特賺。現在羞辱你的這些人，將來一定跪下喊你爸爸。我告訴你，這個本子是我無意中發現的，編劇三滴水雖然沒什麼名氣，但文筆真是一絕。這是他花費三年時間寫的劇本，前後修改過上百次，絕對能成經典。」

「我先看過劇本再說。」肖嘉樹略有些心動。他現在正處於事業和感情的動盪期，很需要讓自己忙碌起來。如果飛去美國，離季哥遠了，他或許能把這段感情理清楚。

「那你快看，我在美國等你。」趙川信心滿滿地掛斷電話。

肖嘉樹翻開劇本看起來，不知不覺就過了一夜。翌日，他拿起手機發訊息給趙川：「等著我，我立刻就過去。能在這個時候讓我笑出來，還整整笑了一夜，這個劇本很棒。」

趙川立刻回覆：「歡迎你投入我的懷抱，對了，別忘了把投資帶過來。已經接過兩部電影的你，現在應該很有錢了吧？」

「不是很多，但我可以跟我哥借一點。」肖嘉樹不確定地說道。

「那就快去！」

肖嘉樹跳下床，先是說服了母親送自己去美國避避風頭，然後才戰戰兢兢地打電話給肖定邦：「大哥，我跟你說一件事。」

「什麼事？」肖定邦的語氣聽起來很嚴肅。

「我想跟你借點錢……」肖嘉樹說話的聲音越來越小。他長那麼大還是頭一回跟家人借錢，感覺太羞恥了。

正悠閒吃著早餐的肖定邦瞬間正襟危坐，勉強壓下內心的激動，追問道：「借多少？」他幻想了很久的時刻終於到來了，弟弟會主動開口跟他要錢了，這樣很好！

坐在他對面的肖啟傑放下碗筷，豎起耳朵。

「借五千萬？」肖嘉樹縮了縮脖子。

「可以，我馬上轉帳給你。」肖定邦果斷掛了電話。

與此同時，肖嘉樹收到了一筆匯款，的確是五千萬，但後面的幣值居然是美元，一下子多了好多錢，肖嘉樹整個人都是恍惚的，走路都有些發飄。

肖啟傑狀似不經意地開口：「你弟弟缺錢花了？我這裡有張卡，你讓人送過去給他。他最近好像被人抹黑了？要不要我找關係把這件事壓下來？」

「他沒錢了我再給，這張卡您自己留著吧。被抹黑那件事薛姨有成算，您別擔心。有時間多打電話給他，別總是裝冷漠。」肖定邦擦乾淨嘴角，大步走出去。

季冕為了等待小樹的訊息或電話，幾乎一整晚沒睡，早上實在是撐不住了，瞇著眼睛躺了一會兒，再起來時卻接到方坤的電話，對方幸災樂禍地說道：「季哥，你猜我兩小時之前遇見誰了？是黃美軒，她訂了一張去美國的機票給肖嘉樹，這會兒已經走了，哈哈哈……」

媽的，人都走了你現在才來告訴我？

季冕氣急敗壞地掛斷電話，想也不想就訂了時間最近的機票。

肖嘉樹抵達美國後花了一天倒時差，又花了一天研究劇本，第三天就開始拍攝。正如趙川所說，《一路狂奔》的確是個窮劇組，固定演員只有三個，兩個男主角、一個男配角，預算更是少得可憐，所以得抓緊時間趕拍，拖一天就得多花一天的錢，實在傷不起。

「來來來，我為你介紹一下，這位是男主角之一的吳傳藝，你應該認識他吧？」趙川把肖嘉樹帶進片場後說道。

「當然認識，我從小就是看吳老師的電影長大的。」肖嘉樹畢恭畢敬地與吳傳藝握手。

話雖這麼說，但吳傳藝的年紀只比肖嘉樹大三歲而已，還很年輕。他出道時間早，三歲入行，隨即一炮而紅，中期由於某些原因沉寂下去，最近幾年似乎在跑龍套，雖然混得不好，卻未有息影的打算。算一算，從影時間也有二十年了，是一位不折不扣的老前輩。

肖嘉樹很小的時候就喜歡看吳傳藝演的兒童電影，自是與他神交已久。這位童星長大之後也沒變樣，臉還是那張清秀可愛的娃娃臉，但身材就……

肖嘉樹上上下下瞄他幾眼，最後只能用「金剛芭比」四個字來形容。難怪吳傳藝的粉絲都表示自己的偶像長殘了，他們原本期盼的是一位身材纖細的美少年，沒想到他竟然把自己練成了糙漢子。那大塊大塊隆起的肌肉，若是抹一層橄欖油，可以直接去演烤雞了。

不過，肖嘉樹對他的身材十分欣賞，甚至有點羨慕。他目前仍在健身，可惜效果不佳，練出四塊腹肌似乎是他的極限，再怎麼練還是老樣子。要是隔幾天不鍛煉的話，肌肉還會有融化的跡象……

他用力握了握吳傳藝的手，客氣道：「能與吳老師合作是我的榮幸。」與他的開心比起來，吳傳藝顯得有些遲疑。他藉口要與趙川聊聊私事，把人單獨拉到一邊，低聲問道：「你怎麼把這位祖宗請來了？你都不看國內新聞嗎？他喜歡改劇本、耍大牌、騷擾女明星，你看，網上都有實錘的。」邊說邊拿出手機，打開微博，進入姜冰潔的主頁，只見她貼了很多微信聊天截圖，都是肖嘉樹詢問她何時回國的，還說他很需要她，請求她盡快回去云云，幾乎每隔幾天就有一條，簡直是煩不勝煩。

趙川自是不信這些八卦，但還是拿起手機興致勃勃地看了一遍，臉上帶著賊笑，「你是姜冰潔的粉絲？你關注了人家，人家可沒關注你啊，要不要我幫你搭個線？」

吳傳藝臉頰微微一紅，擺手道：「不用了，我就是隨便刷刷微博，不小心關注的。」

趙川嗤笑一聲，隨即向無所事事的肖嘉樹招手，「小樹，你過來，我問你，你騷擾姜冰潔是怎麼回事？」

肖嘉樹愣了愣，拿出手機打開微信聊天頁面，委屈道：「她在美國接演了一部電影，明明沒時間拍《雙龍傳奇》，卻死活不願意放棄這筆片酬，就叫替身來幫她演戲，後期再摳圖。我跟她的對手戲實在是太多了，她請的那個替身又很業餘，真的不會演，我只好催她回來。我哪知道這樣會得罪她？你看看，她截圖只截一半，故意歪曲事實讓她的粉絲攻擊我。」

趙川接過手機仔細看了看，不禁對姜冰潔的無恥表示嘆服。她果然只截了小樹問她什麼時候回國的內容，但小樹委婉勸告她不要軋戲的話卻全被剪掉了。她給小樹的回覆也藏有很多玄機，只要小樹一開始指責，她就說自己在美國如何如何辛苦，如何如何努力，這個機會又對她多麼重要云云。這是料定了就算小樹把完整截圖發到網上，這些賣慘的話也能為她搏得粉絲的同情和聲援，而小樹曝光這些對話的行為，會被粉絲解讀為不紳士、氣量小等等，手段真是高，不愧為老江湖。

趙川看完聊天記錄便把手機遞給臉色尷尬的吳傳藝。既然大家要在一起長久合作，解開誤會互相了解是很有必要的。戲裡戲外，演員們若是都能擦出火花，那當然是再好不過。

吳傳藝也是因為看不慣圈子裡的亂象才會被雪藏多年，於是先入為主對肖嘉樹產生了偏見和懷疑，現在得知他同樣也是一個有堅持的人，立刻就對他好感倍增。他再一次握了握肖嘉樹的手，真誠道：「很高興認識你，希望我們合作愉快。」

肖嘉樹莫名其妙地握了第二次手，「合作愉快。」完了看向趙川，「川兒，還有一個男配角呢，怎麼沒來？」

「我打十幾通電話給他了，他硬是不接，該不會想毀約吧？」趙川臉色變了變，又打電話給那位男配角的經紀人，這次倒是接通了，但對方要求提高片酬，張口就要加五百萬，這可把趙川氣壞了，當場就與他吵起來，最後一拍兩散。

「操你媽！開拍在即你跟我說加價，之前怎麼不提？這是想要拿罷演來威脅我嗎？以為老子沒時間再找一個演員替補？好，老子讓你走！你算什麼狗東西，還真以為老子找不到人是不是？前面要了五百萬，現在又加五百萬，我兩個男主角的片酬加一塊還沒你高呢，你以為你是誰？」趙川對著已經掛斷的電話破口大罵。

肖嘉樹偷偷拽住吳傳藝的袖子，表情很神祕，「你的片酬是多少？」

吳傳藝欲言又止。

肖嘉樹大咧咧地道：「我是倒貼進組，不但沒片酬，還投了錢，目前欠了一屁股債。」

吳傳藝古怪的臉色瞬間恢復正常，在他耳邊低語：「我也是。」

兩人面面相覷，接著捂嘴偷笑。經過短短十幾分鐘的相處，他們都發現對方是一個非常簡單純粹的人，相處起來很愉快。

「來，我倆拍個合照。」肖嘉樹主動攬住吳傳藝的肩膀，吳傳藝也抱回去，兩人頭碰頭拍了一張合照。

「我現在的名聲不太好，怕連累你，否則就把照片發到微博上去了。」把照片稍微修了修，肖嘉樹嘆息道。

「沒事，我來發，我早就過氣了，不怕連累。」吳傳藝哈哈一笑，把照片發到了自己的微博上，並配文道：「新認識的朋友，非常志同道合，期待……」

至於期待什麼他沒說，但大家早晚有一天會明白。

肖嘉樹隨即點了讚，還轉發到自己的微博上。

在這種困頓的時刻，能有一個人與你肩並肩站在一起，感覺真的很不錯。

趙川原本也應該轉發的，但他實在是太著急了，根本沒空管別的。他要是找不到比先前那人更合適的演員，這部電影很有可能會開天窗。雖然那人只是一個男配角，但戲分絕對不比兩位男主角少，並且是劇中的點睛之筆。所有的笑點、賣點和噱頭，幾乎都在這位男配角身上，所以趙川咬著牙給出了五百萬的「巨額」片酬，而他所有的投資加起來也只有三千萬，這就去了六分之一。

「媽的！這年頭見錢眼開、忘恩負義的人太多了！」連打了十幾通電話都被拒絕的趙川氣得想咬人。他之前那部大火的網路劇捧紅多少小花旦、小鮮肉？現在呢？需要他們救場的時候一個都不願意來，五百萬片酬還嫌少，他們怎麼不上天啊？

趙川也知道片酬虛高是華國娛樂圈的普遍現象，拿不出幾個億，根本請不來咖位大的演員，這就是現實。正當他一籌莫展時，一個熟悉的電話號碼打進來，令他微微一愣。

「季哥？」他走到角落，不確定地喊道。

「是我，聽說你聘請的演員放你鴿子了？」季冕已經來了兩天，卻遲遲找不到恰當的時機出現在小樹面前。

「你的消息真靈通啊！」趙川揪了揪自己的頭髮。

「我來演，你覺得怎麼樣？」季冕一邊對著藍牙耳機說話，一邊挑選合適的西裝。

趙川差點把手機扔出去，顫聲道：「季哥，你的片酬我付不起！」

如果他沒記錯的話，季冕的片酬最高曾達到幾個億，把他賣了都值不了這個價。

「我不拿片酬，還可以帶資進組。」季冕仔仔細細調整領帶。

「你是想要頂替哪一位主角？你說一說，我看看合不合適。」趙川把「罪惡」的目光定格在了吳傳藝身上。必要的時候，他完全可以為了錢出賣朋友，反正男主角、男配角的戲分都差不多，小藝應該不會生氣吧？

「我已經看過劇本了，我就要演男配角。」季冕把《一路狂奔》的劇本放進公事包裡。這是他從那位毀約的喜劇演員處要來的，本子的確寫得很不錯，男配角的戲分更好。

「你確定？」趙川小心翼翼地問。

「確定，如果你覺得合適，我現在就過去。」季冕往頭髮上噴了一些髮膠，仔仔細細打理出造型，小樹最喜歡這種略微凌亂的髮型。

「好好好，你先過來吧，我們稍後再詳談。」趙川這才欣喜若狂地笑起來。

「好，我馬上就去，你先不要告訴小樹，我想給他一個驚喜。」季冕慎重交代。

趙川下意識地答應一聲，掛斷電話後才反應過來：臥槽，就說季冕這種咖位的巨星怎麼可能跑來他的窮劇組打工，原來是看上小樹了！真他媽的……浪漫！

他仔細看了看正與吳傳藝談笑風生的肖嘉樹，不得不默默為季冕的眼光點讚。這小腰細得、屁股翹得、腿腳長得……扒光衣服得多銷魂？更別提肖嘉樹那張俊美逼人的臉，季哥的眼光是真高啊！

趙川在同志圈裡混得很開，曾經聽一位基友八卦過，說肖嘉樹屬於戴高樂級別的航空母艦，季冕屬於尼米茲級別的航空母艦，這輩子要是能與他們之中的任何一位交往，就是死也值了。呵呵，現在好了，這兩艘航母看來是要搞到一塊去了，多少人得哭暈在廁所？

趙川胡思亂想了一會兒，這才拊掌道：「我已經找好男配角了，他等一下就會過來，咱們正式開拍！開機儀式不辦了，沒錢！」

「好的，導演。」肖嘉樹和吳傳藝都是非常敬業的演員，當下就去化妝間化妝，聚在外面的臨時演員也走了進來，聽趙川說戲。

肖嘉樹一邊讓化妝師幫自己添加各種矽膠傷口，一邊默默背臺詞。其實看完劇本的時候他也曾有過遲疑和恐懼，只因這位男主角徐天佑與現實中的他非常相似，相似的家庭背景，相似的性格，甚至相似的遭遇。

今天要拍的這場戲是綁架戲。徐天佑是華國第一富豪的小兒子，吃喝嫖賭樣樣在行，為了慶祝生日便跑到美國來逍遙，卻因為炫富被幾名犯罪份子綁架。幸好他的保鏢，也就是吳傳藝扮演的角色韓冬及時將他解救出來，兩人才從互相看不順眼的冤家成了共患難的好友，然後踏上了冒險之旅。

化完妝的肖嘉樹走到片場一看，果見道具師把囚禁徐天佑的小黑屋準備好了，牆上掛著各種嚴刑拷打的道具，兩名高頭大馬的白人臨時演員正用戲謔的目光打量他的小身板。

「小樹，待會兒我們會用鐵鍊把你綁在牆上，他們拿鞭子抽你，你就哭喊，使勁哭喊，別顧忌自己的形象，畢竟你扮演的徐天佑是個嬌生慣養的富家少爺，從來沒受過這種苦，又貪生怕死得很，熬不住是肯定的。我會給你的臉拍幾個特寫，涕泗橫流這個詞兒你知道吧？照著做就對了，越醜越好，越狼狽越好。」

肖嘉樹深吸一口氣，「我明白，他越是害怕狼狽，韓冬來救他的時候心裡就越感激。這是他倆生出過命交情的起因，肯定得把情緒演到位。」

「對，就是這樣！」趙川對道具師招手，「來來來，把他給我綁到牆上去！」

「遍體鱗傷」的肖嘉樹就這樣被鐵鍊鎖到了牆上，兩名白人演員拿著鞭子惡狠狠地盯著他。還沒開拍，這熟悉至極的場景就喚醒了他深埋在內心的恐怖記憶，讓他嚇得瑟瑟發抖，但他努力告誡自己不要情緒失控，這是演戲，這是假的。

然而，當第一鞭落到他身上的時候，雖然不痛，卻依舊將他打入了地獄。他的眼淚瞬間就湧了出來，強烈的恐懼感差點將他摧毀，但硬生生被他僅存的最後一絲理智壓下去。他哆哆嗦嗦地跪在地上，哀求道：「求你們別打了，你們可以打電話給我爸，要多少錢他都會給，電話號碼是……」說著說著，他的鼻涕出來了，卻因為呼吸太重，吹成一個圓圓的鼻涕泡。

兩個白人被他精湛的演技震撼，又差點被這個鼻涕泡逗笑，忍了好半晌才惡聲惡氣地說出臺詞，接著一個繼續甩鞭子，一個走到旁邊去打電話。

肖嘉樹每被抽一鞭，就會誇張地喊一聲「哎呀」。綁匪把手機對準他張大的嘴，他就

「哎呀哎呀」喊個不停，比尖叫的雞還吵鬧。在劇本裡，徐天佑的父親原本是不打算付贖金的，綁匪就把這些「哎呀哎呀」的錄音檔不斷發送到他手機上，讓他上床也聽，上班也聽，開車也聽，差點陽痿早洩出車禍，這才同意給錢。

劇本寫得很搞笑，誰也不知道，曾親身經歷過一次綁架的肖嘉樹，此時此刻有多煎熬。對他來說，這不是拍戲，而是惡夢重演。他喊得聲音啞了，哭得淚也乾了，鼻涕泡泡都吹不大了，趙川才拊掌道：「這條過了！小樹你來看看重播，你的表現太精彩了！這個鼻涕泡泡吹得很好，簡直是神來一筆！」

吳傳藝一直站在旁邊觀摩肖嘉樹的表演，心中的震撼簡直難以言喻。對方把那種既恐懼悲慘，又莫名喜感的形象演繹得太傳神了，他簡直不知道他是怎麼用那張帥氣逼人的臉做出那些滑稽的表情。

他看過肖嘉樹的《使徒》，如今再看他在《一路狂奔》中的表現，不得不承認他是一個天才，他似乎能輕鬆駕馭各種角色。

「肖嘉樹，你的表現太精彩了！」他毫不吝嗇地誇讚，兩名白人演員也鼓起掌來。

肖嘉樹癱坐在地上，眼淚鼻涕都沒擦，虛弱道：「川兒，麻煩你清個場，我要調整一下情緒。」他不能讓自己崩潰，因為後面還有很多鏡頭要拍。

趙川這才注意到他古怪的臉色，卻也知道此時他最需要的不是安慰，而是一個安靜的角落，於是把所有人都叫出去。

肖嘉樹這才走出小黑屋，來到一盞聚光燈下，把自己的身體蜷縮起來，靜靜地坐在光柱裡。他試圖用光明驅走黑暗和恐懼，卻讓自己陷入了更糟糕的境地。在強烈的白光中，他竟完全看不見周圍的東西。偌大的片場似乎都消失了，化為虛無，只留下他孤零零的一個。

洶湧而來的恐懼感和孤獨感促使他不得不閉上眼睛，將頭埋入臂彎，隨之而來的是更為難熬的寒冷。他又開始發抖，越是控制就抖得越厲害，當他以為自己快要崩潰時，一件帶著淡淡體溫的外套罩了上來，隨後有一雙強壯的手臂把他抱住。

「小樹，我來了。」熟悉至極的嗓音在他耳邊響起，令他猛然抬頭。

「季、季哥？」肖嘉樹的眼眶熬得通紅，始終沒落淚，但在這一刻，他終於忍不住了，鼻子一抽，嘴巴一癟，頓時哭得像個孩子，「季哥……你、你怎麼……來了？」他抽抽噎噎，停停頓頓，一句話被破碎的氣音斬成了好幾段。

他知道在季哥面前，自己可以盡情發洩，也可以徹底表露內心的脆弱，季哥一定會接著他，為他支撐起一個安全的港灣。能在這個時候見到季哥，所有的恐懼頃刻間就化為了委屈和依戀。去他媽的男朋友，去他媽的第三者，他什麼都顧不得了，雙手緊緊纏在季哥的脖子上，除非用鉗子夾斷他的手臂，否則誰也別想把他和季哥分開。

他像小狗一樣在季冕頸窩裡拱了拱，哭得越發厲害。

季冕疼得心頭滴血，又有些哭笑不得。有一個形容詞叫「可憐可愛」，他現在總算是理解了。小樹現在不正是如此？看起來可憐得不得了，偏偏可愛得讓他差點笑出聲來。他心裡軟得一塌糊塗，不停撫弄小樹烏黑的髮絲，一點也不嫌髒地幫他抹掉臉上的眼淚。

「別哭了，我這不是來了嗎？噓，乖……」他拿出所有的耐心和柔情去撫慰他，接著低下頭，深深吻住他通紅的唇瓣。

有點濕，有點鹹，應該是眼淚的味道。如果在往常，季冕一定會覺得噁心，但懷裡的人是小樹，他只有滿心疼惜和甘甜。他輕輕撬開他的齒縫，與他舌尖相觸，又一點一點吮吸著他的唾液。他們唇齒相依，水乳交融，以密不可分的姿勢擁抱在一起。

大約過了很久，十分鐘或二十分鐘，快喘不過氣來的肖嘉樹才勉強與季冕分開，小聲說道：「季哥，你不是有男朋友了嗎？」

「早就分手了。」季冕垂下頭，細細密密地親吻他的唇角和腮側，聲音低啞，「小樹，我這次來是想問你，我們能在一起嗎？」

肖嘉樹愣住了，腦海中一片空白。

季冕吻他眉心，又問：「小樹，你願意跟我在一起嗎？或者你需要我給你時間考慮？」

這還用考慮嗎？既然季哥是單身，當然得立刻答應他啊！

肖嘉樹緊閉的心扉一下子敞開，被他深埋繼而醱酵的那些感情，一股腦兒傾洩在季冕身上。他用力摟住季冕的脖子，瘋狂點頭，「願意，我當然願意！」一千個一萬個願意！

重新感受到小樹毫無保留的愛，季冕差點熱淚盈眶。他焦躁太久也動盪太久的心這才穩穩落回胸腔，嘴唇貼在小樹的嘴唇上，柔聲道：「從現在開始，我就是你的男朋友了。」

肖嘉樹乖乖點頭，殷紅的嘴唇翹了翹，眼裡滿是璀璨的光芒。

季冕依舊貼著他的唇，問道：「現在還怕嗎？」

有季哥在，自己怎麼可能會害怕？肖嘉樹本想搖頭，卻又及時改為點頭，小聲道：「還有點怕。」他想再騙幾個深吻，最好是那種法式的、熱辣的，讓人喘不過氣的！

他痛苦糾結了那麼久，當然要好好找補回來。

再次清楚地聽見小樹的心語，季冕感到慶幸極了，也愉悅極了，他難以克制地低笑了好一會兒，才以火熱的方式含住自己渴望許久的唇瓣。

不放心肖嘉樹的吳傳藝隔著門縫往裡面偷看，隨即呆住。

臥槽！他們、他們是不是在接吻？他沒看錯吧？

趙川冷哼道：「這下你知道像季冕這種咖位的巨星，為什麼要來咱們這個窮劇組當男配角了吧？這就是愛情啊，充滿了酸臭味的愛情！」

……

肖嘉樹果然如願以償地騙到好幾個法式深吻，還差點因為換氣不及時而暈過去。季哥的吻技真不是蓋的，柔軟的舌尖勾著他的舌尖不停攪動，把滿帶著他獨特氣息的唾液推進他口中，又一點一點地吸回去……

他的吻跟他的人一樣，時而溫柔纏綿，時而狂野霸道，簡直令人難以抗拒。

如果可以，肖嘉樹真想就這樣與季哥吻到天荒地老。他腦子都快缺氧了，心裡卻炸開一朵朵璀璨的煙花。難怪有一個詞叫做「心花怒放」，形容得真貼切，發明它的人肯定也有過同樣的經歷吧……

他的狂喜、深情和感動，盡數傳入季冕腦海，令他吻得越發深入。哪怕他隱瞞了可怕的祕密，卻也知道自己此時此刻的決定沒有錯，因為肖嘉樹值得他賭上所有去嘗試一次。

又過了十幾分鐘，趙川才推開大門走進來，催促道：「你倆完事了沒？還要拍戲呢！」

聽見「拍戲」兩個字，被愛情沖昏頭的肖嘉樹緩緩回過神來，然後推了季冕一把，又立刻把他摟緊。季冕感覺到小樹的半推半就和難捨難分，忍不住低笑，又啄吻他的唇瓣一下，這才把人拉起來。兩人一個癱坐一個半蹲，身上都沾了不少灰塵，看起來十分狼狽，尤其是季冕那套昂貴的訂製西裝，如今是毀得差不多了，膝蓋沾了兩團灰，拍都拍不乾淨。

然而，他絲毫不在意，反而彎著腰，把肖嘉樹渾身上下都打理整齊，又掏出手帕替他擦臉，動作相當輕柔，擦著擦著發現小樹的臉蛋燒起來了，兩團紅暈印在蘋果肌上顯得非常可愛，忍不住又湊過去親了一口。

趙川和吳傳藝冷不防被塞了一碗狗糧，表情都有些一言難盡。

「季哥，你倆要親熱等完工了再說好嗎？咱們先拍戲。」趙川對肖嘉樹招手，「小樹，來看剛才的重播，效果好的話這條就過了，不好我們重拍。」

「好。」肖嘉樹點頭答應，接著小心翼翼地握住季冕的手。

他們已經正式成為情侶了，應該可以親密點了吧？

季冕垂眸低笑，放開他的手，在他露出委屈的表情前把自己的五指插入他的指縫，與他十指交扣，這才低語道：「情侶應該這樣牽手，不容易分開。」

肖嘉樹剛擰緊的眉頭瞬間舒展了，眼裡綻放出璀璨的光芒。

他真的真的好愛季哥，感覺現在像做夢一樣，有點不踏實，又有點惶恐，總害怕夢醒了季哥也走了。這樣牽著好，不容易分開！

想到這裡，他像小孩子一般，用吃奶的勁兒收了收五指，接著略微鬆開一點點，又拉著季冕的手臂晃了晃。

季冕扶額低笑。

小戀人如此可愛，再這樣下去，他怎麼受得了？感覺血槽會空！

肖嘉樹得瑟地牽著自己新出爐的男朋友晃到螢幕前。

趙川指著螢幕說道：「小樹啊，我剛開始還擔心你演不了喜劇，你這張臉太俊了，適合演正劇，我怕觀眾看見你笑不出來，但是看看你剛才的表現，太他媽傳神，太他媽滑稽，你能哭得如此真實又如此搞笑，完全達到了我的要求。看看你吹的鼻涕泡泡，絕對是點睛之筆，還有你這臺詞功底，聽聽，叫得多慘烈，難怪你爸差點被你叫得陽痿……」

肖嘉樹臉頰爆紅，頭頂冒煙，很後悔把季哥拽過來。要是早知道自己演得這麼醜，他就該讓季哥去外面等一等。剛成為戀人就把自己最狼狽的一面暴露了，以後該怎麼辦啊？

季冕專心地盯著螢幕，想笑又及時忍住，揉揉小樹的腦袋，誇讚道：「演得很好。」

「真的？」肖嘉樹小心翼翼地確認。

「真的。」季冕笑著點頭。

肖嘉樹這才吐出一口氣。能得到季哥的認可比什麼都好，自己是演員，當然得嘗試不同的角色，不可能永遠在螢幕上展示光鮮亮麗的一面。

季冕深深看他一眼，眸光更加溫柔。他忽然想起一句話：當你看見一個人就會發自肺腑地笑起來，想止都止不住的時候，那表示你已經愛上他了。

很早之前，他一看見肖嘉樹便會發自內心地感到愉悅，露出笑容，原來竟是這樣。

「小樹還有幾場戲要拍？」季冕沉聲追問，心裡全都是「找個安靜的地方好好抱一抱小樹」的念頭。

「我看看……」趙川翻了一個白眼，沒好氣道：「還有四五場，今天至少得把綁架這場戲拍完。美國的人工費很貴的，攝影棚的租金也高，您老體諒一下我們這個窮劇組好嗎？」

「你窮？小樹和吳傳藝的投資呢？被你吃了？」季冕坐下翻看拍攝進度表，頷首道：「那就趕緊拍吧，我當你的副導。話說回來，你們劇組怎麼只有你一個導演？」

趙川無奈嘆氣，「還有四個副導、一個執行導演外加幾個配角，簽證還沒辦好，得過幾天才能到。季哥，你能來真是太好了，簡直是我的救星啊！」

影視圈的人誰不知道季冕是全才，演戲、導戲、製片、剪輯、特效……樣樣精通。有他在，這部電影真的不用愁，任何問題都能迎刃而解。

兩人談話的功夫，感覺自己被冷落的肖嘉樹只能站在季冕身後轉來轉去，偶爾用身體蹭蹭他的背。他現在總算知道小狗為什麼喜歡扒拉主人的褲管，又在主人走路的時候前後左右挨挨蹭蹭了。因為太依戀，所以想要得到對方的關注。

他特別能理解小狗的心情，他現在就是如此，很想把季哥的目光吸引過來。季哥要是不關注他，他就很想上去蹭一蹭，與他有多一點的肢體接觸。

就在這時，季冕回頭看他一眼，短促地笑笑，將他拉到懷裡溫柔無比地親吻，「拍完戲我們就能早點回去，乖，別急，嗯？」他的尾音又低又沉，還透著一點繾綣的意味，讓肖嘉樹當場就漲紅了臉。

他半坐在季冕腿上，按捺住滿心激蕩，微微點了一下頭。

那就趕緊拍嘛，還磨蹭什麼，他想趕快跟季哥過兩人世界！

季冕又是低沉一笑，眸光逐漸變暗了。

吃狗糧吃到吐的趙川沒好氣地開口：「好了好了，別在我面前秀恩愛，不然我就把周楠也叫過來，咱們來互相傷害。小藝，快去綁鋼絲，我們來拍英雄救美的鏡頭。」

躲得遠遠的吳傳藝這才走過來，畢恭畢敬地跟季冕打招呼。

「你好，希望我們合作愉快。」季冕站起來與他握手，卻也沒放開懷裡的小樹。這小子像隻賴皮狗，撕都撕不下來，實在是太黏人。但想歸想，季冕眼裡沒有不耐或厭煩的情緒，反而充滿愉悅。他承認自己有點大男人主義，希望戀人多依靠自己，小樹恰恰就是如此。

「動作導演也沒來是嗎？」他繼續問道。

「動作導演就是我，所有的武打鏡頭我都編排好了，季老師，您要不要先看看？」吳傳藝摸了摸鼻子，表情有些羞澀。

季冕大感意外，沒想到趙川這個劇組竟然藏龍臥虎，很是招攬了一些人才，難怪他剛籌到三千萬就敢跑來美國拍戲。演員都自帶投資和技能，有事演演戲，沒事打打雜，省錢又省力，想得很美好啊！

「那就先打一遍，我來看看效果。」季冕挽起袖子說道。

「好的，季老師，您多給我一點建議。」吳傳藝很激動，當下與幾名演員排練起來。

季冕透過鏡頭觀察打鬥效果，不時提些中肯的意見。他參與制作《蟲族大戰》三部曲，而裡面的打鬥場面曾創下一代經典，這會兒拍一部小成本的動作喜劇片自是駕輕就熟。

肖嘉樹一眼都沒看吳傳藝，反而直勾勾地盯著季冕。都說認真工作的男人最帥，這話果然沒錯，現在的季哥簡直是帥爆了！這麼帥的男人究竟是怎麼變成我的男朋友的，會不會是我在做夢啊？

他掐了掐自己的大腿，疼得齜牙咧嘴，卻又傻乎乎地笑起來。

投入工作中的季冕中斷思考，把站在身後的小戀人拉進懷裡啄吻，又轉頭去看攝影機。

一切發生得太快太突然，肖嘉樹微微一愣，繼而捂臉忍笑。

不行了，他感覺自己愛季哥愛得快死了！哈哈哈……

季冕忽然道：「小樹，你站遠一點。」

「為什麼啊？」肖嘉樹放下手，露出委屈的臉。

「你站得離我太近會影響我工作。」

「我不說話也不隨意走動，就安安靜靜待在你身邊也不行嗎？這樣不會打擾到你吧？」肖嘉樹鼓了鼓腮幫子。

「會，你離我太近我就想吻你，忍不住。」季冕轉過身，眸光灼熱。

肖嘉樹滿臉的委屈瞬間消失得一乾二淨，用水汪汪的眼睛瞪了季哥一眼，接著傻笑著跑開了。如果他是一隻小狗，季冕幾乎能想像得出他身後的尾巴搖得比風火輪還歡快。

這個活寶……

季冕低聲一笑，這才回過頭來繼續指導吳傳藝。

吳傳藝和趙川默默吃下這盆甜膩得慌的狗糧，感覺肚子快撐爆了。排練了近一個多小時，所有武打動作總算確定下來。與搭檔流暢地演練一遍後，吳傳藝跑到螢幕前來看效果，果然比先前飄逸太多也帶感太多，瞬間將逼格提升了好幾個檔次。

「季老師，就按照您排好的動作拍吧，您是行家。」吳傳藝徹底服氣了。

「不，我只是在你的動作基礎上稍微改動而已，你才是內行。」季冕拍拍他的肩膀，鼓勵道：「一切還是按照你之前的想法來，別喪失信心，你很不錯。這部電影如果成功上映，你設計的打鬥動作絕對是很大的亮點。」

「好的，謝謝季老師！」吳傳藝眼眶有些發紅。對於被雪藏多年的他來說，季冕這位資深電影人的肯定是非常寶貴的。

「行了，開拍吧！」季冕正準備讓場記打板，就聽身後傳來小樹的叫聲：「季哥，我能過來了嗎？」他站在不遠處眼巴巴看著這邊，十分有型的頭髮彷彿都無精打采地耷拉下來。

季冕忍俊不禁地招手，「過來吧。」這小子怎麼能如此黏人？

肖嘉樹屁顛屁顛地跑過來，並未打擾季冕，而是站在他身後，悄悄用肚皮貼住他後背。他無時無刻不想碰觸季哥，又礙於旁人在場不敢做得太明顯，再怎麼說他也是個男人，得大氣，不能像女人一樣小家子氣。他想，自己肯定是被林樂洋嚇壞了，所以在被迫遠離季哥後患上了皮膚飢渴症，現在想治都治不好。

季冕似有所感，握住他一隻手，與他十指相扣。

肖嘉樹立刻滿足了，滿心的歡快與雀躍。

吳傳藝幹掉守在外面的綁匪，一腳踹開小黑屋的門，趙川拊掌道：「ＣＵＴ！季哥，你看這條可以嗎？」

季冕指出幾個不太流暢的地方，吳傳藝與幾名白人演員又演了七八遍，總算是過關了。武戲就是這樣，一個動作銜接不好就得反覆地拍，直至效果達到導演的預期為止。如果導演要求很高，拍出來的畫面自然就精彩。如果導演要求很低，拍出來的場面便沒法看，導演是一部電影的靈魂。

肖嘉樹盯著認真工作的季哥看了很久，又想起敷衍了事的王導，心裡充滿了驕傲。娛樂圈裡什麼人都有，有好的自然也有壞的，不能說遇見了一些不專業的就一竿子打翻一船人，至少季哥不是這樣，趙川不是這樣，吳傳藝也不是這樣，還有施廷衡、苗穆青等等，他們都是極其優秀的演員，非常值得合作。

以後接戲的時候把劇本、演員、班底都看準了，就不會再發生類似的事。

這樣一想，肖嘉樹總算是釋懷了。

季冕回頭看他一眼，忍不住拍拍他的臉頰，親暱又自然的動作透著一點欣悅的味道。

趙川翻了一個白眼，催促道：「小樹，快去化妝，輪到你上場了。」

「好。」肖嘉樹連忙跑進化妝間，再出來時，臉上塗滿了假眼淚和假鼻涕，看起來有些噁心。他臉紅地瞄了季哥一眼，一秒鐘都不敢在他面前停留，飛快溜進小黑屋。

「準備好了嗎？」趙川大聲問道。

肖嘉樹剛想答好，又及時舉手，「等等，我先醞釀一下情緒。」

先前只要看見小黑屋，他就怕得發抖，根本不用刻意準備就能入戲，現在有了季哥陪在身旁，他一點也不怕了，還滿心都是壓抑不住的喜悅，怎麼演這場戲啊？

醞釀了老半天，他找不回之前那種瀕臨崩潰的感覺，只好看向季哥，囁嚅道：「季哥，不然你離我遠一點？」

季冕好整以暇地看著他，逗弄道：「為什麼？」

「我一看見你就想笑，根本害怕不起來。」真的，他只要一看見季哥就會心花怒放，繼而露出傻笑，這可不是被綁架的受害者該有的表情。

季冕垂頭扶額，沉沉低笑，過了好一會兒才走遠了些，「這樣可以嗎？」

「再遠點……」肖嘉樹擺擺手，眼見季哥離開自己的視線，又連忙招手，「回來！對，就站在那裡，讓我看見你的半邊臉！」

吳傳藝轉過身拚命忍笑，趙川額頭的青筋快跳出來了。這兩人是想怎樣啊？一見面就天雷勾動地火，是不是想爆炸然後升天？好啊，老子立刻給你們買十斤炸藥送你們上去！

吐槽歸吐槽，兩人都是財神爺，他一個都招惹不起，只好默默忍了。感情好成這樣的情侶，他在娛樂圈裡從來都沒見過，真的有點討嫌啊！

季冕也快忍不住笑場了，斜倚在二十米開外的牆邊，問道：「這樣可以了吧？」

「好了。」肖嘉樹看著被汽油桶擋掉半邊身體的季哥，勉為其難地點頭，接著轉身醞釀起情緒。他閉上眼睛，想像自己被困在狹小逼仄的暗房裡，恐懼感立刻湧上心頭，可當他轉過來的時候，看見遙望自己的季哥，便不會完全被恐懼操控。

他露出淒慘卻又滑稽的表情，盡量把自己蜷縮起來。

見他準備好了，場記立刻打板。吳傳藝一腳踹開房門，飛快握住離得最近的一個綁匪的手腕，使他的槍口對準同伴開了一槍，然後在他腹部狠狠打了幾拳，又卸掉他的手腕關節，迫使他丟開槍跪倒在地，末了一個膝擊把人撞暈。

這一系列動作做得乾淨俐落，令肖嘉樹看得目瞪口呆。當然，在吳傳藝破門而入的一瞬間，他也沒忘了表演，捂著嘴發出一聲尖叫，動作比女人還矯揉造作。

見吳傳藝解決掉綁匪，他爬到對方身邊，摟住對方的雙腿，激動地哭喊：「你終於來救我了，嗚嗚……我一定要讓我爸給你漲薪資！」邊說邊把鼻涕和眼淚蹭在吳傳藝的褲管上。

吳傳藝扮演的韓冬煩透了這位富家少爺，不停抖腿想把他甩開，卻被他抱得更緊，只好拖著他走了一段路，來到兩名綁匪旁邊搜找鑰匙，好給他打開鎖鏈。

「CUT！」趙川舉手問道：「肖嘉樹，可以讓你老公過來了吧？我想讓他看重播。」

老、老公？剛才還滿臉悽慘的肖嘉樹頭頂冒煙，小聲說道：「你叫他吧。」

「季哥，肖嘉樹讓你過來。」趙川頭也不回地喊。

季冕這才慢慢走過來，掏出帕子幫小樹擦臉，拉著他坐下，再一起看向螢幕。兩人的表現都很精彩，吳傳藝扮演的韓冬武功高強，一本正經，小樹扮演的徐天佑則是膽小懦弱，貪生怕死。這兩人出現在同一個畫面中，出現了分外獨特的喜劇效果。

肖嘉樹雖然長著一張演正劇的臉，但當他擺出悲慘又滑稽的表情時，能帶給觀眾非常強烈的想笑的感覺。這種現象早在他放出自己在街頭流浪的視頻時就曾出現過，他明明在認真生活，偏偏帶給觀眾他在認真搞笑的錯覺，不得不說這也是一種天賦。

趙川很慶幸自己能邀請到肖嘉樹來扮演徐天佑，現在想想，沒有人能比他更合適。他有徐天佑的貴氣，也有他的稚氣和傻氣，這個角色簡直是為他量身訂做的。

「季哥，你覺得怎麼樣？」趙川覺得這條能過，卻還是想聽聽季冕的意見。

「你是導演，你說了算，不用總是問我。」季冕揉揉小樹的腦袋，笑道：「我濾鏡太厚，說出的話不夠客觀。我覺得小樹怎麼演都好，你能同意？」

肖嘉樹立刻蹭蹭季哥的手掌心，默默喊了一聲「老公」，耳尖紅得滴血。

哎呀，這個稱呼好羞恥，幸好季哥聽不見！

季冕愣了愣，隨即按住小樹的後腦杓，與他交換了一個濕吻，微微合上的眼眸裡綴滿明亮的笑意。這小子能不能別再撩他了，再這樣下去，他一定會把他的嘴唇親腫！

趙川感覺自己的眼睛都快被閃瞎了。媽的，誰來把這對狗男男拖出去燒死，太他媽氣人了！他別開頭，咬牙道：「我覺得這條挺好的，過了。」

吳傳藝大鬆口氣，隨即走遠了一點。他終於明白趙哥那句話是什麼意思了，愛情果然是酸臭味的，叫人受不了。幸好這是今天的最後一場戲，拍完可以收工了。

「過了？那我們可以回飯店過兩人世界了？」被吻得暈乎乎的肖嘉樹不小心把自己的心聲抖落出來。

季冕忍俊不禁，趙川則咬牙切齒道：「可以，快滾吧！季哥，別忘了把劇本研究一下，再擬一份合約，咱們還沒簽約呢。」

「我知道了。今天本來打算請你們吃頓飯，可是，你看……」季冕摟住眼眸濕潤的小戀人，忍笑道：「我們待會兒可能會很忙，所以還是改天再請客吧。」

臨走前還要秀恩愛，你們到底有完沒完？

趙川橫眉怒目，連連擺手道：「快滾！別待在這裡辣我的眼睛！」

第七章

把你的名字刻畫在我的身上

季冕摟著肖嘉樹走出片場，爬上車，肖嘉樹還感覺有點不真實，臉上的表情略顯恍惚，直到季冕俯身過來幫他繫安全帶才猛然驚醒。

「季哥……」他弱弱地叫了一聲，「你為什麼會追到美國來，還想跟我在一起？」

季冕發動引擎後笑睨他一眼，反問道：「你呢，為什麼一口就答應下來？」

「當然是因為我喜歡你啊！」肖嘉樹眼睛亮亮地看著對方。他原本想說「我愛你」，又怕帶給季哥太大的壓力，畢竟他們剛在一起，談愛還太早，但是只有上帝才知道，他愛季哥已經很久很久了，久到把愛錯當成崇拜，又差點為了某些誤會而與他分開。

無論季哥是因為什麼理由想跟他在一起，他都會好好珍惜這份感情，牽著季哥的手，一步一步，穩穩當當地把他們的人生路走完。他雖然剛出社會，也沒經歷過太多事，可他無比肯定地知道，自己再也不會遇見比季哥更好的人。這段戀愛要麼不談，要麼就談一輩子。

想到這裡，他與季哥十指相扣，用力握了握。

季冕將剛開出去沒多久的車停靠在路邊，轉頭看小樹，眸光深邃而又專注。

肖嘉樹也轉頭回望，臉頰漸漸染上一層緋紅，羞澀道：「季哥，你總是看我幹嘛？你還沒說你為什麼……嗚……」

他未盡的話語全被季冕以吻封緘，他深深地綿長地吻著他，帶著點小心翼翼和溫柔的呵護，「為什麼會追來美國，當然是因為我愛你，」一吻結束後，他嘴唇貼著小樹的嘴唇，慎重道：「小樹，我愛你。」

肖嘉樹的腦子都快燒糊了，過了好半晌才回過神來，內心湧上強烈的愧疚感。這段感情才剛剛開始，季哥竟然就願意說出最寶貴的三個字，反觀他，又是何等吝嗇？「我愛你」和「我喜歡你」，一聽就不在同一個層次上，這樣會不會對季哥不公平？

他毫不懷疑季哥對自己的感情，季哥的眼神太灼熱，語氣太慎重，親吻又太虔誠，他的一舉一動、一言一行，無不彰顯著他的認真和深情。面對這樣的他，肖嘉樹既是手足無措，又是歡喜雀躍。

他真的很後悔之前為什麼要矯情，好好地說一句「我愛你」會死嗎？想到這裡，他鼓起勇氣，小聲道：「季哥，我也愛你，真的。」話落飛快湊上去，吻了對方一下。

季冕抱住他，加深這個吻，末了低笑道：「我知道。」除了母親，肖嘉樹大概是世界上唯一一個會毫無保留愛著自己的人。對於這一點，季冕從不懷疑。大多數時候，他都在痛恨自己閱讀人心的能力，唯有在面對肖嘉樹的時候才會感到愉悅和慶幸。

如果沒有這種能力，他會錯過多麼可愛的一位戀人，又會錯失多麼純粹的一份感情。

肖嘉樹還是有些愧疚，按住季哥的後腦杓，像小狗一樣親了他很多下，再次強調：「我超愛你的，超愛！季哥，我做夢都想跟你在一起！」

季冕簡直笑得停不下來，不厭其煩地重複：「我知道，我當然知道。」

肖嘉樹摟著他的脖子，看進他的眼睛，確定他是真的相信自己了，這才放開，「我們要去哪裡？」他小聲問道。

「先找個地方吃飯。」季冕揉揉他烏黑的髮絲，繼而開動汽車。

吃什麼飯，直接回飯店過兩人世界不好嗎？飯店也有送餐點的服務，兩個人關起房門一起吃，又自由又私密，想親親就親親，想抱抱就抱抱，多好！但想歸這樣想，肖嘉樹不敢說出來，他怕季哥嫌棄自己太猴急。

他抓耳撓腮了一會兒，心虛地問：「去哪裡吃？」

季冕忍笑道：「去吃法國菜吧，我知道附近有一家比較好的餐廳。」

「哦。」肖嘉樹無精打采地應了一聲，隨即快活起來。這可是他和季哥的第一次約會，得好好浪漫一下，到老的時候還可以拿出來回憶。對了，要不要買一束玫瑰花送給季哥？

當他胡思亂想的時候，季冕已經默默把車開回飯店，眼角眉梢掛滿笑意，「我們到了，下車吧。」他捏了捏戀人挺翹的鼻子。

肖嘉樹抬頭一看才發現這是一間飯店，並非餐廳，頓時有些發懵。

「我們回飯店吃，方便。」季冕拉他下車。

太棒了，願望達成！

肖嘉樹心裡的小人一蹦三尺高，面上卻矜持地點點頭，「回飯店吃也挺好的。」

季冕飛快親他一口，低笑道：「小樹，你真可愛！」

肖嘉樹眼睛水潤潤的，瞪人的時候不像生氣，倒像撒嬌。他原本想說自己是帥，不是可愛，到底沒忍住，嘴巴一咧便笑開了。他默默問自己：你以後還會像現在這樣愛季哥嗎？答案是不會，因為他每一天都會比現在更愛季哥一點。

季冕牽著他的手忍不住緊了緊，洶湧而來的感動簡直無處安放。他分外清楚地認識到：追來美國並丟開所有顧慮去回應小樹的感情，或許是他這輩子做的最正確的決定。這段感情沒準兒會隨著時間的流逝而慢慢變淡，又說不定會因為某些原因戛然而止，但僅僅只是為了這一刻的真摯與熱忱，他便永遠不會後悔。

他牽著小樹大步走出電梯，來到房間，把人壓在門板上輾轉親吻。無論他多麼貪得無厭地索取，小樹都會盡量仰起腦袋，張開嘴唇，給予他最熱烈的回應。他腦子裡什麼都沒想，卻綻放出一朵又一朵的煙花，那麼絢爛，那麼耀眼。

於是，季冕的腦子裡也綻滿了煙花，這是他前半生所見過的最美麗的風景。

肖嘉樹被吻得快缺氧了，所幸季哥在他窒息前放開了他，還啞聲道：「小樹，你的吻技得好好練練了。」

「我、我們這不是練著嗎？再來？」肖嘉樹意猶未盡地舔舔唇。

「不能再來了，得先填飽肚子。」季冕摸摸他平坦的腹部。由於發生了太多事，小樹這段時間瘦得很厲害，腰細得一隻手都能圈過來。

肖嘉樹倒是不餓，他喝季哥的唾液就能飽，但季哥顯然不行。這樣想著，他拿起飯店的服務清單，想看看有哪些菜色。季冕脫外套的動作微微一頓，繼而搖頭失笑。光喝唾液就能飽？你以為你是小妖精嗎？

脫掉外套後，他把小樹圈進懷裡，與他一起看菜單。兩人相處的時間雖然不太長，但對彼此的了解已經入骨，很快就點好了對方都愛吃的菜。

在等待餐點的間隙，季冕從背後摟住小樹，柔聲低語：「最近發生了那麼多不愉快的事，現在心情好點了嗎？那天我只是想告訴你，處理問題的方法有很多種，不要總是直來直往，這樣容易被人曲解甚至攻訐。我不會要求你改變，更不會讓你受委屈，我希望你每天都過得開開心心的。一切有我，你什麼都不用擔心。」

他每說一句話就會親親小樹通紅的耳朵，深情的目光牢牢鎖定他精緻的側臉。

肖嘉樹被他抱在懷裡就像浸泡在溫泉裡一般，整個人都是軟的、熱的、酥麻的，內心更盈滿感動。他眼尾略有些發紅，為了避免自己哭出來，輕輕吸了吸鼻子才悶聲道：「季哥，那天是我誤會你了，對不起。你對我的好，我其實都知道的。」

他都不知道該如何去回報季哥的愛，只能以身相許，可即便如此，也好像占了季哥天大的便宜一樣，果然好白菜留到最後都會被豬拱掉。

季冕本來想溫存一下，結果撐不住笑場了，一邊啄吻小樹漂亮到極點的眼睛，一邊無奈呢喃：「小樹，別這麼可愛好不好？」

肖嘉樹被誇得莫名其妙，卻坦然接受了，美滋滋地偏過頭，回吻幾記。

季哥的口水一定摻了罌粟，吃多了會上癮！

季冕笑趴在他背上，整個人被愉悅而幸福的感覺充盈著，顯得懶洋洋的。他已經很久沒這樣輕鬆過了，待在小樹身邊就像待在暖房裡，一點也不想動彈。這裡很安全，很明亮，還有數不盡的愛像花雨般紛紛揚揚落在他心田裡，精神的享受勝過了一切。

肖嘉樹用背拱了拱季哥，自己也笑了。他往後一倒，把季哥壓在沙發上，無比滿足地拍拍肚皮。吃什麼飯啊，有情飲水飽！

想到這句話，他連忙坐起來，擰眉道：「季哥，我不介意你談過幾段戀愛，畢竟你年紀也這麼大了。我只問你林樂洋是怎麼回事，他為什麼要騙我說是你的男朋友？」

季冕雙手環住他的腰，把他拉回自己懷裡，啞聲道：「你嫌棄我年紀大？」

三十出頭算大嗎？正是龍精虎猛的時候。

肖嘉樹剛撐起來的氣場當場垮了，在季哥肚子上翻了個身，側躺在他懷裡，嘟囔道：「我不是那個意思，我就喜歡成熟穩重的男人，真的。要不是林樂洋，我才不會跑去拍什麼《雙龍傳奇》。美軒姊之前就警告過我，說裘渡和姜冰潔特別能作妖，我沒聽。」

季冕愧疚不已，揉著他的腦門，低聲解釋：「他大概是看出我對你的感情了，所以才會騙你。小樹，你相信我嗎？」

「當然相信！」肖嘉樹瞬間就釋懷了，卻又憤恨不甘地抱怨：「林樂洋這小子真的是太壞了，回國我一定要揍他一拳，他憑什麼不讓我跟你在一起？不行，這口氣我忍不了，我現在就要報復回去！」

他氣呼呼地坐起來，用力點開手機。

「你想怎麼報復？」季冕哭笑不得地問道。

「來，我們拍張合照。」肖嘉樹舉起手機。

季冕一邊忍笑一邊爬起來，從背後摟住小樹，一隻手揉亂他的頭髮，一隻手輕輕環住他的脖頸，深邃的眼睛專注地看著他的側臉。肖嘉樹偏過頭，嘴角噙著燦爛的笑意，與他深深對視。昏黃的燈光灑落在他們身上，營造出溫馨的氛圍。

這張合照顯得十分親暱而又自然，看起來像朋友，像兄弟，還像戀人。肖嘉樹興致勃勃地加了一個濾鏡，又修了修毛孔，這才開始遲疑，「這張照片看起來有點曖昧，會不會給你惹麻煩？算了，不發了。」

「我來發。」季冕把照片傳到自己的微博相冊裡，配文只有五個字：終於見到你。

照片本來就有些曖昧，這樣一標註就顯得更奇怪了，肖嘉樹心裡有些慌，又有些隱隱的興奮。說實在的，他從來沒想過與季哥在一起會不會妨礙自己的事業，他對季哥的感情這輩子都不會改變，大家能接受最好，不能接受也跟他沒關係。他只是喜歡拍戲，能不能走紅，能不能賺錢，能不能揚名立萬，這些都不在他的考慮範圍之內。

所以與季哥的這段感情並不會對他造成任何困擾。大家接受不了又怎樣？他沒有犯罪，也不會被封殺，頂多沒人找他拍戲而已，這有什麼大不了的？他自己投資一部電影自己拍著玩唄，身為家世顯赫的富二代，就是這樣任性。

想到這裡，肖嘉樹的底氣更足了，忍不住輕輕哼了一聲。

季冕發微博的手指微抖，不是擔心或憂慮，而是憋笑憋的。好不容易把照片發出去了，他立刻將小樹拉進懷裡，纏綿地吻了吻，「如果有一天我們的關係曝光，你怕不怕？」

「不怕。」肖嘉樹想也不想地搖頭。

「你到時候可能沒多少戲可以拍了。」季冕繼續逗他。

「我自己可以投資嘛！」他頓了頓，又信任地補充道：「你也可以投資，如果擔心對票房造成影響的話，我演個不起眼的配角也可以。我對自己的定位是演員，不是明星，明星要人捧，所以最怕被人詬病，但我只要有戲拍就行了，別人喜不喜歡我真的無所謂。我做好人，演好戲，對得起自己，對得起愛我的人，也對得起走進電影院的觀眾，那就夠了。」

季冕深深看著他，嘆息道：「小樹，每次聽見你說這種話，我都很想吻你。」

是的，類似的話，他以前曾無數次聽小樹說起過，或在嘴上，或在心裡，而每一次他的胸口都會湧上異常悸動的感覺。當時他極盡克制又莫名所以，如今回頭再看，卻原來從那時起，他就對這個人動心了。

他較真，他倔強，他想法太過簡單，但季冕從不覺得這些是缺點，恰恰相反，這才是他最為可貴也最為可愛的地方。

「那你還不吻我？」肖嘉樹臉頰微微一紅，隨即暗示性地嘟起唇瓣。

季冕朗笑起來，把人拉進懷裡親吻。他翻身壓住小樹，沿著他修長的脖頸吻至鎖骨，呼吸漸漸變得粗重。他試探地解開小樹的皮帶，又探入一隻手朝下滑去……

肖嘉樹像隻受驚的兔子，瞬間就僵硬了。

聽說男人的第一次也會很痛，他還沒準備好……

季冕下滑的手一頓，又抽了出來，唇瓣依然在小樹的脖頸和肩窩裡流連、啄吻、吮吸。

肖嘉樹渾身都在發燙，迷迷糊糊地想到：早知如此，當初就該把那些同人小說都存起來仔細觀摩，總好過現在一點經驗也沒有。對了，那個「坐上來自己動」是怎麼坐的？又是怎麼動的來著？

吻得相當投入的季冕瞬間笑場了，既無奈又寵溺地咬了咬小樹圓潤的耳垂。他趴伏在小樹身上喘著粗氣，等下身的脹痛稍微消退才半坐起來，長長嘆息。

肖嘉樹還直挺挺地躺在床上，眼角噙著一點晶瑩的淚花，「季哥，你怎麼不動了？」雖然還沒準備好，但他其實也有些忍不住了。

「我們才剛開始在一起，這樣會不會太快？」季冕把手撐在他腦袋兩邊，笑道：「這種事講究水到渠成，現在渠還沒挖好，水一下子進來了，我怕你受不了。」

這句話怎麼有點怪怪的？感覺季哥在開黃腔。這樣想著，肖嘉樹的臉就更紅了，把兩條大長腿交疊在季哥腰後，挺起臀部蹭了蹭。他根本不知道自己在幹什麼，一切都是出於男人的本能，卻差點叫季冕失控。

季冕狠狠頂了他兩下，警告道：「別玩火，否則明天你下不了床。」

原來季哥真的在開黃腔，聽起來好帶感是怎麼回事？肖嘉樹覺得自己沒救了，剛才那點害怕全都化為了躍躍欲試。反正遲早也要做，下不了床就跟趙川請一天假，有什麼關係？

季冕眼珠已爬上一層血絲，下腹更是脹得快爆炸，他跳下床翻了翻行李箱，結果發現自己來得太匆忙，除了幾套換洗衣物竟沒帶任何多餘的物品，飯店也沒為客人準備保險套和潤滑油，還得自己下去買。

ＳＨＩＴ！他忍不住低咒一聲，然後把小樹壓在身下狠狠欺負了一番。

肖嘉樹上面被親著，下面被握著，簡直欲生欲死，通紅的鼻頭微微聳動，發出高低起伏的呻吟。季冕用舌頭攪著他的口腔，灼熱的氣息吐進他咽喉裡，「不准叫，不然辦了你！」

那就快點辦啊，我忍不住了！

剛想到這裡，肖嘉樹整個人抖了抖，隨即癱軟下來。媽蛋，他竟然真的沒能忍住！這也太快了吧？兩分鐘還是一分鐘來著？總不會連半分鐘都沒堅持住吧？

季冕抽出幾張紙巾把滿手的滑膩擦乾淨，然後不可遏制地笑起來。

肖嘉樹捂臉呻吟，似乎覺得太羞恥，又翻了個身，用屁股對著季哥。

就在這時，送餐的服務生來了，肖嘉樹像炮彈般彈跳而起，拎著褲腰帶跑進浴室，把自己藏起來。季冕又笑了好一會兒才打開房門，遞給服務生一份豐厚的小費。

「出來吧，吃飯了。」他打開便當，嗓音低柔，「放心吧，我不會笑你。」

「笑都笑過了你才說。」肖嘉樹探出半個腦袋，眼睛裡噙著淚光，顯得有些可憐。

「對不起，我實在是沒忍住。」季冕噗哧笑了一聲，見小樹又想躲回去，連忙把人抱出來，放在腿上，安慰道：「這種事多做一做就不會太快。我們有的是時間磨合，你想學什麼我都會教你，別擔心。」邊說邊啄吻戀人濕漉漉的眼角，心裡充滿難以言喻的溫柔與悸動。

「那個，我剛才到底是多久？」肖嘉樹在季哥耳邊低問，又飛快把腦袋埋進他肩窩。

「大概三分多鐘。」季冕極力忍笑。

肖嘉樹連忙拿起手機上網查詢，隨即放下心來。三分鐘以上都算正常，三分鐘以下才是那個，還好還好！

「那我們吃飯吧。」他總算敢用正臉去面對季哥。

「好。」季冕親了親他的鼻頭，再次低笑起來。他就知道，與小樹在一起的每一分每一秒都不會無聊。

肖嘉樹回吻他幾下，這才坐到旁邊切牛排，順便打開微博看了看，果然發現很多網友在季哥的微博下面留言，有的問他為什麼不疏遠肖嘉樹，為什麼不愛惜羽毛，還有的卻堅定地相信肖嘉樹絕不可能像傳言中那樣糟糕。都說「物以類聚，人以群分」，季神與肖嘉樹關係那麼好，肖嘉樹的人品肯定也是值得信任的。

對兩人表示支持的人越來越多，由此可見季冕的號召力和影響力。他什麼話都不必說，就表明了自己的態度。

一直買水軍帶節奏的裘渡、姜冰潔等人既已達到目的，就不再拿肖嘉樹炒作，免得太過得罪冠世、冠冕和肖家，而紫色月季的加盟卻極大地刺激了青雲直上的書迷。

他們這才隱隱感覺到，肖嘉樹爆的那些料或許都是真的。紫色月季靠什麼出名全華國的人都知道，他會放過改編《雙龍傳奇》的機會才怪，他最在行的事就是把別人的經典胡寫一通再打上自己的標籤。劇組這是想幹嘛？逼大家造反啊？

說撕就撕，龐大的書迷立刻與劇組和眾位主配角的粉絲吵了起來，直到紫色月季發出一條微博，反覆聲明自己一定會尊重原著，此事才算告一段落。

肖嘉樹對撕逼沒興趣，隨意翻了翻，進入劇組的官微，看看是誰取代了自己。

「這人是極光熱捧的新生代演員，臉長得太女性化，演技也很生澀，根本撐不起李元昊的人設。」季冕掃了一眼，篤定道：「失去你是劇組的損失，總有一天他們會知道的。」

所以，幸好我未曾失去你……

肖嘉樹為了多與季冕相處一會兒，吃完飯絕口不提回飯店的事，而是拿出劇本準備深入研究討論。季冕也當作全然不知道他的小心思，只笑咪咪地聽他說話。

《一路狂奔》的劇情其實很簡單，說的是一名華國富二代跑去美國逍遙，卻被人綁架，所幸最後被保鏢救了。兩人原本以為這只是單純的勒索錢財，結果發現其中一名綁匪竟然能把音訊檔做成非常高端的病毒發送給富二代的父親，以此干擾他的正常生活，這顯然不是一個掙扎在社會底層的，沒受過多少教育的街頭混混能擁有的能力。

富二代的保鏢原本是做特警的，三年前在追查一個人蛇集團的過程中不小心害死了兩名臥底，任務也失敗了，最後被警方除名。他的嗅覺靈敏，很快就察覺其中存在很大的疑點，於是給當地警方提出建議，讓他們深入調查。做完筆錄後兩人回到飯店，發現富二代的房間被不明人士闖入並翻得一團亂，尤其是電腦、手機、平板等電子產品。闖入者似乎在尋找什麼東西，這顯然不正常。

在保鏢的追問下，富二代才想起來，自己在被綁架之前曾見過一位華裔女性，她混入他舉辦的狂歡派對，並交給他一張晶片，反覆言明這是韓冬的東西，讓他一定要記得轉交。富二代當時喝得酩酊大醉，隨手把晶片扔在酒吧的廁所裡，未曾帶回飯店，也未曾帶在身上。追殺而來的犯罪份子卻誤以為東西在他手裡，於是將他綁架了。

韓冬想不出自己在美國有什麼熟人，但富二代在狂歡派對上拍了很多照片和視頻，找出來讓他辨認，他才發現該華裔女性竟然是三年前被他害死的兩名臥底中的一個。他深感此事大有蹊蹺，應該與三年前的那樁案子有關，便讓富二代帶他去那間酒吧尋找晶片。與此同時，犯罪份子也在尋找這樣東西，雙方你爭我奪，你追我趕，故事就此展開。

肖嘉樹扮演的富二代徐天佑是個貪生怕死卻心懷正義的年輕人，關鍵時刻還能爆發出非凡的勇氣，人設非常討喜，而季冕扮演的丁勁松只是一個配角，但這個配角擁有屌炸天的身分。他是美國最大的華人幫派的首領，在黑道上的影響力非比尋常，同時還是個基佬，不喜歡美女，只喜歡騷浪的小鮮肉。

僅憑兩個人的力量，還是外籍華人，如何鬥得過在美國擁有相當實力的人蛇集團？於是編劇就給兩人加了丁勁松這樣一根金手指。

丁勁松看上了長相「美豔」的富二代，總會在關鍵時刻幫富二代擺平麻煩，兩人一個追一個逃，故事情節相當搞笑。到最後，當富二代和保鏢快被人蛇集團首領殺害時，也是他及時出現扭轉了局面。

肖嘉樹趴在床上，一邊翻看劇本一邊嘖嘖稱奇，「季哥，你好像從來沒演過類似的角色，又是基佬又是黑幫首領，會不會有損你的形象啊？」

季冕拍拍他挺翹的屁股，輕笑道：「我對自己的定位也是一個演員，不會為了營造良好的形象就去挑剔劇本，挑剔角色。」末了附在戀人耳邊低語：「再說了，正是因為喜歡這個角色的設定，我才會接拍這部戲。無論是在現實中還是電影裡，我都想守護你。」

肖嘉樹轉頭看他，眼睛濕漉漉的。季哥怎麼這麼會說甜言蜜語啊？他的心臟都快受不了了。他立刻爬起來，撲到季冕身上反覆親他。從嘴唇親到臉頰，又從臉頰親到額頭，然後順著鼻樑、下巴一直親到脖子和鎖骨，把季冕弄得渾身都是口水。

他第一次談戀愛，根本不知道該怎樣討好人，愛意湧上來了就是一通亂蹭亂親，像一隻小狗。他坐在季冕的腰腹上，雙手揪著他的衣襟，時不時低下頭啄吻他一口，發出吧唧吧唧的脆響，明亮的眼睛裡透著眷戀與得意。

季冕一隻手扶著他的腰，一隻手揉著他極富彈性的翹臀，唇角掛滿溫柔的笑意。他喜歡小樹的熱烈，也喜歡他的直白，他找不出任何一點不投契的地方。他的每一面，甚至於每一根髮絲，都是他預想中最為鍾情的模樣。

他把人拉進懷裡，按住他後腦杓，交換了一個唇舌交纏的吻，嘆息道：「幸好孟彪毀約，不然我一定會被醋缸淹死。」

孟彪就是之前毀約的那名演員，人如其名，長得五大三粗一臉橫肉，慣愛在喜劇片裡扮演惡人，很有一些知名度。肖嘉樹想起孟彪的長相，再看看被自己壓在身下，堪稱俊美無儔的季哥，不由也打了一個寒顫。

「季哥，還好你來了！」他把腦袋埋進季冕溫暖的頸窩裡，嘟囔道：「我現在才發現，自從出道以來，我們一直在合作。我數數看啊，我一共演了三部電影，每一部都跟你搭檔，而且只有在與你飆對手戲的時候，我的狀態才是最好的，你說神奇不神奇？」

「這大概就是緣分。」季冕一邊低笑一邊親吻小樹髮頂，手臂半摟著他，時不時在他手臂上拍撫一下。他們並排躺在床上，什麼事都不做，只是你一句我一句聊著天，精神世界卻都愉悅無比。

這樣的狀態就是季冕理想中最好的狀態，也是他一直以來夢寐以求的生活。

「對，我們的緣分真不淺，註定是要在一起的。」肖嘉樹大言不慚地說道，緊接著又有些憂慮，「季哥，與你合作久了，再跟別人對戲總覺得不太舒服。你說，要是日後你不在劇組我就演不好戲了該怎麼辦啊？」

「那我就追你追到劇組去，你在哪裡拍戲我就跟到哪裡，即便不接演任何角色，我也會站在旁邊看著你，這樣好不好？」說完這句話，季冕滿足地嘆了一口氣。他知道自己徹底完了，這輩子恐怕都擺脫不了小樹。他何曾對一個人如此包容，如此依戀？

是的，不僅小樹依戀著他，他對小樹的愛與不捨也同樣濃烈。他就樂意待在小樹身邊，時時刻刻看護著他，沒有任何理由，也不覺得疲憊或勉強。

肖嘉樹心裡的憂慮瞬間消散了，翻身壓住季哥，美滋滋地親他的嘴，「季哥，你不用陪我去拍戲，你經常來探班就行了。當我元氣快耗盡的時候，只要一看見你，我就能滿血復活。季哥，你是我的精神支柱你知道嗎？」

「我知道。」季冕輕輕揉著小樹的腰，目光繾綣。

兩人躺在床上膩歪了很久，又聊了聊劇本的事，這才沉沉睡去。

翌日，肖嘉樹率先清醒過來，感覺小腹繃得很緊，忍不住蹭了蹭季哥，這才發現他也硬了，正筆直地杵在自己雙腿間。男人都是這樣，早上的時候比較容易激動，這很正常。

肖嘉樹是個適應力很強的傢伙，昨晚還羞臊難言，如今卻已食髓知味。他慢慢貼近季哥的身體，頂了頂他，沒料到季哥猛然睜開眼睛，翻身將他壓住，熱烈地吻了他十幾分鐘，用手把兩人的堅挺併在一處揉弄。

一陣粗重的喘息過後，肖嘉樹癱軟在季冕身下，臉蛋緋紅，眼睛濡濕，模樣極為誘人。季冕雙手撐在他腦袋兩側，吻去他眼角的淚珠，啞聲道：「寶貝，早安。」

老公早安！肖嘉樹心裡默默喊了一聲，面上慫得很，小聲道：「季哥早安。」

季冕手肘一彎，笑趴在他身上。

肖嘉樹掀起被子偷偷嗅了嗅，本就紅潤的臉頰快滴血了，囁嚅道：「季哥，咱們去洗一洗吧，我的那個都沾在你肚子上了。」其實季哥的那個也沾了他一身，氣味還非常濃烈，有點像栗子花，很好聞。

他忽然想起在某本科學雜誌上看見的一句話：嗅覺的感受對伴侶的選擇與性慾的產生有著不可抹煞的功效，有時甚至起著關鍵性的作用。每個人都有自己特殊的氣味，就像每個人的指紋一樣，各是各的，所以人類會因為「氣味相投」而愛。這種愛的味道會狠狠滲入我們的心裡，驅逐躲在裡面的孤獨和不安。

現在他正被季哥的氣味包圍著，於是所有的孤獨和不安都跑走了，只剩下溫暖與寧靜。如果可以，他真想就這樣黏糊糊地抱著季哥躺上那麼幾小時，等趙川打電話來催再去片場，他對季哥的眷戀比他自己想像的還要深。

然而他並不知道，他的眷戀已經像蠶繭一樣將季冕包裹了，令他悸動難耐的同時更絲毫也不願與戀人分開。他雙手掐著小樹的腰，嘴唇在他頸間遊移啄吻，一邊低笑，一邊噴灑著熱氣，「等一下再洗澡，我現在只想好好抱著你。」

好吧，其實我也不是很想洗澡。肖嘉樹滿意了，悄悄把腿纏在季哥腰上。

兩人溫存了好一會兒才爬起來洗漱，本以為今天肯定遲到了，打開手機才發現趙川發來了訊息給他們，通知他們今天的場次改了，晚上九點半開拍，讓他們好好研究劇本。

肖嘉樹忍不住偷笑起來，趕緊提議道：「季哥，你今天搬到我那裡住吧，我們把行李收拾一下？」他的飯店和季哥的飯店離得太遠了，來回很不方便。他頓了頓，又試探道：「咱們同居吧？回國以後也住在一起好不好？」這樣會不會太快了？但他喜歡晚上抱著季哥睡覺，更喜歡早上起來能看見季哥的臉繼而親吻他的唇。

季冕愉悅道：「好，我有幾處空置的房產，待會兒你選一處，我們回國就搬家。」

肖嘉樹笑得更開心了，湊過去親了季哥一下，「能跟你在一起就好了，住哪裡無所謂。」他絲毫也不覺得住進季冕的房子有哪裡不對，他們已經成為戀人了，還是以結婚為前提在交往，共同組建一個家庭不是早晚的事嗎？

季冕收拾行李的動作微微一頓，然後低笑起來。

以結婚為前提在交往嗎？聽起來讓人很安心呢！

兩人搬回肖嘉樹的飯店，哪兒也不去，就在房間裡膩歪了一下午，臨到傍晚才前往附近的公園散步。雖然肖嘉樹比季冕小很多少歲，但他本就是個宅男，不喜歡出去瘋玩，頂多玩玩電腦遊戲，與季冕很合拍，絲毫沒有所謂的代溝和隔閡。

兩人只要靜靜待在一起，親一親抱一抱，聊聊天，看看電影或電視劇，就覺得很充實很愉快，而季冕嚮往和追求的正是這種生活。

晚上八點，兩人從飯店出發，車開到半路，肖嘉樹忽然說道：「季哥，要是看見路邊有便利商店你就停一下，我買點飲料和零食。」其實這個理由是騙人的，他真正想買的東西是保險套和潤滑油。男人都是用下半身思考的動物，他當然也不例外。

只要一想到自己已經成為季哥的男朋友了，還可以每天跟他做那些沒羞沒臊的事，他就興奮得不得了。雖然他沒經驗，但他可以學嘛。

季冕踩油門的動作有些猛，車子瞬間飆出去一大截。

肖嘉樹連忙叮囑：「季哥，你開慢點，我們不趕時間！」

季冕深深看他一眼，低笑道：「不趕嗎？我倒覺得時間太緊，恨不得再快一點。」

「真的不趕，從這裡開到海嘯酒吧只需要半小時，現在才八點過兩分，時間很充裕。咱們慢慢開，不急啊！」肖嘉樹輕輕拍了拍季哥的手背。

季冕恨不得把這小子撈進懷裡吻個夠，又恨不得扒光他的衣服，將他按在方向盤上，讓喇叭響一整晚……但他目前什麼都不能做，只能暫時按捺下來。他踩了一腳油門，快速行駛在路上，五分鐘後停靠在一家便利商店的門口，擺手道：「去吧，我在車裡等你。」

原本就想讓他在車裡等的肖嘉樹竊喜地閉上嘴，屁顛屁顛地朝便利商店跑去。買哪個牌子比較好呢？美國這邊比較流行特洛伊，但是比杜蕾斯的厚，會不會影響快感？我是中號，季哥肯定要大號的，不然會勒……

他已經跑遠了，心理活動卻還源源不斷傳入季冕腦海中，令他燥熱難耐又忍俊不禁。他趴在方向盤上笑了好一會兒，才滿足地嘆息一聲。

肖嘉樹把兩盒保險套和一瓶潤滑液藏在塑膠袋的最底層，上面堆了許多零食和飲料，確定不會被季哥看出端倪才狀似悠閒地走出便利商店。回去之後他打算把東西藏進浴室的櫃子裡，假裝這是飯店贈送的。他雖然猴急，但也是要面子的，總不能像發情的小公狗一樣求著季哥和他做愛。

發情的小公狗？聽見小樹的心聲，季晃再次笑趴在方向盤上。

他被小戀人逗得滿心愉悅，卻又渾身燥熱，若非這是在大庭廣眾之下，而夜晚的街道又不太安全，他一定會把這隻小公狗給辦了。

「季哥，你在笑什麼？」爬上車後，肖嘉樹頗有些莫名其妙。

季冕捏捏他微紅的臉頰，寵溺道：「只要一想到我交了一個全世界最可愛的男朋友，我就忍不住想笑，你說我怎麼這麼幸運？」

肖嘉樹心裡甜絲絲的，表面卻裝得很謙虛，「什麼全世界最可愛的男朋友？季哥，你這濾鏡戴得也太厚了吧？我其實就一般般啦！」停頓片刻，他小聲補充：「我交了一個全世界最好的男朋友才是真的。」

季冕再也忍不住了，抱著他的腦袋狠狠親了一下，這才發動引擎前往海嘯酒吧。

兩人抵達目的地時，趙川已經把酒吧包下來了，還聘請很多臨時演員。有免費的酒喝，還有酬金可以拿，誰不想湊這個熱鬧？

肖嘉樹和季冕手牽著手穿過人群，遠遠就看見趙川正與一名女演員說戲。

「那是張鸞吧？有名的女打仔。」肖嘉樹猜測道。對方畫了一個大濃妝，紮著俐落的馬尾，還穿了一件從頭裹到腳的黑皮衣，氣場很足。

「是張鸞，她結婚之後就淡出螢光幕了，沒想到趙川能把她請來。」季冕拉著小樹走過去，與張鸞打了聲招呼。

張鸞一邊嚼口香糖一邊上下打量兩人，調侃道：「喲，這是找到真愛了？」

看得出來，她跟季冕很熟。

「沒錯，結婚的時候妳一定要來。」季冕頷首道。

張鸞只是隨便調侃一句，沒想到他竟然承認了，頓時驚得目瞪口呆。

肖嘉樹則別開頭，捂住嘴，偷偷笑起來。

季哥說要跟我結婚呢，嘻……

季冕揉揉小樹的腦袋，慎重介紹：「這是肖嘉樹，我的戀人。小樹，這是張鸞，我的老朋友，你可以叫她張姊。」

肖嘉樹笑得牙不見眼地跟張鸞打招呼，「張姊妳好，很高興認識妳。」

「你好。」張鸞驚疑不定地瞥了趙川一眼。

趙川聳聳肩，無聲念出三個字：狗男男。

「來來來，我來跟你們說說等一下要怎麼拍。」趙川打斷幾人的寒暄，「張姊，妳扮演的女臥底正被人追殺，心有防備地走進酒吧，一個包廂一個包廂地尋找韓冬，但是很不巧，韓冬幫徐天佑拿酒去了，妳沒時間等他，只好把徐天佑拽進洗手間，要他把晶片轉交給韓冬，然後從廁所的通風口鑽出去。妳沿著這條線進來，又沿著這條線出去，明白嗎？這個通風口有點小，妳先試試能不能鑽出去，不能的話，我讓道具師再擴大一點。」

「我雖然剛生完孩子，但身材還是保持得很不錯的，肯定鑽得出去。」張鸞不愧為女打仔，三兩下就順著廁所門蹬上牆，又攀著通風口翻上去，動作相當利索。

趙川拊掌道：「漂亮！張姊一出手，就知有沒有！」

肖嘉樹也跟著拍手，深感這個劇組自己來對了。無論是導演還是演員，大家各有各的本事，還都很敬業，再加上精彩至極的劇本，拍出來的電影何愁不好看。

趙川把張鸞扶下來，接著對肖嘉樹說道：「小樹，在這之前你還有一個炫富的鏡頭要拍。我們為你準備了一輛頂尖超跑科尼賽克，就停在門外。你待會兒從車上下來，動作盡量慢一點，跩一點，一隻腳一隻腳落地，然後在一群美女的包圍下走進大廳，沿途一直照鏡子，擺姿勢，順便撒錢，怎麼騷浪怎麼來，怎麼自戀怎麼來，能做到吧？」

「騷浪是怎麼個騷浪法？」肖嘉樹知道自戀該怎麼表現，但騷浪是什麼鬼東西？

趙川扭著小腰，摸著胸口，擺了一個性感的表情，解釋道：「這就是騷浪。」

肖嘉樹差點噴他滿臉汽水。這是騷浪嗎？這是欠揍吧？要知道徐天佑可是頂級豪門的貴公子，他的家教肯定差不了，再怎麼放浪形骸也不可能讓自己醜態百出。騷浪肯定是騷浪，卻絕不是低俗。他的騷應該是從骨子裡透出來的，帶著點傲慢和優雅，是很吸引人的，否則季哥扮演的丁勁松憑什麼看上他，還執著地追著他不放？

他把趙川拉到一邊，詳細表述了自己的看法。

趙川上下打量他一眼，調侃道：「看不出來啊，你對徐天佑的了解竟然比我還深刻。好，就按照你的表演方式來。咱們拍的雖然是喜劇，卻是格調高的喜劇，有邏輯有劇情的，不能低俗。季哥也在這裡，你就好好騷一下給他看。話說回來，你今天走路的姿勢怎麼這麼正常？你們昨天晚上沒幹？虧我還給你放了一天假。」

肖嘉樹這才想起季哥也會在旁邊看著自己表演，頓時渾身不自在起來。

趙川似乎看穿了他的心思，忍笑道：「正好，昨晚沒幹成，今晚你爭取好好表現，直接把他拐上床去。季哥可是全亞洲女性最想睡的男人，你賺大了你知道嗎？」

肖嘉樹瞪了他一眼，心頭卻蠢蠢欲動。

兩人走進化妝間，發現季冕正站在衣架前打量什麼，表情有些微妙。肖嘉樹探頭一看，腦袋頓時冒煙了。臥槽！這是誰準備的戲服？要不要這麼露啊？

聽見身後傳來腳步聲，季冕轉頭詢問：「小樹，你等會兒要穿這個？」

肖嘉樹看向趙川，趙川又看向造型師。造型師是個非常有堅持的人，絲毫不畏懼幾位大佬的目光，嗲聲開口：「哎呀，肖少爺身材那麼好，露一點無所謂啦！這樣既有格調又性感，絕對很符合徐天佑的人設！你們別光看著嘛，先試一試，不適合我們再換！」

造型師拎起衣服，眼冒精光地盯著肖嘉樹。他是一個基佬，早就對肖少爺和季神的肉體垂涎已久，今天有幸一飽眼福，怎麼可能放過呢？

「肖少，來嘛來嘛，先試試嘛！」他捏著蘭花指催促。

「還有別的服裝嗎？」肖嘉樹遲疑道。

「沒啦，就這一套。」造型師捂著嘴笑起來。

那你還說不合適再換？你這分明是強買強賣嘛！肖嘉樹氣得咬牙，卻被季哥輕輕推了一下，「去試穿看看。」他附在小戀人耳邊，嗓音飽含戲謔，「我想看。」

灼熱的氣息吹拂在肖嘉樹耳畔，瞬間讓他忘了羞惱。

唉，算了，既然季哥想看，那就穿吧！

「拿來吧。」他臉紅紅地接過衣服，走進試衣間。

造型師貼在門板上，不時問問他需不需要幫助，態度特別殷勤。

季冕和趙川坐在梳妝檯前聊天。電影裡有好幾個場景需要在酒吧裡拍攝，為節省成本，他們準備把相同場景的鏡頭都拍完。海嘯酒吧是當地非常有名的娛樂場所，一晚的租金不便宜，聘請那麼多臨時演員，人事費也貴，能在一晚搞定當然最好。

過了大約十分鐘，肖嘉樹打開門，探出腦袋來，為難道：「真的要穿這套？」

「真的。」造型師和季冕同時頷首。

肖嘉樹無可奈何，只好扭扭捏捏地走出來。他生平頭一次穿這麼騷氣的衣服，簡直哪裡都不對勁兒。裡面的黑色襯衫是紗質料子，幾乎透明，只在袖口、衣領和鈕扣邊的地方點綴了蕾絲刺繡，看起來既性感又奢華。紫色的西裝外套是特別修身的款式，扣子根本扣不上，只能敞開著，而且腰掐得極細，更顯腿長。

配套的紫色西裝褲略帶彈性，像另一層皮膚似的，緊緊貼在肖嘉樹的腿上，把他的翹臀裹得嚴絲合縫，甚至隱隱可以看見前面的形狀。褲腰開得很低，露出兩條優美的人魚線，即便把襯衫紮進褲子裡，薄薄的黑紗也擋不住內裡的風光，反而有種半遮半掩的神祕感。

肖嘉樹反覆提著褲頭，抱怨道：「我覺得這條褲子隨時會掉下去，腰開得太低了。這件襯衫是怎麼回事？穿了等於沒穿。還有外套，太緊了，我手臂都抬不起來了。」

他這裡挑剔那裡挑剔，殊不知造型師早就看傻了。

乖乖，肖二少這身材真是不得了啊，標準的倒三角，黃金分割，腰細得一隻手能掐住，屁股又窄又翹，雙腿又長又直，黑紗包裹著他白皙的皮膚，隱隱還能看見胸前的兩點粉紅，這小模樣太性感了！

哪怕造型師是個零號，這會兒也有些蠢蠢欲動。

季冕早在小樹走出來的時候就不說話了，黑沉的眼睛一眨不眨地盯著他，呼吸慢慢變得粗重。他忽然想起上一次，也是在美國，小樹當著他的面脫光衣服的情景。他的皮膚比最上等的瓷器還要光滑，那處粉粉嫩嫩的，一看就很精緻可愛。

他當時狼狽地逃了出去，因為他與小樹沒有任何關係，所以需要克制，但現在他是小樹名正言順的戀人，擁有足夠的權利。

「你們先出去。」他啞聲開口。

造型師和趙川面面相覷，隨即不情不願地走了出去。

肖嘉樹緊緊拽住怎麼扣也扣不攏的西裝外套，問道：「季哥，你讓他們出去幹嘛？」

季冕站起身，一步步朝他走近，眸光暗沉無比，彷彿在醞釀著某種危險的情緒。他摟住不斷退後的小樹，將他壓在試衣間的門板上，「小樹，你這樣穿比脫光了衣服還好看。」

肖嘉樹這才想起自己真的在季哥面前脫光過，不由羞得滿臉通紅。他忍不住抬起手，捂了捂胸前的兩點，又後知後覺反應過來：臥槽，我又不是女人，捂什麼？再說了，季哥是我的戀人，給他看是理所當然的！

想到這裡，他把手放下，正想說些什麼緩解尷尬，季冕已低下頭，含住他紅潤的唇瓣。這個吻非常凶猛，似乎想要把他的魂魄從身體裡吸出來一般。季冕用舌尖撬開他的牙關，不斷攪動吮吸，強迫他把所有的呻吟和津液都交出來。

季冕一隻手牢牢按住肖嘉樹的後腦杓，另一隻手不斷揉捏他的臀肉，還用早已硬挺不堪的某處頂弄他的小腹，壓迫著他，探索著他，吞噬著他……

肖嘉樹有些害怕，他從未見過如此霸道又如此凶狠的季哥，但與此同時，更多的渴望和興奮從骨子裡冒出來。與最愛的人合而為一，沒人能夠抗拒這種誘惑。

他抱住季冕埋在自己脖頸間的頭，手臂微微顫抖著，皮膚不斷傳來溫熱感和酥麻感，時而伴隨著輕微的刺痛，真是舒服極了。

當他忍不住要喊出來的時候，趙川開始不耐煩地敲打房門，「喂，你們親熱夠了沒有，等一下還要拍戲呢！你們知不知道包下這個酒吧一晚要花多少錢？」

咦？包什麼酒吧？肖嘉樹睜開迷濛的雙眼，不知今夕是何夕。

季冕壓在他身上粗喘了好一會兒才低沉地笑起來，「小樹，我們回去再做。別急，乖乖等著我，嗯？」他伸出舌尖探入戀人耳蝸，輕輕舔弄了一下。

肖嘉樹本就不怎麼挺直的腰桿瞬間痠軟，渾身無力地掛在季冕臂彎裡，委屈道：「季哥，你別這樣，我要是把這套衣服弄髒了，等會兒還怎麼見人？」

這裡又不是熱帶島嶼，可以讓他跳進海裡沖一沖！

想起先前的窘態，他簡直快哭出來了。

季冕把頭埋在他頸窩裡，沉沉低笑。

兩人抱在一起平復呼吸，等彼此都冷靜下來才打開房門，放趙川和化妝師進來。化妝師的眼睛像探照燈，不斷在兩人身上來回掃視，趙川則扶額哀求：「季哥、小樹，你們倆都拿出一點敬業的精神來，先把戲拍完好嗎？拍完了你們想幹嘛就幹嘛，誰也不會打攪你們。」

「知道了，快幫我化妝吧。」肖嘉樹尷尬地咳了咳。

季冕的戲分在後面，此時並不著急。他拉開一張椅子坐在小樹身邊，一隻手擱在化妝臺上，一隻手扶著小樹的椅背，將他半圈在懷裡，目光始終不離他左右。

他在用肢體語言宣告著自己對小樹的所有權。

趙川看不下去了，擺手道：「快幫肖嘉樹化妝，化完了我們趕緊開拍。」

化妝師表面為難，實則暗暗興奮，「可是，趙導，您看這些吻痕該怎麼處理？」

趙川定睛一看，這才發現肖嘉樹的脖子被季冕啃得紅痕處處，密集的痕跡沿著修長的脖頸一路往上蔓延，連下頜、鬢邊、耳後都有。看見這些痕跡就彷彿看見了季冕是如何瘋狂地疼愛肖嘉樹，又是如何瘋狂地為他打下烙印。

這還是外界傳言的那個謙謙君子嗎？莫不是一隻禽獸吧？

肖嘉樹這才發現身上的異樣，連忙用手捂住脖子，隨即瞪了季哥一眼。

季冕低聲一笑，湊過去親吻他濕漉漉的眼角，一點悔意都沒有。他也以為自己是個沉穩內斂的人，所有的瘋狂都在年輕的時候揮霍殆盡了。直到此時他才發現，不是自己的性格改變了，而是那個能讓他為之瘋狂的人並未出現。

如今有了小樹，深埋在心底的熱情與慾望便都傾洩而出。

他又親了親小樹飄著兩抹緋紅色澤的眼角，吩咐道：「用遮瑕膏蓋一蓋吧。」

「對對對，用穆青姊代言的那款遮瑕膏！」肖嘉樹立刻翻找化妝箱。

「其實可以留下幾個當作點綴，反正徐天佑是個花花公子，這樣更符合人設。」化妝師有些不情願，但在趙川和肖嘉樹的極力反對下，還是用遮瑕膏把吻痕蓋住。

「沒了。」塗完底妝後，季冕輕輕撫摸戀人白皙的脖頸，語氣透著遺憾。

肖嘉樹狀似羞惱地瞪了他一眼，心裡卻默默哄道：回去再讓你蓋章，想蓋多少蓋多少！

所謂的口嫌體正直，說的大概就是他吧。

季冕捏了捏他圓潤的耳垂，短促地笑了一聲。

為了突顯徐天佑的「美豔」，這個詞彙是原著作者三滴水在劇本當中使用的，絕對的官方設定，造型師把肖嘉樹的眉毛畫成斜飛入鬢的劍眉；眼尾用眼線筆著重勾描，染了淡淡的小煙熏；額頭、鼻樑、顴骨等地方打了高光；嘴唇塗了西柚色的口紅；頭髮微微燙捲，再用指頭撥亂，使髮型顯得既蓬鬆有型，又略帶野性。

最後化妝師幫肖嘉樹的臉細細打了一層散粉，以免脫妝，這才退開幾步，喟嘆道：「我一直不是很明白什麼樣的人才配得上『妖豔賤貨』這個詞，現在看見肖二少我才懂了。」

肖嘉樹盯著鏡子裡的自己，感覺哪兒都不對勁。這皮膚也太白了吧？顯得嘴巴像血一樣紅。眼睛本來就有些狹長，再用眼線筆一勾，看起來就像狐狸一樣，有點邪惡的感覺。下巴和鼻樑、額頭灑的金粉是怎麼回事，能把人眼睛閃瞎吧？

他轉頭看向季冕，不確定地問道：「季哥，這個造型好看嗎？會不會太誇張？」

季冕盯著他看了很久，再說話時聲音非常沙啞：「我都硬了，你說好不好看？」

肖嘉樹覺得季哥今天打開的方式不對，怎麼每句話都那麼羞人？不，從昨天開始，他就已經這樣了。是不是因為他們終於在一起了，所以暴露了本性？可是，怎麼辦呢，哪怕是如此邪惡的季哥，他也喜歡得不得了！季哥本來就很有男人味，很有魅力，現在簡直勾魂！

他弱弱地瞪了季哥一眼，轉頭看向鏡子裡的自己時，心裡美滋滋的，「這個造型應該還算可以吧，那就這樣？」

趙川繞著他走了兩圈，頷首道：「這個造型很不錯，妝感的確有點濃，但你要想咱們是在昏暗的酒吧裡拍攝，頭頂還打著各種彩燈，妝感不濃壓根兒拍不出效果。等一下你先坐在吧臺那邊拍幾張定妝照，我覺得這個造型可以拿來做主打宣傳海報。」

「好。」肖嘉樹正準備站起身，趙川又改了主意：「你和季哥同框拍定妝照吧，這樣效果更好。季哥的造型設計好沒有？」

造型師連忙拿出一本紋身圖片，興奮道：「都設計好了，現在就畫嗎？」

「現在就畫。他倆一起拍定妝照，效果比單獨拍好幾百倍。」趙川非常篤定。這兩人就算坐得相隔幾米遠，目光也是纏繞在一起的，帶著說不清道不明的熱度和曖昧，讓他們同框一定會產生相當奇妙的化學反應。

能與小樹合照，季冕自是沒有意見，當即脫掉衣服，露出精壯的上半身。

丁勁松是幫派首領，妝容當然不會很重，只稍微打些底就可以，而季冕本身的長相就偏於成熟冷峻，臉部線條深邃立體，有稜有角，像雕刻出來的一般，穿上昂貴筆挺的黑西裝，面無表情往那兒一站，氣場無比強大。

唯獨有一點不太符合人設的，就是他沒有刺青，而所有的幫派成員都擁有獨特的，能表明自己身分的刺青，所以化妝師必須用油墨幫他畫上去。

「季老師，這是我為您設計的圖案，您挑選幾款，我幫您畫。」造型師目露垂涎地盯著季冕排列整齊的八塊腹肌和若隱若現的人魚線。

季冕拿起圖冊翻閱，本想隨便挑選個幾款，忽然看見一棵被藤蔓纏繞的大樹，「我要畫這個。」他指著大樹，語氣篤定。

肖嘉樹湊過來看了一眼，似乎意識到什麼，臉頰紅了。他趴伏在季哥背上，雙手摟著他的脖子，嘴唇貼在他耳廓上，明知故問道：「幹嘛畫一棵樹？感覺有點醜。」

「不醜。」季冕拍拍他的臉蛋，眼裡綴滿亮光，「藤纏樹，寓意挺好。」

肖嘉樹把腦袋埋在他頸窩裡，偷偷笑起來。沒錯，他這輩子纏定季哥了，除非把藤拔了把樹砍了，否則他們誰也別想離開誰。

季冕偏頭看他，表情溫柔，末了對造型師吩咐道：「我就選這個，其他的你看著辦。」只紋一個圖案肯定是不夠的，按照三滴水的描寫，丁勁松渾身都是刺青，是個讓人見之色變，聞風喪膽的傢伙。

造型師默默嚥下一口狗糧，這才拿起畫筆勾描，描完用相機拍下來，以便日後還原。

季冕站起來打量鏡中的自己。他本來就很高，渾身遍布著一層爆發力十足的肌肉，如今再畫上複雜又猙獰的圖案，看起來十足駭人，尤其當他故意沉下臉，露出狠戾的表情時，那種威懾感幾乎能令人窒息。

造型師心裡忖道：季老師是不是真的混過黑道啊？總覺得他氣場太強了！

肖嘉樹心臟噗通噗通跳個不停，小心翼翼走到季哥身邊，用手指戳了戳他的胸肌，不無驕傲地忖道：季哥到底還有多少面是我未曾見過的？為什麼每一面都那麼帥？

季冕握住他的手，低笑道：「幫我寫幾個字。」

「寫什麼？」肖嘉樹很想擁抱季哥，又擔心把油墨弄汙了。

「寫ＸＪＳ。」季冕指著畫在自己左胸口的藤纏樹圖案。

「寫在哪裡？這裡？」肖嘉樹拿起筆，不確定地問道。

「ＸＪＳ」就是「肖嘉樹」的縮寫吧？

「對。」季冕蠱惑道：「在我的胸口寫上你的名字，我想讓所有的觀眾都看見。」這個想法瘋狂嗎？不，不瘋狂，對他來說，那好像是必須的，也是理所當然的。

肖嘉樹愣了愣，然後抱住季哥的腦袋，像小狗一樣啃他的嘴巴和鼻子。再這樣下去，他會越來越愛季哥的，愛到心臟都快爆炸了。

季冕一邊低笑一邊回吻他，末了再次要求：「寫得漂亮一點。」

肖嘉樹認認真真把自己的名字寫在季哥的胸口，用嘴巴吹了吹，接著額頭靠過去，輕輕拱了幾下。季冕溫柔地親吻他頭頂，對造型師招手道：「把這個圖案再拍一遍發給我。」

他要把它永遠刻印下來，就像打上了小樹的標記。

差點被秀恩愛的狗男男閃瞎眼的造型師連忙拿起相機拍照，心裡滿是震撼和感慨。他原本以為同志圈沒有真情，只有慾望，合則聚不合則散，但觀察過季冕和肖嘉樹的相處情形後他才明白，有些感情並不是表面看起來那麼簡單，而是直擊內心，直達靈魂的。

如果今後這兩個人分手了，他想，他這輩子再也不會相信愛情了。

「季哥，你也幫我寫一個吧，寫在這裡。」肖嘉樹側過身子掀開襯衫，露出自己性感的腰窩。寫完他也要拍照，讓紋身師傅照著紋下來。他這輩子都與季哥綁一塊了，這就是季哥擁有他的標記。日後誰要是想勾引他，他就掀開衣服給那人看，再驕傲地宣告：「看見沒，我早就有主了，你找別人去吧，我可不會出軌。」

他腦補得停不下來，越想越覺得自己簡直是世界上最好的情人，季哥上哪兒再去找比他更合適的對象啊？

季冕心頭一片滾燙，拉下他的褲子，在他微凹的腰窩處輕輕吻了吻，隨即低笑起來，「你的腰窩太可愛了，不能破壞。我寫下面一點。JM，季冕，對不對？」

「對。」肖嘉樹點點頭。

季冕用漂亮的花體字寫下JM，接著拿起手機拍照。他一直認為情侶刺青這東西很幼稚，毫無意義，誰知道你能與這個人在一起多久，日後分開豈不是留下永遠抹不掉的汙跡？現在他的想法完全改變了。如果你認定了某個人，願意與他永遠在一起，便會忍不住為他打上烙印，也同時在自己身上打下烙印。這烙印告誡你不要辜負了當下的一切，也不要遺忘了彼時的心情。這很好，很令人安心，他一輩子在追求的就是「安心」兩個字。

「小樹，你愛我嗎？」他放下手機，把戀人壓在梳妝檯上。

肖嘉樹雙手抵著他的胸膛，認真點頭，「當然！」

季哥，我愛你愛得快爆炸了！他在心裡默默表白。如此浮誇的話，他肯定不能大咧咧地說出來，否則季哥一定會認為他說話不夠實在，不夠慎重，是個不值得信任的人。

事實上，他訴諸於口的情感，連深埋在內心的百分之一都不到。

季冕定定看著他，虔誠地吻了上去。他聽得見，也感受得到，於是心軟得一塌糊塗。

當兩人意猶未盡地分開時，化妝間裡已經沒人了，一套高級訂製西裝擺放在沙發上，不知道造型師是什麼時候放進來的。

「快穿衣服，不然川兒要發瘋了。」肖嘉樹看了看手錶，面上一紅，與季哥待在一起的時候他總會忘了時間，「我們不能再這樣膩歪了，工作的時候就要好好工作。」他萬分愧疚地補充一句。

「好，都聽你的。」季冕快速套上白襯衫和黑西裝，猙獰的刺青攀爬在他手背、脖頸、胸膛和鎖骨等處，令他看起來既優雅又致命。他的參演，讓丁勁松這個原本純粹是用來搞笑的角色擁有了不一樣的靈魂。

丁勁松原本是猥瑣的、滑稽的，現在變成了強大的、危險的。

當季冕走出化妝間，來到燈光閃爍的吧臺時，編劇三滴水激動地站起來，「沒錯，這才是能夠統御整個華人幫派的首領！季老師，感謝您的加盟，實在是太感謝了！」轉而看見肖嘉樹，頓時語無倫次：「這就是徐天佑嗎？太美豔了，難怪會把丁勁松迷得昏頭轉向，找這樣的人來演才符合邏輯嘛！小川，你之前請的都是些什麼人，差點毀了我的電影！」

美豔？肖嘉樹抖了抖，沒反駁對方的話。這人是徐天佑的親爹，他說什麼就是什麼吧。

「好了，別廢話了，快點拍照！」趙川不耐煩地催促。

「怎麼拍？」肖嘉樹還懵著，季冕已經在豪華沙發上坐下了，手臂一伸就把戀人撈進懷裡，用指尖捏住他下頷，深邃的眼眸中迸發狩獵的光芒和志在必得的決心。

肖嘉樹毫無準備之下略顯慌亂，一隻手抵住他的胸膛，另一隻手自然而然地勾住他的脖子，眼睛瞪得溜圓。

早已等待多時的攝影師迅速按下快門，誇讚道：「對對對，就是這種你追我逃的感覺！換個造型再來幾張，你倆太般配了知道嗎？」

我當然知道啊！肖嘉樹一邊在心裡回應，一邊被季哥壓在沙發上擺弄來擺弄去。更苦逼的是，他明明很樂意與季哥親熱，面上卻得做出憤怒不甘的表情，這也太精分了吧？

拍到最後一張照片的時候，季冕一把將他抱起來，他則揪住季冕的衣領，狀似威脅地舉起拳頭。兩人一個笑容不羈地垂眸，一個齜牙咧嘴地仰頭，灼熱的視線在半空中碰撞，似乎能撞出火花。

「好，最精彩的一張抓到了，完美收工！」攝影師激動地宣告。

這些照片構圖很有意思，人物很唯美，在視覺上形成了一種強烈的反差和衝擊。更重要的是，兩個角色之間傳遞的感情既有些矛盾抗拒，又不受控制地被彼此吸引。絲絲暗流隱藏在他們的眼底，又流轉於整個畫面之中，令人會心一笑的同時更深受觸動。

如果把這些飽含情感的照片做成海報，效果還會更好。這部電影會紅的，只衝這兩個角色的互動也一定會紅的。認真檢查照片的攝影師如是想著。

定妝照拍攝出來的效果非常好，酒吧裡既奢華昏暗的環境更襯托出了兩位人物的光彩奪目，而頭頂的絢爛燈光又為他們之間曖昧不明的氛圍增加了奇幻的錯覺。他們的肢體動作滑稽搞笑，卻不會讓人覺得反感或低俗，反而有些像情侶間的小打小鬧，著實有意思。

此外，兩人的顏值幾乎達到了娛樂圈的巔峰值，當攝影師把如此俊美的兩張臉攝錄在一起時，帶給觀眾的衝擊感是顛覆性的。

趙川一張一張審視照片，很難挑出哪張不好，更難挑出哪張最好。每一張都可以做成大幅海報貼出去，每一張都很吸引人。他已經可以想像，當這些海報被發送到媒體上為電影做宣傳的時候，影迷們會如何興奮。無論是男人還是女人，誰能抗拒這兩張臉的魅力？

邀請到合適的演員，這部電影至少已經成功了一半，更何況還是季冕這等咖位的巨星。雖然他從來沒拍過喜劇電影，但趙川相信他會比以往的任何一部電影都表現得好，因為小樹在這裡，小樹是這部電影的主角。

同理，小樹也會比往常更努力，因為季冕在這裡，他們都不會讓彼此失望。

趙川放下平板電腦，信心百倍地道：「主打海報以後再選，反正選哪張都錯不了。來來，我們先拍戲，大家各就各位，準備開拍啦！」

眾人立刻忙碌起來。

趙川把肖嘉樹領到門外，指著一輛超跑說道：「你等會兒先把車倒出去，再慢慢開到酒吧門口來。打開車門下車，一隻腳先落地，我會給你的腳踝和昂貴的皮鞋拍特寫。你盡量走慢一點，走風騷一點。進了酒吧大門，你會看見周圍的牆壁貼滿了裝飾用的鏡子，你一邊走一邊照鏡子，整理髮型，然後會有很多美女圍上來，你隨便摟住兩個，往她們身上撒錢。大家哄搶，你得意地笑。主攝影機會一直在前方拍你的特寫，你一定要記得用眼睛尋找它，對它拋媚眼，讓它知道你是世界上最有錢，最有魅力，最英俊的男人。你是宇宙的中心，你是世界之王，明白嗎？」

「不是很明白。」肖嘉樹搖搖頭，「徐天佑的人設是自戀、騷浪、膽小，這個我知道，但宇宙的中心是什麼樣的感覺我理解不了，臉有多大才會這樣想？」

「你都不能理解我怎麼會知道？我是導演又不是演員，我只是把我的概念提出來，怎樣完成是你的事。」趙川不負責任地說道：「咱們先拍一條找找感覺。來，把車倒出去。」

「好吧。」肖嘉樹走到銀光閃爍的超跑前，忍不住吹了一聲口哨，「科尼賽克啊！川兒，你從哪裡找來的？全世界只有六輛吧？」

「你小心點，這輛車的租金比這個酒吧和攝影棚的費用加起來還貴！蹭掉一點漆，我要你的命！」趙川威脅道。

「小樹，進來。」一直等在車邊的季冕已經把車門拉開，一隻手還搭放在車頂上，免得小樹撞著腦袋。他提醒道：「踩油門的時候慢點來，幅度別太大。這輛車三秒鐘能跑出去一百米，速度非常快。」

「這麼猛啊？」肖嘉樹表面嘖嘖稱奇，內心卻充滿著抗拒。他曾經患過幽閉恐懼症，坐進車裡就感覺很害怕，雖然後來治好了，但何毅又因為車禍喪生，所以他對空間比較狹窄的跑車始終是敬而遠之的。

季晃微微一愣，把一隻腳已經跨進車裡的小樹拉出來，緊緊抱了一下，「我來倒車，你走過去。」話落鑽進駕駛座，發動了引擎。

肖嘉樹暗鬆一口氣，發現季哥倒車的速度非常慢，似乎在配合自己的步伐，於是走到車窗邊彎下腰來看他，「季哥，你知道嗎？」說完這句話，他神祕兮兮地挑了挑眉毛。

「知道什麼？」季冕配合地詢問。

「就在剛才，我對你的愛又多了這麼一點點。」他用拇指和食指比劃了一下。

季冕笑容愉悅，逗弄道：「只多這麼一點？我的小樹好像有些吝嗇。」

肖嘉樹戲謔的表情瞬間變得認真起來，「不是，每一秒都多這麼一點點。你算算看，一天下來，一年下來，一輩子下來，會多了多少，整個宇宙都裝不下吧？」

他舉起雙手看向夜空，忽然茅塞頓開。

什麼是宇宙的中心？當季哥看著他的時候，他就是宇宙的中心，存在感會特別強烈。同樣的，當他愛著季哥的時候，季哥就是他的宇宙中心。他眼裡只看得見他，心裡只裝得下他，一切的一切，都是為了他而存在……

他知道接下來的戲該怎麼演了！想到這裡，肖嘉樹忍不住舉起拳頭朝天空揮舞一下。

季冕踩下剎車，啞聲道：「小樹，你低頭。」

「幹嘛？」肖嘉樹彎腰低頭，看向車裡的季哥。

季冕湊過去吻他，眼裡滿是濃烈醉人的笑意，「沒幹嘛，忽然想吻你。」

肖嘉樹先是微微一愣，繼而快速回吻，本就明亮的雙眸似乎顯得更清澈透亮了。

趙川舉起大喇叭吼道：「片場禁止秀恩愛，否則罰款一百美金，你們兩個聽見沒有？倒車就好好給我倒車，作什麼妖，氣死老子了！」

肖嘉樹飛快親了季哥一下，直起腰後喊道：「我每天付你一萬美金夠不夠？不夠給你漲到十萬，你自個兒數著次數隨便扣吧！」他每天至少要親季哥一百下，不然沒有生活動力！

趙川氣得跳腳，季冕卻笑趴在方向盤上。

愛上一個愛發情、愛幻想、愛親嘴、愛撒嬌、愛表白、愛工作、愛生活，但最愛的始終是你的幼稚鬼是什麼感覺？以前的季冕無法想像，現在他可以用四個字概括：幸福到死。

「小川，我也給你加十萬，你隨便扣。」季冕打開車門走出來，光明正大地摟住小樹，狠狠親了一下。

站在兩旁的臨時演員紛紛吹起口哨，哄笑聲此起彼伏。很不巧，他們拍戲的這個州是允許同性戀結婚的，所以同性情侶在街上親熱早已是司空見慣的情景。

趙川徹底被打敗，只能無力擺手，「老子就看著你們作，『秀恩愛死得快』這句話老子先送給你們！」然後提高音量：「肖嘉樹，你準備好了沒有？我們要開拍了！」

「等會兒！」肖嘉樹牽著季冕的手跑回酒吧，找到主攝影機後叮囑道：「季哥，你就站在這後面看著我，不要動啊！」

季冕笑著點頭，「好，我不動，我就在這裡看著你。」

肖嘉樹飛快親親他，這才匆匆往回跑。

趙川不知道他想搞什麼，卻也沒阻止。有錢的都是大爺，有錢的都是大爺……他不斷提醒自己，這才壓下想打人的衝動。等肖嘉樹坐進車裡，比劃了一個ＯＫ的手勢，趙川立刻喊道：「場記打板，我們開拍了！」

第八章
戀人太可愛也是一種折磨

肖嘉樹把跑車開到酒吧門口，慢慢將車門打開，一隻腳先落地，停頓幾秒鐘才完全跨出來。攝影機給他的皮鞋來了一個特寫，但更搶鏡的是他線條優美又纖細的腳踝。

僅憑這個腳踝，旁觀者就能認定從車上下來的絕對是一位大美人。

鏡頭逐漸上移，劃過肖嘉樹修長筆直的雙腿，窄而挺翹的臀部，勁瘦的腰……終於定格在他俊美絕倫的臉龐上。

在這一刻，他身後的跑車、身上的奢華服飾，乃至於周圍的喧囂都成了陪襯，只有他的臉在斑斕的彩光中熠熠生輝。他是行走的聚光燈，所有人都看著他，不受控制地向他靠攏，而他的目光卻始終盯著正前方，銳利、專注，彷彿那裡有異常吸引他的東西。

被他直視的主攝影機把這個極具侵略性的目光攝錄下來，攝影師臉頰微紅，似乎被他蠱惑了，卻不知道他真正注視的人正站在攝影機後面，也用同樣深邃的目光回望。

肖嘉樹稍微移開視線，看向映照在鏡子裡的自己，然後抬起手，優雅萬分又騷氣十足地理了理額前的髮絲。就在這時，一群前凸後翹的美女圍了上來，他卻連眼角餘光也沒分給她們，只是從西裝內袋裡掏出一疊錢，往天空中撒去。

美女們歡呼著去撿錢，他隨手摟住其中兩個，繼續往前走，依然看也不看兩側，只專注地盯著前方，臉上掛著不羈又邪氣的微笑。被他摟在懷裡的美女踮起腳尖想親吻他的臉頰，他挑高一邊眉梢，偏了偏頭，不耐煩地躲開了，目光變得更為幽深。

他分明是來尋歡作樂的，放蕩之中卻又透著傲慢，似乎除了自己，完全看不見任何人。

他就是富裕的代名詞，是宇宙的中心，所有人都要圍著他轉，只有一個人例外，那就是始終被他凝視的主攝影機，也就是將來在電影院裡欣賞這部電影的觀眾。

主攝影機的視角就是觀眾的視角，主攝影機受到重視，觀眾也會產生同樣的感覺；主攝影機受到蠱惑，觀眾也不能倖免。

肖嘉樹還是頭一次在攝影機前釋放自己的魅力，並試圖去撩撥觀眾的慾望。但實際上，他想勾引的只有季冕一個人而已。當季冕看著他的時候，他便能清楚地意識到自己的存在感是如此強烈。他想讓他一直用這樣的目光看著自己，於是自然而然就展露出了最有魅力的一面，這是雄性求偶的本能。

趙川目不轉睛地盯著螢幕，心情激蕩。一號攝影機、二號攝影機、三號攝影機……每一臺攝影機拍下的畫面都完美至極。鏡頭前的肖嘉樹就是行走的聚光燈、費洛蒙，所有臨時演員都被他帶入了戲。他們圍著他跳舞、尖叫、暢飲，氣氛熱烈到了極點。

越是喧囂的環境，越是襯托出他的放浪與孤傲，這個出場方式夠不夠酷炫？

趙川轉頭去看三滴水，三滴水嘶嘶直吸氣，眼睛瞪得極大。他又轉頭去看季冕，卻發現季冕正端著一杯冰水大口大口灌著，褲襠的隆起藏都藏不住，而他的眼睛緊緊盯著正前方，目中的火焰幾乎化為實質。

趙川這才發現：臥槽！季冕站立的位置正是主攝影機後方，所以說肖嘉樹凝視的對象一直是他，不是主攝影機？這兩人還拍什麼戲？直接給他們一個包廂滾床單去好了！

離開男朋友遠赴美國拍戲的趙川嫉妒得眼睛都紅了，卻也不得不佩服肖嘉樹的巧思。把季冕當作觀眾，他自然能發揮百分百的魅力。如果不在戀人面前騷浪，他還能對著誰騷浪？戀人正在看著他，他自然會使出渾身解數去引誘去蠱惑。

這個鏡頭如果拿去電影院放映，觀眾的感受哪怕不如季冕強烈，肯定也不會無動於衷。

趙川原本只想找肖嘉樹救場，沒料到他是如此優秀的一位演員。他是用腦子在拍戲，而非僅僅聽從導演的指令。導演提出的構想，他可以利用身邊所有的元素將它實現。

「CUT！」趙川吐出一口氣，「這條過了！小樹，你完全達到了我的要求。你的出場方式令人驚豔，足夠讓那些患了紅眼病的綁匪把你套上麻袋打一頓！非常好，繼續加油！」

原本還有些沾沾自喜的肖嘉樹差點摔一跤。

什麼叫套上麻袋打一頓？你是在誇我呢？還是在損我呢？

他還來不及質問，季冕已經走上來，從後面抱住他，用腫脹不堪的那處輕輕頂他一下，啞聲道：「小樹，好好拍後面的戲，少吃NG，我們爭取早點收工早點回去。」

早點回去幹什麼？答案已不言而喻。肖嘉樹腰一軟，這回真的要摔了。季哥如果邪惡起來，他完全受不住啊！好想現在就跑回去跟季哥過胡天胡地、沒羞沒臊的日子！

季冕用手臂摟住他纖細的腰，低沉而又沙啞地笑了一聲。肖嘉樹被他半摟半抱地帶到趙川身邊，腦袋都快冒煙了，哪還有之前的狂霸酷帥跩。

「這段必須配上特別合適的背景音樂，否則出場效果會減一半，回頭讓配樂師好好想想看怎麼做。」趙川嚴肅道：「季哥，你來看這條拍得怎麼樣？不開玩笑啊，客觀點。」

季冕盯著螢幕，沉聲道：「我不想提什麼意見，只想趕緊收工。」

趙川秒懂，拍板道：「ＯＫ，效果棒呆，咱們繼續拍下一條，張姊準備！」

窩在角落喝酒的張鸞立刻跑出來，「我準備好了。」

下一場拍攝的是張鸞被追殺的戲，她擺脫殺手，由酒吧後門潛入，在人群中尋找韓冬，卻與去吧臺拿酒的韓冬擦肩而過。身為老戲骨，這場戲對吳傳藝和張鸞來說毫無難度。

接著是肖嘉樹和張鸞的對手戲，一個在走廊外面找人，一個在包廂裡面泡妞，然後拉拉扯扯地走進廁所，交付晶片。

開拍之前，肖嘉樹正色道：「季哥，咱們這是拍戲，一切都是假的，你千萬別多想。」

「我多想什麼？」季冕逗弄道。

「我和臨時演員摟摟抱抱喝酒的時候你千萬別多想，我人在拍戲，心卻在你這裡，來，收好啊！」他張開五指，狀似從自己胸口裡掏出一樣東西，往季冕的胸口按下去，嚴肅交代：「拍完戲我回來拿，你好好保存。」

「噗！」季冕忍不住笑出來，手掌輕輕揉弄著戀人的後腦杓，寵溺道：「你怎麼這麼可愛啊？你小時候是吃可愛多長大的吧？」

「我跟你說正經的，你笑什麼笑？」肖嘉樹豎起眉毛怒斥，隨即自己也笑起來，紅唇彎彎的樣子特別漂亮。

季冕湊過去吻他，然後按住自己的胸口，正兒八經道：「你放心，我一定會好好保管，絕不亂想，快去拍戲吧。」

「那我去啦。」肖嘉樹這才笑嘻嘻地跑進包廂。

站在旁邊的趙川翻了一個大白眼，語氣酸酸地道：「幼稚！」

「我就喜歡幼稚的男孩子。」季冕端起酒杯，表情溫柔。

趙川冷哼一聲，狀似不屑，眼裡卻滿是羨慕。他先拍攝張鸞一間包廂一間包廂找人的場景，再拍肖嘉樹在包廂裡泡妞的場景。由於沒什麼難度，也都是一兩條就過，最後拍攝張鸞找到正確的包廂將人拽出去的場景。

「肖嘉樹，你坐在馬桶上，噘起嘴巴去親張鸞。張鸞，他一噘嘴妳就打他巴掌，連打五六個就差不多了……」趙川話沒說完，季冕從旁補充：「動作小心一點，別傷到小樹。」

張鸞扶額，「知道了，我演了多少年的戲，連打耳光都不會嗎？季冕，你站一邊去，我怕你受不了衝上來為肖嘉樹報仇。」

肖嘉樹坐在馬桶上咧嘴笑，季冕無奈地看他一眼，「好了，我不說了，你們繼續。」

張鸞這才鬆一口氣，到底還是存了幾分小心。

肖嘉樹臉上塗了一層胭脂，營造出喝多了的模樣，迷糊中根本沒在聽張鸞說什麼，只以為對方想與自己打炮，噘嘴去親，卻被張鸞狠狠教訓了一頓。

啪啪啪的巴掌聲讓走進來的一名男子誤會了，他貼在門板上偷聽了一會兒。張鸞走後，那名男子跑進來查看情況，卻發現肖嘉樹被蹂躪得奄奄一息，坐在馬桶上站都站不起來，頓時對張鸞深表敬佩，也對肖嘉樹嗤之以鼻。

這段劇情說難不難，說簡單也不簡單，主要是兩人得配合好。肖嘉樹還要發出被虐後的呻吟，怎麼曖昧怎麼來，跑進洗手間尋找張鸞的殺手才會誤以為兩人不是目標，錯身離開。

察覺到殺手就在外面的張鸞為了脫困，只好不斷地打肖嘉樹，打完臉打手臂，打完手臂打胸口和大腿等處，還把他拎起又放下，讓他不斷用屁股撞馬桶，製造出很大的響動。

白白被虐待一頓的肖嘉樹氣不打一處來，用力把那張晶片扔出去。晶片不斷滾動，最後卡在了牆縫裡。

第一次拍喜劇的肖嘉樹沒掌握好火候，前面幾條沒放開，後面幾條漸漸摸到竅門，呻吟的時候特別豁得出去，也特別帶勁兒，還時不時嬌喘一聲，弄得張鸞差點笑場。季冕卻完全笑不出來，目光暗沉地盯著小戀人，不知道在想些什麼。

終於拍完這場戲，趙川拊掌道：「這條過了，下面拍攝找回晶片那場戲。肖嘉樹，你快去化妝，季冕和吳傳藝做好準備。」

找回晶片的這場戲說的是徐天佑被韓冬救回來之後才發現那張晶片很重要，便準備去酒吧找回來。此時已經是第二天了，兩人來到酒吧門前，卻發現這裡被某個大人物包下了，一般人根本不能進來，只有帶著美女的皮條客才准許入內。韓冬看看徐天佑美豔的臉，靈光一閃讓他扮成女人，自己假裝皮條客，一起混進去，之後是徐天佑和丁勁松的第一次見面。

混入酒吧前的戲分很簡單，肖嘉樹和吳傳藝很快就拍完了，之後的戲分肖嘉樹就得換女裝。造型師為他貼上逼真的矽膠乳房，戴好蕾絲胸罩，還為他準備了一件墨綠色的貼身小旗袍，長度剛好遮住屁股，雙腿套上黑絲襪和高跟鞋，畫了濃妝戴了假髮，齊活了。

當他走出化妝間時，正在喝啤酒的吳傳藝「噗」一聲噴出來，季冕也呆了呆。他一直知道小樹長得漂亮，卻不知道他扮成女人會如此漂亮。他的容貌本就繼承了薛淼和肖啟傑的全部優點，臉部輪廓稍作柔化後竟像洋娃娃一般精緻。

他的腿很長很直，屁股小小的翹翹的，被墨綠色的旗袍緊緊包裹，特別性感可愛。他拎著小包往那兒一站，整個人美得發光，哪怕是長相上佳的張鸞，也被他襯成了男人婆。

「完了完了，老娘怎麼會接拍這部戲，竟然被一個男演員豔壓了，面子往哪裡擱？」張鸞拍著大腿哀嚎。

呆愣中的工作人員這才緩緩回神，繼而哄笑。

季冕拿出手機誘哄道：「小樹過來，跟我拍一張合照，我要發微博。」

聽見季哥的召喚，肖嘉樹拎著包包，踩著高跟鞋，歪歪扭扭地走過去。季冕為了防止他摔倒，一隻手緊緊箍住他的腰，一隻手在他挺翹的屁股上揉了揉，低笑道：「很有彈性。」

「季哥，你耍流氓！」肖嘉樹臉紅地控訴。

「對自己的戀人這樣做不算耍流氓。」季冕親親他，調侃道：「臉好燙，害羞了？」

「讓你穿女裝試試。」肖嘉樹不斷拉扯裙襬，試圖把自己的屁股遮起來，「裙子太短了，還開高衩，造型師究竟是怎麼想的？」

「你穿什麼都好看。」季冕始終用手掌托著他的屁股，以免他站不穩。

這兩人一個俊美無儔，一個豔若桃李，再加上格外修長的身材，看起來更像一對超級模特兒而非演員，氣場極為強大。

趙川繞著他們走了一圈，當即吩咐道：「攝影師快過來，再給他們拍一組定妝照。」

媽的，這組定妝照一定比之前那組還勁爆！可以兩組都做相同的動作，然後兩兩對比著剪輯在一起，喜劇效果加倍，視覺衝擊也加倍！

這樣一想，他來勁了，讓攝影師把先前那組定妝照翻出來，讓季冕和肖嘉樹照著做。表情一樣，動作一樣，連場景都一樣，只是肖嘉樹的造型從男裝換成女裝。

這組照片中的兩人對立感不那麼激烈了，兩個人物對彼此的吸引和渴望增強很多，曖昧的氛圍非常濃厚。若是不知情的人看了，一定會以為這兩人是一對歡喜冤家，但是當攝影師把之前的照片與之後的照片剪輯在一起再看，大家才會猛然醒悟到：我的天啊，這位美女竟然就是之前那個帥哥嗎？一瞬間的幻滅過後，啼笑皆非的感覺便洶湧而來。再看幾眼，會又一次被這唯美的畫面吸引。

兩組劇照同時放出去，喜劇效果增加了，觀賞性也增加了，連噱頭都有了，何愁觀眾不買單？趙川看著新出爐的劇照，心頭火熱。

他真是走了狗屎運才能請來如此優秀的兩位演員。秀恩愛算什麼？只要拍戲的時候他們也能保持這種火花四濺的狀態，他可以主動清場讓他們秀個夠。

「季哥辛苦了，小樹辛苦了。你們倆先歇會兒，我去選一選照片。」趙川十分狗腿地說道。攝影師站在他身邊，表情頗有些急不可耐。好不容易拍到如此完美的作品，他很想快點把它們製作出來。

兩人走後，季冕拿出手機，輕笑道：「劇照拍完了，咱倆來拍合照？」

「季哥，你要發微博？」肖嘉樹緊緊摟著季冕的手臂，免得摔倒。

「嗯，可以嗎？」季冕乾脆把他抱起來，放在自己的腿上。

「當然可以啊，我不怕醜的。」只有在季冕跟前肖嘉樹才會害羞，對外，尤其是拍戲的時候，他的臉皮很厚。穿女裝有什麼？他連裸奔都試過。

季冕笑了一聲，舉起手機由上往下拍，徵詢道：「這樣可以嗎？」從螢幕上看，肖嘉樹穿著旗袍坐在他腿上，一隻手環著他的脖頸，臉頰紅潤，眼眸濡濕，一副飽受疼愛的樣子。

肖嘉樹卻覺得不太滿意，噘起嘴巴狀似要親季哥的臉頰，嘟囔道：「我想這樣。」

原來秀恩愛真的會上癮，正如季哥想讓觀眾看見他胸口的刺青那般，肖嘉樹也想當著所有人的面擁抱季哥。等時機成熟了，他一定要讓全世界都知道，季哥是他的愛人，他不會讓這段感情永遠存在於黑暗之中。

季冕轉過頭看他，眼神深邃無比。

肖嘉樹噘起的嘴唇慢慢抿緊，不安道：「這樣不好嗎？」

季冕對準他的嘴巴狠狠親了一口，搖頭道：「沒有，這樣很好，我很喜歡。」完了用指尖撫弄他的唇線，聲音溫柔：「糟糕，我把你的口紅吃掉了。」

肖嘉樹高懸的心瞬間放下了，快速回吻季哥幾下，笑嘻嘻地說道：「沒事，你愛吃多少吃多少，等會兒讓化妝師補一補就好了。來來來，我們拍照發微博。」

季冕揉揉他的腦袋，繼續拍照。

肖嘉樹很會擺姿勢，一會兒噘起嘴巴要親季冕；一會兒舉起拳頭作貓咪狀，還把腦袋靠在季冕胸口；一會兒又站起來摟季冕的脖子，張開嘴假裝要咬對方的耳朵……

季冕喀擦喀擦拍個不停，臉上的笑容藏都藏不住。他其實不喜歡拍照，但看見小樹可愛的樣子，很想把他的每一面都保存下來。等到年老的時候，他可以摟著小樹躺在嘎吱作響的搖椅中，沐浴著橘紅的夕陽，肩並肩，頭碰頭地翻閱這些美好的回憶。

真的很奇怪，他雖然嚮往穩定的生活，卻很少預想自己年老以後會怎樣。但與小樹在一起，他自然而然就會為他們的將來考慮，這大概就是有人陪伴和沒人陪伴的區別。

有了小樹，他的心就暖了靜了，也滿了。

他挑出幾張照片做成九宮格，發到微博上，配文是「Ｍｙｈｏｎｅｙ」。沒圈任何人，包括小樹苗。他得給粉絲留一點懸念。

微博發出去之後就像投了一顆深水魚雷，把小皇冠們全都炸出來了。要知道，季冕可是娛樂圈裡最潔身自愛的男明星，沒有之一，出道至今從來沒鬧過緋聞，更沒與哪位女明星走得太近。他的人設一直是高冷的，獨來獨往的，堪稱一股清流。

也因此這條微博一發出來，就被廣大網友推上了熱搜榜第一的寶座。人人都在追問這位美女的身分，季冕名草有主的消息像風一樣傳遍了整個娛樂圈。

網友紛紛在照片下面留言：「季神，你說，你從哪裡找來這樣一位絕世大美女？」

「五官好立體，應該是混血兒。」

「穿上高跟鞋竟然和季神差不多高，這胸這腰這臀這腿，絕對是模特兒！」

「啊啊啊，難道你們看不見嗎？她竟然坐在季神的腿上！還有這張，你們仔細看，季神的右手按在她的屁股上，這還是以『紳士手』聞名娛樂圈的季神嗎？我簡直不敢相信！」

「有什麼不敢相信的，人家是情侶，當然可以親熱。妳沒看見標題嗎？季神都管人家叫小甜心了。難怪季神這麼多年不談戀愛，原來是眼光太高的緣故。這位混血美女的顏值絕對可以秒殺華國所有女星，美顏盛世啊！」

「咦，等等，我怎麼覺得她有點眼熟？眉毛和鼻樑非常像薛淼女神年輕的時候！話不多說，放對比圖！」

「不對，季神露在外面的皮膚為什麼滿是刺青？他不可能趕這種時髦吧？我覺得這些照片有蹊蹺，肯定是劇照或雜誌封面什麼的。女友粉，妳們別嚎了，等事情明朗了再說。」

眼看粉絲快找到真相了，季冕才退出微博。

他並不在意這些照片會掀起多大的風浪，又有多少女友粉或唯愛粉憤然離開，他想發，於是就這樣做了。在他的心裡，什麼都比不過小戀人重要。

肖嘉樹同樣也不在意網路上的風言風語，一邊刷評論一邊笑個不停，「季哥，他們竟然說我是混血兒，還說我是模特兒，現在正在搜尋我的個人資料，好好玩！」

「搜吧搜吧，搜得到才怪呢！」他登錄大號，給這條微博點了一個讚，又偷偷看了季哥一眼，發現他沒注意自己，趕緊登錄小號點了一個讚。看見自己和季哥的合照被發到網路上，雖然公司遲早會澄清這是他們為新電影做宣傳，他也同樣感到滿足。

季冕笑著揉揉他的腦袋，挑出一張更為親密的，小樹把嘴唇貼在他臉上並留下淺紅唇印的照片發送到朋友圈裡，配文只有兩個字「幸運」，這幾乎等於承認了這段戀情。

施廷衡立刻回覆：「誰比較幸運？你還是她？」他壓根兒沒認出來這位美女是肖嘉樹。

季冕深深看了小樹一眼，篤定道：「我。」

肖嘉樹正在翻季冕的朋友圈，看見這條回覆，眼眸亮了一下，然後環住季哥的脖子，湊到他耳邊說道：「其實是我比較幸運。」

「不對，是我。」季冕用鼻尖蹭了蹭他的鼻尖，笑容寵溺至極。

「是我！」肖嘉樹用鼻子頂回去。

「是我。」季冕噘起嘴巴親了他一下，兩人的臉緊緊貼在一起，高挺的鼻子被彼此壓扁了，看起來有些傻，對話更傻，但臉上的笑容都燦爛至極。

都說陷入愛情的人智商會降為負數，這話果然沒錯。

趙川挑選完定妝照，轉頭才發現季冕竟然發了一條微博，這恩愛秀得很不怕死啊！他難道就不擔心兩人的關係被網友看出來？瞧瞧他最近一段時間發的微博，全都是跟肖嘉樹有關的，親密動作、散步時拍下的風景、約會時吃到的美食，甚至於晚上一起看的一本書。雖然照片和表述都很隱晦，可仔細觀察不難察覺出裡面暗藏的深情。

肖嘉樹的微博也是如此，走在路上會忽然拍下一道拖得極長的影子，毫無疑問那人是季冕；喝飲料的時候會拍下一隻握杯子的手，那也是季冕；在喧鬧的酒吧裡穿行，看似隨意抓拍，處於人群中心的那一個必定是季冕。

他倆無時無刻關注著彼此，尋找著彼此，感受著彼此，這是一份什麼樣的感情？

趙川心裡微微發酸又倍感溫暖。他才不會告訴這兩個人，他這段時間好像愛上了狗糧的味道，他們的幸福那樣濃烈，似乎能通過空氣傳播出去。

「好了，別磨蹭了，趕緊來拍下一場戲。」他咬咬牙，打斷了抱在一起嬉鬧的兩人。

「來了。」肖嘉樹正準備走過去，卻被季冕摟住腰，啞聲問道：「待會兒你要為我跳一支豔舞，劇本裡是這樣寫的吧？」

「是啊！」肖嘉樹眨眨眼睛，臉蛋看著看著就紅了。

「你要跳什麼舞？」季冕從背後摟住他，雙手掐著他的腰，雙腿貼著他的腿，一步一步推著他往前走。只要不拍戲，兩人在片場便是這種連體嬰的狀態，分都分不開。華國的工作人員起初還會驚詫，現在早就習以為常。

「我還沒想好，臨場發揮吧。」肖嘉樹才不會告訴季哥，除了交際舞，別的他都不會。趙川並不介意這一點，也沒刻意讓他去學。不會才好，不會就在鏡頭前隨便扭幾下，那樣才顯得笨拙可笑，從而達到他想要的喜劇效果。

季冕並不失望，咬著他耳朵低語：「我很期待。」末了輕輕拍打他挺翹的屁股。

肖嘉樹捂著屁股走到酒吧門口，然後轉回頭瞪了季冕一眼，可惜他水潤的眼眸毫無威懾力，像是在撒嬌，逗得季冕心癢難耐，忍不住揚起下頷，做了一個飛吻的動作。

吳傳藝很尷尬，等兩人結束眉目傳情才走近肖嘉樹，小聲問道：「你準備好了嗎？」

「準備好了。」肖嘉樹對趙川比了一個OK的手勢。

趙川一聲令下，場記立刻打板。兩名魁梧的黑人走過來，盤查兩人的身分，得知他們是皮條客和妓女，又仔細搜他們的身，確定沒帶武器才讓他們進入酒吧。

肖嘉樹感覺胸罩勒得太緊，呼吸有些不暢，於是一路走一路揉胸，並未意識到自己的動作有多風騷。原本還對兩人有所懷疑的幫派成員不禁吹起口哨，並調侃道：「嘿，夥計，你從哪裡找來的極品？」

「她欠了我一大筆賭債，你知道的。」吳傳藝推了肖嘉樹一把，暗示道：「你好好招待客人，我去上個廁所。」

「臥槽！你……」肖嘉樹一張口才發現自己的嗓音太粗了，連忙吊著小尖嗓說道：「人家害怕，你快點回來。」

「怕什麼，有妳爽的時候。」一名幫派成員上下打量肖嘉樹，揮手道：「這是一個極品，老大應該會喜歡，把她送到一號包廂裡去。」

於是肖嘉樹被人拖拽著穿過長長的走廊，進入裝飾豪華的一號包廂。

來自不同地區的幫派首領正聚在一起玩樂，有黑人幫派、白人幫派、東南亞幫派等等，但坐在主位的卻是一名華人。別的首領左擁右抱好不快活，甚至連腳邊都趴伏著幾個美女，但這名華人獨自坐在正中間的長沙發上，一隻手搭放於椅背，另一隻手夾著一根雪茄，目光冰冷，表情淡漠。

他穿著一套做工精緻的黑色西裝，標準的倒三角身材和尊貴的氣質令他看起來像一個貴族，但他裸露在外的皮膚爬滿猙獰的刺青，顯現出他的危險氣場。瞥見身材修長、長相美豔的肖嘉樹，所有首領的眼睛都看直了，唯獨他淡淡睨視，像在打量一件死物。

肖嘉樹被季冕的眼神帶入戲，局促不安地站在原地，不斷拉扯裙擺。

「華國人還是東南亞人？」一名亞裔首領懶洋洋地問道。

「華，華國。」肖嘉樹根本不知道自己即將面臨什麼，只能憑直覺回答。

「丁，她是你的。」幾位首領立刻歇了心思。

「跳個舞吧。」季冕隨意擺手，看都懶得看來人一眼。

他渾身上下都寫著「嫌棄」兩個字，著實令肖嘉樹鬆了一口氣。包廂裡本來就有幾名舞娘在跳舞，他便加入進去，模仿她們扭腰、擺臀、轉圈，動作相當笨拙。這不是演出來的，而是肖嘉樹本來就不會跳舞，自然流露的演技為這段鏡頭增添了很多喜劇效果。

轉圈的時候更要注意平衡，而他腳上踩著高跟鞋，本來就站不穩，一下就踉踉蹌蹌摔了出去，還好死不死摔到季冕岔開的長腿之間。喧鬧的包廂安靜了片刻，肖嘉樹抬起頭，對表情冷厲的季冕小心翼翼地笑了笑。

季冕一隻手已經按住別在腰間的槍，下一秒就能抽出來打爆這個女人的頭，另一隻手夾著雪茄，而雪茄正燒穿肖嘉樹胸前的布料，令其散發出濃烈的煙霧和焦糊味。

肖嘉樹太緊張了，根本沒注意到，季冕卻意味深長地盯著他一點痛覺都沒有的胸部。

「這是什麼？」他用菸頭戳了戳矽膠乳房，表情莫測。

肖嘉樹低頭一看，頓時嚇得「花容失色」。他剛想站起來逃跑，季冕用力拽住他的手臂，一把撕開他的衣襟，扯落胸罩和矽膠，沉聲道：「你是男人？」

完了！完了完了完了！肖嘉樹滿腦袋都是這兩個字，但求生的欲望令他爆發出非凡的智慧，他立刻掐著嗓子扭扭捏捏道：「人家就喜歡穿女裝，扮女人，怎麼樣嘛？人家出來接客也很不容易啊，你們不能性別歧視好不好？」

幾名保鏢圍攏過來，拿槍對準肖嘉樹的頭。

季冕似笑非笑地看了他好一會兒，然後慢慢摘掉他的假髮，拿起水壺往他頭上淋。

劣質化妝品一沖就掉，逐漸展露出肖嘉樹那張俊美的臉。他眼眶紅紅的，眼珠滴溜溜地轉，既顯得緊張不安，又顯得古靈精怪，比女裝的時候順眼無數倍。原本連看都懶得看他的季冕，此時緊緊捏住他的下頷，迫使他抬起頭來，用晦暗的目光打量他許久。

所有的冷厲和淡漠慢慢退去，只餘下興味和愉悅。他擺擺手，啞聲道：「你們都出去。」這是他頭一次對一個人表現出濃厚的興趣。

眾位首領摟著美人魚貫走出去，保鏢也關上房門守在外面，把獨立的空間留出來。季冕這才放開肖嘉樹的下頷，往沙發上一靠，說道：「跳支舞給我看，跳得好我就放過你。」

「真的？」肖嘉樹掐著嗓子小心翼翼地問。

「說話正常點。」季冕用大拇指摩挲他還殘留著口紅的唇瓣，表情莫測。

「真的？」肖嘉樹立刻用純爺們兒的嗓音再問一次。

「真的。」季冕低低笑起來，危險的氣場一掃而空。他的目光牢牢鎖定肖嘉樹，像一頭等待獵食的猛獸。

肖嘉樹被他看得寒毛直豎，不得不站起來，隨便把敞開的衣領扣了扣，模仿之前那些舞娘開始跳豔舞。天知道，他根本就不會跳舞，更學不來性感撩人的動作，於是跳著跳著就變成了在原地小幅度扭腰扭屁股，兩隻手握成拳頭左揮揮右揮揮，像隻小貓。

他記得他上幼稚園的時候跳的第一支舞就是這個，叫做《小貓喵喵》。很好學，而且一輩子都忘不了。

大概是跳得太專心了，跳完之後他還用拳頭抵在自己臉頰邊，嬌滴滴地喵了一聲。

季冕目不轉睛地看著他，隨後仰天大笑，笑完才勾勾食指，聲音沙啞道：「過來。」

「我跳完了。」肖嘉樹暗示他該放自己離開，下一秒卻驚恐地睜大眼，盯著他的胯下。臥槽！，這個人的褲襠為什麼漲那麼大？發情了？

他這才意識到接下來會發生些什麼，卻已經沒有退路了。

季冕毫不避諱地展示自己的「偉岸」，再一次勒令：「過來。」他的表情很慵懶，甚至還帶著幾分期待和溫柔，語氣則很強硬。

肖嘉樹眼珠一轉，頓時有了主意。他慢吞吞地走過去，依照吩咐岔開雙腿坐在季冕的腰上，捧住對方的臉，彷彿要去親他的嘴，卻猛然往前一撞，直接把人撞暈了。

這個鏡頭拍到這裡總算是告一段落，趙川立刻喊「ＣＵＴ」，然後看重播。這兩個人的表演堪稱一氣呵成，每一個情緒變化，每一個暗潮洶湧的眼神，都演繹得非常完美。

季冕是這個鏡頭裡需要突出的人物，而他的眼睛簡直像兩團火焰，在看見肖嘉樹褪去偽裝的那一刻就開始迅猛燃燒。

看完他的表演，任何人都能對「一見鍾情」這個成語產生更深刻的體悟。反觀肖嘉樹，幾乎包攬了所有笑點，而且演技非常自然，沒有一絲一毫刻意誇張的成分。尤其是他即興表演的那段舞蹈，滑稽搞笑的同時還很萌，令所有人都差點笑場。

「非常好，這條過了，大家準備準備，繼續拍下一條！」趙川興奮地宣告。

躺在沙發上的季冕卻啞聲道：「導演，麻煩清個場，我要冷靜一下。」

大家全都心領神會地笑起來，貼心地主動離開包廂。

被季哥掐住腰，緊緊按在他腿間不准離開，還被他腫脹的那處頂著臀縫的肖嘉樹，簡直快招架不住了。他能感受到季哥的滾燙，也能聽見他粗重的喘息，更能通過他越收越緊的雙手領會到他的渴望。

他不安地挪動屁股，毫無意外地聽見季哥發出低啞的呻吟，於是坐在他腰上不敢亂動。季冕按住他的後腦杓，迫使他低下頭與自己接吻，呢喃道：「小樹，回去以後把剛才那支舞再跳一遍給我看，嗯？」

該死的，他簡直快受不了這樣的等待了，戀人太可愛竟然也是一種折磨！

肖嘉樹原本以為自己肯定把那支豔舞跳砸了，但季哥的反應卻帶給他莫大的信心。他坐在他滾燙的身體上，滿心的羞臊逐漸化為興奮。

對心愛之人最高的讚譽是什麼？

除了一句「我愛你」，大概就是「我硬了」。

愛和慾望從來都是分不開的。

此時此刻，不但季冕硬了，連肖嘉樹都產生了強烈的生理反應。他惡作劇一般蹭了蹭季冕，聽見他發出難受的呻吟，忍不住趴伏在他身上低笑起來，得意洋洋地忖道：誰讓你總是耍流氓，這回輪到我了吧？

季冕掐著戀人的腰，不准他亂動，自己也不禁笑了。

趙川隔著門板喊道：「你們好了沒有？還有幾場戲要拍呢，沒時間讓你們滾床單！再說，你們把人家的高級沙發弄髒了，劇組可不負責賠錢！」

肖嘉樹這才從季冕身上跳下來，招手道：「好了好了，你們進來吧。」

趙川進門後仔細打量兩人，發現他們果然都恢復了正常，立刻吩咐大家開工。

季冕躺回沙發裝暈，肖嘉樹則揪著自己的頭髮在包廂裡團團轉。看此人的派頭，肯定是哪位大佬，他把人家打暈了還能活著出去？外面那麼多保鏢！

好在他很有急智，猛然拍打腦門，計上心來。他先把季冕扒光，再把自己的黑絲襪褪到膝蓋處，拎起對方的兩條腿，接著一腳把茶几踹翻。聽見響動，守在外面的保鏢立刻推門進來，卻發現自家老大躺在沙發上，兩條腿被那個男扮女裝的怪人夾在手臂下，對方還聳動著屁股，做打樁樣。

從背後看過去，他們根本不知道自家老大是醒著還是昏迷，只能看見肖嘉樹一臉怒色地回過頭，掐著嗓子罵道：「看什麼看，沒見過女裝大佬攻啊？」一邊說還一邊動著屁股。

兩名保鏢悚然一驚，立刻就關緊房門退了出去，互相對視一眼，臉上均冒出許多冷汗，他們完全沒想到看起來如此狂霸酷帥跩的老大竟會是下面那個。

門內的肖嘉樹放下季冕的腿，又撿起地上的一顆蘋果，邊吃邊一人分飾兩角地叫了起來。他一會兒沉著聲音喝斥：「動作快一點，你沒吃飽飯嗎？」一會兒尖著嗓子撒嬌：「哎呀，人家怕弄疼你嘛！人家想對你溫柔點有什麼錯，你這樣吼人家，當心人家不來了啦！」

「好了，不說了，你用力！」

人在激動的時候嗓音或多或少會有些扭曲，門外的保鏢沒聽過肖嘉樹用正常方式說話，自然就認為粗嗓門的是自家老大，尖嗓門的是那個怪胎。臉上的零星汗滴化為一股股汗水，順著下巴掉落，他們面面相覷，異口同聲地道：「完了，我們會不會被老大滅口？」

季冕穿著平角褲躺在沙發上，耳畔不斷傳來小樹古靈精怪的叫聲，憋笑都快憋不住了。他是真的很佩服小樹的敬業精神，一旦入戲，什麼樣的尬戲都能順暢地演下來。

反觀吳傳藝和張鸞等人，早就捂著嘴躲到角落裡去了，肩膀還一聳一聳的，像抽風了一樣。他們萬萬沒料到，像肖嘉樹這種濃眉大眼的傢伙，演起喜劇來比諧星還搞笑。好的演員什麼樣的角色都能駕馭，這話說歸說，但很多演員一旦成名便很快被限定在某個框架裡，只能扮演相似的角色，超出這個範圍就難以取得突破，也無法獲得觀眾的認可。

肖嘉樹顯然沒這個煩惱，他既能優雅，也能詼諧，既可以演繹悲苦，也可以演繹歡樂。他是那種登得了大雅之堂，又可以與民同樂的全能型演員，這真的很了不起。

「CUT！」趙川舉手喊道：「這條過了！」他看了一遍重播，這才哈哈大笑。

肖嘉樹連忙接過助理遞來的浴袍，嚴嚴實實把季哥的好身材裹起來，臉頰漲紅地想道：對了，我和季哥究竟誰攻誰受啊？為什麼上次做那種夢，我會被季哥壓在身下？難道我天生就是受？算了，做受挺好的，躺著就能享受，不像攻，既要扛腿還要衝刺，累得要死！

剛爬起來的季冕頓時又躺回沙發上，笑不可抑。

肖嘉樹這才想起來自己剛才都幹了什麼，一個彈跳便撲到季哥身上，狠狠把他壓住，齜牙咧嘴道：「笑什麼笑？咱們這是在演戲呢，你給我嚴肅點！」

「好，我嚴肅點。」季冕揉揉他後腦杓，好不容易才把滿肚子的笑意憋回去。他怎麼會愛上這樣一個活寶？完了，這輩子的死法該不會是笑死吧？

「你倆別鬧啊，當心鬧出火來！」趙川連忙把他們拉開，催促道：「今天拍得很順利，趁你們狀態都好，趕緊把後面幾場戲拍完，剛才是誰說想早點收工早點回家來著？」

肖嘉樹連忙從季冕的肚子上起來，補拍了幾個特寫鏡頭，然後穿上季冕的白襯衫，大搖大擺從包廂裡走出來，還對兩名保鏢交代道：「讓人家的甜心多睡一會兒，別去打攪他。哦，對了，他的屁屁應該很痛，你們去幫他買藥膏回來。聽說過馬應龍吧？華國的神藥，一次就能見效，屁屁冰冰涼舒舒爽喔，拜拜！」

兩名保鏢用敬畏的目光送走他，繼而狂奔到最近的藥房，為自家老大買了一箱馬應龍痔瘡膏，全程不敢告訴任何人，就怕丟了老大的顏面被滅口。

至此，肖嘉樹今天的戲分全部拍完了，一條NG沒吃，簡直神演技。

「OK，只剩下最後一場戲了，大家打起精神來啊！」趙川看了看手錶，欣慰道：「現在才凌晨兩點半，我還以為要熬通宵才能拍完。季哥，你準備好了嗎？」

重新換了一套西裝的季冕點頭道：「準備好了。」

他今天好幾次都差點笑場，所以醞釀情緒的時間比平時長了點。

「ACTION！」隨著趙川一聲令下，季冕擺出冷厲的表情。他岔開雙腿，金刀大馬地坐在主位，一箱痔瘡膏擺在他面前，兩名保鏢跪在他腳邊，汗水嘩啦啦地流。

「查一查他是誰。」沉默良久後，他掏出手槍對準痔瘡膏「砰砰砰」地射擊，太陽穴的青筋和緊繃的下頷角顯示出他的憤怒。一匣子彈射完，他把槍扣在桌面上，兩手交握抵住薄唇，遮住自己下半張臉。隨後，他冷厲的眉眼瞬間便融化了，一絲笑意從眼睛深處流洩，卻又很快消散。

由此可見，他非但不如表面看起來那般憤怒，反倒還有些興致盎然。如此古靈精怪又漂亮可人的小搗蛋，他一定要把他抓到自己的身邊來，再給他買上一卡車的痔瘡膏，讓他下半輩子慢慢享用。

攝影機給他幽暗深邃卻又充滿濃烈情感的雙眸來了一個長達十秒鐘的特寫，然後拉遠，這個鏡頭便結束了。

這兩個傢伙簡直了……幾乎每場戲都能一條過，是因為最愛的人就在旁邊看的緣故嗎？趙川一邊嘖嘖稱奇，一邊拊掌讚嘆：「最後這個眼神非常棒。季哥，『鐵漢柔情』四個字被你演活了。今天就拍到這裡，大家收工啦！」

所有人都歡呼起來，肖嘉樹卻偷偷摸摸跑過去，拿了幾盒痔瘡膏。聽說這玩意兒真的很管用，有備無患。

正與趙川聊天的季冕忽然回過頭看他，卻見他背著雙手，偏著腦袋，正對自己無辜地眨眼，頓時忍俊不禁，「小樹過來，咱們回家了。」

「好。」肖嘉樹的口袋裡塞滿了痔瘡膏，怕被季哥看出來，就想把它們轉移到背包裡，於是擺擺手，「季哥，你去取車，我上個廁所。」

「快去，我在外面等你。」季冕揉了揉眼角，又揉了揉嘴角，表情有些古怪。

「是不是連夜趕拍太累了？我看你的臉色不是很好。」趙川擔憂道。

「沒。」季冕忍了忍，沒忍住，搖頭笑了起來，「我怕我跟小樹在一起會老得太快。」

「為什麼？我看你倆挺好的。」趙川臉色變了變。

「因為一看見他我就想笑，忍都忍不住。你知道的，笑得太多容易長魚尾紋和法令紋，我怕被小樹嫌棄。」季冕語氣憂慮，表情卻饜足，彷彿喝到微醺的醉漢，心情很愉悅。

趙川沉默半晌才梗著脖子罵道：「媽的，老子差點就信了你的邪，還以為你和小樹的感情出問題了！」卻原來又是一碗冷冰冰的狗糧拍在臉上。

季冕這才朗聲大笑，食指轉著車鑰匙，嘴裡哼著歡快的小調，大步走出去。

肖嘉樹把幾盒痔瘡膏放進背包的夾層，順便解了個手，這才慢悠悠地來到酒吧門口。季哥正站在一個昏暗的小巷裡與幾名陌生人說話，他們長著一副東方面孔，看起來很和善，但頭頂的路燈照射下來，卻暴露了他們全身的刺青，即使那些猙獰的圖案只露出冰山一角，也足夠嚇壞普通人，而他們腰後均鼓起一團，從形狀上看似乎是手槍。

這是真正的黑幫成員？肖嘉樹腦子空白了片刻，隨後什麼都不能想了。他只知道季哥有危險，必須盡快把他帶走。他倉皇四顧，很快就發現一群機車黨正聚在一間酒吧門口聊天，於是立刻掏出一疊鈔票走過去，經過幾番交涉，又連續加了幾倍的價錢，還解下一支手錶遞過去，這些人才騎上摩托車，衝向季冕站立的那條小巷。

小巷非常狹窄，哈雷摩托車體積很大，幾名華人黑幫份子一邊咒罵一邊避讓，很快就與季冕分散了。

季冕貼著牆根站立，表情戒備，就在這時，又一輛摩托車騎過來，在他跟前停住，戴著安全頭盔的騎士往後一滑，讓出前方的座位，催促道：「季哥你來騎，我們快離開這裡！」

小樹？季冕想也沒想，下意識聽從戀人的吩咐，騎上摩托車離開小巷子。

肖嘉樹不停回望，發現那些人沒追上來，這才吐出一口氣。幸好他們沒開槍，否則他也不能保證一塊鐵皮能不能擋住子彈。不過沒關係，只要季哥安全就好。

這樣想著，他忍不住摸了摸藏在皮夾克裡的，從街邊隨手撿來的鐵皮。這裡地形複雜，到處都是蜘蛛網似的巷道，開車逃跑顯然沒有騎摩托車方便，但摩托車擋不了子彈，而季哥什麼防備都沒有，所以他只能讓他坐前面。

「季哥，我們直接回去，明天再來取車。」他話音剛落，摩托車就停住了，季冕把他拉進一條暗巷，摘掉他的頭盔，又從他背後抽出一塊鐵皮，幾乎是咬牙切齒地質問：「你剛才在做什麼？以為我被人威脅了，所以來救我？告訴你，這樣薄的鐵皮根本擋不了子彈，你會被射成篩子你知道嗎？」

「可是他們沒開槍啊！」肖嘉樹惶恐不安地抬起頭，卻無法看清季哥隱藏在黑暗中的臉龐。藉著一點微光，他只能看見他的眸子在燃燒，狂暴的怒火似乎快從他的眼眶裡噴出來，而他的雙手像鐵鉗般緊緊掐著他的手臂，力道極大，勒得他生疼。

「你能保證他們不開槍嗎？你只能靠運氣，而運氣往往是最靠不住的。小樹，你給我聽好了，我不需要你來救，以後再遇見類似的情況，你給我有多遠跑多遠，聽見了嗎？」季冕不停喘著粗氣，他的心臟快被恐懼感撐爆了。與其說他在生氣，不如說他在害怕，非常非常害怕，前所未有的害怕。

肖嘉樹遲疑不定，久久未答。

季冕逼近他，用最嚴厲的語氣說道：「你如果做不到，我們就分手！」遇見危險，小樹必須離開，必須待在安全的地方，哪怕他自己下一秒就會死去。他想保護他的心，比以往任何時候都要強烈。

肖嘉樹一聽見「分手」兩個字，眼眶便濕了，連忙點頭，「我答應，我答應，季哥你別和我分手！」然而他絕不會讓季哥知道，如果再遇見類似的情況，他還會義無反顧去救他。他明白季哥為什麼要逼迫自己做這樣的承諾，同樣的，他想保護季哥的心絲毫不比他少。

他們是伴侶，所謂「伴侶」是兩人各為一半，唇齒相依，少了任何一個都不行。他什麼都可以答應季哥，唯獨這一點不行。他想與季哥分享成功和喜悅，也想與他共同度過危險和苦難，這才是婚姻的真諦。雖然他們並未許諾，也沒有通報親友舉行儀式，但在他心裡，季哥早已是他的配偶，也是他的家人。

他極力睜大眼睛，好讓自己的謊言顯得更真實一點。

季冕粗重的喘息不知何時已恢復平靜，他凝視著年輕的戀人，目光複雜至極，心頭湧動的憤怒和恐懼，漸漸被一股滾燙而又熱切的愛意占滿。他用雙手捧住他的臉頰，瘋狂地親吻他，攪著他的舌頭，並牢牢固定住他的頭，不允許他退後，也不允許他偏移。他不斷加深這個吻，感覺到戀人快窒息了才偏頭，換一個角度再吻。他的唇舌不停蠕動，從戀人的口中索取一切能索取到的東西。有呻吟，有喘息，還有愛意。

他把自己無法訴說的感動，通過這個吻傳遞過去。他何德何能，又何其幸運能獲得小樹的青睞？再沒有人會像小樹這般毫無保留地愛他。他也願意傾其所有，為他付出一切。他們都要好好的，誰也不許踏足危險的地方，誰也不許先行離開。

這個瘋狂的吻持續了很久，久到肖嘉樹的嘴唇腫了，雙腿軟了，人也有氣無力地掛在季冕身上，季冕才意猶未盡地放開他。

「回去吧。」他為小樹戴好頭盔，沉聲道：「我會遠離危險，你也一樣，能答應嗎？」

肖嘉樹甕聲甕氣地道：「好。」

季冕不再說話了，以最快的速度回到飯店，剛進房間便把小樹壓在門板上，再次吻了上去，一邊吻一邊拉扯對方的皮帶。

肖嘉樹整個人都被吻迷糊了，直到下體一涼才後知後覺地想起來：不對，我買的保險套和潤滑油，還有從劇組順走的痔瘡膏都放在車裡了，沒帶回來啊！

季冕親吻他的動作一頓，這才蹲下去，啞聲道：「別胡思亂想，好好感受，嗯？」

原本就對這場歡愛十分期待的肖嘉樹頓時沒有辦法思考了，只能用力揪住季哥的頭髮，全心全意感受他的舔弄和吮吸。被吻到紅腫的嘴唇不斷發出吸氣聲，像一隻被撩上河岸，極度渴望滋潤的魚。

季哥的舌頭真厲害，嘶，我快不行了！這樣想著，他的膝蓋不由自主軟了下去，下頷擱在季冕肩頭，朝對方的頸窩吐氣。肖嘉樹現在很熱很熱，快要融化在季冕身上了。

季冕清晰地感受到戀人的沉迷，內心不禁湧上一股濃濃的滿足感。歡愛本就是兩個人的事，不能只有他一個人得到歡愉。他仔細舔舐著戀人可愛的囊袋，把對方精緻的玉莖含入嘴裡，用舌尖輕輕勾勒馬眼處的皺褶，試圖讓他得到快樂。

肖嘉樹從來沒有過這方面的經驗，哪裡經受得住這樣的刺激？若不是他立刻咬住牙關，這會兒肯定已經尖叫起來。天啊，季哥的功夫怎麼這麼厲害？不行，我快射了！啊，季哥，我好舒服，我快舒服死了！

肖嘉樹的內心在吶喊，面上卻只是露出隱忍的表情。臉頰漲得通紅，眼角含著淚光，不斷喘息著，雙手越來越用力地箍住季冕的身體，企圖與對方合而為一。

他就算要死，也得死在季哥身上！

季冕向來知道性愛是多麼美好的一件事，卻不知道只是單方面給予戀人快樂，便能讓他感到如此滿足。他一邊吞吐著戀人的玉莖，一邊輕輕揉捏著對方的囊袋，極盡享受地聆聽戀人情動之後的呻吟，身體也漸漸熱了起來。

肖嘉樹快要被季哥的舌頭逼瘋了，卻又在迷糊之中想著：原來被人撫慰是如此快樂的一件事！不行，我也得幫幫季哥，我也想讓他和我一樣快樂！他伸出顫巍巍的手，摸向季哥的胯部，感受到一個灼熱且巨大的東西正在自己的掌心跳動，心裡第一個念頭卻不是恐懼和退卻，而是：哇！以後我有福了！

正專心伺候戀人的季冕差點沒忍住笑出聲來，牙齒輕輕磨了磨玉莖的頂端，越發想把這個可愛到犯規的人吞下腹中。肖嘉樹就在他的啃咬中射了出來。尖叫著抱緊了他的腦袋，腰腹不由自主地抽搐著。

季冕依然慢慢吞吐著戀人的玉莖，雙手捧住對方圓潤挺翹的臀肉，揉捏成各種形狀。他想給小樹快樂，很多很多的快樂。

原來真正愛上一個人，自己爽不爽不重要，對方的感受才是最重要的。

肖嘉樹從高潮的餘韻中清醒過來才發現自己竟然抱住了季哥的頭，還不准他吐出自己的那玩意兒，頓時就尷尬了。肖嘉樹，你個大豬蹄子，你怎麼能只顧自己爽？他在心裡狠狠打了自己兩巴掌，然後半跪下去，試圖親吻季冕。

季冕聽見他的心語，既想笑又覺得感動，頭微微一偏，準備吐出那些濃白的液體再與戀人親吻，卻被對方擒住下頜，咬住了雙唇。一股石楠花的味道在兩人的嘴裡蔓延，有點怪異的腥鹹，更多的卻是狂湧而來的慾火。

季冕當然不會嫌棄戀人的體液，而肖嘉樹既已打定主意要貢獻自己，又怎麼會退卻？把季哥嘴裡的怪味都吻乾淨之後，肖嘉樹低下頭，趴在對方腰間，握住比自己粗壯了一圈的硬物，毫不猶豫地塞進嘴裡。由於那玩意兒太大，他不禁發出了吞嚥的聲音。

只這一聲「嗚」和緊跟而來的濕熱觸感就讓季冕頭皮一陣發麻。他半坐著，長腿曲起，而戀人就跪在他腿間，紅腫的小嘴含著他的巨物，粉紅的舌尖不時舔一舔他的馬眼，吮一吮他的囊袋，捲一捲他的柱身，把他之前施展在他身上的技巧原封不動地模擬了一遍。動作雖然笨拙，卻充盈著滿滿的真心和濃濃的熱情。

季冕哪裡受得了這個？強健的身體很快就冒了一層細汗。

他從來都不知道，僅僅只是一次口交，竟也能帶給自己滅頂般的快感。

「小樹，你真棒！」他一邊摩挲戀人的頭，一邊啞聲讚嘆。

肖嘉樹原本還有些忐忑，怕自己技巧很差，弄得季哥不舒服，聽見他粗嘎的嗓音才又恢復自信，越發挑動靈活的舌尖，在季哥最脆弱的那處點火。

季冕的腰胯忍不住挺動起來，雙眼微瞇，眼神卻沒有焦距，已然失了神。

在此之前，他從未有哪一次獲得過如此強烈的快感，所以歸根究柢還是人不一樣吧？只有與小樹一起，他才會獲得真正的快樂。

肖嘉樹也開心極了，他想讓季哥爽到，爽上天的那種。他一邊吮吸著季哥粗硬的巨物，一邊用右手輕輕揉捏季哥的囊袋，得意洋洋地傾聽對方不斷抽氣的聲音。

「季哥，你舒不舒服？」趁著吞吐的空檔，他滿懷期待地詢問。

「很舒服，小樹真厲害。」

戀人的嘴角還掛著自己的濃白精液，臉頰紅彤彤的，水潤的眼裡卻只有極力想滿足自己的熱切。如此可愛的模樣，叫季晁如何能夠忍耐？他把手指塞進小樹口中，攪動他的舌尖，然後又垂頭，給了對方一個灼熱的、纏綿的、急切的吻。

肖嘉樹用同樣的灼熱、纏綿、急切去回應他。

兩人緊緊擁抱在一起，順著厚厚的地毯翻滾一圈，變成肖嘉樹在下，季晁在上的姿勢。季晁抵著戀人柔軟腹部的粗大硬物，正因為狂燃的慾火而微微跳動，與肖嘉樹同樣蠢蠢欲動的玉莖貼在一起摩擦，產生令人戰慄的快感。

「小樹，知道我要做什麼嗎？害不害怕？」季晁勉強維持住最後的一絲理智，用粗啞至極的嗓音慎重問道。只要戀人說一個「怕」字，抑或輕輕點一點頭，哪怕他憋到爆炸，也一定會停下來。

肖嘉樹當然知道季哥在做什麼，事實上，他期待這一刻已經很久了，怎麼可能會喊停？他做過很多功課，知道承受的那一方會很辛苦，更何況季哥的東西還那麼大，但是他真的不害怕，只要想到季哥進入自己，與自己合而為一，水乳交融，他就興奮得難以自持。

愛要說，愛也要做，他不怕，也永不後悔。

這樣想著，他粉嫩的玉莖也微微跳動了幾下，竟似迫不及待。

季冕能清楚地聽見戀人的心語，更能通過緊貼的私處感受到對方的期待，內心的最後一絲忐忑消失了，繼而被漲得快溢出來的愉悅和感動取代。他到底有多幸運才能撿到小樹這樣的大寶貝？今天不把他吃了，更待何時？

季冕低低笑了兩聲，然後把濕滑的指尖探入戀人體內，開始了更進一步的征伐。不用等待戀人的回答，他已經確定了彼此的心意。

肖嘉樹正想說「不害怕」，就感覺私密處擠進了兩根手指，便什麼聲音都發不出來了。

「寶貝別怕，我不會弄疼你的。」季冕咬著戀人的耳尖說道。

肖嘉樹臉紅紅地點頭，一聲都不敢吭。他沒有經驗，卻毫不猶豫地岔開腿，抬高臀部，讓季哥進入得更順暢。也不知道季哥摸到了哪裡，開始還只是一點酸脹，到後面竟猛然竄出一股觸電的感覺，驚得肖嘉樹差點彈跳而起，粉嫩的玉莖也顫抖著吐出一些白濁。

「是這裡？」季冕啞聲笑了，指尖的抽動越發快速，專心致志地攻擊剛才那一點。

被精液和唾液滋潤過的私密處，不斷發出咕嘰咕嘰的響聲，聽起來色情極了，更尷尬的是，每被觸到那個點，肖嘉樹就會不受控制地抽搐一下，疲軟的玉莖居然又開始變硬，正抵著季哥勃發的巨物摩擦。如今的他果真像一隻發情的小公狗，只知道緊緊貼著季哥磨蹭，卻不知道自己真正想要的是什麼。

「不要，季哥不要，我好難受！」肖嘉樹一邊搖頭一邊說著拒絕的話，雙腿卻緊緊纏住了季冕的腰。

季冕再也聽不見戀人的心語，只感受到一團火焰在他的靈魂中燃燒。

季冕抽出指尖，握住自己的巨物，堅定不移地探入那緊致濕熱的所在。他不用害怕遭到拒絕，也不用擔心戀人表面享受，背地裡唾棄自己。他的小樹是如此愛他，以致於早已向他敞開身體，讓他長驅直入。

好脹！好疼！肖嘉樹嗚咽了一聲，卻沒有抗拒，反倒主動掰開臀肉，讓穴口不要那麼緊窄。九十九步都走完了，傻子才會在最後一步放棄，他今天一定要吃了季哥！

季哥現在就在我體內，被我夾著，吸著……想到這裡，肖嘉樹完全忘了那點疼痛，反倒徹底興奮起來，略有些疲軟的玉莖再次蓄勢待發。

季冕僵硬了一瞬，正考慮著要不要暫時停止，就被戀人火熱的腦補和難以克制的激情給帶歪了。他一邊低笑一邊繼續深入，雙手捧住戀人的臀肉往自己的巨物上送。裡面好緊，好熱，果然在夾著他，吸著他，讓他差點瘋狂。

季冕理智全失，挺動起來。肖嘉樹迎合著他，隨著他的每一次進攻起起伏伏。兩人在地毯上射了幾次又爬起來，一邊走一邊律動，在床上來了兩發，直至兩個多小時後才休戰。

將軟趴趴的戀人抱進浴缸清理乾淨，又吹乾頭髮放回床上，季冕輕輕拍打著他光裸的後背，柔聲道：「疼嗎？」

肖嘉樹摟住他的脖子，聲音沙啞道：「為什麼總是問我疼不疼？」畢竟是第一次，舒爽的時候他一點感覺都沒有，現在才發現確實有些疼，但身體和心靈的滿足卻超越了一切。他現在快活極了，哪怕快累趴了也強撐著不睡，只想好好抱一抱季哥，與他說說話。

事後秒睡，不顧及另一半的感受，那是渣男的行為。

原本還有些擔心的季冕輕笑起來，無比愛憐地吻了吻小樹微紅的眼角，「我怕弄疼了你，你以後會不願意跟我做了。」

「怎麼會？」肖嘉樹的睡意瞬間跑光，一骨碌爬起來，嚴肅道：「為了保證我倆的性福生活，以後每個星期至少要做五次。」

他剛嘗到甜頭，正是食髓知味的時候，怎麼可以不做？剛才射了那麼多次，他現在又開始硬了。存了二十年的貨一晚就想卸乾淨，怎麼可能？可惜了那幾盒痔瘡膏，如果事後馬上抹，現在肯定已經好得差不多了，失算啊！

肖嘉樹表面義正辭嚴，思緒卻跑到爪哇國去了，精緻的小東西又有抬頭的跡象。

季冕的顧慮消散一空，連忙把光溜溜的人抱進懷裡，用被子裹好，忍笑道：「好，每個星期至少做五次，一定保證你的性福。」末了含住戀人的唇瓣，陶醉地品嘗他香甜的津液。

雲收雨住之後，他對小樹的感情更深了一層，也更為眷戀。小樹一定不知道他的心臟快被幸福和喜悅填滿了，以致於眼眶和鼻頭都有些酸澀。他輕輕揉捏他的腰，誘哄道：「今天不能做了，明天還要拍戲，我幫你按摩一下，然後我們睡覺？」

肖嘉樹點點頭，手指頭勾住季哥的手指頭，遲疑道：「剛才在酒吧門口，那些人……」被沖散的時候，他似乎聽見其中一個人喊了一聲季冕，所以季哥跟他們應該是認識的吧？

「我認識他們，」季冕深吸一口氣，「應該說我曾經跟他們一樣，也是黑幫成員。」

肖嘉樹眼睛瞪得老大，彷彿受驚的兔子，「那你會不會被他們抓回去？這部電影我們不拍了，馬上買機票回國！」說著說著就要爬起來。

季冕悲慘的回憶全都被他印滿吻痕，還不停在自己眼前晃動的小屁股打斷了，頓時低笑起來，「不用，現在的他們和我不在同一個高度，他們動不了我，只是過來敘舊而已。」

他揉了揉小樹的屁股，第一次用輕鬆的語氣訴說那段經歷：「我父親是個賭鬼，在外面欠了很多債，債主知道我在哈佛念數學系，就想招攬我為他們洗錢。當時我母親以為我父親已經走投無路，於是跪著求我放棄學業為他還債，我答應了。你可能不知道，她的那條腿就是小時候為了保護我被父親打斷的，所以只要她開口，我什麼都能答應。我以為我這輩子肯定完了，不是死在街頭就是死在牢裡，是修叔救了我，還為我找了另一條路。」

奇怪的是，曾經的他如果不經意間想起這段記憶，總會下意識點燃一根香菸，用高濃度的尼古丁麻醉自己，然後在難以擺脫的黑暗和絕望中煎熬，但現在他只需低頭吻一吻小樹沾滿淚珠的眼睛，心靈的暗傷便被治癒了。

肖嘉樹緊緊抱著季哥的手臂，一時找不到話語去安慰。沒關係，他也可以把自己的傷痛拿出來分享，於是低聲道：「季哥，一切都過去了。其實我小時候也被綁架過，那些人把我鎖在行李箱裡，帶到很遠的地方，每天用鞭子抽我，用拳頭打我，還剝掉我腳上的指甲。有很長一段時間，我都不敢待在黑暗狹窄的地方，但後來我好了。」

其實他並未被治癒，只不過把恐懼藏進更深的地方而已。因為他知道，母親並不如她表面看起來那般堅強，每一次看心理醫生的時候，聆聽他講述那些過往，她會比他更崩潰。

慢慢的，他就什麼也不說了。奇怪的是，與季哥在一起，他會忘記那些恐懼，也忘記偽裝堅強，因為他知道季哥不會崩潰，他有足夠的能力保護自己。他們可以成為彼此的支柱，他們會手牽手一直走下去。

想到這裡，他摟住季哥，一邊吻他一邊安慰：「季哥，我們好好在一起。我們誰也不要想過去，只想未來，比如哪一天出櫃，哪一天結婚……」

季冕再也克制不住了，將他緊緊摟進懷裡，呢喃道：「我一直都在想我們的未來，一直都在想。」沒有小樹的參與，他幾乎想像不出自己會有什麼樣的未來。

在這一刻，他們的身體和心靈從未如此貼近……

（未完待續）

綺思館044

愛你怎麼說 2

國家圖書館出版品預行編目資料

愛你怎麼說 / 風流書呆著. -- 初版. -- 臺北市 : 晴空,
城邦文化出版 : 家庭傳媒城邦分公司發行, 2019.09
冊； 公分. --（綺思館044）

ISBN 978-957-9063-44-9（第2冊：平裝）

857.7 108010475

城邦讀書花園
www.cite.com.tw

作者 風流書呆
封面繪圖 MOON
責任編輯 施雅棠
國際版權 吳玲瑋 郭哲維
行銷 蘇莞婷 黃俊傑
業務 李再星 陳紫晴 陳美燕 馮逸華
編輯總監 劉麗真
總經理 陳逸瑛
發行人 涂玉雲
出版 晴空
城邦文化事業股份有限公司
104台北市中山區民生東路二段141號5樓
電話：（886）2-2500-7696 傳真：（886）2-2500-1966
發行 英屬蓋曼群島商家庭傳媒股份有限公司城邦分公司
104台北市中山區民生東路二段141號2樓
書虫客服服務專線：(886)2-2500-7718；2500-7719
24小時傳真服務：(886)2-2500-1990；2500-1991
服務時間：週一至週五09:30-12:00；13:30-17:00
郵撥帳號：19863813 戶名：書虫股份有限公司
讀者服務信箱E-mail：service@readingclub.com.tw
晴空部落格 http://sky.ryefield.com.tw
香港發行所 城邦（香港）出版集團有限公司
香港灣仔駱克道193號東超商業中心1樓
電話：852-2508-6231 傳真：852-2578-9337
E-mail：hkcite@biznetvigator.com
馬新發行所 城邦（馬新）出版集團【Cite(M)Sdn. Bhd.(45832U)】
411, Jalan 30D/146, Desa Tasik,Sungai Besi, 57000 Kuala Lumpur, Malaysia.
電話：(603) 9057-8822 傳真：(603) 9057-6622
Email：cite@cite.com.my
美術設計 洸譜創意設計股份有限公司
印刷 沐春行銷創意有限公司
初版一刷 2019年09月05日
定價 360元
ISBN 978-957-9063-44-9

原著書名：《爱你怎么说》，由北京晋江原創網絡科技有限公司授權出版。